演じられる性差

日本近代文学再読

関 礼子

翰林書房

演じられる性差——日本近代文学再読——◎目次

序章

「演じられる性差――日本近代文学再読」のための覚書……6

第一章

木村荘八『一葉 たけくらべ絵巻』の成立 近代小説をめぐる絵画の応答……30
鏑木清方『にごりえ』（画譜）の世界 一葉小説の絵画的受容……53
一葉における〈悪〉という表象 後期小説の転回と『罪と罰』……71
「たけくらべ」論争と国語教科書 二一世紀の樋口一葉へ……98

第二章

泉鏡花「歌行燈」の上演性 交差する文学・演劇・映画……124
森鷗外「青年」の女性表象 拮抗する〈文学と演劇〉……151
「山椒大夫」・「最後の一句」の女性表象と文体 鷗外・歴史小説の受容空間……176
漱石「行人」の性差と語り 変容する家族の肖像……204

漱石「心」の二つの三角形　係争中の男性一人称が生成するもの……228

第三章
帝国の長篇小説　谷崎潤一郎『細雪』論……254
一九五五年のシナリオ「三四郎」と「こころ」　漱石テクストの映画化が語るもの……278
小説『金閣寺』と映画『炎上』　相互テクスト性から見えてくるもの……298
三島由紀夫の『源氏物語』受容　「葵上」・「源氏供養」における女装の文体（エクリチュール）……325
川端康成『古都』を織る手法　女性表象による占領の記憶からの離陸……353

終章に代えて
『明暗』から『続 明暗』へ　連続する性差への問い……378

＊
あとがき……407　　初出一覧……410

凡例

・各作家の作品名は、序章、第一～二章は「　」で、第三章は一部を除き『　』を用いた。また全集のあるものはできるだけ最新のものを用いたが、必要に応じて入手しやすい版によった。

・単行本・雑誌・新聞名は『　』で示し、雑誌・紀要等の巻号は特別な場合を除き、省略した。なお、副題やその他、必要がある時は半角スペースを用いた。

・年次については、基本的に西暦で記し、必要がある場合は元号も用いた。

・引用文の旧漢字は特別な固有名詞などを除き、原則として新漢字に改めた。仮名遣い・送り仮名・傍点等は特別の場合を除き、原文の通りとした。漢字は読みにくい場合のみふりがなを施し、改行や通常と異なる符号等は適宜変更した。

・作品の歴史性にともない、「十」表記を用いている箇所がある。

序章

「演じられる性差——日本近代文学再読」のための覚書

はじめに——演じられる／性差／再読

本書は「演じられる性差」という視角を軸に、近代文学を再読してみようというものである。「演じられる性差」といっても演劇を中心に論じたものではない。もちろん演劇についても触れられているが、その他、文学と関わる絵画や映画など他のジャンルが扱われている。近代文学はその成立の当初から「演劇」から多くのものを採り入れたが、それはほとんどの場合、否定的契機かあるいは「密輸入」的な身振りをともなうものであった。福嶋亮大『厄介な遺産　日本近代文学と演劇的想像力』（青土社、二〇一六年八月）にもあるように、日本の近代文学において「演劇的」あるいは「演劇」なるものはなぜか「厄介な遺産」として扱われている。このような取扱いは、福嶋も指摘しているように、おそらく明治近代に遡る「近代文学」の制度的領域設定において、隣接するがゆえに自らとの差異化をはかった結果、「演劇」が「厄介」なものとして意識されたからにほかならない。

だが「日本近代文学」自体が、アニメーションやインターネットなど他のメディアによる爆発的な隆盛に押されて周辺化されている現在、「演劇」を既成の一ジャンルとして捉えるだけではなく演者がおこなう「演技」として、すなわち「演じる」ものとして動詞化することで見えてくるものは意外に大きいように思う。「演技」は日常において私たちが何かの役割を「演じる」ことから、文字通り舞台や映画で俳優によって「演じられる」行為まで様々のレベルでおこなわれている。ならば、舞台や映画で演者が「演じる」ことで私たちの心に生じる感動や感銘を、紙上の文字の羅列をまえに「想像力」を唯一の助けにして、脳裡に様々な像を立ち上がらせる行為であるテクストを「読む」ことに接続させてみることもあながち無意味なこととは思えない。そのとき私たちは唯の文字の羅列を読む受動的で禁欲的な「読者」ではなく、テクスト空間で「演じられる」「劇」を味わう幸福な「観客」となるのである。

もちろん「演じる」という行為にはそれを成立させる演者にも、「演じられる」劇を受容する観客の側にも性差がともなうことは、読書行為に女性読者と男性読者という性差があるのと同じである。後で触れるように一九九九年の「男女共同参画社会基本法」の成立いらい、男女の「性差別」は「性差」という括りによって見えにくくなってしまった。だが、誤解を恐れずに言えば、それは現在もなお法制度などで固定化されるような代物ではなく、絶えざる流動化・再文脈化を繰り返す問題でありつづけている。ジュディス・バトラーが述べているように、性差とは良い意味でも悪い意味でも生産性のある「トラブル」なのである（詳しくは本書、二二頁・二二九頁を参照されたい）。だから本書で前面化されている「性差」とは、「生産性のある流動的なトラブル」の意味に重なるものと理解していただきたい。

もう一つの視角は「再読」である。これは本書が対象としている「日本近代文学」へのアプローチにともなう語として使用されている。一九八〇年代から一九九〇年代にかけて、私たち近代文学研究に携わる者に大きな影響をあたえたのが「性差」だったことは確かだったとしても、それだけで文学研究が一歩も前に進めなかったことも事実である。「性差」とはいわば「主題」「内容」に関わる問題系であるとしたら、その再文脈化を「方法」面で支えたものこそ、「脱構築」に代表される新しい読解方法だったことは論をまたない。改めて繰り返すまでもなく「脱構築」とは、「構築」された「織物」や「縫物」としてのテクストを前に、その織り具合を存分に味わい、その縫い目や縫合の見事さをよく知る者がおこない得る行為を意味するからである。

これに関連して、バーバラ・ジョンソン『批評的差異　読むことの現代的修辞に関する試論集』（原著、一九八〇年、邦訳、土田知則、法政大学出版局、二〇一六年七月）のなかの次のような一節を引用したい。ジョンソンは「一回だけの読みは既読のものよって構成されている」とし、「再読」こそ私たちが取るべき方法であることを、以下のようなロラン・バルトの言葉を引用しながら説いている。

再読は、物語が一度消費（「貪り読み」）されたら、他の物語に移り、他の本を買うように、それを「投げ捨てる」ことを勧める、現代社会の商業的・イデオロギー的慣習に反した操作であり、ある周縁的なカテゴリーに属する読者たち（子供、老人、教師）にしか許されていないが、ここ〔本書〕では再読が間髪を容れず推奨されている。なぜなら、それだけがテクストを反復から救うからである（再読を軽んじる人は、至る所で同じ物語を読むよう強いられる）。（強調はジョンソン）（（　）や傍点は原文、〔　〕は訳者による補足）

「再読」こそ「子供・老人・教師」など「現代社会の商業的・イデオロギー的慣習」に反する「周縁的なカテゴリーに属する読者たち」の行為であると主張するなど、いかにもバルトらしい。彼の『S／Z　バルザック『サラジーヌ』の構造分析』（原著、一九七〇年、みすず書房、邦訳、沢崎浩平、一九七三年九月。以下『S／Z』と表記）から引用したこの文章は、一般には「反復」という微温的な意味をともなう「再読」を、創造的な読書行為として語っているのである。

バルザックの『サラジーヌ』とは女装した去勢歌手に恋した天才的な青年彫刻家を主人公とする物語であるが、ジョンソンはその著のなかでこの物語を分析したバルトが「再読」によってバルザックのテクストと同様に「セクシュアリティ」と「差異」の問題を、去勢という「性器を名指すだけでは解決できない修辞的な問題として未決定のまま留め置いている」ことを重視している。つまり、一八世紀イタリア・オペラで去勢されたソプラノ歌手という制度的な背景をもつこの小説を、種々のコード分析を絡ませた精密な注釈にも等しいテクストの「再読」行為によって、男性彫刻家自身の性的志向＝セクシュアリティという表象の修辞的強度が生む劇であることを明確に述べているのである。

フランス留学中に直接、バルトのセミナールに参加した経験のある西川祐子が端的に指摘したように、『S／Z』の「女性性」についてのコード分析でバルトが目指したのは「サラジーヌの中にcastrationという意味が沈殿していく様子を明らかにすること」（「『S／Z』（ロラン・バルト著）読書ノート」、『帝塚山学院大学研究論集』一九七〇年一二月）と言っていい。つまりテクストのなかで去勢歌手に託されたセクシュアリティをめぐる領域侵犯がおこなわれることこそ、性器にも制度にも還元されない「文学的表象の問題」にほかならないということである。このとき正常（同形）／異常（異形）という固定的な対立項が崩されるのである。

バルトが析出し、それを受け継いだジョンソンが明らかにしたように『サラジーヌ』というテクストをセクシュアリティの視点から再読するとS＝サラジーヌと、Z＝去勢されたオペラ歌手ラ・ザンビネッラ両者の「あいだではなく、内部にしか存在しえない差異」が、浮かび上がってくる。『サラジーヌ』という物語は自らの「女性的なるもの」という観念、言い換えると「内部にしか存在しえない差異」を投影させることでしかラ・ザンビネッラを見ようとしないサラジーヌが、彼女の庇護者の配下によって殺害されるのだが、ジョンソンはそれをサラジーヌの固定的な性差の表象が生んだ「完敗」とみなしているのである。つまり、このような「完敗」を回避し、セクシュアリティにおける「内部にしか存在しえない差異」に読み手が近づくための最良の方法が「再読」ということになる。

以上、この本の視角ともいうべき「演じられる」「性差」「再読」について簡単に述べたが、各章の論考は初めからこの三つの要素を明確に意識して作成されたものではない。むしろ手探りで書き進めるうちに、しだいに焦点が合って結果的にこのようなタイトルになった、というのが率直な所である。次に、本書の具体的なラインナップについて述べてみたい。

1 本書の構成

第一章では日本の近代がはじまった明治期の文学者樋口一葉の小説「たけくらべ」・「にごりえ」というテクストの絵画的受容ともいうべき西洋画家の木村荘八の『一葉 たけくらべ絵巻』と、荘八の仕事に影響された日本画家の鏑木清方の『にごりえ』(画譜)について論じられている。清方は挿絵画家として出発したが、荘八の「写生」を重視する西洋画の技法や理念に先輩格の清方が反応したのである。その結果として成立した画像が読者に受容されるとき、そこには単に「視る」だけにとどまらない「観る」要素、言い換えると「観劇体験」に似たものが介在しているといえる。その具体相については個々の論文を見ていただくことにしたい。さらにこの章には「大つごもり」や「にごりえ」など一葉の後期小説を同時代において内田魯庵によって翻訳された『罪と罰』と関連づける試みや、「たけくらべ」という小説が生んだある論争を、国語教科書という問題系に接続させた論考を入れている。これは文学研究と教科書研究の接点を探るだけでなく、ジョンソンのいう「再読」とも深く関わる試みとして理解していただきたい。

第二章では文学史的には自然主義文学の時代といわれながら、いっぽうで演劇熱が沸騰した一九一〇年代前後の男性作家のテクストが取り上げられている。ほぼ同時期に誕生した近代文学と近代演劇は相互に影響しつつ、やがてそれぞれの領域が確定するにしたがい、その出自における相互作用の記憶はしだいに後景化されていく。確かにこの時期は、種々の文学と演劇をめぐるモードが成立した豊穣の時代でもあるが、いっぽうで日露戦後の一九一〇年に隣国である韓国を併合したことは、天皇の臣民として文学者一人ひとりに及ぼした「個人的なアイデンティティ」と「ナショナル・アイデンティティ」（朴裕河『ナショナル・アイデンティティとジェンダー　漱石・文学・近代』クレイン、二〇〇七年七月参照）の問題系とが密接に接続する事態を招いてしまった。

だがここで取り上げるのは、それらの歴史的・政治的な側面と文学の直接的な影響関係ではない。後述するように、このような時空において、演劇という男女両性の身体演技によって「演じられる」文学は多くの観客から熱い眼差しを注がれ、それまでの孤独な個人として「黙読する文学読者」とは異なる、いわば衆人のなかで文学を「観る＝読む」ことを現出させたのである。いわば鏡花、鷗外、漱石のテクストは、このような演劇の時代のなかで自らの文学的営為を洗練させていったといえる。たとえば泉鏡花の「歌行燈」という謡曲および能楽師、さらには博多節の門附などを題材にした作品や、作中に謡曲「景清」が登場し、その関連で演目「女景清」のエピソードが語られる漱石の「行人」も、意外に思われるかもしれないが、近代劇ではないものの演劇的なるものが浸潤した時代の一局面を語っているといえるだろう。なお、膨大な研究論文のある漱石の「心」は避けようとしたが、やはり「ジェンダー・トラブル」が演じられる典型的なテクストとして本書に入れざるをえなかったことを率直に述べておきたい。

第三章は明治・大正から昭和戦前期を超えて一挙に一九四五年以降という敗戦後の時期を扱っている。この時期の文学上の最大課題は、ひとたび断絶したかにみえる戦前期の文学的・文化的遺産をどうやって継承するかという、文学的・文化的な「遺産相続」であったといえる。それを誰よりも、どの作よりも円滑になし得たと見えるのは、おそらく谷崎潤一郎の『細雪』であろう。これはよく知られているように太平洋戦争末期に起筆され、戦中期の検閲的干渉による一時的挫折を経て戦後まもない、いわゆる占領期に上・中・下巻が合わせて刊行されるという、いわくつきの作品でもある。戦後の近代文学の遺産継承は本作とともにはじまったと言っても過言ではないが、その世界の解明は様々に語られているものの、その世界が時代のコンテクストとどう関わるのか、その意味するものは意外と明らかにされていない、というのが論者の現在の見立てである。それは誤解を恐れずにいうと、おおむね「大谷崎」単独の仕事の一つに繰り入れられ、「帝国」との関係のなかでの文学的位置づけが必ずしも明確ではないまま、屹立しているテクストとみえるのである。

また本章には帝国の末期に「細雪」を書きはじめた谷崎が、そのデビュー時に「門」を評す」（『新思潮』一九一〇年九月）でもっとも対抗意識をもった作家である先輩作家としての漱石テクストの戦後的受容として、一九五五年における「三四郎」と「こころ」の映画化に際して制作された八田尚之と久板栄二郎のシナリオおよび市川崑監督の映画「こころ」が取り上げられている。いっぽう一九二五年に生れ、その成長期、戦時体制へと向かう時代のなかで文学的なるものを育てた三島由紀夫は鷗外・漱石・谷崎以上にもっとも「演じられる性差」に相応しい対象といえる。彼のなかにある古典的なものと現代的なもの、静態的なものと動態的なもの、公家的なものと武士的なもの等々の二項対立的な価値観は「演じられる性差」という視角を導入することで、その二項対立的なせめぎ合い自体がドラマを生成していることを論じている。

但し、誤解のないように断っておくと、題材からして演劇的な『金閣寺』をはじめ、『近代能楽集』に収められた「葵上」や「源氏供養」を分析することは、劇の最大要素としてのドラマトゥルギーという「演劇的なるもの」を福嶋のいう「私たちの線的な歴史観を狂わせる迷宮的な遺産」として保証するものではない。そればかりか一つ間違えると「没歴史的な反動」に陥りかねない危うさがつきまとう。

だが、三島に限らずいままで論者が避けてきた主として男性作家のテクストを取り上げるうえで、「厄介な遺産」としての演劇的なるものと性差を接続することにはかなり有効性があるかもしれない。なぜなら、歴史的・社会的に構築された身体にまつわる知を、文学研究と接合させることで見えてくるものがあるはずだからである。もちろん、これは単なる見通しに過ぎないが、演劇的なるものと性差を掛け合わせると何が見えてくるのか、そこに賭けてみること、それが本書の基本姿勢にほかならないからである。

実は三章はこの三島で終わるつもりだったのが、最後に川端康成『古都』論を急遽入れることにした。率直にいって、川端はできるだけ触れたくない「苦手」な作家の最たるものだったが、偶然にも三種類の映画『古都』を観る機会があり、正直なところかなり触発されてしまった。その結果、一九四九年に書き始められた川端康成の『山の音』、それから十数年後の一九六二年に完成した『古都』というテクストをもう一度精読することになり、何かに突き動かされるように論文化してみることになった。ここでも演劇的なるものと性差の接触が怠惰な論者に刺激をあたえたのかもしれない。

終章には水村美苗『続 明暗』と漱石『明暗』を「連続する性差への問い」の視点から捉えた論考を置いた。本書のタイトル「演じられる性差」を最も痛切にテクスト化しているのが、この二著と思われたからである。

次に、この方法に至るまでの時系列的かつ論理的なプロセスについてや、長目の補足を述べておきたい。

2 近代文学研究と性差

近代文学研究に携わってきた者にとって、近年の研究環境の変化は「圧倒的」という言葉が適切なほど大きい。日本がまだ占領期にあった一九四九年生まれの筆者にとって、研究者の端くれとして出発した一九七〇年代は作品論の時代、つづく八〇年代はジェラール・ジュネット『物語のディスクール 方法論の試み』（原著、一九七二年、邦訳、花輪光・和泉涼一、書肆風の薔薇、一九八五年九月）が日本で刊行されたこともあって、本書を「聖典」とする語り論が一世を風靡し、もはや語り論（物語論 narratology）を視野に入れない研究など一顧の価値のないものと見なされる時代が到来した観があった。

そんななか、日本の若手近代文学研究者たちが結集して刊行されたのが、新時代の近代文学研究の啓蒙書ともいうべき石原千秋他『読むための理論―文学・思想・批評』（世織書房、一九九一年六月）であった（ちなみに本書は二〇一三年二月現在で一五刷というロングセラー書である）。本書は「語り論」をはじめとして、ロラン・バルトの「作者の死」（『物語の構造分析』原著、一九六一～一九七一年、花輪光訳、みすず書房、一九七九年一一月）など、一九六〇年代以降に欧米で相次いで成立した新しい文学理論を導入することで、それまで自明視されてきた研究上の諸概念を一新する入門書としての役割を果たした。一時は「横文字の横行」などと揶揄する向きもあったなかで、しだいにこのような文学理論が新しい解釈の枠組みとして浸透し、直輸入するにせよ密輸入するにせよ、それらの枠組みが研究の前提として共有化されていったことは周知の通りである。

だがこのような状況論的整理とは別に『読むための理論』のもっとも重要な点は、テクストを「読む」という行為こそ、文学研究の原点であることを改めて理論的に示したことであろう。本書が、それまで日本の近代文学研究において金科玉条視されてきたいわゆる「解釈と鑑賞」にもとづく「作品論」によって見落とされてきた死角を衝いたことの意味は大きい。制度化された「作品」の起源としての「作家」、歴代の作家の連続体としての「文学史」というテーゼは、そこに一研究者として参入しようとする者にとって、長い期間にわたる熟練と忍耐を要する強固な半ば鎖された門としてあったからである。それに対して『読むための理論』はテクスト概念を用いることで、「読むこと」は読者が「手製」でおこなうべき「読解行為」であることを改めて示しただけでなく、そのための種々の「読み」の方法を理論的に整理し、その扉を広く開け放った功績は正当に評価されるべきである。

だが、それから三〇年近くが経過し、ジュネットを中心とする語り論が「どのように語られているのか」という明確な方法意識として、それまでのほぼ自明化されていた研究方法に対して画期的だったことは確かだとしても、ではこのテクストでは「いったい何が語られているか」という内容（主題）面が見過ごされてきたことは否定できない。かつての作品論が作家を安易に前提化することで肝心の「作品」を虚心に「読まない」という弊害をもたらしたとしても、だからと言って「テクスト」を前にその「方法」だけを特化して読んでも、そこから導きだされるのはその「読み手」が必要とする閉じられた「読み」でしかないことは明らかだろう。

したがって、「語り論」の隆盛と共にその空隙を補うかのようにフェミニズム論という女性性を強調した問題意識のもとに、新しい文学研究の波が押し寄せたことは当然の成り行きであった。それはあまりにも無視や軽視されてきた女性性を復権させる試みであり、「フェミニズム」という、その出自からして「公民権運動」というアメリカの革新的な政治的課題のなかでさえ見過ごされてきた女性性の発見だった。やがて「女性性」femininity だけでない「男性性」masculinity も含む「ジェンダー」gender＝性差という両性性の問題を焦点化する段階へと大方の関心が移行することになったことも自然の勢いであったといえる。すでに触れたように、この動向に押されるように日本でも政府が「男女共同参画社会基本法」（一九九九年）を制定し、いわゆる「性差別是正政策」が制度化されると、今度は法的な建前と現実的な本音という二重基準に直面することになっていく。いっけんニュートラルでありながら、どこかに張り巡らされた「見えない網の目」や「ガラスの天井」の存在が、社会という外部にも個人の内部にもあることに誰しもが気づくことになるのである

もちろん、このような事態は日本近代だけでなく近代化のプロセスで洋の東西を問わず大方の国で繰り返されたことであった。ダブルスタンダードとは、制度と現実、観念と実在のあいだで繰り返されてきた軋みであり、いまさら嘆いていても何も始まらないだろう。特に一九九九年以降、公的な場に引き出され表面的には誰も異を唱えない現在のジェンダーをめぐる淫靡な事態、（たとえば「女子力」などという「解放」にも「抑圧」にも機能する一方の性に特化

した表現はその一例であろう）への対応には、一枚岩ではない戦略が必要である。とりわけ文学研究の場における戦略とは、先ほどから述べている、明確な方法論をもったうえで主題に迫るという、きわめて基本的で諸刃を用いるやり方こそが唯一の戦略と言えるものにほかならないと考える。

逆境こそ好機、ではないが、以上のような事態は日本の近代文学研究という場において、初めてジェンダーという歴史的概念の真骨頂が試されるときが到来したと言うこともできる。この段階で初めて両性性を扱う文学の研究方法として、ジェンダーというきわめて重要な主題と、語り論というこれまたきわめて有効な方法を接合させることが可能になったと言ってよいのではないだろうか。近代文学研究は研究の「主題と方法」をめぐって実に長い道のりを経たが、その結果として初めて確かなスタートラインが整えられたと言うことができる。文学は女性性と男性性という二つの性をもつ人間の、女と男・女と女・男と男など複数の関係性から成り立つ種々相において、個体差をはじめとする種々の偏差を表現することによって成り立ってきた営為である。そして研究とは受容の側から、読者を魅了する新しい語りや想像力を掻き立てるレトリックによって紡がれる織物＝テクストの力を再現前させる行為ということができる。だから性差の視点を用いることは少しも新規なことなどではなく、誰かによって紡がれた織物のなかに織り込まれている「性差の表象」を明るみに出す行為なのである。

3　性差による文学研究ための方法的問題

すでに明らかなように文学における性差を焦点化しようとする試みにおいて、何よりも避けて通ることのできないのは方法的な側面であることは繰り返すまでもない。自らの正しさを過信し、自らがおこなっている方法に無意識でいることは、贔屓の引き倒しになりかねないからである。先に「ジェンダーと語り論を接合させる」ことについて述べたが、この試みには理論的な整理が欠かせないことは論をまたない。「方法」主導が問題だからと言って「主題」主導のみに陥ってしまっては、せっかくの貴重な主題そのものを見失ったり、さらには主題の価値貶下になってしまう恐れさえある。

そこでまず整理すべきなのは、先のジュネットの「語り論」以降の理論的な側面である。言い換えると、大きな影響を及ぼしたこの理論以降、ある種の飽和状態を迎えている文学研究のなかで、いったい何に着目し、何を継承すべきなのかという問題である。ここでは語り論以降の最重要な課題としてまず「描写」を挙げておきたい。閉塞状況を迎えている語りの袋小路を抜け、性差というこれも振出しに戻った感のある二つの課題を接合させるためには、描写論は中心的課題といえる。

もともと現実とは異なる何かを「再現」したい、あるいはただ「再現」するだけでなく活き活きとそこにあるかのように「現前」させたい、そしてその行為によって自己にとって親密な「いま・ここ」を強く意識したいというのは人間存在にとって根源的な欲望と言えるだろう。たとえば古代人の洞窟の壁画に表象される「描く」という行為。もしかしたら様々な制約のなかで生きる人々にとって、「画」を描くという行為は「いま・ここ」にはないものを招喚することで、「いま・ここ」を豊かにする手段だったと言えるかもしれない。

ジュネットの語り論が広く普及するにつれ、それまで語り論の影に身を潜めていたかのような描写論が近代文学研究の分野でも再浮上することになったのも偶然ではないだろう。それは性質こそ異なるものの「手枷足枷」の私たち現代人にとっても、「再現」への欲望は限りある生を生きる人間にとって普遍的なものだからである。

もちろん、先に触れた『読むための理論』でも「再現」という問題はすでに取り上げられていた。たとえば本書で「描写」の項目を担当した高橋修は、「描写」とは「情景の優位性」と「語り手の透明性」が前提化されている「ミメーシスの錯覚」（傍点、訳文通り）とするジュネットの論を引きつつ次のように述べる。

原理的に考えてみても言語による「描写」という行為は指示対象〈再現〉のための意識的（＝主観的）な語の選択と配列からなっており、〈主観〉によらざるをえない「描写」が厳密な客観性を持つことはありえない。（中略）「ありのまゝ」は言葉の透明性と逆の方向で、書き手の〈言葉〉に対する感性（〈主観〉）によって表現されているのであり、それは、意識的無意識的にあるいは文化的に作り上げられる〈虚構〉といわなければならない。

（同書、一〇七・一〇八〜一〇九頁）

ここで高橋は「描写」も〈再現〉のためには「書き手」の〈主観〉に頼らざるをえない以上、それは〈虚構〉の一種であることを指摘している。それだけでなく引用につづく箇所では「「描写」を書き手の〈目〉―視点の動きによって構造化された〈虚構〉と考えることによって、新たな物語を紡ぎだすことができるのではないか」とも述べている。この整理によって、「描写」も「語り」の射程内にあるだけでなく、物語を紡ぐ重要な方法であることが確認できる。

だが、描写と語りを接合させた高橋などの理論化の試みは、その後少なくとも近代文学研究の分野では十分には継承されなかった。すでに触れたように『読むための理論』はテクスト論の立場から、小説などをはじめとする諸テクストを文字通り「読むため」にあったにもかかわらず、それ以前の研究シーンの定式であった作品↓作家↓文学史というテーゼを壊すための最も有力な武器として「語り論」だけが過度に前景化してしまい、物語を紡ぎ、読者に読むことの快楽をもたらす「描写」が不当に後景化してしまったといえる。

実はこの「作品から文学史へ」というコースは、思想史や歴史社会学とも接続可能な有効な遺産であったと論者は考える。そのような側面を切捨てたことで「語り論」はある種の袋小路に陥ってしまったのである。「語り」という小説の叙法を重視する試みが一般化されたあまり、小説は「何が書かれているか」よりも「どう書かれているか」＝「どう語られているか」ばかりが焦点化され、「語り」絶対視、あるいは方法論のみが特化されてしまったといえる。

やがてその反措定として、テクストがもつ個別性や歴史性などの「コンテクスト」へ注目するカルチュラル・スタディーズをはじめ、テクストが生成されるまでの書き手の個別的・身体的な時間的契機を含む「コンタクト」としての作家の筆跡や、その変化の痕跡を読み解く草稿研究などの生成論があらたに脚光を浴びるようになったのも自然の成り行きだった。

しかし、やはりこれらの方法を駆使できるのは専門的な研究者に偏りがちであったので、幼児から老人までの世代的汎用性をもつだけでなく、小中高から大学までの学校教育の現場で「教科書」という媒体などを通じて広くおこなわれている読書行為と密接に関係する「読み」の問題は、現在においても一般と研究者とを問わず、繰り返し立ち返る文学の基本的かつ実践的なアポリアであり続けている。教室空間などにおいて、教科書としての「テキスト」が織物としての「テクスト」に変容する瞬間を経験し、興奮や感動を覚えたことのある者は多いはずである。

このような近代文学研究の分野での一九八〇年代の遺産ともいうべき「語り論」とカルチュラル・スタディーズを契機とした歴史的なものへの接続は、自ずと時代によってその姿形が変容していく性差という視角を浮上させる。テクストを揺さぶるのは性差だけでないことはもちろんだが、それはナショナル・アイデンティティなどの他の偏差と共に、テクストにとって最重要なものでありつづけていることは確かであろう。

4　テクスト・ミメーシス・性差

ここで、テクスト論および語り論以降に改めて重要な課題として浮上したミメーシス＝「描写」の可能性について述べてみよう。「再現」「模倣」という意味をもつ「ミメーシス」といえば、E・アウエルバッハの古典的評論『ミメーシス　ヨーロッパ文学における現実描写』上下二巻（原著、一九四九年、邦訳、篠田一士・川村二郎、筑摩書房、一九六七年三月～七五年一〇月。以下『ミメーシス』と表記）が想起される。ここでこの本が近年とみに注目されていることの一例として、たとえば日本近代文学研究に対して仏文学者として、あるいは鋭利な文藝批評家として少なくない影響を私たちにあたえた蓮實重彥の『『ボヴァリー夫人』論』（筑摩書房、二〇一四年六月）を挙げたい。

私見によれば本書の方法的成果とは、第二次大戦中に亡命先のイスタンブールで執筆されたというアウエルバッハのミメーシス論が蓮實によって批判的に再検討されたことでテクスト論との接合がなされ、「テクスト的な現実」という蓮實のキーワードによって具体的な読みの実例が示されたことである。これによって蓮實はテクスト細部の何気ない表象の意味するものを別の細部と呼応させ、その「文」と「文」の「不確かさ」「曖昧さ」（蓮實、二二一～二九頁）が思いがけぬ共鳴をテクスト空間に響かせている様相を彼一流の文体で語っている。

いっぽう内容的成果としては、エンマという女性に焦点化してテクストを読解した従来の諸論を右の「テクスト的な現実」という細部の読解の積み重ねによって相対化したことで、魅力的な妻から顧みられなくなっても当然視されていた、冴えない村医者であるエンマの夫シャルル・ボヴァリーを浮上させた。蓮實の本領であるフランス文学研究の場において、私のような日本文学の研究者にとっては彼本来の持ち味と見える批評シーンで見せていた彼の資質をベースにして、研究的な叙述をおこなったのが本書といえる。蓮實はいわばフローベールにとって「他の性」としてのエンマという女性表象ではなく、自己と同性のシャルルという男性表象を語る諸々のミメーシスに着目して「テクスト的な現実」の諸相を浮上させたと言うことができる。その当否はしばらく問わないとして、ここでは日本の近代文学において、女性表象への焦点化を積み重ねてきた読解の歴史的蓄積が男性表象に対する盲点化（これは私自身がその最たる例証であるかもしれない）を招いてしまったことを指摘しておきたい。

思えば「マダム・ボヴァリイは私だ」という小林秀雄「私小説論」(『経済往来』一九三五年五〜八月)に引用されたフローベールが語ったと言われるこの言葉は、日本近代文学のなかでも猛威を揮った歴史的な文藝批評用語の一つであろう。蓮實によればこの言葉はある「女性の回想の中で再現された文章」(蓮實、三九頁)でしかなかったにもかかわらず、それは男性作家の「作品になるまへに一つぺん死んだ事のある「私」」(小林)を再生させるための女性表象の一方的な活用=簒奪ともいえる現象として機能した。だが、同時にその方法によって、日本近代文学はまたの(良い意味でも悪い意味でも)記憶に残る女性表象を産出しつづけたことも確かであろう。それは女性においても作家という存在になるための小説の方法や範型として、多くの女性作家およびその予備軍たちを呪縛しつづけたことも歴史的・文学史的事実であろう。そこに負の歴史的事実としての女性性の受難史を書くことも不可能ではない。

しかしここでは「受難史」ではなく、男性作家と女性作家のテクストに表われている「テクスト的な現実」としての「演じられる」様相に着目したいと思う。語り論も描写論も出揃った現在、テクスト空間を生きる人物たちが虚構/現実の差異を無効にして生動しはじめ、小説の細部がリアルな相貌とともに立体化され、風景が独特の空間性をもって立ち上がる瞬間の劇。そのような瞬間とは、もはや女性性や男性性などの性差も種々ある差異のひとつであるに過ぎない。だがやはりそのとき、そこで生動しているのは無性の者が見ている風景ではないし、無性の他者たちの存在でもない。そこには多かれ少なかれ両性の差異が風景のなかや他者たちとの関係性の「渦中」において立ち現れるはずである。それらの刻印を可能なかぎり追うこと、そこにこそ本書の目的がある。

ではなぜ近代文学において「演じられる」様相が重要なのか。以下、その点について確認したい。

新しい局面を迎えていたジェンダー論のなかでも、ジュデス・バトラーが登場したことで発話という言表の場における関係性の問題が再提起された。ジェンダーという概念が本来的に有する政治性が改めて問われることになったのである。つまり本書の問題設定でいうと、先に指摘したジェンダー論と語り論の接合を初めて理論的かつ実践的におこなったのが、バトラーの『ジェンダー・トラブル　フェミニズムとアイデンティティの攪乱』（原著、一九九〇年、邦訳、竹村和子、青土社、一九九九年四月）である。

バトラーのジェンダー論は、性差が浮上するのは何らかの「トラブル」にまつわる言評のただ中であることを出発点にしている。それは男性性を批判の俎上に挙げることに留まらない。その著の副題にも示されているように、通常は異議申し立ての拠点とされる「フェミニズムの主体」としての「女」というカテゴリー自体が「表象の政治の既存の一形態を言説で組み立てた、その結果にすぎない」という批判的な立場が表明されている。さらに彼女の本領は次作『触発する言葉　言語・権力・行為体』（原著、一九九七年、邦訳、竹村和子、岩波書店、二〇〇四年四月）で発揮されることになる。

Ｊ・Ｌ・オースティンのスピーチ・アクト理論を根幹にもつバトラーの理論は、パフォーマンス（上演）という静態的な行為ではなく、動態的な対話者や状況によって変化するその刹那やその過程で産出されるもの、すなわち「パフォーマティヴィティ」という流動性をもつ概念として定義づけられ、それは近代文学研究の分野においても豊かな生産性をもたらすことになった。

その成果はバトラーのパフォーマティヴィティ論を理論的な軸にして、日本近代文学の射程のなかで明治期から大正期へという時期に、田村俊子・平塚らいてう・松井須磨子などの女性表現者たちが直面した困難とそれへの実践的な対応の様相を考察した小平麻衣子『女が女を演じる　文学・欲望・消費』（新曜社、二〇〇八年二月）によく表われている。前時代の規範的記号として同時代において抑圧的に機能していた「樋口一葉」以降に登場し、男性作家主導の現代文の成立期とその文体による文学そのものの「卓越化」（木村洋『文学熱の時代　慷慨から煩悶へ』名古屋大学出版会、二〇一五年一一月）という時流のなかにあった俊子を、文学と演劇の季節のなかで詳細に論じたのが小平の本である。

小平はこの時期が前時代のなかでは例外的な「卓越化」を達成していた「樋口一葉」の文体的な模倣から出発し、やがてその挫折から演劇熱の時代に遭遇することで女優になるなどの体験を経、大正期には作家に再帰して成功を収めた女性作家田村俊子の明治末期における苦闘の足跡を「女が女を演じる」という観点から明らかにした。つまり、この時期においてはすでに存在している「規範」をなぞるだけの「パフォーマンス」ではなく、一見「規範を引用しているようでいながら、そもそも最もオリジナルな起源としての規範などないことを暴露する行為」、言い換えると「再演」こそが、男性作家主流化のなかでその卓越化を超える「パフォーマティヴィティ」の実践であることを明らかにしたのである。

むろん本書もバトラーの理論や小平の分析にもとづいている。但し、小平と異なるのは「初演」という起源を連想させる「再演」ではなく広義の「上演」の意味をもつ「上演性」ないし「演じられる」という語を用いる。これは小平もその著で認めているように、日常的、政治的な実践から舞台上の演技までも包摂する「パフォーマティヴィティ」という語と近接性をもつ「演じられる」という語のほうが、日本の近代文学における文学的実践を基軸に政治性から演劇性にまで及ぶ領域を横断しようとする本書にとってふさわしいと思うからである。既に指摘したように明治末期、すなわち日露戦争の戦後期にあたる明治三九年にはじまる一九〇六年から大正八年に至る一九一〇年代前後は日本近代のなかでも特筆に値する時期と言われる。一般にいままでの文学史においては「豊饒」の時代と言われるこの時期は、日本近代史においては韓国に対する植民地化による帝国主義が台頭する時であり、先に引用した木村洋の言う「卓越化」による文学場の成立の影には、韓国併合などによる紛れもない「帝国日本」の成立があったことは忘れることのできない歴史的事実であろう。

ここで詳しく論じる余裕はないが、少なくとも帝国憲法下において「臣民」として規定され徴兵義務のあった男性たち、そして彼らを生み育て、あるいは恋愛や結婚対象とした女性たちという両性の双方において、「ナショナル・アイデンティティ」の問題は意識するとしないにかかわらず、宗主国の国民＝臣民としての意識を規定したはずである。このような歴史的事実に対しての距離や違和や同化など種々のレベルを体験するなかで、「文学場」の広汎な成立があったことは忘れてはならない事実であろう。たとえば一九一〇（明治四三）年といえば、文学史を繙くと泉鏡花「歌行燈」（『新小説』一月）、島崎藤村「家」（『読売新聞』一月一日〜五月四日、前編）、夏目漱石「門」（『東京朝日新聞』『大阪朝日新聞』三月一日〜六月一二日）、志賀直哉「網走まで」（『白樺』四月）、森鷗外「普請中」（『三田文学』六月）、谷崎潤一郎「刺青」（『新思潮』一一月）とキラ星のように作品が輩出している。

これらの現在まで残る文学＝文化資源ともいうべき「名作」の輩出現象は、おそらく日清・日露という二つの対外戦争を経験し、一九一〇年、隣国である韓国を植民地化した帝国日本の成立と無関係ではない。そのとき、「文学」が新しい価値ある対象として「発見」されたとしても驚くに足りない。それはいっけん、政治に無縁であるかのような泉鏡花、谷崎潤一郎、夏目漱石などにおいてもほぼ当てはまることであろう。徴兵制が厳然として存在し、「富国強兵」が国是であった明治近代において、兵役義務との何らかの葛藤なしに文学という営為をおこなわなかった男性作家など、おそらく一人も存在しないであろう。

たとえば泉鏡花の「歌行燈」はすでに指摘したように、自然主義の全盛のなかで謡曲や能、さらには博多節等、古典劇から俗謡までを題材にしているが、そのクライマックスは文学の言語表現によって人々が集う祝祭的な「上演」の空間に再現されている。自らの謡の芸を誇り、「宗山」と名乗る男を辱めたゆえに愛弟子であり愛息でもある若者をきっぱりと破門する師、破門という芸における「刑罰」を背負っても矜持を失わず、門附け芸人に身を窶しながらも音曲の世界から離れずに諸国を放浪する弟子。そんな当時においても古風であったはずの物語に紛れもないリアリティがあるのは、鏡花という書き手に、その祝祭的な芸の饗宴を文字言語、すなわちエクリチュールの力によって描き出すことに少なくない自信があったからにほかならない。

さらにこの時期の演劇への傾斜は自然主義陣営の側からも、いわゆる反自然主義陣営の側からも著しい。さきほど指摘した韓国併合の前夜、安重根による伊藤博文暗殺が起きたのが一九〇九年一〇月二六日、その事件から八ヶ月後に幸徳秋水らの逮捕による「大逆事件」が起きたのも偶然とはいえない。そのような時代の風は、自然主義に批判的だったとされる漱石においても確実に吹いていた。当初は南満州鉄道会社の二代目総裁に就任した中村是公の招きではじめられた旧友たちとの再会を兼ねた一ヶ月ほどの満州・韓国旅行から帰国後、漱石は東西の『朝日新聞』にその紀行文の連載をはじめてほどなく、同地ハルビン駅頭での伊藤博文の暗殺という事件に遭遇する。その紀行文「満韓ところ〴〵」(『東京朝日新聞』『大阪朝日新聞』一九〇九年一〇月～同年一二月、日付略)そのものは、漱石の東大時代の人脈ネットワークの範囲内での見聞記であるが、やがて小説「門」(同、一九一〇年三月一日～六月一二日)においても言及せざるを得ないほど、この出来事の比重が大きくなっていくのである。「門」の連載が終わるのと同じ月には大逆事件の検挙、さらに二ヶ月後の「韓国併合ニ関スル条約」締結を想起するとき、この一九一〇(明治四三)年の重要性は急浮上してくるのである。

それは自然主義の論客として時代の文学シーンを牽引していたはずの人間にもおよぶ。「人形の家」第二回公演を、開場間もない帝国劇場で全幕通しでおこなった文藝協会主宰の島村抱月は「公私二回十日間の実演のために四箇月のあひだ私はほとんど自分の時間の大部分を之に捧げた。而かも私はそれを悔ゐる日があらうとは思はない」(「幸徳秋水、人形の家」、『早稲田文学』一九一一年一二月)と述べたこともその表われの一つであったはずだ。師である坪内逍遙の期待を裏切ってまでも抱月が演劇に熱中したのは、世に言われているようにおそらく女優松井須磨子の可能性に賭けたためだけではない。詳しい説明は省くが、明治末から大正期にかけて抱月・須磨子らの「芸術座」がはるばる海を越えて北は樺太、東は朝鮮半島や中国大陸まで興行に赴いたのも、帝国が植民地政策によって内地/外地という分割線を創出した膨張政策を、演劇活動によって異なるものに変えようとした、といったら言い過ぎになるだろう。だが、そんなことも言いたいくらいこの頃の抱月の興行熱は沸騰している。

おわりに

いわばアジア・太平洋戦争とは、二〇世紀初頭の一九一〇年を起点としていると言っても過言ではないかもしれない。日清戦争期を生きた樋口一葉、日露戦争期に始まり、明治天皇の崩御から大正天皇の即位までの時期に文学的活動の頂点を経験した夏目漱石、六十歳近くに帝国の崩壊をまざまざと体験し、「亡国」という言葉さえ予感させる帝国の長篇小説ともいえる『細雪』(本書三章を参照されたい)を書き残し、さらに晩年近く『瘋癲老人日記』(『中央公論』一九六一年一一月〜一九六二年五月)などを書いて生き抜いた谷崎潤一郎をはじめとして、近代日本の対外戦争を経験したほとんどの作家たちは少年期・青年期・中年期を戦争と併走しながら文学場のなかで作品を産出しつづけてきた。いわば男性作家たちは「戦場」を、女性作家たちは「銃後」として兵士の息子や父・夫・青年たちを意識せざるを得なかったことになる。

そのような「文と武」をめぐる対立や緊張感をもっとも鋭利に体験したのが戦後の男性作家のなかでは三島由紀

夫が突出していると言っても過言ではない。大正天皇が崩御する一年前に誕生し、一九二六年一二月に即位したばかりの昭和天皇裕仁とその生の歳月の多くを重ねた三島由紀夫。彼は皇室の藩屏たる子弟を育てる学習院の初等科・中等科・高等科の時代をいわば「文化資本」として、敗戦間際の高等科での卒業式においては「銀時計」の下賜／拝受というパフォーマンスを演じたことは三島年譜に詳しい。彼においてその記憶は、軍人天皇から人間天皇になったことへの怨嗟の記憶として一九六九年の東大全共闘との討論集会で吐露されるのだが、それはともかく、三島に集中的に表象されるこの事実は、近代天皇制と近代文学が不可分の関係にあることを改めて想起させる。さらに本書の最後近くに三島および彼と緊密な文学的・歴史的紐帯をもつ川端両者のテクストについての論を入れたのも、男性作家にのみ使用される「文士」（それは「文の武士」を意味してもいる）としての性差が上演される様相が集中的に表われているからにほかならない。

＊＊＊

最後に一言。語り論受容において私たちに大きな影響をあたえ、この序章のなかでも触れたG・ジュネットは、『物語のディスクール』の「まえがき」で意外にも次のように述べていた。

無味乾燥な「理論」と、細部にわたる批評との真の関係は、多分、両者の交替が楽しみを与え、またその両者が相互に息抜きをもたらす点にあるのだと。願わくは読者も、寝返りを打って体の向きを変える不眠症患者のように、周期的な一種の気分転換を味わわれんことを――詩神（ミューズ）ハ交互ニ歌ワレル歌ヲ愛ス。

周知のようにジュネットの理論書はプルーストの『失われた時を求めて』を基に書かれている。ジュネットでさえ、理論と批評の絶妙な「真の関係」は「楽しみ」や「息抜き」に通じると述べていることは筆者にとって「目から鱗」であった。実は文学の理論書への疑り深い読者としての私は『物語のディスクール』と併行して全七巻におよぶこの長編小説を読んだため、精密な語り論よりもプルーストの小説のほうを味読してしまったことを告白しておく。そのためか、理論と小説テクストとの接合にいささか混乱を来たし、研究におけるジュネット理論の受容には、他の文学理論以上に実に長い迂回路を経ることになったしだいである。

だが、かつて中村真一郎が『細雪』と『失われた時を求めて』との類似を指摘（『文藝』一九五〇年五月）したことから察するに、私の遠回りも案外、徒労ではなかったかもしれないとも思う。最近になって数十年前に私を魅了したB・ジョンソンの遺著ともいうべき『批評的差異』に接し、なぜ文学テクストを精読することが重要なのか、その理由を再確認できただけでなく、拙著の柱である「再読」の理論的根拠を得ることができたからである。

ジョンソンの著書の意義はそれだけに留まらない。かつて恩師前田愛のもとでロラン・バルトの『S／Z』を懸命に読んだ日々を想起し、その勢いで、以前、京都から鋭い批評の言葉を届けてくれた西川祐子の一九七〇年初頭に書かれた『S／Z』の綿密な解説にも触れることができたのである。さらに、氏の近著『古都の占領　生活史からみる京都1945-1952』（平凡社、二〇一七年八月）は改めて著者の凄さを思い出させると共に、苦手な川端のテクストである『古都』への急接近を後押しすることにもなった。

それにつけても、私のような牛歩の者でさえ時には不眠症に悩むこともあるこの時代、ジュネットが引用したウェルギリウスの『詩選（エグローグ）』から引用された言葉のように、本書が「交互ニ歌ワレル歌」になることは心もとないにしても、何らかの「一種の気分転換」になることを願ってやまない。

第一章

木村荘八『一葉　たけくらべ絵巻』の成立——近代小説をめぐる絵画の応答——

はじめに

樋口一葉の小説をほぼ全篇にわたって絵画化したものとしては、木村荘八『一葉　たけくらべ絵巻』[1]と鏑木清方『にごりえ』（画譜）[2]が挙げられる。二人の画家の間には強い影響関係があったことはよく知られているが、ここで改めて注目したいのは日本画系の清方と西洋画系の荘八の間で一葉作品の絵画化に際して直接的な応答があったことである。たとえば荘八の「たけくらべ絵巻」第一巻が第四回春陽会展に出品された直後の一九二六年四月、清方は随筆「たけくらべ絵巻」で次のように述べている。

木村さんが『たけくらべ』を巻物に描かれたといふことに私は大へん興味を有つた。私の二十歳前後、『たけくらべ』と『高野聖』とは、愛読書どころの沙汰でなく、クリスチヤンの聖書にも比すべく、場所に依れば数行、十数行、今でもちつとは違つても暗誦してゐるところも尠くない。勿論画材にも何べんとなく扱つた。絵巻に描いて見ようと思つたのは、烏合会といふ会をやつてゐる時分だつたが、其の後かく機会もなくて今日に及んでゐるが、赤蜻蛉田甫に乱れる頃になつて、上清が店の蚊遣香（今はその店もあるまいが）懐炉灰に坐をゆづるとかゝれた時分には、きつと『たけくらべ』の画想が油然として湧き起つてくる。木村氏の画の前に立つて、一々会心の笑みを禁め得ぬと同時に、昔の夢になりかゝつてゐた、その制作欲が頻りに活動し始める。[3]

ここには清方が「たけくらべ」の絵巻化に意欲があったものの実現せずにいたところ、荘八画の出現で「会心の笑み」が浮かび、同時に自らの「制作欲」が刺激されたことが率直に表白されている。十五歳年下の荘八が清方に対してリスペクトと共に親愛の情をもっていたことは、「鏑木さん」と呼びかけるような口調で語る名随筆「鏑木さん雑感」(4)によく表われている。いっぽう清方の文章からは、すでに画壇の大家と目されていたこの頃の彼を刺激して止まない強烈なものが、荘八の絵巻にあったことがうかがわれる。荘八もこの言葉に応えるように同年五月には絵巻の第二巻を、翌年の第五回春陽展には第三巻を出品し、ここに彼の「たけくらべ絵巻」は完成に至る。

残念ながら、清方の『たけくらべ絵巻』はついに完成されなかったが、その代わりに一九三四(昭和九)年の二月、第三回六潮会展に『にごりえ』(画譜)を出品する。彼はこの展覧会の直前に発表した随筆「小説『にごりえ』を画にして」で、「私が一葉の『にごりえ』をとりあげて、かうした連作を画いた時のこゝろもちは、やはり昔に挿絵をかいてゐた若い心と、少しも変りはなく、明治二十八年「文藝倶楽部」で、はじめてこの作を読んで以来、いくたびとなく読みかへしてゐるうちに、いつしか宿る幻をそのまゝ、絵筆に托したに過ぎない(5)」と述べている。、四〇年を隔てて「にごりえ」を視覚化するにはここに見られるような画家同士の相互触発はもちろん、それ以外にも絵画という表象体系内での同時代的な動向なども関わるのではないだろうか。

さらに二人の応答からは絵画という領域での影響関係だけに留まらない問題系に接続できる可能性がある。幕末から明治期に至る時期に人情本系の戯作者でもあった父が創刊した新聞の挿絵画家として出発し、後年日本画家としても大成した清方(6)。いっぽう西洋画家として出発しながら、後年新聞小説の挿絵画家として著名となる荘八(7)。つまり二人の応答からは近代文学と密接に関わる次のような二種類の相互交渉も見て取れる。

一つは、画家としての二人の作品に表出された絵画という視覚的な表象体系と小説という文字による表象体系の相互交渉の様相。二つ目は日本画と西洋画という異なる表象技法をもつ絵画同士の相互交渉の様相である。前者からは視覚を媒介にすることで、逆に時間芸術としての文字表現のもつ意味や意義を考えることができる。いっぽう空間芸術としての後者からは、近代になって登場した「写生」や「写実」など模写(ミメーシス)の概念が絵画だけでなく文学においても受容されたとき、今度は文学から絵画への変換プロセスで西洋画と日本画にどのような影響を与えていたのか、というかなり大きな問題が浮かび上がる。

本稿はこれらの問題を考えるための一つの端緒として、荘八が関わった一葉小説の絵画化作品を中心に、彼と直接的な応答があった鏑木清方をはじめ時代的な文脈も視野に入れて考察してみたい。

1 清方の出発期

すでに述べたように一葉作品全篇の絵画化である『たけくらべ絵巻』は荘八のほうが早いが、それに先んじて清方も尾崎紅葉『金色夜叉絵巻』（春陽堂、一九一二年一月）でその作品世界を視覚化していた。それは口絵・挿絵合わせて一三一点、扉絵一点、カット二点という質量とも他を圧する大作であり、すでにこの時点で清方は「絵巻」への志向をもっていた。

そもそも「絵巻」とは古くから『源氏物語絵巻』・『西行物語絵巻』などをはじめ、多くの画家や享受者による「文化的伝統」や「文化的記憶」によって支えられてきた。それは物語だけでなく、伝記・仏教説話など幅広い内容を含み、たとえば『道成寺縁起絵巻』などは現在でも同寺で実演されるごとく、巻子を拡げたり巻き納めたりしながら「絵とき説法」によって見るものにその物語世界や教義などを容易に伝えることが出来る媒体である。「巻物」としての絵巻については、かつて千野香織が絵巻に内在する「ストーリーの時間」と、巻子を拡げる読者による「鑑賞の時間」の二側面から詳しく分析したが[8]、本稿ではこのような「巻物」としての「絵巻」ではなく一般的な意味での画面としての「絵巻」を扱う。

院政期に成立した『源氏物語絵巻』が国宝であることに象徴されるように、近代以前の「絵巻」は文化遺産として差別化されており、その享受者は専門家や権力の周辺に位置する人々に限られているだけでなく、強い影響力をもつ。その意味で三田村雅子が「絵というメディアは武力よりも、言葉よりも、法律よりももっと下の層に働きかけ、人々の無意識を掘り起こす働きをもっている」とし、「その美しさに見惚れ、その世界に魅了されているうちに、知らず知らずに絵の発するイデオロギーに無意識に感染し絡め取られていく[9]」というように絵巻のもつ美的＝政治的な力に注意を促したことは当然であろう。確かに絵が見るものを「魅了」する力は文字という抽象度の高い媒質[10]をはるかに超えている。

しかしそうではあるのだが、絵と詞書などの文字が合体した絵巻や絵本という媒体は、近世から近代に至る間、種々の時代的変奏を経ながらも多くの読者に受容されてきたという側面をもつ。たとえば近世における『源氏』の流布本である絵と物語の合体した絵入りの『源氏本』が、読者層の普及に大きな役割を果たしたことはよく知られている[11]。文化的受容のプロセスにおいて「絵入り」とは単に絵が添えられているだけでなく、物語世界に対して視覚の面から想像力を喚起する表現行為ともいえるからだ。もちろん、「絵入り」と「絵巻」は異なるが、物語に隣接する画像という意味では重なる部分も多い。

たとえば一九世紀末にベストセラー小説となった『金色夜叉』(『読売新聞』一八九七年一月一日〜二月二三日)は初出紙連載中から挿絵が置かれ、『続金色夜叉』(同紙一八九八年一月一四日〜四月一日)、『続々金色夜叉』(同紙一八九九年一月一日〜四月八日)、『続々金色夜叉続編』(同紙一九〇二年四月一日〜五月一一日)というように、四年にわたる連載は読者に熱狂的に支持されたことを物語るが、作家と読者の間がストレートに接続していたわけではない。

一九世紀から二〇世紀に至る過渡的な時期の文学者としての紅葉の果たした役割をメディア分析の観点から考察

した関肇は「新聞小説家としての紅葉は、はじめから広汎な読者を獲得していたわけではなかった」[12]と言う。関は「多くは都会人対手大人対手の小説」や「田舎出の学生などの文学青年には理解し得ない文学」を書いていたという生方敏郎の証言（「明治三十年前後―読者として」『早稲田文学』一九二六年六月）などを引用しつつ、一時は「挿絵無用論」者であった紅葉がしだいに新聞の読者層を意識しながら変容したことの意味を「文学の享受の仕方が多様化していくと同時に、受け手はより微細に差異化され階層化したかたちで受容空間に配分される。そして正典的なテクストと通俗的なテクストの分極化が進展し、規範的な秩序体系にもとづいて文学と非文学の分割線が引かれていくことになる」[13]と述べた。

ここからは、このような受け手側の変容が「正典的なテクスト」と「通俗的なテクスト」、「文学」と「非文学」等の新しい線引きを促していたことがわかるが、荘八に多大な影響を与えた清方の場合は父條野採菊の存在がおおきい。彼は維新後、「三条の教憲」（一八七二年三月）によって仮名垣魯文とともに戯作からの「転向」を迫られ、『近世紀聞』（初編）、『和洋奇人伝』など実録系の本を出版していたが、一八八六（明治一九）年に娯楽主体の『やまと新聞』を創刊する。まさに文学再編成の第一波に見舞われたのが採菊であった。その父の創刊した紙面に初めはコマ絵を描き、やがて小説の挿絵を描くようになったことが清方の挿画師としての出発となった。

特に清方が本格的に活動を開始する明治三〇年代は後藤宙外「小説の挿絵に就きて」[14]にあるように、挿絵と小説はほぼ同格で扱われていたと推測される。岩切信一郎によれば雑誌の看板ともいうべき口絵は従来の「画工→彫師→摺師というライン」から「近代口絵の木版」に至る過程で画工の地位が上昇したと言う。[15]『やまと新聞』での「コマ絵」からはじまった清方の画風も、泣花「遺言状」（『東北新聞』一八九七年三月六日）の新聞小説の挿絵、さらに紅葉門下の山岸荷葉の『紅筆』（『新著月刊』同年七月）の口絵となって結実する。[16]だがこれらの挿絵や口絵を見るかぎり、師である水野年方と清方との間に画風において質的な差異があるとは思えない。それでは後に荘八から

「鏑木さんは「挿絵家」として大時代の、殆んど今は唯一の面影の方[17]」と評される彼の、どこが他の挿絵画家と異なるのだろうか。

幕末から明治にかけて一世を風靡した浮世絵師月岡芳年の系統にあったはずの鏑木清方はどのような軌跡を辿り、洋画出身の木村荘八から影響を受けたのだろうか。次章ではいささか迂回路ながら、文学だけでなく絵画にもおおきな転換点が訪れた日露戦争後に出現した「絵画小説[18]」という側面をもつ夏目漱石「草枕」(『新小説』一九〇六年九月)を参照しつつ、清方を取り巻く明治から大正へと至る時期の様相を検証してみたい。

2　絵画小説の「時間」

「絵は無声の詩、詩は有声の絵」というギリシャの抒情詩人シモニデスの対句引用で知られる十八世紀中葉のレッシング『ラオコオン』。ここで展開されている絵と詩(文学)の比較論は、二十世紀初頭の日本でも決して他人事ではなかった。この頃、模写(ミメーシス)は最重要な課題として日本の文学と絵画の領域で起きていたのである。たとえば「画工(えかき)」を語り手とする漱石の「草枕」には、彼の口から「ラオコーン」(ラオコオン)の話題が提供される箇所がある。言うまでもなくレッシングの『ラオコオン』は副題「絵画と文学との限界について」とあるように、空間芸術としての絵画と時間芸術としての文学の差異を論じた古典的テクストであるが[19]、同時代においてそれは論ずべきリアルな問題系であった。たとえば、柄谷行人は「草枕」を同時代に価値化されていた文学モードとしての「自然主義文学」に対して漱石が「〝想像的なもの〟の優位」を示した「挑発的」な小説と評した[20]。つまり柄谷は「画工」を視点人物とするこの小説が「絵画と文学」の関係性を問うものとして捉えたのである。

確かにこの時期、漱石は大学人から新聞小説作家へ転身しようと『文学論』(大倉書店、一九〇七年五月)を土台にして写生論や後述する絵画論などを試みて理論武装していた時期にあたる。[21] 旅をする画工という「草枕」の設定自体が、「画を描く」ことを目的とする名所絵製作行脚という側面を彷彿させもする。だからテクストのほとんどの場面が「画題」になるのは当然といえる。時代は下るが大正末期に松岡映丘に率いられた新興大和絵グループによって絵画化された『草枕絵[22]』などを想起してもよい。

それでは「草枕」は当初から個別的・瞬間的な美的表現を使命とする「絵画」であるよりも、継起的・連続的な時間性をもつ「絵巻」的なものが志向されたテクストだったのだろうか。小説は「非人情」を標榜する画工が那古井の宿で奇矯な振舞いをする女主人の那美に翻弄されながら進んでゆく。「草枕」についてはすでに物語内容や文体面からのアプローチが積み重ねられているが、渡部直己は小説技法の面から「草枕」は「時間芸術」としての小説的配慮が意外となされており、那美の表情を描写する際にはその細密描写ゆえに時間が「減速」されることを指摘した。[23] 確かにテクストは旅日記的な時間の継起を主軸にしながらも、こと描写において時間は「減速」されている。この加速／減速の配合こそテクストの主軸たる継起的な時間の流れに変化をあたえているものだろう。そして画工が「表情に一致がない」とされる彼女の「表情」についてあれこれ思念をめぐらした結果、それが統合されたことを告げてテクストは閉じられる。

那美さんは茫然として、行く汽車を見送る。其茫然のうちには不思議にも今迄かつて見た事のない「憐れ」が一面に浮いてゐる。

「それだ！　それだ！　それが出れば画になりますよ」

と余は那美さんの肩を叩きながら小声に云つた。余が胸中の画面は此咄嗟の際に成就したのである。

（「草枕　十三」[24]）

画工を視点人物とするかぎり、物語が「余が胸中の画面」の「成就」で終わるのは小説の必然かもしれない。だが描かれる対象である「那美さん」は画中に取り残されたままである。言い換えると「表情」のみに還元されてしまった那美さんの身体性は置き去りにされている。渥美育子の言う「那美さんは、画工によって、画に分節されて存在する」[25]という指摘はまさに、この身体性の疎外を指しているのである。ここで「草枕」に引用されていたレッシングの『ラオコオン』が、一八世紀中葉の「表情」という個別性と「美」という集合的な美的観念の二項対立のもとでの新しい価値を模索した論であることに思い至る。レッシングはラオコオンの表情が「絶叫」であっては、彼の抱く美的基準と矛盾するがゆえに「苦悶」の表われであると解釈したのである。

だから「表情」のみに還元された那美さんが取り残される「草枕」は課題を残すことになった。瞬間的な「表情」ではなく、身体という動き変化する人間存在を表出するには時間概念が必要となるからである。その意味で「絵画」や「絵巻」との強い隣接性をもつとされる「草枕」をあえて「時間」の観点から分析してみせた前田愛の論は参考になるだろう。前田は漱石が東京美術学校文学会で美術の学生たちにおこなった講演録「文藝の哲学的基礎」（一九〇七年四月二〇日実施）のなかで、レッシングの「空間芸術と時間芸術」の二分法を批判し「「意識の推移」を理想とする文学」と「「意識の停留」を理想とする絵画」という二分類を用いて彼は「連続する意識をめぐって時間と空間の関係を定義しなおそうとしていた」[26]と指摘した。

さらに前田はこのような「時間と空間の関係」がともに「意識」によって捉えられるとすれば、文学と絵画・彫刻などの差異も相対的になること、さらに「意識の推移」を時間に関わる「文学の力学」、「意識の停留」を空間に関わる「文学の素材」と分けたうえで両者を論じる可能性に触れている。[27]『文学論』（大倉書店、一九〇七年五月）を執筆していた時期と重なる小説「草枕」が、前田の言うように「連続する意識」をめぐる「時間と空間の関係」への考察と重なっていたことは見落とせない。ここから敷衍すれば、さきほど提出した「草枕」が「絵巻」であるか否かという問題の回答は、次のようになるだろう。「草枕」は絵巻ではなく渥美の言うように「絵画」を志向した小説である。しかし、だからこそ、その後の漱石は「表情」に還元されてしまった那美さんの身体のゆくえを問う小説を模索することになるのである。

興味深いのは、このような「時間」処理をめぐる新しい小説への模索と併行して絵画の領域でも新しい動きが起きていたことである。

3　官展時代の清方と荘八の接近遭遇

「文藝の哲学的基礎」の講演がおこなわれた一九〇七年に、第一回文部省美術展覧会（文展）が開催され、日本画・洋画双方が官制の「日本美術」として文部省のもとに配置される。[28] 清方も第一回文展に意欲作「曲亭馬琴」を出品するが落選。それから五年後に『金色夜叉絵巻』（春陽堂、口絵・挿絵一三一点、扉絵一点、カット二点）を発表するなど、彼は本画家と挿絵画家の間での試行錯誤を経験する。明治期の美術を研究する角田拓朗が指摘するように、この頃の彼自身の第一の志向は本画にあり、文展はその志向を実現する機会であったと言えよう。[29]

漱石も文展に無関心ではなかった一人である。第六回文展に寺田寅彦と足を運び「文展と芸術」（『東京朝日新聞』一九一二年一〇月一五〜二八日、『大阪朝日新聞』同年一〇月一七〜二八日）を発表する。「芸術は自己の表現に終るものである」[30] という一文ではじまるこの文章は、一九〇七年に職業小説家となってから次々に新作の現代小説を書いていたこの時期の漱石の気負いが漲っている文章である。「芸術の最初最終の大目的は他人とは没交渉である」というようにその主意は「他人を目的にして書いたり塗つたりするのではなくつて、書いたり塗つたりしたいわが気分が、表現の行為で満足を得るのである。其所に芸術が存在してゐる」という点にある。漱石は

「草枕」から「文藝の哲学的基礎」とつづく一連の著作において、芸術的なものの存在意義が文展という公的な制度の導入によって権威化されることへ警鐘を発し、自己の作家としての足場を鮮明に表わしたのである。

こうした文展への批判は絵画の領域からも起きることになる。漱石が亡くなる一九一六年には松岡映丘・鏑木清方ら五名が事実上、文展への距離を示した「金鈴会」を創設。その三年後の一九一九年には文展が廃止され、帝展（帝国美術院展覧会）が発足する。ちょうどこの頃、清方より十五歳年下で一九一一年に西洋画系の白馬会葵橋洋画研究所に入り、洋画家として出発していた木村荘八もヒュウザン会、草土会を経て、一九二二年に梅原龍三郎の要請で岸田劉生・中川一政らと春陽会に加わる。翌年には第一回春陽会展が開かれ、彼は「大学構内」「明治双六」など身近な風景や風物を画題にした多数の作品を出品する。このような動きに対し美術史家の陰里鉄郎は「明治末・大正期に、ヨーロッパの近代芸術思潮の洗礼を受けた世代には、この時期は東洋・日本回帰の時期であった[31]」と言う。確かに描かれた画題としてはその通りなのだが、それ以上に重要なのは官展という近代国民国家的な文化制度に対し、画家たちが距離を取ったこと、言い換えると漱石が率直に表明した「自己表現としての芸術」という観念が画家たちをして、官展とは異なる各会派の結集へと向かわせたことである。

このような動きとも併行するように近世以来、浮世系の挿絵画家が担っていた新聞小説の挿絵に洋画家系の画家たちも参入する。たとえば上司小剣の長篇小説「東京」（愛欲篇）に付された石井鶴三の挿絵は、白黒の太い線による遠近法で風景と人物を組み合わせた「洋画的挿絵のはしり[32]」だった。荘八もこの動きに連なるように初めて新聞小説の挿絵に加わる。それが白井喬二の新聞小説「富士に立つ影」（『報知新聞』一九二四年七月二〇日～一九二七年七月二日）で、河野通勢・山本鼎・川端龍子らとのリレー式であったものの、この体験は画期的な出来事だった。ここに至って近世以来の伝統をもつ浮世絵系統の挿絵ではなく、大正モダンに相応しい挿絵が紙上に登場することになったのである。これは一つには画における和洋の線引きだけではなく、近世以来の伝統をもつ挿絵という媒体に技術の面でも内容の面でも新しい時代がやってきたことを意味する。

それでは浮世絵系統を母胎とする明治の挿絵画家だった清方は、このような動きをどう見たのだろうか。彼の回想記である『続こしかたの記』[33]などを読むと、少なくとも一九二〇年代の清方は金鈴会を経て、一九一九年に文展が帝展へと改組されるとその審査委員に就任するなど帝展系の日本画家を志向していたことが浮かび上がってくる。だがそれから七年後、清方の前に出現したのが第四回春陽会展に出品した荘八の『たけくらべ絵巻』であった。本稿の冒頭にも引用した一文で清方は「近時の展覧会を観ると、画は面白かつたり、楽しかつたりするものではなくなりさうな時、木村氏勇敢に楽しく、面白い作を示さる、愉快なことである[34]」と述べていた。仮に「近時の展覧会」が「帝展」であるなら、その絵画的空間は「帝展」という権威によって差別化されており「面白い作」に出会えることが稀有だったと推測される。それに対して荘八の『たけくらべ絵巻』は「面白さ」だけでなく「楽しさ」までも含んでいた。清方の前に、彼の「描くこと」のルーツともいうべき明治二〇年代を象徴する樋口一葉の小説世界が活き活きとした筆づかいの洋画家の手によって出来したのである。

しかし、そもそも「面白さ」や「楽しさ」とは何だろうか。それはいわゆる純粋芸術的な「感興」とは異なる種類の感情であろう。もちろん「面白さ」や「楽しさ」とは個人に対しても複数の人間たちに対しても生じるものだが、吉原周辺の群像劇を描いた『たけくらべ絵巻』から生じるそれは多くの登場人物の動静と切り離せない。「美的なもの」と「表情」という二項対立に立ち止まってしまった絵画小説としての「草枕」が課題を残したことはすでに述べたが、個人の一瞬の「表情」に収斂される内面だけでなく、複数の人間やその人間たちが時間のなかで刻々と変容する様相が描かれたのが『たけくらべ絵巻』だったのではないだろうか。

清方は後年になって、近代のメディア時代における享受の仕方として、個人が自室などの卓上で手に取って見る＝読むものを「卓上芸術」と名づけ、展覧会での「会場芸術」や室内に飾る「床間芸術」と区別した[35]。だが、少なくとも一九二六年時点での清方においてこの三つの領域区分はさほど明確ではなかったはずである。洋画から新聞小説の挿絵へと旋回した荘八から強く示唆された清方は帝展という「会場芸術」を経て、それとは異なる方向を模索しはじめていたのである。

4 『濹東綺譚』と『たけくらべ絵巻』

画業だけでなく東京の風俗史家としても知られている荘八が、西洋画出身であったことは今日では意外と忘れられているように思われる。彼の存在を『濹東綺譚』[36]の挿絵から知った読者からすれば、その画風が想起させるのは「現在のここ」とは異なる遠い「過去のそこ」であるからだ。この挿絵には古風な日本髪で三味線の棹をもつ芸妓風の娼婦、箱火鉢の向こうにはこれも古風な神棚がある座敷、突然、驟雨に見舞われた路地を急ぎ早に行き来する下町の人々等々が描かれ、『濹東綺譚』の発表された一九三〇年代でさえこれらの風物を構成する画の主題面での基本的コードは「郷愁」であろう。このコードは戦中の読者には戦時色とは異なる明治・大正の時空間を、戦後の読者には日中戦争へと向かう時期のなかの孤島ともいうべき「哀惜すべき過去」として、あるいは荷風の代表作に光彩をあたえる挿絵として、小説ともどもレトロスペクティヴな視線を読者に呼び覚ます。

だがこれらの挿絵をよく見ると、人物の動作や表情などの細部はそれほど鮮明ではないのに対して、絵の描線は活き活きと躍動していることに気づく。描線は紙面の白い地に綴られた黒い文字の流れと調和して深い陰影を作り出す。この縦横の直線を基調とする乾いた場末の風景図からは、モダンともいうべき香りが立ち昇っている。これらの描線こそ清方をはじめとする明治期の挿絵出身の画家たちには無かった、西洋のエッチング（銅版画）に近い線といえよう。線遠近法による風景や室内描写をはじめ、たとえば面全体を上から下へと隈なく伸びる矢のような雨を描いた斜線の数々。人物には影が施され、影は近景から画面左手の奥へとつづき、あたかも芝居の下手風の奥行を画面にあたえている。

後年、荘八は「この小説の挿絵を委嘱された時に、誇張した言葉で云えば、オノレのウンメイは、これで極まったと思いました[37]」といささか興奮気味に述べている。同文によれば、彼は依頼時に小説の「全篇をのっけに渡された」たという。つまり通常の新聞小説の挿絵とは異なり、十分に作品世界を味読してから作画に至ったのがこの『濹東綺譚』だったことになる。実はなぜこれが画期的だったのかについては説明が要る。というのも荘八自身がたびたび解説しているように、挿絵とは「版下絵」から印刷を経て絵画化されるのに対し、日本画・洋画を問わず通常の絵画は当然ながらいきなり絵筆で描かれる「肉筆画」である。ということは、現在の私たちが忘れている荘八の「肉筆画」の起源は『たけくらべ絵巻』にあったという推測が起こる。この点に関して後年になって荘八は「挿絵史」の観点から次のように回顧している。

文展が出来てからは画家はこれへの登竜に急で「清方」はすでに「さしえ」(版画)ではなく肉筆――これをほんえといい、この言葉も挿絵史から見て重要としなければならない(中略)自然ここには―明治末以来大正初頭にかけて―ほんえ界の隆盛がある一方にさしえ界の衰微があった。(中略)この停滞をやがて破ったものが石井鶴三の大菩薩峠挿絵(大正十四年)だった。何故このとき鶴三がエポックメーキングしたかということも、従ってそこに斯界のエポックがどうして出来たかということも、面白いのは、凡てこれが一時代前に「鏑木清方」が為たと逆の歴史になる[38](以下、略)

引用につづいて荘八は清方が「版画から肉筆へ」至ったのに対し、鶴三は「肉筆から版画へと、つまりちゃんと鍛えた素描からさしえへと持って行った」とも述べている。すでに述べたように大正末から昭和初期にかけて変容するメディアのなかで、洋画界も新聞小説への参入によっておおきな影響を受けていたことが浮び上がってくるが、荘八の「挿絵史」の観点から言うとそれは「清方の肉筆画への参入」、「鶴三の版画への参入」として要約されることになる。これについての当否を判断する力は論者にはないが、少なくとも近代小説と密接な関係をもつ「挿絵史」における「洋画界と日本画界」を架橋する起源となったものこそ、『濹東綺譚』から遡ること十二年前、「肉筆」で描いた荘八の『たけくらべ絵巻』だったと言えるのではないだろうか。これを逆転させると、荘八は『たけくらべ絵巻』を描いたからこそ『濹東綺譚』の挿絵を生みだすことができた、とも言うことができるはずである。

5 『たけくらべ絵巻』の世界

かなり遠回りをしてしまったが、ここから『たけくらべ絵巻』の世界について述べたい。全体は「大正十四年初春」と題された上巻、「十五年四月、五月」とある中巻、「昭和二年春画」と記された下巻からなる三部構成である。ただし巻を繙いてわかるのは、上中下の区分は明確だが、採取された各場面は遠景・中景・近景などの風景描写、人物に焦点化したものなど、かなりランダムな選択がなされている。たとえば同一画面に異なる時間の同一人物が存在したり、人物による回想が丸や三角の囲みで描かれるなど全体的に画面構成は「巻子」を基調とする「絵巻」に近い。伝統的な絵巻の三要素は「詞書」「挿絵」「料紙」であるが、一見してまず驚かされるのは上巻の詞書を記す文字が画と拮抗するほど活き活きと躍動していることである。

この点について紅野謙介は荘八が初参入した白井喬二の新聞小説「富士に立つ影」でリレーを担った一人である河野通勢の絵柄が「勘亭流を思わせるような文字デザインと人物像をとりいれている(39)」と指摘したことが参考にな

るかもしれない。おそらく荘八はこの河野に触発され、『たけくらべ絵巻』で特異な文字を活用したと思われる。書風や書体の見分けは困難であるが、かなり大胆な筆跡をもつ荘八の文字が画面に躍動感をあたえていることだけは確かであろう。

さらにもうひとつの可能性は一九一八年一一月の一葉没後二十三回忌にあわせて博文館から出版された一葉真筆版『たけくらべ』をも荘八が意識していたのではないかと想像されることである。[40] 活字とは異なる筆文字は、意味伝達だけでなく書体・角度・深度などの書風をもつ「線」という媒質でもある。このことに気づいた荘八は、絵の「描線」と文字の「書風」などの視覚的効果も狙ったと言えるが、上巻において絵を圧倒するくらい躍動していた文字は、中巻から下巻に至ってしだいに躍動感を失ってくる。これはおそらく、「たけくらべ」原文で揶揄的に廓者を描き出していた語り手が、しだいに作中人物と親和的になる原作の物語展開と対応しているとも、絵による表現を重視したとも言え、にわかに判断できないが、身体性と結びつく筆文字はその書き手（荘八）と受け手（観者・読者）の双方において独特の効果を生んでいる。

ところで荘八の『たけくらべ絵巻』の解説をおこなった陰里鉄郎は「テキストの文章そのまま詞書きを備えていること、上巻、中巻においては、上下を明確に区分していないがほぼ連続並行形の構成をとり、それに、ところどころに段落式をとり入れており、下巻においては詞と絵を交互に繰返す段落式の構成をとっていること、といった点で絵巻の伝統形式をうけついでいる」[41] と述べている。確かに『たけくらべ絵巻』は全体として物語の時間軸に添って場面が進み、その意味では「絵巻の伝統形式」だけでなく「テキストの文章」に沿っているのだが、詞書は原文と必ずしも対応しているわけではない。原作の全十六章は荘八によって各章が部分的に場面選択されただけでなく、時には一章から六章につなげるなど、画面によって原文の場面が再構成されている。もちろん場面選択は絵巻作者の裁量に属するものであり、要はそれによって絵巻として成功しているか否かにあるはずである。人物の多くは群像として描かれているが、ここでは特定の人物に焦点化された原作後半部へと至る物語展開上の焦点ともいうべき下巻の美登利と信如の雨の朝（原作十二〜十三章）の場面に注目したい。

ここは陰里の言う「段落式」になっているが、実は画と原文が対応していない箇所がある。原作では美登利が家の中から「遠く眺めて」雨中で鼻緒を切って当惑しているのが信如その人と知らずに庭石づいたに駆けつけ、それが本人であると気づいて困惑する場面である。原文では美登利と信如の間には「格子門」が立ちはだかり、手を伸ばせば明けられる「門」という敷居＝バリアーを踏み越えられない。そこに内面化された禁忌としての廓の少女と僧侶の息子という対立項があるのだが、『絵巻』のこの場面は大黒屋の門構えの図、降る雨風に傘で身構えた途端に下駄の鼻緒を切る瞬間の信如、硝子障子の室内からそれが信如と知らずに見つめる美登利、門前で信如に対して後ろ向きになっている美登利という、計四場面として構成されている。三つの画像は原作と対応しているが、最後のものだけは異なる。つまり庭から外へ出られずに「門」から「紅入の友仙」の切れ端を差し出すことが精一杯の美登利ではなく、一歩門を出た場面となっているのである。

これは荘八の「誤読」なのだろうか。あるいはそうかもしれないが、この場面につづく高足駄履きで片裾をおおきく捲って和傘を高く掲げた、廓からの朝帰り姿の長吉が信如の難儀に気づく場面をみよう。信如と背後にいる長吉の間には美登利の差し出した「友仙」の小裂が雨に濡れる路上に置かれている。実はこの画面はもうひとつ続いている。これについて荘八の絵巻をすべてではないが取り入れて、原作本文と対応させた『「たけくらべ」アルバム』の山田有策による画像解説には「裸足になり鼻緒の切れた信如の下駄を手に提げる長吉、長吉の下駄を履きながらも困った風情をみせる信如[42]」とある。この説明のように、美登利や信如などの主役級たちだけを焦点化するのではなく長吉をはじめ、時には大人たちをも、登場回数こそ少ないもののほとんど同格であるかのごとく視覚化しているのである。言い換えると個々の人物に焦点化し、その内面を描く「表情」重視ではなく、遊廓周辺の「群像」としての登場人物たちの動きや風物に力点が置かれている。これはいったい何を意味するのだろうか。

漫画理論の先駆的存在である夏目房之介は「コマの運動と絵の描線」こそが「マンガの表現論の最小単位[43]」であるとしたが、『たけくらべ絵巻』の画面構成も連続する「コマ」として物語の時間を担っていると言えるのではないか。さらに夏目は映画や演劇などの群集が登場する「モッブシーン」に着目し、戦後漫画を代表する手塚治虫には「モッブシーンの線のよろこび」と「コマの時間の重層化」があると指摘した[44]。夏目が分析したように映画の技法を主要な参照軸とした手塚に代表される戦後の日本漫画は、映画のショットをコマに、各ショット間の編集を映画のモンタージュ技法に学ぶことになった。そこには本来的に静止画である「写真」との差異から、「動く画」＝「動画」として、初期には「活動」と称されていた映画がもっていた「時間」への強烈な関心が覗かれることになる。注目したいのはこれに関連して夏目が「絵巻物のモッブシーン」にも触れ、「あの面白さは、一枚の絵とちがって、絵が続いていて〈時間〉があるからこそである[45]」とも述べていることである。このようなモッブシーンという「群像」による「動き」への関心こそ、荘八『たけくらべ絵巻』の世界を特徴づけるものと言うことができる。

数々の「美人画」や「風俗画」で知られる清方の画業の多くが、女性の表情・着物・佇まいなど時間が一瞬停止するかのような「静」の要素にあることは肖像画「一葉」などによく表われている[46]。いっぽう荘八の『たけくらべ絵巻』は映画という近代的なメディアやさらには中世の絵巻にも通じる「動」の要素があることこそ清方の言う「面白さ」や「楽しさ」を生むおおきな要因なのであろう。

おわりに

最後に『たけくらべ絵巻』制作について記した荘八自身の言葉を引用してみたい。

〈一葉 たけくらべ絵巻〉は、僕のまっとうに取り組んだ挿絵画式の初めであったと同時に、日本画式としてもそれに真向きにかかったのは最初と云って良い仕事で、僕は画中にほんものの臙脂（日本画用の臙脂墨）などを使っているが、却ってあとにも先きにもほんものの臙脂仕事はこの他には珍しく、というのが、初めてなればこそ、臙脂操作の相当厄介なことも敢えてやってみたのだったと云える。画中の箔置き（金箔）などもめくら滅法に自分でやったものだが、偶然半分に奏功したことだった。換言すれば、日本画画法が何れも新鮮で魅惑多かった。人物が多少画けて来ていた、とは云っても、あぶなっかしいものだったので、これこそ一々写生するわけにゆかず、一個の人物を画くのに、どれ位下図の素描をしたかわからない。人物模写も、そのコスチュームと共に、多くの下絵を画いた。[47]（強調点、原文通り）

ここで言う「臙脂墨」とは狩野派の技法書『丹青指南』にある中国の紫草という草から採取した紅汁を延綿に浸して乾燥させたものや、土佐派の技法書『本朝画法大伝』にある「生臙脂」等を指す。『絵巻』での「臙脂墨」の用例は大鳥神社の柱、美登利の「紅のハンケチ」、ぽっくりの鼻緒、さらに雨に濡れた「紅入友仙」などはやや薄い紅色として使われている。いっぽう「箔置き（金箔）」は祭日の子供劇（俄等か）の舞台の背景や女物の帯に用例が見られる。これら臙脂墨や金箔によるアクセント付けは、全体として詞書の筆文字や墨流しのような濃淡のあるシックな鼠色の空や室内とうまく調和している。

このような伝統的な「日本画式」と「挿絵画式」の合体が『たけくらべ絵巻』であった。引用文の他の箇所で彼は「版行挿絵（昔いった名のはんした絵）」は意図せず、小説本文を画因としてもつ描きかたを「挿絵画式」と呼んだ。原作を絵画化するにあたって、あくまでも「小説本文を画因」にして「想像或いは回想」を働かせつつも背景などは「実地写生」による西洋画の方法を活かしたのである。これに関連して前田愛はいっけん懐古的な画風の持ち主とされる荘八が思いのほか「醒めた認識[48]」をもっているとしたが、前田が指摘した「イメージをとおしてはじめてモノの意味が浮上してくるという考え方」や「細部の意味」への関心こそ、懐古的に見えもするが実は近代的なミメーシスに基づいた西洋画出身の荘八『絵巻』の画風を支えていたものであった。

荘八は彼の『絵巻』に触発されて制作された清方の『画譜』に対しては「この絵の楽しさを言えば、挿絵ものは、一眼見てその絵の生活の年代なり、風俗なりが読めることに、特別の魅惑のあるもの[49]」と評した。つまり彼は『画譜』がもつ物語性や人物の表情などよりも、「一眼」で見て取れるような時代の放つ息吹としての「生活」や「風俗」に強く反応していた。これは同じく一瞬の時間を凝縮した人物なり風景なりを画像化する画家でありながらも、日本画家と西洋画家という二人のポジションの差異と言ってよい。

荘八の『絵巻』に相対した読者は、一瞬にして時代の雑踏のなかにいるような錯覚に囚われる。そのような読者はもはや美術の「鑑賞者」というより、そのざわめきに身を置く「観客的読者」とも呼ぶべき存在なのかもしれない[50]。一人ひとりの表情ではなく複数の人物たちの動きに注目した荘八の『絵巻』。それは吉原遊廓周辺の少年少女たちを表出した一葉の「たけくらべ」の世界を、絵画の世界で受容した得難い試みといえよう。

注

（1） 一九二六年二～三月の第四回春陽展会に「たけくらべ絵巻」第一巻、同年五～六月第一回聖徳太子奉賛会総合展に、同二巻を出品、翌年四月第五回春陽会展に第三巻出品。本稿は三冊セットからなる木村荘八『一葉　たけくらべ絵巻』（画本折本・和綴本）・中川一政他監修、陰里鉄郎他編纂『一葉 たけくらべ絵巻 荘八画 その成立ちと木村荘八の画業』、別冊樋口一葉作『たけくらべ原稿本』を含む三好行雄解説・解読『樋口一葉 真筆たけくらべ原稿 解説』（講談社、一九八二年八月）による。なお以下『たけくらべ絵巻』と表記する。なお二番目の本は、本書では表紙の題名を用いている。

（2）清方は第三回六潮会展に「にごりえ」を賛助出品したのち、一九五七年一二月、美術出版社から『にごりえ』を折帖形式で出版した。以下、清方の「にごりえ」は原則として『画譜』と表記する。

（3）清方「『たけくらべ絵巻』」（『アトリエ』一九二六年四月）。引用は『鏑木清方文集三』（白凰社、一九七九年五月）二八七〜二八八頁。

（4）荘八は初出では「鏑木さん雑感」（『画論』一九四二年二月）としたが、『近代挿絵考』（双雅房、一九四三年一二月）では「鏑木清方雑感」と改題された。

（5）清方「小説『にごりえ』を画にして」（初出誌等不明、昭和九年一月。引用は『鏑木清方文集二』制作余談、白凰社、一九七九年八月、二四五〜二四六頁）。

（6）清方の年譜についてはおもに『鏑木清方記念美術館収蔵品図録叢―卓上芸術編（一）明治・大正期―』（鎌倉市鏑木清方記念美術館、二〇〇二年七月）、同「（二）昭和期」（同、二〇〇二年九月）、『鏑木清方の美人画―樋口一葉著作関係及び『婦人世界』・『婦人公論』関係作品所収―』（同、二〇一一年一二月）を参照した。

（7）荘八の年譜は丸地加奈子編「木村荘八年譜」（『生誕一二〇年　木村荘八展』東京新聞社、二〇一三年）一九二〜二一三頁、倉田三郎『木村荘八　人と芸術』（造形社、一九七九年一〇月）を参照した。

（8）近代以前の「巻物」としての絵巻については千野香織「絵巻の時間表現―瞬間と連続」、原題“New Approaches to 12th Century Narrative Painting in Japan”一二世紀の物語絵画「信貴山縁起絵巻」研究の新しい試み」（『千野香織著作集』ブリュッケ、二〇一〇年六月）が、絵巻に内在する「ストーリーの時間」と読者による「鑑賞の時間」の二側面から詳しく分析している。

（9）三谷邦明・三田村雅子『源氏物語の謎を読み解く』（角川選書、一九九八年一二月）二六五頁。

（10）「媒質」とは「媒体」を表わすmediaの単数形を意味するが、後者はあまりにも多義的に使用されるので、文字や絵を指す場合は「媒質」mediumを用いる。なおこの語については森田團『ベンヤミン　媒質の哲学』（水声社、二〇一一年三月）を参照した。

（11）清水婦久子「源氏物語の絵入り版本」（『源氏物語版本の研究』和泉書院、二〇〇三年三月）二〇〜三七頁参照。

(12) 関肇「尾崎紅葉と新聞メディア」(『新聞小説の時代　メディア・読者・メロドラマ』新曜社、二〇〇七年一二月)四三頁。

(13) 同右、八五頁。

(14) 後藤宙外「小説の口絵に就きて」(『新小説』一八九九年四月)。

(15) 岩切信一郎『明治版画史』(吉川弘文館、二〇〇九年八月)二三六～二三九頁。

(16)「遺言状」については吉田昌志「挿絵名画館」(『別冊太陽　鏑木清方　逝きし明治のおもかげ』二〇〇八年四月)に基づく。なお同文によればこの挿絵は『鎌倉市鏑木清方記念美術館叢書6』資料によるとされている。

(17) 荘八「鏑木さん雑感」注(4)に同じ。

(18) 渥美孝子「夏目漱石『草枕』:絵画小説という試み」(『国語と国文学』二〇一三年一一月)を参照した。

(19) 同書は一七六六年にベルリンで刊行されたという(斎藤栄治「解説」、『ラオコオン』岩波文庫、一九七〇年一月)による。

(20) 柄谷行人「『草枕』」(『漱石論集成』第三文明社、一九九二年九月)二七〇～二七六頁。

(21) たとえば、漱石は「写生文」(『読売新聞』一九〇七年一月二〇日)で「写生文家」は「大人が子供を視るの態度」と言いつつ「二十世紀の今日こんな立場のみに籠城して得意になつて他を軽蔑するのは誤つてゐる」と明言していた。

(22)『草枕絵』第一～三巻は松岡映丘・山口蓬春・小村雪岱ら二七名の日本画家によって一九一二年七月に発表された計二八図からなる連作絵画(川口久雄『漱石世界と草枕絵』岩波書店、一九八七年五月参照)。

(23) 渡部直己『増補決定版　本気で作家になりたければ漱石に学べ』(河出書房新社、二〇一五年一二月)一二七～一三四頁。

(24)「草枕」(『漱石全集』第三巻(岩波書店、一九九四年二月)一七一頁。

(25) 渥美、注(18)に同じ。

(26) 前田愛『文学テクスト入門』(筑摩書房、一九八八年三月初刊)。ここでの引用は同書増補版(ちくま学芸文庫、一九九三年九月初刊、二〇一三年四月、一四刷)二〇～二六頁。

(27) 同右、二三頁。

(28) 角田拓朗「鏑木清方の造形と文学」(『近代画説』一五号、二〇〇六年)。角田は清方の活動を「他者文学の造形化」「文学からの離反」「自己文学の造形化」の三期に分け、第二期は清方が官設展覧会(官展)を意識した時期とした。

(29) 同右、「美人画から風俗画へ—鏑木清方の官展再生論」(『近代画説』同一六号、二〇〇七年)。ここでは清方が独自の立場から官展(帝展)に批判的かつ創造的に関わったとしている。

(30) 以下、「文展と芸術」からの引用は『漱石全集』第一六巻(岩波書店、一九九五年四月)五〇七~五〇八頁。

(31) 陰里鉄郎『陰里鉄郎著作集3』(一艸堂、二〇〇七年一二月)三〇頁。

(32) 陰里、同右、八六頁。なお「東京」は『東京朝日新聞』に一九二一年二月から連載後、他雑誌への連載を経て『現代長篇小説全集第一六巻　上司小剣集』(一九二八年一一月)に収録された。

(33) 清方「金鈴社前記」「金鈴社(一)」「金鈴社(二)」「文展終期」「帝展の発足」(『続こしかたの記』中央公論美術出版、一九六七年九月)四三~一一五頁。

(34) 同右、注(3)に同じ。

(35) 同右、「龍岡町にゐたころ卓上芸術といふことを唱へ出した。(中略)何も別に創造の意味があるわけではなく、他に強ふるものでもないが、世に会場芸術、床の間芸術などの呼び名もあるところから、画巻、画帖又は挿絵などの、壁面に掲げるものでなく、卓上に伸べて見る芸術の一形式を指して云つたもので、前に私の職としたところも含めてさう云つた」(『続こしかたの記』「山の手の住居」中央公論美術出版、一九六七年九月)一六四~一六五頁。

(36) 永井荷風「濹東綺譚」(『東京朝日新聞』・『大阪朝日新聞』一九三七年四月一六日~六月一五日)。なお同作は私家版として烏有堂から一九三六年一〇月刊行後、『東京朝日新聞』『大阪朝日新聞』で一九三七年四月一六日~六月一五日に連載された

(37) 荘八「濹東新景」(『オール読物』一九四八年一月)。引用は注(7)丸地加奈子編「荘八年譜」二〇三頁による。

(38) 同右、「三代挿絵変遷史」(『全国出版新聞』一九五一年七月二五日~一九五二年二月二五日)。引用は『木村荘八全集』第二巻挿絵(二)(講談社、一九八二年一二月)七一~七二頁。

(39) 紅野謙介「新聞小説と挿絵のインターフェイス――一九二〇年代の転換をめぐって」(『岩波講座文学2 メディアの力学』岩波書店、二〇〇〇年一二月)一六五頁。
(40) このとき清方も口絵「美登利」を掲載している。
(41) 陰里、注(31)三六頁。
(42) 山田有策監修『「たけくらべ」アルバム』(芳賀書店、一九九五年一〇月)四九頁。なお、本書は現時点でもっとも身近に荘八の『たけくらべ絵巻』の主要箇所を見ることのできるものである。
(43) 夏目房之介「『新宝島』の読み方―表現論―」(『手塚治虫はどこにいる』ちくま文庫、一九九五年一二月)六〇頁。
(44) 同右、「初期手塚マンガの楽しさ　モップシーン」同右、三六~四五頁。
(45) 同右、三九頁。
(46) 一九四〇年一〇~一一月に開催された紀元二千六百年奉祝美術展に出品された。
(47) 荘八「たけくらべ絵巻について」(『東京繁昌記』演劇出版社、一九五八年一一月)。引用は『一葉　たけくらべ絵巻　木村荘八画　その成立ちと木村荘八の画業』(注(1))四二~四三頁。
(48) 前田愛「醒めた認識」(『木村荘八全集』第八巻「月報」、講談社、一九八三年二月)。
(49) 荘八「『にごりえ』のたのしさ」(『萌春』一九五八年三月。引用は『鏑木清方文集八』「月報」白凰社、一九八〇年九月による)で各章のリアルな風俗的描写を高く評価していた。
(50) なお、公平を期す意味でつけ加えると、小説とは異なり美術図書として刊行されている『絵巻』も『画譜』も共に高価本で一般的には入手しにくく、読者・観客の参加を妨げているので、開かれた形にすることは今後の課題であろう。

付記　本稿は、二〇一五年四月一五日におこなわれた日本近代文学館による講座「文学と絵画のコラボレーション」での講演「樋口一葉「にごりえ」と鏑木清方」を基にしている。これが機縁となって本稿の初出「木村荘八『一葉　たけくらべ絵巻』の成立―近代小説をめぐる絵画の応答―」(樋口一葉研究会編『論集　樋口一葉V』おうふう、二〇一六年一一月)を執筆したため、重なる部分があることをお断りしておきたい。

鏑木清方『にごりえ』（画譜）の世界――一葉小説の絵画的受容――

はじめに

「鏑木清方と一葉」というと、一九八一年に「郵便切手近代美術シリーズ」第十一集として採用された清方が描いた肖像画を思い浮かべる場合が多いかもしれない。(1) 確かに二〇〇四年に五千円札に一葉の肖像が登場するまでは、凛々しく物思いに耽るようなこの画の表情から、「針箱（生活者）」と「文机（作家）」の間で呻吟した女性作家という一葉イメージが浮かんでくる。この画像は清方が一九四〇年、紀元二千六百年奉祝美術展覧会に際して制作されたため、総動員体制による戦時色濃い時代のなかで表象された女性作家像の問題へと接続させることも可能である。(2)

だが清方自身の文章を読むと、左側上部の釣りランプの灯が三角形の頂点を描くなかで照らし出しているのは、左側の針箱と右側下方に置かれた文机の間で、小裂の入った畳紙（たゝうがみ）を前に、針持つ手を休めている一瞬を描いた画像であることが改めて浮かび上がってくる。

畳紙といふのは、その時分家庭で手ごしらへに反古をあつめて張つたり、又は美しい千代紙で張ることもある。小裂などを入れて身近に置くものである。画中一葉の膝近くにある、冴えたなんど色に真紅のもみぢと小菊の模様のあるのは、彼の『たけくらべ』の美登利と雨の日に下駄の鼻緒を踏み切つた信如との間に、いつまでも美しい色どりとなつて残る紅入友禅、多分一葉の畳（たゝう）のなかには、こんな綺麗な小裂が在つて、それがあの一齣の趣にまで幻影を拡げて行つたのではあるまいか、（中略）一葉は東京で生れたのだが、父母共に甲州人で士族であり、父は官吏であつた。髪を銀杏返しに結ひ、衣類には黒衿をかけ、前垂掛けだからと云つて、それは東京の下町人とは同じやうな扮装をしてゐても、好みは全く違つてゐる筈である。[3]

引用文の冒頭近くには制作の「直接画因」が一葉の随筆「雨の夜」（『読売新聞』一八九五年九月二〇日）の「小切れ入れたる畳紙とり出だし、何とはなしに針をも取られぬ」であることが記されている。したがって少なくともこの引用箇所からは、畳紙の小切れをめぐって「たけくらべ」十二章から十三章に描かれた作中の美登利と信如との遣り取りへと連想が及んでいることが見て取れる。そこでは随筆「雨の夜」ではなく、思春期の作中人物たちが織りなす小説中の「雨の朝」の一瞬の劇へと思いを巡らせる作家としての一葉像が構築されようとしていた、とも解釈できるのである。また引用に続く後半には髪型や着物の着こなしなどの外見や、「気魄の人を圧するやうな」[4]彼女の雰囲気までもが語られている。ここからは絵筆による一人の女性作家像の構築に際して、視覚的な「再現」や「描写」の重要性だけでなく作家の「内面」を描くことへの少なくない関心があったことも浮かび上がってくるが、清方の関心が作家そのものよりも作家の描く小説世界にあったことはもっと注意を払ってもよいと思う。

明治期に尾崎紅葉・泉鏡花などの小説の挿絵画家として出発した清方は、一九〇七（明治四〇）年に開催された第一回文部省美術展覧会（文展）に「曲亭馬琴」を出品するが落選、それいらい人物を配した日本画（本画）と挿画とは彼のなかで二項対立的でもあると同時に、互いが影響しあう二つの領域でもあった。浮世絵系の正真正銘の「挿画師」として出発した彼が、やがて「挿絵画家」として、さらには日本画家への志向によって官製の美術界の制度的編成にも関心をもったことは事実であろう。このような動きはさらに加速し、一九一四（大正三）年の第八回文展では「墨田河舟遊」が二等賞受賞、翌年の第九回文展では「霽れゆく村雨」が同じく二等賞首席になるのをはじめ、一九一八年の第十一回文展の出品作「黒髪」は特選一席など、画壇での地位は不動のものとなっていく。さらに一九一六年の日本画家松岡映丘らとの金鈴会への参加や同会への「雨月物語」出品（一九二二年）などの諸作品を見れば、明治末期から大正期にかけての清方の関心が本画にあったことは想像に難くない。[5]

しかし清方においてことは少々複雑な様相を呈した。樋口一葉の没後二十三回忌にあたる一九一八年一一月二三日、博文館から真筆版『たけくらべ』が刊行され、彼は口絵として「美登利」を提供することになる。これは一九〇二年十月、烏合会第五回展に出品した作中の登場人物である美登利が、作家一葉の墓石を抱きかかえるように哀惜するという、かなり意表を衝いた「一葉女史の墓」を出品していらいの一葉関係の絵画だったのである。だがこのような偶然ともいえる「一葉作品への復帰」以上に重要なのは、画家清方にとって新しい出会いがあったことである。西洋画出身でありながら新聞小説の挿絵に参入していた木村荘八との出会いは、その後の清方にとって決定的だったと言わなければならない。[6] 詳しい説明は後で述べるが、その出会いは本画家への志向が強かった清方をして、新しい形で挿絵画家として再出発させる契機となるものだったと言っても言い過ぎではないだろう。

筆者は日本近代文学館の講座「資料は語る」での「文学と絵画のコラボレーション」（二〇一五年四月一八日）で講演を担当させていただいた。本稿ではそれを基に、新聞小説の挿絵から出発した清方が本画志向を経たのち、一葉の「にごりえ」（『文藝倶楽部』一八九五年九月）という小説世界をどのように絵画化したのかを検討してみたい。

1　清方の一葉作品復帰―真筆版『たけくらべ』前後―

明治・大正・昭和の三代を画家として生きた清方が、自らの画業を「会場芸術」「床の間芸術」「卓上芸術」と三分類したことはよく知られている。「龍岡町にゐたころ卓上芸術といふことを唱へ出した。（中略）何も別に創造の意味があるわけではなく、他に強ふるものでもないが、世に会場芸術、床の間芸術などの呼び名もあるところから、画巻、画帖などの、壁面に掲げるものでなく、卓上に伸べて見る芸術の一形式を指して云つたもので、前に私の職としたところも含めてさう云つた[7]」と彼の回想記にあるように「龍岡町にゐたころ」とは一九一二年、それまで住んでいた京橋区浜町河岸から本郷区龍岡町に転居した時期を指す。清方の居住地は生誕地である神田区佐久間町を皮切りに、京橋区の南紺屋町および築地から、本郷区湯島切通しを経て日本橋区浜町から本郷区龍岡町へ転居したのは一九一二年五月。龍岡町は湯島切通しと元富士町に挟まれた地域で、彼の住んだ十五番地付近は「此地大学病院に接す」(『新撰東京名所図会』「本郷区之部一[8]」)ともいわれる場所だった。

居住地と画業を安易に接合させることは慎まなければならないが、転居まえの同年一月、第二十三回烏合展に『金色夜叉絵巻』という口絵・挿絵計一三一点、扉絵一点、カット二点、箱装丁という大部の画業を仕上げていた清方が、それ以前の挿絵画家としての世界を総合し、そこから異なる世界へと転進をはかったことは次の言葉からうかがえる。「私が長い間の下町暮しを見切つて、山の手の一角に移つたのは同時にこれまでそれで生活を立てて来た挿絵家業からはなれて、自由作家と云はうか、ワキ役の立場でなしに、よかれあしかれ、拘束のない、思ふまゝなの画がかきたい。そこにハッキリ区切をつけようとする志望のあらはれであつた[9]」と述べるこの時点での清方にとって、下町から山の手への住み替えや先に述べた文展への傾斜は、近代文学に随伴する挿絵画家から自立するための一階梯であったことになる。なるほど、これはとかく近代文学の側から想像しがちな私たちにとって、見落としがちな自らの本領を志向する画家としての立場であろう。

確かに清方の画業を全体として俯瞰できる現在から見るとき、彼の世界のなかで先に述べた「会場芸術」「床の間芸術」「卓上芸術」の三者は不可分の関係として置かれていることがわかる。もちろん挿絵画家から本画家へ、そして両者が一体化された画家清方へとその画業を時系列的に位置づけることもできる。だが、少なくとも龍岡町転居にはじまる大正期の清方にとって、本画への志向は最重要の課題だったといってよいだろう。それは、たとえば明治から大正へと年号が変わったその秋に開かれた第六回文展を観覧した夏目漱石が、「芸術は自己の表現に始つて、自己の表現に終わるもの」と述べて官展への苛立ちを露わにしながら自己の本領である文学世界の構築へと向かったのと共通性をもっているように思う。[10]

大正と年号が改まって七年、清方の前に立ち現れたのが本稿の冒頭で触れた一葉の真筆版『たけくらべ』の刊行[11]だった。これは博文館が一葉の没後二十三回忌に因んで計画したもので、目次をみると口絵に鏑木清方、序に幸田露伴、島崎藤村とつづいたあと、「たけくらべ」の真筆版があり、そのあとに泉鏡花「一葉の墓」、戸川残花「一葉と其師」、佐々木信綱「一葉女史とその和歌」、三宅龍子「一葉女史を憶ふ」、岡野知十「一度見た事のある一葉女」、平田禿木「二十三回忌の秋に」、戸川秋骨「一葉女史の追憶」、最後に馬場胡蝶による「跋として」「樋口一葉君略伝」「一葉著年表」となっている。興味深いのは、刊記に編者が一葉の妹である樋口邦子となっていることをはじめ、生前の一葉と交流のあった関係者が存命中での出版であることである。

しかし、このようなラインナップのもとに刊行された本書の装丁について、なぜか明確な記述が見当たらない。厳密な校訂で知られる関良一の「一葉書誌」[12]にも「準四六判、クロース装。表紙背・扉に樋口一葉。奥附に樋口邦子編。口絵一枚」とあるだけで清方の名はどこにもない。だが赤い三つ巴の文様をあしらった白い万灯や、同じく赤で「たけくらべ」と崩し字で記された表紙、さらに裏表紙の薄墨色の暈しで吉原夜景と思しき妓楼の窓明りが通りを彩る提灯の灯と同じ白抜きで示されるなどの凝った造りは、おそらく清方の手になるものと推定される。もちろん確かな証拠はないが、そこはまさに一葉の二十三回忌にふさわしい「たけくらべ」真筆版刊行の書物空間となっている。それが出来るのは本書の口絵に描かれた物憂い風情の少女となった「たけくらべ」末尾のヒロイン美登利を視覚化した清方その人をおいて他にないと思うのはほぼ妥当ではないだろうか。

2

洋画家木村荘八『たけくらべ絵巻』との接近遭遇

この真筆版への参加によって一葉作品への復帰を果たした清方の前に現われたのが、彼より十五歳年少の洋画家木村荘八（一八九三〜一九五八）である。荘八はよく知られているように実業家木村荘平の第八子で、明治の女性作家木村曙の異腹の弟だったことや、すぐ上の同腹の兄荘太が作家だったため、洋画家ながら近代文学に強い関心があった。その彼が白馬会葵橋洋画研究所に入所、岸田劉生との交流後、大正二年にヒュウザン会に参加するなどを経て、一九二三年には春陽会会員になり、それから三年後の同会第四回展に「たけくらべ絵巻第一巻」（以下全巻を『たけくらべ絵巻』と表記）を出品する。[13] 荘八と清方は、それぞれこの絵について次のような一文を残している。

小説『たけくらべ』を日本画式に紙で、絵画風に―というのはまっとうの挿絵風に―画いてみようと考えたのは、それまでの仕事ではやってみたことのなかった挿絵的境地が、」やれそうに思えたので、それをまともにぶつかって、画いてみたいと思ったからである。（中略）好きの中でも殊に一葉の小説のなかでも『たけくらべ』は、愛読随一のものだったので、仕事の台本（テキスト）にこれを選んだのだった。どこからも、誰からも、頼まれたものではない。自発の挿絵仕事だった。（傍点、原文、荘八「《一葉たけくらべ絵巻》について」[14]）

木村さんが『たけくらべ』を巻物に描かれたといふことに私は大へん興味を有つた。私の二十歳前後、『たけくらべ』と『高野聖』とは愛読書どころの沙汰でなく、クリスチヤンの聖書にも比すべく、場所に依れば数行、十数行、今でもちつとは違つても暗誦してゐるところも尠くない（中略）木村氏の画の前に立つて、一々会心の笑みを禁め得ぬと同時に、昔の夢になりか丶つてゐた、その制作欲が頻りに活動し始める。（中略）近時の展覧会を観ると、画は面白かつたり、楽しかつたりするものではなくなりさうな時、木村氏勇敢に楽しく、面白い作を示さる、愉快なことである。

（清方「たけくらべ絵巻」[15]）

前者は後年の回想で、後者は「たけくらべ絵巻」出現時のものという違いはあるものの、ここに見られるように二人の間に強い影響関係があったことは特筆に値する。後進の西洋画家と先輩の日本画家の出会いにも増して注目したいのは、「誰からも、頼まれたものではない」という西洋画出身の荘八の言葉である。これは先に触れた漱石「文展と芸術」にあるように一九一〇年代以降の日本でも価値化されてきた「芸術志向」の表われであろう。だが、明治から昭和へと至る歩みのなかで、ほとんど自前で芸術の三領域を形成してきた清方にとって、それはすでに自家薬籠中のものであった。ここには生粋の新聞小説の挿画師として草創期の近代メディア空間で生きてきた清方と、裕福な家庭で育った洋画家出身の荘八との稀有な出会いの瞬間が表出されている。前者は「自発の挿絵仕事」として、後者では「制作欲が頻りに活動し始める」という制作欲の発露において両者は共通している。おそらく近代の芸術観をもつ西洋画出身の荘八と近世の浮世絵の系譜を引く二人の接近遭遇は、近代の女性作家樋口一葉の「たけくらべ」において実現したのである。

ここでひとつ見落してならないことは、荘八が挿絵に接近するには一九二三年に白井喬二の「富士に立つ影」（『報知新聞』一九二四年七月二〇日～二七年四月五日）に際して新聞小説の挿絵を担当したことである。これは単独ではなく、川端龍子や河野通勢、山本鼎とのリレー式による競作であったが、そのなかに荘八が加わり初めて新聞小説の挿絵を描く[16]。洋画出身の新聞小説の挿絵画家としてよく知られているのは、（中里介山『大菩薩峠』）（『都新聞』一九一三年九月一二日連載開始）や上司小剣「東京」（『東京朝日新聞』一九二一年二月二〇日、同）にはじまる長篇小説の挿絵を担当した石井鶴三である。創作版画の開拓者でもあった鶴三の挿絵は洋画の基本であるデッサンをエッチングのような太い描線で描くところにその特長がある。倉田三郎は石井の技法を「人体解剖に立脚」した「骨法」と称したが[17]、浮世絵系の時代小説に馴染んでいた新聞読者にはかなり新鮮だったであろう。この骨太いタッチの描線こそ、昭和期になって荘八の代表的な挿絵「濹東綺譚」(『東京朝日新聞』『大阪朝日新聞』一九三七年四月一六日〜六月一五日)に受け継がれたものであることは言うまでもない。

新聞小説の挿絵画家から日本画家へと転進しつつあった清方と、西洋画家から新聞小説の挿絵画家へと転進しつつあった二人は、異なる迂回路を経て一葉小説の絵画化において共鳴しあい、互いの創作欲を刺戟されるのである。

3 清方『にごりえ』(画譜)の世界

荘八の『たけくらべ絵巻』全三巻が完成する一九二七年四月の翌月、清方は泉鏡花の『註文帖』一三図の制作に取りかかる。この前年にはかつて清方も「雨月物語」を出品したこともある「金鈴会」から「新興大和絵会」へと名称変更した松岡映丘らグループによる絵巻風の体裁をもつ『草枕絵』が完成し[18]、文学作品の連作画化の気運は高まっていたのかもしれない。同時に清方は本画への志向も強く、この十月には第八回帝展に著名な「築地明石町」を出品し帝国美術院賞を受賞、翌年の第十一回帝展には「三遊亭円朝像」を出品するなど活躍がつづく。思えば、これら掛軸絵でもある一連の作品は「床の間芸術」として、個人宅でも鑑賞することもでき、その意味で「会場芸術」と「床の間芸術」という二つの領域は接合されたといえる。そんな清方にとって残る課題が「卓上芸術」であったことは容易に想像がつく。

こうして一九三四年二月、六潮会第三回展に賛助出品したのが『にごりえ』(以下、『画譜』と表記)である[19]。『画譜』

を発表する直前、清方は次のように述べている。

若い時に志した挿絵の道は先づ文藝の作と一つになることを心がけて、たゞ、それだけを目あてに苦労もすれば、楽しみもした。今にして思へば、いかにも単純なものであつたのだが、近頃では、小説が劇になつたり、映画に撮られたりするのを見ると、原作をなぞるやうなことはせず、場合によつては、まるで違つたものになつてゐるのも、珍しくない。今それを、とやかくあげつらふ気はないが、私が一葉の『にごりえ』をとりあげて、かうした連作を画いた時のこゝろもちは、やはり昔に挿絵をかいてゐた若い心と、少しも変りはなく、明治二十八年「文藝倶楽部」で、はじめてこの作を読んで以来、いくたびとなく読みかへしてゐるうちに、いつしか宿る幻をそのまゝ絵筆に托したに過ぎない。(中略)この種の手がけたもの、まだ数種をかぞへるのみなのを自分ではほいないことに思つてゐる。意識して原作から離れるやうなことはしないが、もと〳〵作者の気ちが、悉く読むものにあやまりなく通じるとは限らない。私の受け入れかたが、やはり私なりのものになつてゐようとも、それは已むを得ない。

(清方「小説『にごりえ』を画にして」[20])

山田五十鈴主演の東宝映画「樋口一葉」が登場するのは、これより五年後の一九三九年のことだが、この一文からは劇や映画という媒体とは異なる絵画の領域で、しかも初出誌いらいの感興を保持する読者として一葉作品を絵画化しようという強い意欲が伝わってくる。端的に言えば彼の主張する「卓上芸術」としての試みである。その結果、原作「にごりえ」全八章(『文藝倶楽部』一八九五年九月)を二倍近い全一五図にし、見開きページの右側に詞書、左側には画像が配された『画譜』空間が出現した。このような画像空間こそ言葉と画が交響する、清方の望んだ読書空間といえるものだろう。
ページを繙くと、まず第一図は小説の第一章と対応させ、菊の井の酌婦お高と思しき女性が店先でお力に語りかける図が登場する。つづく第二図は朋輩に語りかけられ、立膝姿で長煙管を吸いながら答えるお力像になる。第三図は寝転んで寛ぐ結城朝之助をまえに朋輩から源七が訪ねてきたことを告げられて当惑するお力、それに対応するように第四図はお力に会えずに追い返されてうつむき加減で帰る源七が視覚化されている。全体としては紅灯の巷でもあり岡場所でもある菊の井の場面が六図、そこに隣接する侘び住まいである源七の長屋が三図、残りは湯屋に行くお力の図や二人の惨劇の場となるお寺の山周辺が描かれている。

これら連作絵画全体の印象は「お力の物語」に焦点化されているということである。それを絵画の用語で表現するなら、美人画と風俗画を合体したものと言っていいかもしれない。たとえば角田拓朗は昭和初期の清方は「浮世絵と近世人物画の動向をあわせて風俗画史を構築」しようとしたと述べている[21]。その当否を語る余裕は論者にはないが、少なくとも『画譜』にはそれまでの清方の画業にはない世界が現出しているように思われる。それは銘酒屋菊の井でのお力や朋輩などの酌婦像、追い返される源七や月下に桃を買ういたいけな太吉、濃い墨色の斜線で描かれる長屋、釣りランプの下での侘しげな食事風景、彼と二人でお寺の山へと向かうお力の後ろ姿、無理心中が暗示されるお力の湯屋への姿などを地面に転がる女下駄等々で表現している。この最後の一枚の描線はかなり細く色彩も淡いが、花柳界と市井という二項対立的世界の緊張が次第に頂点に達し、「心中」という非劇的終局に至る空気感がこの一枚の淡彩画によって凝縮されているかのようである。

後年になって彼は「「にごりえ」は明治二十八年八月（ママ）の「文藝倶楽部」に載つたもので「たけくらべ」とひとしく少年時に愛誦措かず、今もこれは不朽の名作と云はれてゐる。下画を付けると形は慥かめられるが感触の新鮮を期し難い憾みがあるのでこんどは木炭のアタリでぶつつけに画（か）いて行つた[22]」と述べるように、これは清方が小説

「にごりえ」をどのように受容したかを絵画で表現したものである。挿絵から本画へという、いわばそれぞれの川の流れとしての「床の間芸術」「会場芸術」「卓上芸術」という三つがここに合流して一つの湖を形成したように、『画譜』として表出されたこの「卓上芸術」の世界は彼の画業にとって無くてはならない一角であろう。

このように私たちは『画譜』の魅力に憑りつかれるのだが、いっぽうで文学に携わるものとしてこの世界からこぼれ落ちるものも、やはり気になる。

4 『画譜』に描かれなかった章

その意味で『画譜』に描かれなかった原作の二つの章は重要であろう。一つは、ある雨の日、お力が客引きをして、初回の客である結城朝之助を二階に上げて、彼の紙入れから金を勝手に引き出して朋輩たちに振舞う第二章。朝之助が初めて菊の井の二階にあがる場面で、馴染みになるまえのいわば腕利きの酌婦としてのお力の「職場の姿」が表出されている章である。もう一つは「誰白鬼とは名をつけし」ではじまる、菊の井の女たちの怨嗟の声とその一人でもあるお力が、七月十六日という盆や閻魔の祭礼で賑わう座敷を放り出して、横町の闇のなかへ彷徨い出る第五章である。[23] この場面は語り手による地の文とお力の内言（心中思惟）、さらに語り手によって推測されるお力の内面が、自由間接話法で語られる「にごりえ」のなかでも特に緊張感のある箇所である。これらの場面を含む二つの章はなぜか清方の『画譜』ではカットされた。

削除の理由をあれこれ忖度するのは無意味かもしれないが、あえて推測するなら言語によって構築される文学表現の独自性が発揮されるこれらの箇所を、視覚像を生命とする画家清方が敬して遠ざけたのではないだろうか。たとえば清方が六潮会に「にごりえ」を出品した一九三四年、石井鶴三と中里介山の間で起きた挿絵をめぐって論争が起きている。[24]これは新聞小説の挿絵は作家のものか、画家のものかという本質論が争われたのである。この論争と直接関連するかは不明だが、一葉の場合は没後作家であることや、『画譜』という小説画面の連続からなる特殊な肉筆画の展示作品の一部を削除することなどによって清方においてこの問題はクリアされたのかもしれない。

いずれにしても想像の域を出ないこの問題以上に、挿絵の問題として外せないのは、原作の初出誌『文藝倶楽部』に置かれた女性挿絵画家、玉桂、中江ときの画像の存在であろう。[25]彼女の画像は二枚あるが、一枚は第一章を描いた立膝のお力が長煙管の掃除をする「お力を見れば煙管掃除に余念のなきは俯向たるま、物いはず[26]」の場面。もう一つは「仕事を片づけて一服吸つけ、苦労らしく目をぱちつかせて、更に土瓶の下を穿くり、蚊いぶし火鉢に火を取分けて三尺の縁に持出し、拾ひ集めの杉の葉を冠せてふうふうと吹立つれば、ふすふすと烟たちのぼりて軒にのがれる蚊の声凄まじし[27]」という所帯を切り盛りするお初が蝉表の内職の手を休め、帰宅間もない夫のために蚊遣りを炊く第四章の図である。玉桂の描く画像の女性はどちらも人形のように無表情である。これは清方のいう愛読者を内包する「卓上芸術家」としての画家とは異なる、出口智之が指摘したように明治前期の挿画師的な職人仕事の為せる技という見方も成り立つかもしれない。[28]

しかし人物が無表情だからこそ、そこに読者はさまざまの言葉でその女性を想像することもできる。それはあたかも人形浄瑠璃における人形が、観る者それぞれの個別性において生々しい身体性を脳裡に喚起させるのと似ている。玉桂の二枚の画像が職場や家内という日常的な場面を描いているのは、明治という時代を「現代」として生きる女性表象のメッセージ性を込めたためかもしれない。それは特別なヒロインとしての女性ではなく、読者の住む世界に隣接する女性たちとしてお力やお初を解釈することを求めたともいえよう。それは原作世界が表出しているお力と同じ酌婦たちや、お初に象徴される銘酒屋など花柳の巷に通う夫をもつ妻たちの世界であり、それらの女性表象は一葉が構築した言葉による世界のなかで密かに息づいているように思える。もちろん、清方も破局に向かう源七一家を描いたが、それは家庭を壊してしまう夫側からの画像であることは、内職によって家を守る貧にやつれたお初像によく表われている。少なくとも太吉をともなって去っていく小説世界のお初は、無気力なだけの女性とはいえないのである。

おわりに

清方の『画譜』の詞書は荘八の『絵巻』のように画と拮抗したり画面に侵入したりすることなどない。文字と絵は別々に置かれ、控え目な字体は静かに画面の横で息づいている風情である。観る者は一枚一枚の美的鑑賞の総計として『画譜』を観、かつ読むことになり、酌婦としてのお力の日常やその苦悩は後景化される。いわば彼の画家としての技量が投入された「にごりえ」の世界である。その結果、読者は清方の美的世界と向き合うことになる。言い換えると『画譜』は動きよりも一枚一枚の画としての完成が追究され、読者にはそれらの集積として「視る」ことが期待されている。それらの画と画の間に生成される「間」や「時間」は視る＝読む者に委ねられているのである。

いっぽう、清方におおきな影響をあたえた荘八は『画譜』に対し「挿絵ものは、一眼見てその絵の生活の年代なり、風俗が読めることに、特別の魅力のあるものである」と述べて「にごりえ」の第一・二・三・五・六・八・十三・十五図の風俗的特色を具体的に指摘し、「明治二十八年、にごりえ生活ならではのあつらえものの小道具類が、こころにくいまで選りぬいてぴたりと描かれた」[29]とその細部の確かさへの称賛を惜しまなかった。荘八は新聞小説の挿絵制作に際しておおきな影響を受けた石井鶴三について述べた一文のなかで、「挿絵＝illustrate」の本意を「明ラカニシた上で説明シ、図解スル」、「本文（text）を明示する」という「図解」や「明示」に重きを置く考えをもっていた[30]。ここには洋画出身の荘八の面目が躍如としているが、同時に清方との差異も明確に表出されている。二人は一葉の小説世界受容において相互に影響をあたえつつ、同時にそれぞれの独自性を失わなかった画家同士だった。その連携の様子は、アジア・太平洋戦争時に刊行された『樋口一葉全集』に表れている。この全集の装幀を担当した荘八のプランで、扉意匠に清方が加ったのである[31]。さらに全集刊行が終了した翌年、清方は次のような文章を書く。

（前略）往時挿絵がとかく識者の清鑑に入らざりしは画者却つてその特殊の境界を恃み、為すことを為さゞりし—とは乃ち一般画道の基本修養を忽せにしては、いかなる絵画も在るべきやうなき—そのおほねに欠くるふしありたればにや、と。著者また書中に於て、本格に絵の描ける「腕」が必要なりと簡明に同じ意義に触れたるを見る。挿絵の作家が一般絵画と何ら変ることなき技を以つて、主題と四ッになつて取組みたる作品が、単に挿絵なるが故に別け隔てを付けらる丶ことありとせば、これは作家の知るところならず、差別を構へたるもの丶不明に帰すべし[32]。（強調点、原文通り）

旧文体ながら清方の気概が強く伝わってくるこの一文は、名著と言われる荘八『近代挿絵考』の序文に寄せられたものである。「挿絵の作家」も「主題と四ッになつて取組」んでいるという箇所からは明治の女性作家樋口一葉の小説と、その画像を通じて深く関わった二人はこのとき稀有な連携を果たしたことが浮かび上がってくるのである。

注

（1）戦後、一葉像を採り入れた切手は一九五一年四月に吉田豊原による画が「文化切手」として発売されたものが最初である（山梨県立文学館企画編集『樋口一葉の世界』一九九〇年一〇月）六五頁参照。
（2）笹尾佳代「紀元二千六百年奉祝美術展覧会と〈肖像〉の一葉」（『結ばれる一葉　メディアと作家イメージ』双文社出版、二〇一二年二月）参照。
（3）鏑木清方「一葉」（初出不明、発表一九四一年一〇月。引用は『鏑木清方文集一』白凰社、一九七九年八月）二三二頁。
（4）同右、注（3）二三三頁。
（5）清方の年譜については主として『鏑木清方記念美術館収蔵品図録叢―卓上芸術編（一）明治・大正期―』（鎌倉市鏑木清方記念美術館・財団法人鎌倉市芸術文化振興財団編集・発行、二〇〇二年七月）、『鏑木清方の美人画―樋口一葉著作関係及び『婦人世界』・『婦人公論』関係作品所収―』（同、二〇一一年一二月）等による。
（6）荘八の年譜については倉田三郎『木村荘八―人と芸術―』（造形社、一九七九年一〇月）、丸地加奈子編「木村荘八年譜」（東京新聞社『生誕一二〇年木村荘八展』二〇一三年）一九二～二一三頁等による。
（7）清方「山の手の住居」（『続こしかたの記』中央公論美術出版、一九六七年九月）一六四～一六五頁。
（8）朝倉治彦・槌田満文編『明治東京名所図会下巻』（東京堂出版、一九九二年七月）九頁。
（9）清方『続こしかたの記』「大正のあゆみ（一）」注（7）七～八頁。
（10）漱石「文展と芸術」（『東京朝日新聞』一九一二年一〇月一五日～二八日・『大阪朝日新聞』同年一〇月一七日～二八日）。引用は『漱石全集』一六巻（岩波書店、一九九五年四月）五〇七頁。なお、漱石は初日に観覧したという（陰里鉄郎解説『夏目漱石・美術批評』講談社文庫、一九八〇年一月参照）。
（11）装丁については樋口一葉『真筆版たけくらべ』（名著復刻全集編集委員会編、日本近代文学館、一九七七年一〇月）による。
（12）塩田良平・和田芳恵編『一葉全集』第七巻（筑摩書房、一九五六年六月）二五一頁。

(13)「たけくらべ絵巻」は一九二六年二～三月の第四回春陽展会に「たけくらべ絵巻」第一巻、同年五～六月の第一回聖徳太子奉賛会総合展に同二巻を出品、翌年第五回春陽会展に第三巻出品。なお、本稿での同巻の引用は一九八二年八月に刊行された木村荘八『一葉　たけくらべ絵巻』(画本折本・和綴本)(中川一政他監修、講談社、三冊本)による。なお本巻には絵巻のほか別冊として『樋口一葉作たけくらべ原稿本』、同書解説本のほか、『一葉 たけくらべ絵巻 木村荘八画 その成立ちと木村荘八の画業』がある。

(14)木村荘八「《一葉たけくらべ絵巻》について」(『東京繁昌記』演劇出版社、一九五八年一一月)所収。引用は注(13)の荘八の画業について記した分冊本の一冊『一葉 たけくらべ絵巻 荘八画 その成立ちと木村荘八の画業』四〇頁による。荘八は一九五八年一一月一八日に死去。なお荘八にはほかに木村「たけくらべを描く」(『美の国』一九二六年四月)があるが未見である。

(15)清方「たけくらべ絵巻」(『アトリエ』一九二六年四月)。引用は『鏑木清方文集三』(白凰社、一九七九年五月)二八七～二八八頁。

(16)注(6)による。

(17)倉田、注(6)九四頁。

(18)『草枕絵』第一～三巻は松岡映丘・山口蓬春・小村雪岱ら二七名らの日本画家によって一九一二年七月に発表された計二八図からなる連作絵画(川口久雄『漱石世界と草枕絵』岩波書店、一九八七年五月参照)。

(19)清方は第三回六潮会展に「にごりえ」を賛助出品した経緯を「これはその頃、福田平八郎、中川岳陵、山口蓬春、牧野虎雄、中川紀元、木村荘八諸氏の六潮会へ参助作品として発表した」(注(7)『続こしかたの記』一六五頁)と記している。その後、一九五七年一二月、美術出版社から『にごりえ』を折帖形式で出版した。

(20)同右「小説『にごりえ』を画にして」(初出不明、一九三四九年一月。引用は注(3)二四五～二四六頁。

(21)角田拓朗「鏑木清方の造形と文学」・「美人画から風俗画へ—鏑木清方の官展再生論」(『近代画説』一五号、二〇〇六年、同一六号、二〇〇七年)。前者で角田は清方の活動を「他者文学の造形化」「文学からの離反」「自己文学の造形化」の三期に分け、第二期は清方が帝展を意識した時期とし、後者では清方が独自の立場から官展に批判的かつ創造的に関わったことを詳しく論じている。なお引用は後者による。

(22) 清方、注(7)一六五〜一六六頁。

(23) 五章についてはここでは特に引用しないが、塩田良平他編『樋口一葉全集』第二巻(筑摩書房、一九七四年九月)一九〜二二頁を参照されたい。

(24) 石井鶴三と中里介山の論争については紅野謙介「新聞小説と挿絵のインターフェイス―一九二〇年代の転換をめぐって」(『岩波講座文学2 メディアの力学』二〇〇二年一二月)、松本和也「同時代のなかの「挿絵事件」―『大菩薩峠』(作・中里介山、画・石井鶴三)と挿絵著作権」(『文藝研究』二〇一五年九月)を参照した。

(25) 初出誌『文藝倶楽部』(一八九五年九月)による。なお、中江ときは号を玉桂と称した武内桂舟門下の女性挿絵画家。玉桂については拙稿「ある女性挿絵画家の足跡 中江ときと一葉小説」(『女性表象の近代 文学・記憶・視覚像』翰林書房、二〇一一年五月)を参照されたい。

(26) 引用は注(23)六頁。

(27) 同右、一六頁。

(28) 出口智之は「明治中期における口絵・挿絵の諸問題―小説作者は絵画にどう関わったか―」(『湘南文学』二〇一四年一一月)で明治前期には作家が「下絵を付け画家に送つて挿画を注文して置く」という野崎左文の証言(「明治初期の新聞小説」、『早稲田文学』一九二五年三月)などを例に明治三十年代頃までの挿絵画家と作家の関係に力点を置いているが、本稿は女性作家と女性画家という性差の視点を入れて考察している。

(29) 荘八「『にごりえ』のたのしさ」(『萌春』一九五八年三月。引用は『鏑木清方文集八』「随時随感」「月報8」(白凰社、一九八〇年九月)による。

(30) 同右、「石井鶴三の挿絵」(『アトリエ』一九三四年三月。引用は『木村荘八全集』第二巻、挿絵(一)、一九八二年一二月)二九六頁。

(31) アジア・太平洋戦争の時期に刊行された『樋口一葉全集』(全五巻、別巻樋口一葉研究一巻、新世社、一九四一年七月〜一九四二年四月)は監修、幸田露伴、各巻を佐藤春夫、久保田万太郎、平田禿木、小島政二郎、萩原朔太郎をそれぞれ責任編集とした全集だが、装幀が木村荘八、扉意匠は鏑木清方であり、二人による共同制作という意味でも意義深い。

（32）清方「序」（荘八『近代挿絵考』双雅房、一九四三年一二月）。なお本書の巻頭には「矢来先生に捧ぐ」と記されている。

付記　本稿は、二〇一五年四月一五日に日本近代文学館講座「文学と絵画のコラボレーション」での講演「樋口一葉「にごりえ」と鏑木清方」を基にしている。

一葉における〈悪〉という表象——後期小説の転回と『罪と罰』——

はじめに

どの作と限らず大かたの読後には、「事件人物はほとんどみな季節にくるまつてゐる」といふ強い季節感が残るのだつた。むしろ人物のかなしさより、季節のもとに息づいてゐることのかなしさの方が大きく残つてゐるのを感じさせられたのだつた（中略）一葉の季感は、血に受取り血に発して筆に留まるものではなからうかと思ふ。それだからあゝも籠めてゐることができるのではなからうか。血で季を捉へる、と考へれば私は、刃物をあてられるやうな気がして、ぶるつとするのである。

（「一葉の季感」[1] 傍点原文のまま）

幸田文が語るように、一葉文学の一つの特質が「季感」（季節感）にあることは誰しも異論がないだろう。これはいまから半世紀以上も前の文章であるが、彼女一流のレトリックによって、女性の身体性を含意する「血」が作家の筆記具であり同時に思考や観念を具体化する最先端でもある「筆」を媒介にして、「季節」という自然現象のなかに接合されているので、これに対して「月並み」・「陳腐」などという紋切型の批判をしようとしても、それを封じ込めるある種のリアリティが備わっているように思われる。

だが、そのようなリアリティとは「季感のコード」というべきものが前提化されているゆえに成り立つものであり、私たちが「季感のコード」という暗黙の了解抜きに一葉テクストに接するとき、これらの「血」から「筆」へ、

「筆」から「季節」への連鎖は必ずしも自明ではなくなってくることに気づくことになる。特に「一葉文学」の代表作とされる「大つごもり」「たけくらべ」「にごりえ」「十三夜」「わかれ道」の五作[2]のうち、「大つごもり」と「にごりえ」は「盗み」や「心中」など、明らかに事件性をもっている。「たけくらべ」・「十三夜」・「わかれ道」にしても、遊廓、離婚、妾奉公などをめぐる問題性を抱えていることはつけ加えるまでもないだろう。

これらの点に注目するならば、「一葉の季感」とは小説を構成する背景的な要素ではあっても、作品のプロットに直接絡まないことに気づく。一葉と同時代作家である露伴を父にもち、その父の死後の一九四七年にようやく文筆活動をはじめてから九年後、戦後初の『一葉全集』の月報として書かれた、この幸田文の文章に見出せるのは、実はそんな単調な「季感」などではなかったはずである。文はこの文章の執筆にあたって、いっけん一葉文学の「抒情的側面」なるもの、言い換えると四季に基づく伝統的な文学コードを受け継ぐ作家としての一葉をいったん焦点化してみせ、翻ってそれは傍線部にあるように「血に受取り血に発して筆に留まる」ものとして、いわば「刃物をあてられるやうな気」を誘発するものと受け取った、と読むこともできるのではないだろうか。特に引用文の最後にある「ぶるつとする」からは、一葉文学の非抒情的側面、すなわち「季感」を触媒としながらも、「血」という表象が「筆」によって表出されたことで生まれる「過剰なもの」の存在が浮かび上がってくるように思われる。

もちろん、いままでも一葉文学に内在する「過剰なもの」としての「病」や「狂」および「変調」などはしばしば言及されてきた。たとえば戸川秋骨の「変調論」(『文学界』一三号、一八九四年一月)を一葉が愛読していたらしいことは、同じく『文学界』同人であった島崎藤村の書簡によって傍証されている[3]。秋骨の「変調論」とは次のようなものである。

余は小説「罪と罰」を読んで夫の反狂半病にして世の所謂罪人なるラスコリニコーフに思を寄する事深し、彼れは学識あり才能あり、良心あり神を知れり復活を信ぜり父母を思へり、然れども猶ほ一撃老婆を打ち殺せり、此れ頗る狂なる変調なり、世は彼を以て罪人とせり、然れども世の所謂罪人とするは只其の行為に於てのみなり、彼の心は晴天白日の如く良心の苦しむるなく只他のために己を捧げし事あるのみ、彼れを以て罪人とせば天下の大人は皆罪人ならざるべからず[4]（以下、引用文の点線はすべて引用者）

このように『罪と罰』への傾倒を率直に吐露している秋骨であるが、傍線部にあるように彼はラスコーリニコフが犯した罪を「天下の大人」に共通するものとして、かなり一般化してしまっている。これに比べ、誰よりも早くしかも生々しく『罪と罰』を捉えた一人として戸川残花がいる。

主人公ラスコーリニコフの性や。実に魯国の虚無党一派の冲天の情火を圧して、地底に爆裂の力を潜むる者に似たり、其意匠、其筆力、精緻にして彫刻を絶ち、桔屈（けっくつ）にして渋滞せず、誠に心理的小説の上乗なるものなり。（中略）書中、酔漢の自白、慈母の書翰、夢、血、戦慄すべき光景、流涕すべき話説、読み去り読み来りて、身も当日の境遇に接せしかと覚ゆるなり。[5]

一葉が小説を書きはじめた頃、ドストエフスキー原作、内田魯庵訳『罪と罰』（内田老鶴圃、一八九二年一一月）が刊行され、翌年二月に同じ書肆から『罪と罰』巻二が刊行されたときには第一巻の「前巻批評」として十六本の書評と、逍遙と饗庭篁村の二本の書簡が掲載された。その評者の一人であった北村透谷は早くも一八九二年に『白表女学雑誌』誌上で論評し[6]たが、戸川残花も『日本評論』に右のような文章を書いていた。翌一八九三年一月に『文学界』が創刊され、先の秋骨の一文が生まれたことからみると、ここには文学をめぐる密接な応答関係のようなものが見出される。実は残花は一葉の死後に魯庵訳『罪と罰』を一葉に貸したと証言している人物でもある。

一葉女史の名を知りしは、都の花の匂へる頃よりなれば六年か七年の前よりなり、天知子が文学界てふ雑誌を刊行せられし初に透谷、藤村、棲月、禿木の秀才と共に女史の雅号は世にあらはれ、我もいつかは其人を訪はましと思ひぬ、後に今の福山町の家を訪ひけり、（中略）なによりも悦ばるゝは和漢の書ことには翻訳小説なりき、不知庵君の罪と罰をかしまひらしゝ時にはいと〳〵悦ばれ後の日に来られて繰り返し〳〵数度読まれしと云はれぬ、源氏物語は好まれしと見え、いと鮮明なる大本に父君とかの註釈せられしがありき、されど西鶴の文致には負れし所多ければ、恐らく愛読の第一ならむと思へど、今の露伴、紅葉二氏の小説よりして学ばれし方が多からんと考ふるなり(7)

この文章についてはすでに塩田良平をはじめ岡保夫・野口碩などの指摘もあるものの、一葉が直接この本を参照したのか真偽のほどは不明だが、点線部にあるようにかなり鮮烈な読後感をもっていた残花が一葉にその書を薦めたというのはいかにも興味深い。魯庵訳『罪と罰』刊行と『文学界』創刊は偶然が重なったにもせよ、そこには無視できない関係が存在したといえよう。それでは一八九三年三月以来、『文学界』に寄稿していた一葉は、このように同人たちの間で応答関係があった『罪と罰』に象徴されるような一九世紀的な「悪という表象」をめぐる問題系とどのように関わっていたのだろうか。

ここでひとまず本稿における「悪」というものの定義をしておきたい。先に挙げた「病」・「狂」・「変調」が受身的な抑圧表象だとしたら、ここでいう「悪」とは能動的な抑圧表象というべきものである。それは一般に言う「善」の対義語として使われる「悪人」や「悪業」などの倫理的・心情的な面よりも、もっと明確な人間関係における行為としての「悪行」に近い意味をもつ。かつて亀井秀雄は「非行としての情死」[8]という「にごりえ」論を書き、そこでは「情念自体が非行」というように「非行」を「情念」という心情のレベルで捉えているが、ここではさらに一歩を進めてもっとリアルな行為としての「悪」を意味する。

「神仏の裁き」や共同体の「掟」に加えて「法の裁き」が混在する明治近代、人々は具体的な行為として顕現する「悪」や「悪行」に対して、いったい誰がその罪人を裁くのか、その裁き手＝裁きの主体は誰なのかという問いに対して、「掟」や「法」自体に対する問いや、あるいは両者の境界領域ともいうべきなかで試行錯誤したはずである。[9]まさに「試行」としての「悪行」なのである。

以下、一葉小説における「悪」という表象を、同時代に翻訳刊行されたドストエフスキー作、内田魯庵訳『罪と罰』をめぐる批評などを補助線として考察してみたい。

1　「暗夜」をめぐって

一葉小説で最初に「悪」が正面から取り上げられ、登場人物に明確な形があたえられたのは、先ほど挙げた「変調論」の半年後に同じ『文学界』に発表された「暗夜（やみよ）」（『文学界』一九・二一・二三号、一八九四年七〜一一月）であろう。[10]この作品に描かれた悪行としての「波崎殺害」に注目し、自らは実行犯にならず他者にそれを強いるヒロインお蘭に「魔神」や「悪魔」を見出したのは藪禎子である。[11]藪はいち早く一葉の「魔」的側面に着目し、私たちに大きな影響を与えたが、その論点は藪の著書のタイトルにもあるように一葉文学の「成立と展開」を中心に総論的に論じられていたので、「暗夜」をはじめ各論としての個々の作品における悪への掘り下げは以後の検討課題となった。

実はかくいう論者もかつて相互テクスト性の観点から「暗夜」を論じた一人である。[12]そこでは主に『源氏物語』

の「宇治十帖」に登場する「大君」との関係に焦点化してテクストを「父の娘」の復讐劇として読もうとしたが、結末でお蘭という女性主人公が直次郎という年下の男性を実行犯にして政治家波崎への復讐を依頼するという点を十分に解明することができなかった。自死にも等しい大君の憤死は「宇治十帖」を家族物語として完成させているのに、「暗夜」のお蘭のテロルともいうべき殺害依頼およびその不首尾という物語の結びは、「悪」というにはあまりにも不徹底だったからである。近年、志賀直哉の「范の犯罪」（『白樺』一九一三年一〇月）などを継続的に論じている伊藤佐枝によれば、妻と夫というような近しい男女の間柄における閉じた関係を解体するための暴力を「親密性テロリズム」としているが[13]、果たしてお蘭の行為はこの「親密性テロリズム」と呼ぶべきものなのだろうか。

捨てられし人に恨みは愚痴なれど、愁らき浮世に我れは弄ばれて、恐ろしとおぼすな、いつしか心に魔神の入りかはりしなるべく、君の前には肩身も狭き我れは悪人の一人なるべし（中略）如何にもしての恨みは日夜に絶へねど我が手を下していざとあらんは、察し給へ、まだ後に入用のある身の上つらく、欲とはおぼすな父が遺志のつぎたさになり（「暗夜」（その十一）[14]）

ここにあるようにお蘭は「魔神」・「悪人」などと嘯いているものの、末尾の点線部にあるようにテロルの実行にあたっては、「父が遺志のつぎたさ」ゆえに直次郎に「代行」を依頼している。この点からいえば「暗夜」は「父の娘の復讐譚」でもなく、だからといって「親密性テロリズム」でもなく、もちろん最終章にある「ある党派の壮士なるべし」とメディアで取沙汰されることから推測されるように「政治的テロリズム」に似て非なるものという大変中途半端な物語展開ということになる。

ここで小説から眼を転じて一葉の小説以外の言説に注目してみよう。「暗夜」執筆の前年、一葉は少なくともメタレベルにおいて「悪」に言及していた。

よむことの難きにあらず　よくよむことの難きなり　と何がしの卿の仰せられしは敷島の道のみならず　はかなき戯言といへども世道人情をもと、する小説の作こそ又至難のわざ成けれ（中略）我が善と見る処かならずうき世の善ならず　あくとみるも又しかぞかし　一切我れをすて、千変万化せむにはしかず（中略）かずならねど一昨年の春よりこれに筆をそめてあみにしはいまだ短篇十にみたず　よの人の耳目にふれけるもあらざめれど此間に我が経にける境界のさまぐ〵はやうく〵僧俗儒仏のほかに天地あり　日月あり　雲霧あり　ある時は風雨ある時は雷電迷へるが如きさとり　悟りに似たる迷ひ　有無の間にた、せたまふ神清濁の一流にして一流ならざる　是非の一如に似てしからざる　世はいかにも紛雑なるものにてしかも平穏無事なるなどまだこれをしも天地の誠とさだめ難けれど日夜に案じて此さかひにす、みぬ

（「感想・聞書4　流水園雑記一」[15]）

この文章が書かれた一八九三年秋とは、『文学界』に寄稿をはじめてから約半年後に当たる。小説作家としてスタートしてからの一年半を振り返って文机で密かにこのように書き記していた一葉において、宗教的な意味での「神」が存在したのか否かはここでは問わない。点線部「我が善と見る処かならずうき世の善ならず　あくとみるも又しかぞかし」と記す人は、少なくとも宗教の人ではない。それどころか「此間に我が経にける境界のさまぐ〵はやうく〵僧俗儒仏のほかに天地あり　日月あり　雲霧あり」と前時代からつづく日本的価値やモラルとしての「僧俗儒仏」も超えようとしている。もちろん作家である一葉は小説という実作を通してそれらの価値やモラルを超えなければならなかったし、それはただ作品を書き続ければ可能になるような性質のものではなかったはずだ。

これと関連して想起されるのはこの文章から二年後の一八九五年の冬頃、先の文章と同じく一葉が密かに書き

綴っていた次のような文章である。

ひかる源氏の物がたりはいみじき物なれどおなじき女子の筆すさび也　よしや仏の化身といふとも人のみをうくれば何かはことならん　それよりのちに又さる物の出こぬはか丶んとおもふ人の出こねばぞかし　かの御時にはかの人ありてかの書をや書とゞめし　此世には此世をうつす筆を持て長きよにも伝へつべきを更にそのこ丶ろもたるもあらず　はかなき花紅葉につけても今のよのさまなどうたへるをばいみじういやしき物にいひくたすこ丶ろしりがたし

（「感想・聞書10　しのふくさ」[16]）

これは王朝の紫式部への対抗心を剥き出しにした一文だが、さきほど見てきたように「暗夜」末尾の不徹底を視野に入れると、この文章の点線部からは一葉の「気負い」よりもむしろ明治近代という「此世をうつす筆」をもつことはいかにして可能か、という問いが立ち上がってくるように思われる。言い換えると、この書き手は「長きよにも伝へつべき」「此世をうつす筆」を、もしかしたらこの頃に所有したのかもしれない、と読むことも可能である。

かつて宮本百合子はこの箇所を「はっきりした自分の創作態度というものを表明している」、「自分の生きている時代の描きてとして自分と自分の文学とを後世に向ってうち出して行こうとするはっきりした意図」[17]が表出されていると評した。百合子の文章は一葉の時代から数十年後、まさにファシズムに席巻された戦時下のものであろう。ここからは昭和期の女性作家が時代も文学的資質も異なるとはいえ、時を超えてテロルの記憶や初の対外戦争が身近だった明治前期の女性作家の創作態度に親近感をもったことが読み取れる[18]。

では一葉はこのような小説制作をめぐる試行錯誤の時期に、どのような小説を書いていたのだろうか。先に挙げた二つの文章の間に発表されたのが、一葉の転機をもたらす「大つごもり」というテクストである。

2 「大つごもり」の「盗み」と「罪」

「大つごもり」(『文学界』二四号、一八九四年一二月)は、後期一葉の一年余りにわたるいわゆる「奇蹟の期間」の開始を告げるテクストとして位置づけられている。しかし「暗夜」完結のわずか一ヶ月後に発表された「大つごもり」は、想定外の「奇蹟」でも逐次的な「展開」でもなく、まさに「転回」と呼ぶのがふさわしい内的飛躍をはらむテクストといえる。むろんこのような「転回」が可能となるには、かつて前田愛が分析したようなそれまでの一葉小説の特徴だった「ロマネスクな世界[19]」の崩壊という側面だけでなく、何かもっと荒々しくて禍々しい媒介物が必要である。たとえ「女夜叉」などと嘯いても所詮「暗夜」のお蘭は中流上層に属し、しかも自ら手を汚すことを回避した女性だが、「大つごもり」のヒロインお峯は下層の下女で、しかも自ら犯罪に手を染めてしまう。「琴の音」(『文学界』一二号、一八九三年一二月)の渡辺金吾や「暗夜」(前掲)の高木直次郎はみな最下層に近い人物だが、彼らは少年や青年であり本作で初めて下層女性が登場したことの意味は大きい。

近年の「大つごもり」論は同時代小説との比較や作中のプロットをめぐる解釈論に傾斜して物語全体への視点が不足しているように思われる。とくに物語の後半以降、息つく間もなく終盤に向かって展開されるのは「金銭の劇[20]」の極北としての「盗み」である。この小説は全知の語り手に近い形で物語が進んでゆくので、読者は小説の冒頭から下女お峯に寄り添ってしか世界を認知することができない仕組みになっている。働き者で誠実な下女、孝行娘、頼りになる優しい姉等々、お峯の属性はどれを取っても申し分ないが、そういった印象はすべて積極的に判断や評価を下し、読者をその方向に誘導しようとする語り手の為せる技である。改めて述べるまでもなく、近代小説は「語られる内容と語りの枠組み」という二つの要素をもつ。その仕掛けや仕組みに無意識であろうとなかろうと読み手が書き手の小説戦略にハマったままの状態で、個々の解釈を重ねてもあまり意味があるとはいえない。

この物語で最も重要な点は、義理や人情など同時代において人々が信奉するだけでなく、自らの行動の拠り所としていた価値観を内在化していた女性が、貧しさが引き金となって盗みを犯す、そこに物語の生命線があることは間違いない。改めてお峯が犯行に至る場面を本文から引用してみよう。最初の引用箇所は三之助からお峯に焦点が移動する自由間接話法の典型的な場面、次は犯行直前のお峯に焦点化した心情が語られている。

行ちがへに三之助、此処と聞きたる白銀台町、相違なく尋ねあて、、我が身のみずぼらしきに姉の肩身を思ひやりて、勝手口より怕々(こわぐ)のぞけば、誰れぞ来しかと竈(かまど)の前に泣き伏したるお峯が、涙をかくして見出せば此子、お、宜く来たともいはれぬ仕義を何とせん、、姉(あね)さま這入つても叱られはしませぬか、約束の物は貰つて行かれますか、旦那や御新造に宜くお礼を申て来いと父(とゝ)さんが言ひましたと、子細を知らねば憙び顔つらや、まづ〳〵待つて下され、少し用もあれば馳せ行きて内外(うちと)を見廻せば、嬢さまがたは庭に出て追羽子に余念なく、小僧どのはまだお使ひより帰らず、お針は二階にてしかも聾なれば仔細なし、若旦那はと見ればお居間の炬燵に今ぞ夢の真最中(まつたゞなか)、拝みまする神さま仏さま、私は悪人に成りまする、成りたうは無けれど成らねば成りませぬ、罰をお当てなさらば私一人、遣ふても伯父や伯母は知らぬ事なればお免しなさりませ、勿体なけれど此金ぬすませて下され……

（「大つごもり」[21]）

お峯は此出来事も何として耳に入るべき、犯したる罪の恐ろしさに、我れか、人か、先刻の仕業はと今更夢路を辿りて、おもへば此事あらはれずして済むべきや、（中略）、我れにしても疑ひは何処に向くべき、調べられなば何とせん、何といはん、言い抜けんは罪深し、白状せば伯父が上にもかゝる、我が罪は覚悟の上なれど物がたき伯父様にまで濡れ衣を着せて……

（「大つごもり」[22]）

二つの引用文からはあたかも、「いま・ここ」で盗みという罪を犯す切迫した息づかいが伝わってくる。十二月十五日の宿下がりの日、伯父一家の窮状や従弟ながら弟同前の数え八歳の「学校盛り」の三之助の蜆売りの事実を知ったお峯は、自分が借金を請け負うことを引き受けてしまう。点線部には明確に「私は悪人に成りまする」、「我が罪は覚悟の上」とあり、さきほど引用した「暗夜」の「我れ悪人の一人なるべし」とはおおきく異なる。この点に関連して愛知峰子は「一葉はお峯の「罪と罰」を問題化しようとした[23]」と明確に指摘しているが、「犯罪の社会的・環境的要因」がいかにテクストのなかで接合されているか、なぜお峯は「盗み」に至ったかは残念ながら十分説明されていない。

論者もかつてこの小説を「金銭の劇」の心情的側面としての「義理・人情」が支配する物語世界のなかで、お峯の「盗み」とその発覚回避という物語展開を「贈与と主体化」という視点で読解した[24]。お峯がかなり無理な伯父からの借金依頼を、ほとんど即答して引き受けるところに彼女の「主体化」の契機を読み取ったのである。つまりその「借金の肩代わり」という行為において、お峯が伯父から「一人前」として認知されること、言い換えると、依頼の受諾という選択に彼女なりの「主体化」の側面を見ようとした。

伯父が山村家から金を借りるのはこのときが初めてではなく、借金依頼をお峯に切り出す直前に「御主人へは給金の前借もあり」とあり、そうであるならば今回ですくなとも複数回の無心となる。したがってこの借金承諾は金銭の多寡にかかわらず、お峯にとっては苦しい選択だったといえる。それなのになぜお峯が承諾してしまったのかといえば、その答えは従弟の三之助の存在である。数え八歳の彼は通学前に蜆売りをして家計を助けている。その事実を知って驚愕したお峯は自分も何かしなければという、いわば「主体化の欲望」を強烈に抱くのである。金策は失敗し、「主体」になれなかった彼女は盗んだ金によって偽りの「主体化」を遂行する。言い換えると彼女なりの「主体化」によって「盗み」という行為に及ぶのである。このように論者は彼女が盗みを犯す理由を考察したのだが、物語全体を解明することができなかった。これに対し「盗み」の後にお峯がどのような心境に至ったのか、物語の末尾の山場である「犯行発覚」の直前の「正直は我身の守り」というお峯の言葉に着目し、そこに御新造に対する大きな態度変更を読み取った山本欣司は次のように述べる。

大晦日の昼下がりに、やむを得ず盗みを働くシーンから、その夜の、石之助の帰り際の一騒動とそれに続くお峯の内面描写に至るまで、彼女は一貫して罪の意識に苛まれ続けていた。ということは、石之助が出て行った後、御新造が人心地ついて大勘定を始めようとするまでのわずかな時間に、お峯は変貌を遂げたということになる。(中略)「犯したる罪の恐ろしさに」圧倒され、「夢路を辿」っていたお峯は、絶体絶命のその瞬間に、ある根本的な発想の転換をおこない、御新造に楯突く地点まで進み出たのである。[25]

さきほど引用した「罰をお当てなさらば私一人」から大勘定の時点まで、「言ひ抜けんは罪深し」、「我が罪は覚悟の上」、「欲かしらねど盗みましたと白状はしましよ」等々、「罪と罰」をめぐってお峯は文字通り土壇場の葛藤をつづけていた。したがって自ら信奉する「正直」を盾に、日頃は主人として一定の敬意をはらっていた御新造の「無情」を大旦那に吐露しようとするお峯は、山本の指摘するように「御新造に楯突く地点まで進み出た」といえるかもしれない。ただし、山本も同じ論文の別の箇所で言うように「石之助による救済」が訪れず、お峯が拘引されるような事態に立ち至ったとしたら、「残酷な結末」になることは明らかである。二円とはいえ、下女が主人の金に手を出すことは犯罪以外の何物でもないからだ。

おそらく、一葉も語り手も「盗み」の犯罪行為としての「罪」の重さを熟知していたからこそ、犯行の露見回避というプロットを取らざるを得なかったのではないか。これに関連して、テクストには「罰をお当てなさらば私一人」（八〇頁、引用文）と書かれていることに着目したい。この「罰」には『文学界』の初出にはルビは無いのだが、再掲『太陽』（二巻三号、一八九六年二月）の本文では「ばち」とルビが振られている。仮に「ばつ」ならば近代法による刑罰の意味になるし、後者なら神仏などの超越的なものによる懲らしめの意味に近い。このように「ばち」と「ばつ」では意味が異なる。たとえば今井正監督のオムニバス映画「にごりえ」（新世紀映画・文学座提携、一九五三年公開）に登場する「大つごもり」のこの場面は大変リアルに映像化されていて、その重みを私たちは映像的に実感できるが、文字テクストで「盗み」を受容する強度は読者の「犯罪への免疫度」によって異なるはずである。現代でも私たちはメディア等を通じて「犯罪」を題材とする様々の物語を消費しているが、明治近代において、読者の側には「ばち」と「ばつ」の間、言い換えると前近代と近代の間で揺れる振幅があったのではないかと推測される。

ここで改めて小説「罪と罰」を論じた透谷の文章とその後につづく依田学海との応答を参照してこの問題を考えてみたい。


「必然の悪」を解釈して遊歩道の一少女を点出し、かの癖漢の正義を狂欲する情を描き、或は故郷にありしときの温かき夢を見せしめ、又た生活の苦戦場に入りて、朋友に一身を談ずる処あり。第六回に至りて始めて、殺人の大罪なるか否かの疑問を飲食店の談柄より引起し、遂に一刹那を浮び出（いだ）さしめて、この大学生、何の仇もなき高利貸を虐殺するに至る。第七回は其綿密なる記事なり。読去り読来つて繊細妙微なる筆力、まさしく「マクベス」を融解したるスープの価はあるべし。是にて罪は成立し、第八回以後はその罪によりていかなる

「罰」、精神的の罰、心中の鬼を穿ち出で、益〻（ますます）精に、益妙なり。[26]

透谷はここで「罪によりていかなる罰」が生じるか、つまり「罪と罰」を対義語としてではなく原因から結果へという因果関係で捉えている。この意味でこの批評は同時代では卓越しているといえる。すでに指摘したように透谷は、魯庵の翻訳でこの小説を読んだ後にこの一文を発表した。

その後、依田学海「罪と罰の評」（『国民之友』一七四号、一八九二年二月）が勧善懲悪論に基づいて、ラスコーリニコフが金貸しの老婆だけでなく罪のない老婆の義妹まで殺したことを問題視すると、透谷は直ちに「最暗黒の社会にいかにおそろしき魔力の潜むありて、学問はあり分別ある脳髄の中に、学問なく分別なきものすら企つることを躊躇（ためら）ふべきほどの悪事をたくらましめたるかを現はすは、蓋しこの所の主眼なり[27]」という反論を書く。確かに「作者は奇筆を揮て此殺人罪の事を写すといへと（ママ）も実は此一事をかり来りて二孝女一信友を写して社会の悪風を矯正せんとするもの」という学海の主張は勧善懲悪的発想に基づいている。だが罪を犯すのが貧しい大学生ではなく、貧しい下女だったらどうなるのか。

思えば『罪と罰』では極貧の家族のために娼婦となるソーニャと、彼女に比べれば少しは中流階層に近い境遇ゆえに、好きでもないルージンという小官吏と婚約するラスコーリニコフの妹ドゥーニャという「二孝女」が登場している。それにもかかわらず、透谷の批評は彼女たちまでに及んでいるとは言い難い。いっぽう一葉の「大つごもり」は学問こそないものの「分別ある」孝行な下女が、罪を犯してしまう物語といえよう。大晦日の劇という設定には、近世の井原西鶴の影響があることが指摘されているが、たとえば『西鶴全集下巻』（尾崎紅葉・渡部乙羽校訂、博文館、一八九四年六月）に収められている「諸国はなし巻之一」の「大晦日は合はぬ算用」等、それは末端とはいえ武士階級の物語であることを忘れるべきではないだろう。盗みを犯す武士は究極的には切腹など身の証しを立てる作法としての「お掟」が存在し、西鶴の物語では末尾にそれを回避することで収束する。ちょうどラスコーリニコフに聖女のようなソーニヤが登場することで彼の回心や救済が訪れるのと同様なことが、「大つごもり」にも起きているといえる。

この意味で「大つごもり」最後の山場である「大勘定」の場は、お峯の罪の発覚を回避する救済者が必要であったのである。お峯の罪を代行する「受取一通」は物語を締めくくるにはやや不安定とはいえ、「救済の表象」になっていることは間違いない。

3 「にごりえ」の心中

内田魯庵訳『罪と罰』(前掲書)が刊行されたとき、多くの反響を呼び起こしたことはすでに触れた通り種々指摘されている。特に冒頭で述べたように、ドストエフスキーの小説本編を読破したかはともかく、少なくとも一葉が『女学雑誌』誌上の北村透谷の魯庵訳に対する書評を読んだ可能性も含め、『罪と罰』という小説世界を知っていたことは否定できない。この点で本稿の冒頭で触れた藪禎子の論を実質的に継承しただけでなく、「鬼心非鬼心(実録)」・「罪と罰」・「罪と罰の殺人罪」(前掲)などを含めた北村透谷の一連の評論との影響関係から一葉文学において「悪」を論じる道筋をつけたのは、平岡敏夫である。

一葉はお力・源七を同意心中にすることも無理心中にすることもできなかった。第七章まで書き込んできた作品の内実からして、同意心中にすれば内実にそぐわず、また一方的な無理心中にしようとしても、源七が拒否しつづける女を背後より斬りつける性格の男とは受けとりにくいとする読者もいるように、内実に合わず、いずれも決定できないがゆえ「省筆」の方法をとったのである。いずれかに決められないところに一葉の人間把握、社会把握の卓越性があり、どちらか一方に決めて具体的に描こうとすれば作品そのものの反逆に会うはずだ。

（平岡敏夫「〈夕暮れ〉の惨劇――一葉・透谷・『罪と罰』――」[28]）

一日の黄昏時、つまり朝でも昼でも夜でもない時間、言い換えると、夜の時間に至る途上の時空である「作品を色濃く支配している〈夕暮れ〉の力」は「社会の暗黒の夜へと導く力」であり、「夕暮れ」が触媒となって、常はむしろ善行を施すような人々が何かの間違いであるかのように「悪行」へと傾斜＝移行してゆくプロセスに着目した平岡の論は興味深い。さらに平岡は「『罪と罰』の見えない糸」を探ろうとしている。その解明はなかなか困難だが、ここでは「暗夜」や「大つごもり」で悪の表象を十分に書き切ることができなかった一葉が、「にごりえ」（『文藝倶楽部』一八九五年九月）で心中に挑戦したことを通じてこの問題に迫りたい。

一葉にとって「心中」というモチーフは「別れ霜」（『改進新聞』一八九二年三月三一日〜四月一七日）ですでに小説化しており、その点については拙稿で述べたことがあるので詳述しないが[29]、この場合の心中は次の引用にあるように一つの型をもっている。

今日此頃の袖のけしき涕も心も晴ゆきてや縁にもつくべし嫁にも行かんといひ出し詞に心うれしく七年越しの苦も消えて夢安らかに寝る夜幾夜ある明方の風あらく枕ひいやりとして眼覚れば縁側の雨戸一枚はづれて並べし床はもぬけの殻なりアナヤと計り蹴かへして起つ枕元の行燈有明のかげふつと消えて乳母が涕の声あわたゞしく嬢さまが嬢さまが。替らぬ契りの誰れなれや千年の松風颯々（しょうふうさつさつ）として血汐は残らぬ草葉の緑と枯れわたる霜の色かなしく照らし出だす月一片何の恨みや吊（とぶ）らふらん此処鴛鴦（えんおう）の塚の上に。

（「別れ霜」[30]）

題名の「別れ霜」とは晩春の頃に降るその年最後の霜のことだが、若い男女のうち、先に男が自死し、次に「七年」を隔てて後を追う女の表象が描かれている。この場合の二人は実家同士の対立がもたらした「義理と人情」による心中である。この点でかつて師の半井桃水から示された「趣向としての心中」が、今度は階層的窮迫ゆえの「必然としての心中」へと深化したのが「にごりえ」ということになる。

さて、「にごりえ」の結末をめぐっては「無理心中」説のほか、「同意心中」、いったん「同意」しながら逃げようとし、もう一度「同意」したという「三段がえし」説[31]などがあり、加えて心中の場面自体がリアルタイムで描かれずに「諸説入り乱れ」（八章）る、という伝聞形式であるため「詮索無用説」なども提出されている。[32]しかし、伝聞形式とはいえ、そこにまったく「事実関係」への手がかりがないかといえばそうとも言えない。

彼の子もとんだ運のわるい詰らぬ奴に見込れて可愛さうな事をしたといへば、イヤあれは得心づくだと言ひまする、あの日の夕暮、お寺の山で二人立ばなしをして居たといふ確かな証人もござります、女も逆上て居た男の事なれば義理にせまつて遣つたので御座ろといふもあり、何のあの阿魔が義理はりを知らうぞ湯屋の帰りに男に逢ふたれば、流石に振はなして逃る事もならず、一処に歩いて話しはしても居たらうなれど、切られたは後袈裟、頬先のかすり疵、頚筋の突疵など色々あれども、たしかに逃げる処を遣られたに相違ない、引かへて男は見事な切腹、蒲団やの時代から左のみの男と思はなんだがあれこそは死花、ゑらさうに見えたといふ、何にしろ菊の井は大損であらう、彼の子には結構な旦那がついた筈、取にがしては残念であらう……

（「にごりえ」[33]）

これらの噂話から浮かび上がる二人の動線を時系列によって再構成してみると、まず、「湯屋の帰り」に源七から呼び止められたお力は二人で「お寺の山」近辺に移動し、事件に遭遇する。時間が経過し、二人の遺体が発見され、彼女の遺体には「後袈裟」・「頬先」・「頚筋」にそれぞれ「疵」があること、つまり身体部位による疵がまず提示され、次にその疵の種類が、つまり「切り疵」や「かすり疵」、さらに「突疵」と細分化されている。いっぽう源七は「切腹」による自死であったことが、臨検の警察当局者から第三者へと伝えられた、というようにおおよそ概括することができるのではないだろうか。

金井景子は、富岡多恵子が近松時代の心中に触れて「二人で相対死といいながらも、絶えず一人が他殺で、一人が自殺ですね。女は特に殺される立場ですから、二人で一緒に死ぬんじゃなくて、やはり自殺と他殺です、正確に言えば」（「心中小説の教訓」、『心中小説名作選』集英社文庫、一九八七〇年四月、藤本義一との対談解説）という箇所に触れながら次のように述べている。

> 刃物による心中の場合、男が女を殺傷しその死を見届けた後に自刃するという形をとるため、他殺→自殺という構図は一層浮き彫りになる筈である。であるにかかわらず、因縁浅からぬ男女の二人ながらの死は「心中」という伸縮自在の文化コードを共有する者たちの手で二人が共に成仏するよう物語化されるのである。[34]

さらに金井は引用文の注において大原健士郎『心中考―愛と死の病理―』（太陽出版、一九七三年六月）の「同一の場所で同時に二人以上の者がともに自らの意志による同意の上で、同一目的のもとに自殺する場合のみ」とすべきという説を紹介している。「同意心中」における「他殺」と無理心中における「他殺」ではむろん位相が異なるが、いずれにしても、金井のいう「伸縮自在の文化コード」である「心中」は近世から近代の歴史的文化的文脈において非常に浸透しているため、私たちがそれを相対化することは困難である。だが金井の指摘は、錯綜している「にごりえ」の心中に一つの回答をあたえているものといえる。

この結末は難渋の末に一葉によってケリがつけられたといわれている。[35] 迷いを重ねた一葉が採用した無理心中において、源七がお力の身体に対して切りつけた凶器は、彼が「切腹」して果てたとされる際に使用した「刃物」(刀の可能性も皆無ではない)であることになる。とすれば、お力の身体に刻まれた「後袈裟」の「疵」こそは、本論の冒頭に引用した「血で季を捉へる」という幸田文の言葉の通り、盂蘭盆の季節に流れる「血」と共振しているといえるかもしれないが、果たしてどうか。

ここで、この問題を考えるために再度『罪と罰』とそれに対する同時代の批評の言葉を参照してみたい。この小説ではラスコーリニコフは老婆殺害に至る心理的プロセスを、彼自身の貧困による大学の除籍、亡父の形見の銀時計を質入れしたときに金貸しの老女に安く買い叩かれたこと、さらに彼が七歳のときに目撃した御者による荷車挽きによる馬の撲殺、街の酒場で出会ったソーニヤの父マルメラードフが語る貧困と飲酒の悪循環の悲惨な仕方話に耳を傾けたこと等々、犯行に至るまでの彼の精神的・境遇的来歴は詳細に叙述されている。[36] そのような物語世界を翻訳者ゆえに文体的にも内容的にも露西亜語・英語・日本語という三つの言語の間で格闘した経験をもつ魯庵は、「にごりえ」に対して次のように批評せざるをえなかった。[37]

お力が最後の惨劇は蒲団や源七の遺恨の刃に生じてお力自身の内部の衝突に発せしものにあらねば決して完全なる悲劇にあらず、且つ殊更にお力が父祖伝系を叙し、生れて以来の経歴及び現在の境界をも説きしにも関らず先天の性癖を闕かせし外は遺伝と経歴と境界に依て影響されたる特殊の傾向を主観的に描く事を為さず、蒲団や源七との関係を写す事も余りに淡泊にして何に依てお力が斯る惨刻なる災禍を蒙りしかは極めて曖昧模糊として悲劇的進行を写したりといふを得ず。全篇の構作より見れば源七との関係を正写して結城朝之助に於けるを影の物語となすこそ普通なるべきに之を顛倒せしは其権衡を失ひしに似たり。加之、源七の境界を写せし叙事も亦疎笨にして暗弱庸愚なる白者が殺人の大罪を犯す弾機とし見るべきものは頗る薄弱なりと云はざるべからず。(38)

引用半ばの点線部にあるように「蒲団や源七との関係を写す事も余りに淡泊」と指摘するような見解は、おそらく「罪と罰」の翻訳作業なしにはおこなうことが出来ない批評だろう。この前年に刊行された『近松世話浄瑠璃』(叢書閣、一八九二年)の序に「吾がドラマを好める眼をもて見ば此の巣林子真箇日本に於ける "The Poet of Age" なり」と記していた魯庵は「にごりえ」の心中が、近松の心中物と異なる近代独自の位相をもつことに気づいていた。また引用の前半点線部からうかがえるように、魯庵は惨劇の原因として「源七の遺恨の刃」だけでなく「お力自身の内部の衝突」をも求めた。そうしなければお力は一方的な「被害者」の位置に置かれたままであり、彼女が「嫌だ嫌だ嫌だ」(五章)と否定を繰り返すだけではない、密かに、だが激しく望んでいたであろう肯定できるような生への可能性、そんな可能性にも蓋をしたままになってしまうことを不満としたのである。

同様の不満は他にも見られる。たとえば鄭州(ていしゅう)(抱月)は「主人公お力の上につきて見るに、一場の悲劇としては首尾呼応せず、お力の本心、お力の死様の、模稜ながらも相映発する所尠きは惜しむべし(中略)本篇は茶屋女、銘酒屋女などの内情、否其の憐むべく哀しむべき心根を写せる点に価値あり、即ち一人の全運命を描ける小説としては未だ足らざるなり(39)」とみなした。いっぽう一葉の死後に寄せられた『めさまし草』の評は「よしや実際的に真ならざるも、必ず能く理想的に真なる人物なるべし」と評価しつつも「第八章を以て直に第七章の後を承け草々局を収めたるは、権衡宜しきを得ずして、読者の忖度に任せたる区域の余りに広すぎしこと争ふべからず(40)」と末尾に至る構成に不満を表明したことからわかるように、それはおそらく同時代において『罪と罰』をめぐる言説などの参照軸が存在したからこその辛口批評なのであろう。
むろんこれらの指摘は、現在に至っても解釈多義性を再生産している「にごりえ」の結末に対する一定の視角をあたえるものである。酌婦お力の悲惨さを再認識し、それに共感や憐憫の情をそそぐだけでは小説を享受することはできても、その小説的仕組みやその綻びなどを解読することはできない。同時代の魯庵や抱月らが示唆した「にごりえ」という小説の論理へ、私たちはもう一度立ち返る必要があると思う。

おわりに――流される血／流す血

改めて断るまでもなく、「にごりえ」は銘酒屋街という吉原とは差別化される明治の安価な「悪所」、つまり「悪い場所」をその背景としている。そこは近代の手頃な「悪所」として「疑似恋愛」が絶えず演じられる場所でもある。しかしそこは果たして娼婦と飄客が演じる「疑似恋愛」ゆえに疎外された場所でしかないのだろうか。水村美苗は柄谷行人との対話で他者性について、次のように述べている。

他者というのを共同体のルールを壊す女と考える以前に共同体内の交換体系の中では交換されない女、そもそも婚姻制度の外部にある女と考えたほうがいいと思うのです。しかも婚姻制度の外側で自由に恋愛していた女などを想定せず、思いきって娼婦を恋愛における他者の原型と考えたらいいのではないかと思うのです。(41)

水村は娼婦を「共同体内の交換体系の中では交換されない女」・「婚姻制度の外部にある女」としての他者の原型として捉えている。ここで言う「共同体内の交換体系」とは地縁・血縁など、共同体内部の種々の「縁」による婚姻を意味するなら、その否定形としてお力がにわかに浮上してくる。この視点を入れると、なぜあれほどまでに源七が「共同体内の交換体系の中」にいるお初と対になる形、つまり「家の女」／「外の女」というよくあるジェンダー構造を再生産するように、お力に執着したのかという「にごりえ」というテクスト最大の謎が見えてくる。魯庵の言う「暗弱庸愚なる白者」である源七が「殺人の大罪を犯す弾機」はこのジェンダー構造のなかに求めることができるからである。

この観点に立ってお力が語る「悪業（わるさ）」（第六章）を、「わるさ」ではなく「あくぎょう」と捉えると、この場所の持つ意味が鮮明になる。明治東京という歴史的空間から見れば、この二分法は近世社会からつづく公娼制下の吉原を補完する私娼窟としての銘酒屋街という近代都市の構造が浮かび上がってくる。この構造を一葉テクストは「菊の井」という共同体の外の場所（もちろんそこは共同体と補完関係にある）で生きる女たちを通じて生成した。ここは買う／売るに基づく非情な世界であるからこそ、その非情性を超越しようとする力が働くのであり、その非情と情の弁証法的なメカニズムこそ、共同体のルールに拘束されて行き場を失った者たちを吸引する力があるといえる。

その力は、その場所でしか生きられない酌婦の一人であるお力を奪った元凶でもある。前述した「別れ霜」は、時差はあるものの厳密には二人の「自死」による情死であったのに対し、「にごりえ」が源七による「殺害」による無理心中であったことの意味はやはり大きい。さきほど指摘した時系列でいえば、まず「流される血」があり、その後に「流す血」があったという「非対称性」があることを見逃すわけにはいかない。たとえば戸川残花の「吊歌、桂川」（『文学界』第六号、一八九三年六月）を同誌の次号で称賛した北村透谷の次のような文章は、期せずして、この二つの血の非対称性を語っているといえる。

よしや幻想に欺かる、事ありとも、二人が間には一点の詐偽なく、一粒の疑念なし（中略）嗚呼罪なり、然り、罪なり、然れども凡そ世間の罪にして斯の如く純聖なる罪ありや。死は罰なり、然り罰なり、然れども世間の罰にして斯の如く甘美なる罰ありや。（中略）情死は勇気ある卑怯者の処為なり、是を大胆なる無情漢に比すれば如何ぞや。[42]

『文学界』誌面を見ると、七五調の詞章を巧みな段組みでレイアウトして、残花の「吊歌、桂川」が掲載されている。ここからは透谷がこの詩に非常に共感したことがわかるが、これと比較すると、先に引用した魯庵の「にごりえ」評の位相が見えてくる。言い換えると、「情死は勇気ある卑怯者の処為なり」と言いつつも透谷が歌い上げざるを得なかったような「甘美」な情死はもはや存在しないということ、すなわち「にごりえ」というテクストは「流される血」と「流す血」という二つの死における非対称性を描いていることである。透谷の「罪と罰」への批評がすでに触れた依田学海に代表される同時代に強く働いていた「勧善懲悪」という価値観との対立において、優れた洞察を生んだことを、論者は否定するものではない。

しかし小説の「読み巧者」でもあり、同時に演劇にも詳しかった学海の批評は、小説とは勧善懲悪か反勧善懲悪かというような、観念的な二項対立に悩む男性知識人だけで構成されるものではなく、子どもたちも含めた種々の人間たちの関係性から成立っていることを示唆しているのではないだろうか。さらにそこに性差、性的非対称性という視点も入れるとき、私たちは単純に透谷的な価値観を受け入れることができないことに思い至る。金井景子の言う「伸縮自在の文化コード」、あるいは「情死の美学」に回収されることなく他者たちとの相剋において生きてゆく、そのことこそ一葉が描きたかった小説世界ではなかったか。

近代文学のいわゆる「主流」は最初に触れたラスコーリニコフ的男性知識人中心の「ドストエフスキー体験」なるものを継承し「内面」や「観念」を抱える男性登場人物たちが価値化されてゆく。しかし一葉は女性作家として、自ら手を汚す人間、罪を犯す人間と共に、罪人（つみびと）によって殺される側の人間も描いた。本稿冒頭で引用した幸田文の「刃物をあてられるやうな気がして、ぶるつとする」という感覚は決して主観的なものでもレトリカルなものでもない。「血の匂い」が底流していたまさに一九世紀的な小説の時代の表象だったのである。

注

（1）幸田文「一葉の季感」（『一葉全集』筑摩書房、一九五六年六月、「月報」第七号）。

（2）初出誌は「大つごもり」（『文学界』一八九四年一二月）、「たけくらべ」（『文学界』一八九五年一月～一八九六年一月）「にごりえ」（『文藝倶楽部』一八九五年九月）、「十三夜」（同、一八九五年一二月）、「わかれ道」（『国民之友』一八九六年一月）

（3）藪禎子「島崎藤村」（『樋口一葉事典』おうふう、一九九六年一一月）二〇八頁参照。

（4）引用は『文学界』（日本近代文学研究所編の復刻版、臨川書店、一九七九年七月、再版）による。

（5）戸川残花「残花妄評」（『日本評論』第四七号、一八九二年一二月。引用は『内田魯庵全集』第一二巻「小説罪と罰前巻批評」ゆまに書房、一九八四年四月、三四五頁）。ここで挙げられている「罪と罰」とは魯国ドストエフスキー作、日本不知庵主人訳『小説罪と罰』上篇（東京、内田老鶴圃、一八九二年一一月、下、同、一八九三年二月）を指す。なお、いち早く戸川残花経由で一葉が『罪と罰』に触れたことを指摘したのは塩田良平『樋口一葉研究』（〈増補改訂再版〉中央公論社、一九六九年四月、五六五～五七四頁）である。ちなみに魯庵訳は原作の第二〇回までで終わっている。

（6）北村透谷「「罪と罰」（内田不知庵訳）」（『白表女学雑誌』三三四号、一八九二年一二月一七日）。

（7）戸川残花「樋口なつ子ぬしをいたむ」（『女学雑誌』第四三一号、一八九六年一二月一〇日。引用は野口碩編『全集樋口一葉』別巻、一葉伝説、小学館、一九九六年一二月、四二九頁）。

（8）亀井は「密淫売屋の酌婦という不名誉性に絶望的に開き直ってしまうこと。言ってみれば、そういう情念自体が非行」（「非行としての情死」、『感性の変革』講談社、一九八三年六月、一七四頁）と述べている。

(9) なお、近代の法については足立昌勝『近代刑法の実像』（白順社、二〇〇〇年三月）、「掟」は佐々木孝次『母親・父親・掟』（せりか書房、一九八九年六月）を参照した。

(10) 本稿では『文学界』初出本文の「暗夜」（表紙は「闇夜」）という表記にしたがう。

(11) 藪禎子「一葉文学の成立と展開—魔を中心に」（『藤女子大学国文学雑誌』一九七九年三月。後『透谷・藤村・一葉』明治書院、一九九一年七月所収）。

(12) 拙稿「「暗夜」の相互テクスト性再考」（『一葉以後の女性表現 文体・メディア・ジェンダー』翰林書房、二〇〇三年一一月）。

(13) 伊藤佐枝「日本近代文学に於ける〈親密性テロリズム〉の様相・序説」（『論樹』一九号、二〇〇五年一二月）。

(14) 樋口一葉「暗夜」（その十一）。引用は塩田良平他編『樋口一葉全集』第一巻（筑摩書房、一九七四年三月）三三九〜三四〇頁。

(15) 一八九三年秋頃作、生前未発表。引用は塩田良平他編『樋口一葉全集』第三巻下（筑摩書房、一九七八年一一月）七三五〜七三六頁。

(16) 一八九五年一〜二月、生前未発表。引用は同右、七六五〜七六六頁。

(17) 宮本百合子『婦人と文学』（実業之日本社、一九四七年一〇月。引用は『宮本百合子全集』新日本出版社、一九八〇年四月）二五一頁。

(18) たとえば、朝井まかて『恋歌』（講談社、二〇一三年八月）には、一葉の和歌の師で水戸藩士に嫁ぎ、動乱の幕末期を生きた中島歌子の若き日の姿が門弟の三宅花圃を媒介にして描かれている。物語の後半からは水戸藩の内部抗争をはじめとする凄まじい「血」の匂いが立ち込める。そこには水戸藩出身の両親をもつ山川菊栄も証言するように、「テロ期の水戸」の「封建制度の生んだ矛盾と行きづまりの生んだ深刻な、絶望的な世相の一部」（山川『覚書幕末の水戸藩』（岩波文庫、一九九一年八月、四四二頁、四四三頁）としての「テロル」が生々しく表象されている。

(19) 前田愛「一葉の転機—『暗夜』の意味するもの—」（『文学』一九七三年九月、再掲『樋口一葉の世界』平凡社、一九七九年一二月）。

（20）同右、「『大つごもり』の構造」（初出『文学』一九七四年五月、再掲、同右）。

（21）引用は注（13）『樋口一葉全集』第一巻、三八九〜三九〇頁。

（22）同右、三九二頁。

（23）愛知峰子「『大つごもり』の罪と罰」（『論集樋口一葉Ⅳ』（おうふう、二〇〇六年一一月）四三〜六四頁。なお岡保生は「大つごもり」の「結末の部分は、見ようによっては、女主人公お峰（ママ）の〝罪と罰〟の問題を読者に暗示しているともいえる」（『薄倖の才媛 樋口一葉』新典社、一九八二年、一五一頁）と指摘している。

（24）拙稿「贈与と主体化―『大つごもり』論―」（『論集樋口一葉Ⅱ』おうふう、一九九八年二月）二二一〜三八頁。

（25）山本欣司「「正直は我身の守り」―「大つごもり」を読む―」（『立命館文学』五四〇号、一九九五年七月）。以下、山本からの引用は『樋口一葉 豊饒なる世界へ』和泉書院、二〇〇九年一〇月）一一・一三・一七頁。

（26）北村透谷「罪と罰」（内田不知庵訳）（『白表女学雑誌』三三四号、一八九二年一二月一七日。引用は『透谷全集』第二巻、岩波書店、一九七四年七月）八二頁。

（27）同右、「「罪と罰」の殺人罪」（『白表女学雑誌』同誌、三三六号、一八九三年一月一四日）。引用は『透谷全集』第二巻、同右）八七頁。

（28）平岡敏夫「〈夕暮れ〉の惨劇―一葉・透谷・『罪と罰』―」（『〈夕暮れ〉の文学史』おうふう、二〇〇四年一〇月）九一頁。なおこれに先立って氏には「夕暮れの一葉」（『論集樋口一葉』おうふう、一九九六年一一月）がある。

（29）拙稿「「にごりえ」の結末―結びの美学とジェンダー―」（『国文学解釈と鑑賞』二〇一〇年九月）。

（30）引用は注（14）『樋口一葉全集』第一巻、五三頁。

（31）関良一「「にごりえ」考」（『文学』一九五四年七月。後『樋口一葉 考証と試論』有精堂、一九七〇年一〇月、三三七〜三五三頁）。

（32）前田愛「「にごりえ」の世界」（『立教大学日本文学』一九七一年六月、再掲、注（19）に同じ）、高田知波「声というメディア―『にごりえ』論の前提のために」（『樋口一葉論への射程』）双文社、一九九七年一一月）。

(33) 樋口一葉「にごりえ」八章。引用は塩田良平他編『樋口一葉全集』第二巻（筑摩書房、一九七四年九月）三三頁。
(34) 金井景子「女の来歴―「にごりえ」論への視角―」（『媒』五号、一九八八年一二月）。金井の指摘により大原健士郎『心中考―愛と死の病理―』（太陽出版、一九七三年六月）を参照した。
(35) 山本洋「にごりえ」解説によれば、一葉は一八九五年七月三〇日に博文館の大橋乙羽に「にごりえ」の七章までの原稿を、八月二日に八章の原稿を送付したという（岩見照代他編『樋口一葉事典』おうふう、一九九六年一一月）五八頁。
(36) 平岡敏夫、注(28)にもこの点に関して詳しい指摘がある。
(37) 注(5)内田魯庵の「例言」には「余は魯文を解せざるを以て千八百十六年板（ママ）の英訳本（ヴヰゼッテリィ社印行）より之を重訳す。疑はしき処は惣て友人長谷川辰之助氏に就て之を正しぬ。本書が幸に英訳本の誤謬を免れし処多かるは一に是れ氏の力に関はるもの也」とある。なお魯庵と二葉亭の歴史的、文学的連携については松本健一『ドストエフスキイと日本人』（朝日選書、一九七五年五月）に指摘がある。
(38) 内田魯庵「一葉女史の『にごり江』」（『国民之友』一八九五年一〇月一九日）。引用は『内田魯庵全集』第一巻（ゆまに書房、一九八四年一月）四一四頁。
(39) 鄭州「『文藝倶楽部』第九編」（『早稲田文学』九七号、一八九五年一〇月一〇日）。
(40) 概論家「にごりえ」（『めさまし草』まきの十五、一八九七年二月）。
(41) 水村美苗・柄谷行人対話「恋愛・宗教・哲学の起源」（『現代思想』一九八七年一月）。
(42) 北村透谷「桂川（吊歌）を評して情死に及ぶ」（『文学界』一三号、一八九三年七月）。

付記　本稿は「樋口一葉研究会第二十七回例会」（二〇一四年六月一四日、駒澤大学・中央講堂）での講演「一葉における〈悪〉という表象―後期小説の転回―」を成稿したものである。

「たけくらべ」論争と国語教科書——二一世紀の樋口一葉へ——

はじめに

かつて「「たけくらべ」論争」、あるいは「美登利変貌論争」なるものが起きたことを記憶している人は現在ではそう多くないかもしれない。[1]一九八五年に作家佐多稲子と近代文学研究者前田愛の間で闘わされたこの論争は、それ以後、多くの研究者や文学者が参加した。それからすでに三〇数年が経過したいま、その意味を振り返ることも無駄ではないような気がする。そこで焦点化されたのは「たけくらべ」のなかで姉につづいて娼妓になる直前の美登利という少女が物語の終盤でなぜ変貌したのか、という文学テクストの解釈をめぐる論争であっただけにとどまらない。彼女におおきな変化をもたらした要因としての遊廓制度、つまり買う側の男性と売る側の女性によって成り立つ、近世から近代へと連続する日本の公娼制度をめぐる重要な背景を持つ論争であったことである。

同時につけ加えたいのは、アニメーションや漫画など他の分野の隆盛に比べて、衰退を余儀なくされている文学をめぐる現在の状況を顧みると、それは戦後における明治文学の再評価とその継承という受容面での問題が密接に関わっていたことである。この点については松下浩幸が戦前・戦中・戦後という時間的射程のなかでの一葉受容の問題として取り上げ、戦後期の熱い受容がしだいに薄れ、二〇〇一年以降においては「〈樋口一葉〉の不在」が「顕在化」してしまったことを次のように指摘した。

「大人」の読者（消費者）のみをターゲットにした二一世紀の一葉ブームがどこか空回りの様相を呈し、一〇代の若年層への働き掛けがうまく行えていないという状況は、樋口一葉という人生モデルへの現代的な意味づけ（再文脈化）の難しさを図らずも浮き彫りにしているとは言えないだろうか[2]。

松下の指摘が重要なのは、まず一葉受容において「若年層への働き掛けがうまく行えていない」ことを改めて問題化したことである。次に二〇〇四年の一葉肖像の五千円札への登場は、「一過性」の現象に過ぎず、これに比べると一九六〇年前後という時期が一八九六年という樋口奈津の死去以来の、つまり「一葉没後に起こった最大の一葉ブーム」期であったと述べている点である。注目したいのは、彼はこの時期を「一葉ルネッサンス」とも評し、この未曾有の受容期が出現した理由を、戦後民主主義を構成する「demos（人民）」と「kratia（権利）」という理念が戦後日本という「文脈」と「レトリック」のなかでどのように形成されたのかという観点から考察していることである。結論として松下は『たけくらべ』を代表作とする樋口一葉という作家を語ることの難しさ」を指摘しているのだが、実はこの「語ることの難しさ」という点にこそ、論者の数だけ解釈が成り立つというような、かなり迷宮化してしまった「「たけくらべ」論争」を現在において取り上げる糸口があるといえるのではないだろうか。

一葉を「語ることの難しさ」には、第一に雅俗折衷体というすでに過去のものとなってしまった文体の問題がある。インターネットの普及した現在、それは『源氏物語』のような「古典文体」でもないし、もちろん「現代文体」でもない。さらに悩ましいのはテクストの書かれ方である。吉原遊廓の売れっ子（お職）女郎である姉の跡を継ぐ一歩手前の、数え一四歳の美登利という少女が町中で他の子どもたちと遊ぶ「現在」が活き活きと描かれているという点である。たとえば戸松泉は草稿研究による「複数のテクスト」性の観点から「解釈の振幅が生じる必然」性を指摘し、この論争に対して「美登利が体験したことの実体規定[3]」をしているという高田知波の言葉も引用しながら警告を発している。(4)確かに高田の言うように「実体規定」に特化するよりも、戸松の主張するように草稿を含む「たけくらべ」に関する複数のテクストから「作家における〈書く〉という行為自体を対象化すること」や「本文の「改稿」過程に見る〈揺らぎ〉」を問うことは重要であろう。

このようなテクスト本来が孕む複数性を無視して、当該箇所だけを焦点化しても何もはじまらないことは確かである。だが同時に見落してはならないのは、「少女」から「遊女」へという階梯を歩む美登利の表象が刻々と描かれている点こそ、この論争が起きる源泉ではないかという点である。残念ながら二〇一八年現在では、戸松の試みのような物語世界への専門性の高いアプローチは一般的には困難になっている。それは松下の言うように「一〇代の若年層」が置き去りにされているという問題と不可分ではないだろう。いわば研究者側の生成論と読者側の受容論が乖離している点こそ、問われなければならないと思う。

以下、松下論を受け継ぐ意味でこの論争を「再文脈化」してみたい。つまり、すでに十分時間が経過した論争の意味を、戦後からつづく「たけくらべ」というテクストが読む者にもたらす受容行為として、若い読者層の重要な入り口でもあった国語教科書と関連づけて論じてみることにする。この論争と国語教科書は一見、異なる問題系に属するように見える。だが「受容」という点では、たとえば佐藤泉の研究にあるような戦後期の国語教科書における明治文学受容の問題が密接に関わっており、それはテクストの書かれ方という生成の問題とも無関係ではないのである。(5)

以下ここでは、まず論争の内容を概観し、そのうえで国語教科書における「たけくらべ」受容を焦点化しながら、この論争の現代的意義を再考してみることにする。

1 論争の複数性が喚起するもの

この論争のポイントは、全一六章から構成される「たけくらべ」の末尾近い章で、それまで吉原遊廓の裏町で「子供中間の女王様」(三章)[6]として振舞っていた美登利が突如、自らを恥じ、人目を避けて憂鬱になる原因が何によるものであったかというものである。そこには大きく分けて三種の見解が存在した。以下、概略だけを述べると、一つは初潮説。これは美登利が初潮を迎えたことで、それまで遊び仲間のなかで恐れを知らない少女として、付近のこども集団のなかで君臨していた彼女が恥じらいを知る娘に変貌したというもので、先の前田はこの説を主張した。二つ目は初店説で、美登利は遊女予備軍として何らかの形でこの頃、男性客との間で性体験を強いられたというものである。佐多は美登利の身に起きたのは初潮くらいのことではなく、もっと深刻な事態として密かに「初店」(身体を男性に売ること)が実行されたと述べ、論争の発端となったものである。三つ目は検黴説(「娼妓」となるための身体検査の一環としての黴毒検査)で、当時の遊女への身体管理システムによる屈辱的な性病検査を、「検査場」(四章で点描されている)で受けさせせられたというものである。[7]

ここで注目したいのは一～三のどの立場を取るにしても、その前提として美登利という少女の身に根差した変化が前提化されていることである。テクストにも「憂く耻かしき事身にあれば」(一五章)、「此処しばらくの怪しの現象」(一六章)という女性身体の変調が何によるのか、読者の数だけその読解が異なってくるのは当然かもしれない。それを特定することは高田の言うように「実体規定」論に棹さすことになるが、「廻れば大門の見返り柳いと長けれど」(一章)というように物語は冒頭から吉原に隣接することを明示している以上、読者が性的な意味づけをするのも止むを得ないともいえる。そのような空間に全面的に依拠した物語の前半には、遊廓の裏町としての「大音寺前」で遊ぶ少女として登場する美登利の「少女性」が顕在化され、やがてそれがしだいに変容し、後半では前半とは全く異なる表象が廓との距離の変容において記されていることも確かなのである。

それでは、このような物語内容をもつ「たけくらべ」は、戦後から一九六〇年代までどのように受容されていたのであろうか。日本の敗戦によって多くの改革が為されたことは改めて繰り返すまでもないが、樋口一葉の文学もこの改革の波と無関係ではなかった。もちろん戦前期も後で述べるように「文範」として、随筆を中心に教科書に掲載されていた一葉文学だが、戦後期の特徴は小説をはじめとした一葉作品が数多く掲載されたことである。なかでも吉原遊廓周辺を舞台とした「たけくらべ」の掲載は、大変注目すべきことだった。阿武泉の調査によれば「たけくらべ」が初めて高校の国語教科書に採用されたのは一九五二年[8]。この年は奇しくも前年のサンフランシスコ講和条約調印によって、日本が連合国統治から独立、同時に日米安全保障条約が発効した年に当る。このような戦後のいわゆる「民主化」と一葉小説の教科書掲載は連動していたことは、すでに松下が指摘している通りである。

それから七〇年近い歳月が経過した現在から見ても、「たけくらべ」の掲載は大変稀有なことに思われる。というのもこの場所は「廓」という文字通り周囲から隔離された近世初期以来の両性間の「性の市場」としての遊廓の伝統を引く場所であり、近代以降も「貸座敷渡世規則・娼妓規則」・「娼妓黴毒検査規定」という西洋をモデルにした法が一八七六年に制定されている[9]。近代以降、まさにその時々に必要とされた諸規則のもと、現代の風俗営業等の条例[10]に至るまで、性をめぐる種々の法的な管理システムが貫徹されている。その意味で「吉原」はまさに近代の「伝統的」な場所であるという意味では、多くの視点から見解が示されるのも当然かもしれない。

そんな強度をもつ場所を舞台にした小説が、文学作品としての普遍性をもつだけでなく、戦後一貫して教科書にも掲載されつづけてきた事実を論者はごく最近、改めて強く認識することになった。というのも私事ながら二〇一七年一〇月、大学の一・二年生を中心に「たけくらべ」の物語世界を「人権」の問題と関連づけて講演する機会があり、そこで得た学生たちの反応は予想をはるかに越えてかなり微妙だったからである。[11] 現在の学生たちにとってこのような世界は遠い明治という時代、だが古典というには少々近すぎる時代の特殊な事例を扱った物語に過ぎず、いったいどのように感情移入していいのかわからない、というのが率直な感想のようなのである。

もちろん論者は長い間、大学を中心とする教員生活において文学の講義やゼミ等を通じて「たけくらべ」を文学教材として扱ってきた。だが、二〇一七年時点では学生にとってそれはかなり「レアな教材」となってしまったことは確かなようである。そこで発想を転換させ、このような論争を生む「たけくらべ」は、かつてはどんな理由で教科書掲載が可能になったのか、また掲載箇所はどこなのかという疑問を改めて抱くようになった。その疑問を解くために、論者が注目したのは江東区にある教科書図書館に収録されている一九五五年版（この資料については次章で詳しく述べる）である。[12] もちろんわずかな範囲での資料収集の結果に過ぎないが、以下それを基に教科書の掲載箇所とこの「たけくらべ」論争との関連を、性をめぐる制度・人権・文学テクストなどの問題系に接続させて考察してみたい。

2　一葉文学の教科書掲載

李賢畯によれば、一葉作品が初めて日本の国語教科書に載ったのは一九〇二（明治三五）年で、採録は同時代の一般女性への手紙マニュアル本である『通俗書簡文』（初刊、博文館、一八九六年五月）と随筆「雨の夜」（『読売新聞』一八九五年九月一六日）の二作であるという。[13] さらに李はおなじ論文で明治三五（一九〇二）年から大正一五（一九二六）年までの明治期および大正期の高等女学校の「国語読本」・「国文読本」系統の教科書に採録された一葉作品をリサーチした結果、「三十七種」の教科書のなかで一葉作品を採録したのは「二十種類」、大正期では「二十三種」にのぼることを明らかにした。そのうち日記は大正五（一九一六）年、小説は「十三夜」が大正一二（一九二三）年に全文採録されているという。

李の調査以降、戦前昭和期における教科書への一葉作品掲載については、残念ながら論者は未調査だが、一葉研究史におけるこの時期は明治期の第一期『一葉全集』（博文館、一九一二年五～六月）につづく第二期の全集刊行期だったことを想起したい。五巻からなる『一葉全集』（春陽堂、一九三三年四月）、長谷川時雨の評釈が付いた『評釈一葉小説全集』（冨山房、一九三八年八月）、やがてこの時期までの一葉文学の集大成ともいうべき『樋口一葉全集』（新世社、一九四一年七～四二年一月）へと続く。これら研究側と呼応するように映画や絵画の分野で一葉は取り上げられる。一九三九年五月には東宝映画「樋口一葉」（並木鏡太郎監督、シナリオ八住利雄、主演山田五十鈴）が、一九四〇年には鏑木清方の肖像画「一葉」が紀元二千六百年奉祝美術展に際して制作されたように、日中戦争から太平洋戦争へと向かうこの時期、研究の分野での全集編集の一方、一般社会のなかでは一家を支える健気な女戸主としての「一葉像」が受け入れられていたことが推測される。

いっぽう作品に対する受容という面では異なる事実が浮かび上がってくる。おもに一九二〇年代から一九五〇年代までという長い射程における一葉文学を受容史の文脈で考察した笹尾佳代は、松村定孝『児童たけくらべ』（日本文学社、一九四〇年一月）が発行禁止処分を受けた事例に注目している。(14) 笹尾によれば、松村の書が発禁になったのは「その特殊社会に生活する子供達の生活描写が、読者に対して早熟にして、且猥雑なる印象を与ふる処ある点、風教上害あり」（上月景尊「児童図書検閲について」『児童文化　上』西村書店、一九四一年二月）だったからだと言う。(15)

現代の視点から見ると、児童書の読者である児童にとって「早熟にして、且猥雑」ということは一般読者にとってはどうなのか、また男性読者と女性読者など「読者の性差」はどうなのか等々の疑問が浮び上がってくるが、それらの問いは不問のまま児童書としての「たけくらべ」は発行禁止処分を受けたといえる。ヒロイン美登利の困惑を通して「公娼の地・吉原を支える制度そのもの」（笹尾）への疑問が明確に浮上してくることから、先に述べた作家としての顕彰とは裏腹に「たけくらべ」という作品に対して、ある種の規制が働いたのがどうやら実情のようである。歴史学の藤目ゆきの研究が詳細に検証したように、戦前期における吉原は近代の徴兵制下、兵士およびその予備軍としての男性たちの性の受皿ともなる場所であったので[16]、そのような場所を背景とする作品は「児童書」にふさわしくないと見なされたのであろう。

だが一九四五年八月十五日の日本の敗戦を経て、一葉像は戦時の毀誉褒貶の混在した曖昧な評価から大きく転換することになる。結論を述べるまえに、まず戦後期の一葉作品の教科書掲載状況を一瞥しておきたい。

一九五二年、「たけくらべ」の教科書掲載は好学社と中等教育研究会の二社によってはじまった[17]。ここでは論者が教科書図書館で閲覧できた後者の資料によると、「たけくらべ」の掲載は『総合新選国語　一下』として中等教育研究会（東京都千代田区神田須田町一丁目五番地）から「編修責任者　坂本博司」として刊行された（教科書センター・教科書図書館に所蔵されているのは一九五五年一月刊の『総合新選国語　一下』（中等教育研究会）だけなので以下、引用はそれによる）。おそらくこの二社のものが戦後における初期「たけくらべ」教科書掲載であり、それは五九年までつづく[18]。

『総合新選国語　一下』での「たけくらべ」の位置づけは「単元八、小説」とされ、他の二つの小説と並んで十二・十三章が「三、雨やどり」と題されて掲載されている。前文として〔あらすじ〕、その上部には一葉の肖像写真、さらに頭注として一葉の略歴がある。また次頁には本文の上部に十三章冒頭箇所の影印版も「「たけくらべ」原稿」として添えられている。なお本文は漢字から平仮名表記へ、「門の傍（そば）」を「門のかたはら」に変え、一箇所だけ美登利の発話部分に鍵括弧を付けるなどしているが、概ね原文にもとづいている。

その後は一九五〇年代だけでも先に触れた「好学社」「中等教育研究会」をはじめ、「大修館書店」「日本書院」「中等学校教科書」「実教出版」「有朋堂」「教育図書研究会」「光風館」「教育出版」「実教出版」「日興出版」「績文堂出版」「三省堂」などの各社が競うように「たけくらべ」を採録する。それは一九八〇年代の一五社、九〇年代の一三社などその後の時期と比べても引けを取らない一六社の採用という盛況ぶりを発揮し、「たけくらべ」黄金時代の到来ということができる。

ではなぜ五〇年代に「たけくらべ」が脚光を浴びたのだろうか。いわゆる戦後におけるGHQの民主化政策の一環としての「教育基本法」の制定（一九四七年三月）と密接に関係していたのだろうか。たとえば先に挙げた「たけくらべ」本文が初めて掲載された『総合新選国語　一下』の引用箇所（一〇四頁）につづく見開きの次頁「単元九話し合いと弁論」（一〇五頁）には次のようなリード文がある。

われ〳〵の毎日の生活をふり返ってみると、話したり聞いたりすることに意外に多くの時間を費やしていることに気がつく。学校で先生とあいさつをかわしたり、問答したりするのもそれであり、友だちと生徒会のあり方や読んだ小説の価値について議論するのも、話し、聞くはたらきである。夕食のあとや寝る前などに、家族が集まって楽しいひとときを過ごすのも、買物に行って用を足すのも、すべてこのはたらきを通じてなされるのである。ことに民主主義の社会は、話し合うことによって、よりよい社会をきずいていこうとするのであるから、今後はますます話し合いや会議の機会が多くなっていくに違いない。（以下略）

必ずしも「たけくらべ」について「話し合い」を勧めているわけではないにしても、教科書掲載ページの連続性によって「読んだ小説の価値について議論する」とはこの作品についてのことかもしれないという文脈が生じていることも否定できないと思う。ここから浮び上がってくるのは「夕食のあとや寝る前などに、家族が集まって楽しいひととき」を過ごすという明るく健康的で穏やかな家族像である。そのような「民主主義の社会」が実現されることへの期待と希望がこの文面から読み取れるが、果たして実際に「たけくらべ」がこのような家族団欒のシーンに招喚されることはあったのだろうか。

その答えはおそらくノー、あるいはかなり微妙だったと言わざるをえない。というのも、この時期は「教育基本法」制定などの「民主主義の社会」実現の掛け声のいっぽう、大人社会において同時代を捉えたのは「売春防止法」（一九五六年五月成立、五七年四月施行、五八年四月発効）という明治近代以降の負の歴史ともいうべき公娼制度を支えた「売春」＝「女性身体」を売ること（この時点では男性側の「買春」は問題視されていない）が根幹から問われていたからである。[19]

ここで戦後の性風俗産業にまつわる法を列挙すると次のようである。一九四六年二月に公娼制度が廃止されたあと、二年後の一九四八年九月には「風俗営業取締法」が施行され、芸妓一〇六三名、酌婦六一八七名、女給七〇一九名が取締の対象となる。さらに一九四九年五月、東京都売春取締令が発令、しだいに売春取締についての世論が形成され、それからようやく七年後の一九五六年五月、売春防止法が成立する。つまり、阿武の調査による「たけくらべ」の教科書初掲載はこの売春防止法の成立という気運と踵を接したことになる。もちろん現在からみればかなり問題もある。「売春」と言う名に集約されるように、それは「売る側」の女性が主として取締の対象となり、さきほど触れた「買春」つまり「買う側」および両者の媒介者ともいうべき業者への罰則については明確ではなかったからである。

だが、かつて公娼として存在していた制度が曲がりなりにも法的に否定されたことの意味は大きい。明治近代以降、多かれ少なかれ「美談化」されていた「娘の身売り」が法的にも否定されたのだから、その意味を過小評価すべきではないだろう。だが、それを踏まえて次に浮かぶ疑問は、このような戦後の「売春防止法」へと法制化される気運のなかで、なぜ「たけくらべ」は教科書という媒体で生き延びることができたのかという点である。この点についてはすでに松下の論文でも一葉と教科書掲載の関係が指摘されたほか、笹尾も一九四七年三月の「教育基本法」以降、「「たけくらべ」は、学校教育との関わりが意識された流通形態をとっていく」と述べ、受容面からこの時期の様相が検証されているが[20]、その掲載理由については他の要因も考慮する必要があると思う。

「たけくらべ」掲載の背後に戦後民主主義という理念的な裏づけによる、性を売らざるを得ない女性の人権意識への共感が底流にあったことは間違いないが、それだけでは十分とはいえない。ここでは異なる要因として、作品誕生時に高評価を与えた『めさまし草』誌上の鼎談評「三人冗語」（『めさまし草』一八九六年四月）に改めて注目したい。

3 一葉日記のなかの「三人冗語」と鷗外の立ち位置

よく知られているように「三人冗語」では森鷗外・幸田露伴・斎藤緑雨の三者には強弱の違いはあるものの、ほぼ揃って「たけくらべ」に高評価を与えた。実はこの事実が後世に伝わるために一役買ったのは一葉自身である。なぜかというと一葉が記した「みづの上日記」に、この「三人冗語」が『めさまし草』に載ったことにまつわる話題が、臨場感をもって記されているのである。その日記が戦後の教科書に掲載されたことで、「たけくらべ」との間に「作家と作品」をつなぐ一種の「輪」が形成され、効果を発揮したといえる。ちなみに「みづの上日記」とは一葉日記のなかで晩年に居住した本郷丸山福山町の借家の庭に因んで命名されたものである。

ここで戦後の教科書における小説以外の一葉作品を見てみると、その先陣を切ったのは三省堂である。掲載箇所は戦前の流れを汲む随筆「雨の夜」で、これは一九五六年まで続いたが、「みづの上日記」はその前年一九五五年に昇龍堂出版が『高等学校国語総合　一上』で採録したのが皮切りだった。その後、一九五七年に明治書院が『高等国語総合1』で同箇所を採録する。ちなみに明治書院はその後、一九六〇年の『改訂高等学校総合1』をはじめとして一九七〇年代から実に二〇〇五年まで掲載をつづけることになる。(21)

「みづの上日記」には「たけくらべ」が『文芸倶楽部』に一括掲載された(一八九六年四月)直後、「三人冗語」が掲載された『めさまし草』を持って『文学界』同人の平田禿木・戸川秋骨の二青年が一葉宅に駆け込む様子が次のように綴られている。

五月二日の夜、禿木・秋骨の二子来訪。(中略)言葉せはしく喜び面(おもて)にあふれて言ふ。今文壇の神よといふ名を鷗外が言葉として、我はたとへ世の人に一葉崇拝のあざけりを受けんまでも、この人にまことの詩人といふ名を贈ることを惜しまざるべしと言ひ、作中の文字五、六字づつ、今の世の評家・作家に技倆(ぎりやう)上達の霊符として飲ませたきものと言へるあたり、我々文士の身として、ひと度受けなば死すとも憾(うら)みなかるまじきことぞや、君が喜びいかばかりぞとうらやまる。二人はただ狂せるやうに喜びて帰られき。(22)

一八九六年五月二日は一葉が亡くなる約半年前にあたり、一葉はむろん自慢したいだけでこのような記述を残したのではないだろう。引用につづく箇所にはこのような高評価に対して「誠は心なしの、いかなる底意ありてとも知らず。我をただ女子とばかり見るよりのすさび。さればその評の取りどころなきこと　疵(きず)あれども見えず、良きところありても言ひ表すことなく(以下略)」とかなり辛辣な感想を記してもいる。ここではあえて一葉の心境などを解読することはせず、一葉日記に「三人冗語」が接続されることで、どのような効果をもつのかという点を考えてみたい。おそらくこの時点では一葉はまだ「三人冗語」そのものを読んでいないようだが、ここにはメッセンジャーとしての『文学界』同人の言葉、「三人冗語」という文学批評の言葉、そして一葉自身の言葉というように、水準の異なる三つの言説が日記文体のなかに溶け込んでいる。それほど長文ではないのだが、情報の内容以上にその三つを同時に伝えるという点で、読解上、かなりの効果を発揮した箇所といえるだろう。

ここで改めて「三人冗語」の全体像を確認しておくと、鷗外・露伴は場面に即して物語のあらすじを丁寧に紹介するという、いわゆる「解釈と鑑賞」的な方法を用いて高評価につなげている。これに対して斎藤緑雨は揶揄的な「茶化し」を入れてはいるが、それは結局、遠回りの好評ともいうことができ、結果的に「三人冗語」が同時代における「たけくらべ」の評価を定めたと言っても過言ではないだろう（なお「三人冗語」の中身については後で触れる）。

ではなぜ「たけくらべ」は一葉本人が驚き怪しむような高評価が生まれたのだろうか。種々原因が推察されるなかで、ここでは鷗外の置かれていた立ち位置から推測したい。文芸批評という枠組みをひとまず外すと、大学で衛生学を修めた軍医森林太郎の立場はかなり複雑だったといえる。廃娼論と存娼論という同時代言説の文脈のなかで鷗外を置いてみると、彼の複雑なポジションが見えてくるのである。

廃娼論・存娼論の文脈でみると鷗外には「売笑の利害」（『衛生新誌』創刊号、一八八九年三月、筆名、顕微斎主人）という文章がある。そこでは「人間は何処までも人間です（中略）廃娼全廃論者はチト人間を善く見過ぎて―買い被つて居ます」と述べ、鷗外は後者の立場であったことがわかる。だが、次の「公娼廃後の策奈何」（一八八九年一二月、大日本衛生会での演説。同誌、一八九〇年一月掲載、筆名、森林太郎）では次のように述べることになる。

> 余は医なり余は衛生家なり而して医と衛生家は古今何れの国にても殆ど必ず存娼論者なり而れども余は亦人なり此の腐敗したる空気を呼吸し此売笑天地の怪事を観て心に自安じて是れ無上の方便なり是れ万古に亘りて易ふべからぬ制度なりと言ふこと能はず（中略）其の第一着手は則ち邪媒を禁ずるにあり(23)

このように当初は存娼論者だった森林太郎は、一年足らずのうちに廓というシステムが「万古に亘りて易ふべからぬ制度なりと言ふこと能はず」という改変可能な制度であることを指摘するようになる。その改革の一歩として彼は「邪媒」という楼主などの売春管理者を問題化するようになるのである。彼は現状肯定から、遊廓制度を担う業者たちを「邪媒」位置づけ、少なくとも彼らに対する批判的眼差しへと一歩を踏み出したということができる。その後、一九九〇年代になると、彼は「公娼廃後策の原材」（一八九一年五月、『衛生新誌』）、「公娼廃止後策とフリイドリヒ、ザンデルと」（同年六月『衛生新誌』）というように廃娼後の方策を模索する論を発表することになる。ここで念のためこの二つの論文から五年後にあたる「三人冗語」の鷗外の言葉を引用しておく。

> 大音寺前とはそもそもいかなる処なるぞ。いうまでもなく売色を業とするもの、余を享くるを辱（はずかし）とせざる人の群り住める俗の俗なる境なり。さればたとえよび声ばかりにもせよ、自然派横行すと聞ゆる今の文壇の作家の一人として、この作者がその物語世界をこゝに択（えら）みたるも別段不思議なることなからむ。ただ不思議なるは、この境に出没する人物のゾラ、イプセン等の写し慣れ、所謂自然派の極力模倣する、人の形したる畜類ならで、吾人と共に哭（こく）すべきまことの人間なることなり。(24)（傍線等、表記は引用本文のママ）

文学者鷗外は作家一葉が「ゾラ、イプセン等の写し慣れ、所謂自然派」的な手法による写実主義の観点からこの場を選びながらも、「吾人と共に哭すべきまことの人間」を描き出したことを評価したのである。美登利の一家は鷗外のいう「売色を業とするもの、余を享くるを辱とせざる人」として、「邪媒」に等しい業者の口車に乗って先に遊女となった姉につづいて、一家を挙げて紀州から吉原へと移住してきた。そんな両親やそれに従う姉の価値観を疑わなかった少女が、いつしか「この私」としての自身の身に起こりつつある事態に戸惑い驚愕しているのが、おそらく「たけくらべ」の十四～十六章なのだろう。衛生学を修めた軍医森林太郎は、「たけくらべ」に対しては文学者の立場から、娼妓になることを宿命づけられたこのような美登利像へ共感的な洞察をおこなったのである。だからこそ鷗外は美登利が「遊びの中間の女王様」から完全撤退してしまい、いわば「敗北を抱きしめて」戸惑っている一五・一六章ではなく、下駄の鼻緒を切った人（それが信如であったのは全くの偶然として設定されている）へ小裂れを差し出すような闊達さを失っていない美登利が描かれた十二・十三章を選んだのではないだろうか。

最後に美登利が近接未来に宿命づけられている娼妓およびその職場としての遊廓という制度をめぐる廃娼・存娼という文脈が「たけくらべ」と関わる接点を確認しておこう。論争の初店論は美登利の身に高価な裏取引としての「性交」がおこなわれたと見なす立場である。なぜ裏取引なのかと言えば、それは娼妓年齢がこの時期、すなわち一八九二年には「一六歳以上」に引き上げられ、数え一四歳の美登利は法的には明らかに違反者となり、楼主などが罰せられる恐れがあるからである。作中でも朝湯帰りの美登利の立ち姿を「今三年の後に見たし」（三章）と「廓がへりの若者」（同）が評する箇所が見られるのも、このことに関連している。ちなみに娼妓年齢は一九〇〇年にはさらに一八歳に引き上げられ、その五ヶ月後には娼妓の自由廃業が一部とはいえ、認められるようになる。[25]

ところで『明治ニュース事典』の「総索引」を検索すると、最初に近代のメディア空間に出現したのは「人権」ではなく「女権」をテーマとする仏国の「紺足袋」（『郵便報知新聞』一八八〇年六月二九日）女性たちであったという。[26]その二年後には「立憲政党の女弁士」という見出しで岸田俊子の名が登場している。同書によれば「人権」の初登場はそれから四年後の一八八六（明治一九）年になる。

これらによれば「人権」という文脈では近代日本はまず「女権」から出発したことになるが、実はこれらの事例よりも十数年も早く近代日本において可視化されたのが、よく知られるようにマリア・ルース号事件が契機となって人権蹂躙される最たるものとして娼妓の存在であった。その結果、「芸娼妓解放令」（一八七二、明治五年）、翌年に東京府二布達「貸座敷渡世規則及娼妓規則・芸妓取締規則」、さらに「娼妓黴毒検査規定」という性をめぐる管理システムが成立する。それがやがて廃娼・存娼論の文脈へと接続することになったと推測される。つまり近世から「遊里」「悪所」として必然化されていた公娼制が初めて「人権」の問題として浮上したのである。

これらの文脈からみるとき、「たけくらべ」は松下の言う「人権」にもとづく廃娼論の文学的表現の一つとして位置づけることができるのではないだろうか。

4 教科書掲載箇所の再文脈化

最後になぜ戦後の国語教科書は、十二〜十三章を採り上げたのかという疑問への回答を試みたい。私見によれば採用にはテクストの論理（生成論的側面）と、テクスト読解の論理（受容論的側面）の二つが考えられる。もちろん、「生成と受容」とはコインの裏表のような関係があり、相互に影響しあうことで新たな読みを生むのであるが、ここではまず「たけくらべ」読解の枠組みを形成した先に触れた「三人冗語」の該当箇所を再度確認しておきたい。鷗外と露伴は冒頭第一章に加え、十二〜十三、十四〜十六章も評価していたが、二人の間には重点の差がある。わずかとはいえ、前者は十二〜十三章、後者は十四〜十六章を評価しているのである。

美登利が島田髷に初めて結える時より、正太とも親しくせざるに至る第十四、十五、十六章は言外の妙あり。その月その日赤飯のふるまいもありしなるべし。（中略）可憐の美登利が行末や如何なるべき、既にこの事あり、頓て彼運も来りやせんと思うにそぞろあわれを覚え、読み終りて言うべからざる感に撲たれぬ。（露伴）

第十二章より十三章に亘れる、信如が時雨ふる日に母の使に出でて、大黒屋の寮の前にて、朴木歯の下駄の端緒を脱かせし一段をや、なお取り出でて言うべき。ただこれ寸許の友禅染の截片(きれ)なれど、その美登利が針箱の抽出しより取り出されてより、長吉が下駄借りて信如の立ち去りし跡に紅入のいじらしき姿を空く地上に委ねたるに至るまで、読者の注意を惹くこと、希有の珠宝にてもあるかの如くなるはいかに。(鷗外)(27)

小説と同じ文体で綴られたこの批評文から浮び上がるのは、「赤飯のふるまい」(かつておこなわれた、少女に初潮が訪れたときに赤飯を炊いて祝うという習俗)を類推させる前者のほうが本論の主題である「美登利変貌論争」と深く関わっていることである。もちろんこれは初潮が少女から成女への「性徴」として祝われていた習俗が前提となるだけでなく、一八九二年の「一六歳以上」という娼妓年齢の設定とも「接続」が可能になるという理由から、戦後の国語教科書はこのような変貌を焦点化した前者ではなく、少女と少年二人の最後の接触となる後者の箇所を採録しつづけたのではないだろうか。すでに述べたように戦後的な受容において、美登利の宿命は売春防止法という戦後民主化の過程での人権的な問題系と直接的に関わってしまうからである。

しかし、このような戦後の受容的側面とともに見過ごせないのは物語のテクスト的な展開である。十四〜十六章で美登利の敗北は誰の目にも明らかだが、それ以前にもテクストには漸層的に美登利の変化が語られていた。たとえば祭の夜には「額際に汚き物した、か」(五章)というように「泥草履」(同)を投げつけられている。十二章では鼻緒を切ったのが誰とも知らずに「友仙ちりめんの切れ端」を持って「庭石の上を伝ふて急ぎ足」で駆けつけ、やがてそれが信如とわかり、当惑しながらも彼に差し出すものの、受取られることなく小裂れは雨の日の泥土にまみえる等々、美登利はすでに「人の為ぬ事して見たい」(八章)と嘯いた「子供中間(ママ)の女王様」(三章)などではなくなっている。

十二〜十三章に三度も登場する「紅入の友仙」がその姿を「空しく格子門の外に止めぬ」と十三章末尾に記されているように、「泥草履」や泥まみれの「紅入の友仙」は美登利の代理表象として受苦を体現している。言い換えると五章にはじまる美登利の受苦は、六章での登校拒否、つまり「算盤や石筆」を用いて「同じ教場に学ぶ」童という属性を喪失させただけでなく、茶屋町通りという遊廓の裏町周辺を遊びの拠点とする少女から、妓楼「大黒屋」の寮で働く賄婦としての母親の管理下の娘へと変貌させたことが最重要なのである。ちなみに「寮」とは遊女たちの保養所であり、「小格子の書記」である父と寮の「預かり」の母、寮の持ち主である「大黒屋のお職女郎」の姉をもつ美登利一家は、廓なしには成立しない家族なのである。「此(この)美登利さんは何を遊んで要る、雨の降る日に表へ出ての悪戯は成りませぬ」(十三章)という母親の呼び声や視線はもはや学童の母としてのそれではなく、廓者としての管理者のものといえよう。

五章や六章などが予め削除されたうえでの十二・十三章の教科書採録は、それ自体、美登利と信如の「恋未満の恋」を焦点化させたという意味で、教科書掲載という点ではギリギリの選択であったのかもしれない。このことを考慮すると、戦後にはじまる「たけくらべ」の国語教科書採用は、美登利が遊女への階段を上る十四〜十六章を先取していると言う意味で、制約の多い教科書という媒体のなかで辛うじて存在を保つことが可能となったということができる。

それは廓周辺の小学校へ通う「学童」としての一般性＝近代の子どもとしての普遍性をもつ少女像から、学校と切断された遊女見習いとしての「禿(かぶろ)」像を明確にして終焉を迎える物語展開に即した場面選択であった。このような物語をめぐる戦後の受容という文脈を度外視して美登利の変貌原因のみを特化して語ることは、物語全体の展開を見過ごし、ひいては「たけくらべ」というテクストを読者から遠ざけることにもなりかねない。それはおそらく現在からは想像できないような同時代的な負荷を引き受けて廓近くに生きつつ、そこに生きる子どもたちの表象を手に入れた一葉の本意からも遠ざかることになるだろう。
その意味で、吉原遊廓の裏町という当事者性に立脚した視点を獲得した「たけくらべ」は廃娼が可能になる前夜、性をめぐる制度にからめ捕られる一瞬前の時間に訪れた少女の劇を、読者が他人事ではない共感可能な出来事として表象することができたのではないだろうか。

おわりに

二〇一八年現在の国語教科書を繙くと、たとえば次のようなリード文につづいてこのような「たけくらべ」本文が掲載されている。

次にあげるのは、近代を切り拓いた先人たちの、著名な文章の冒頭です。じっくりと読み味わいながら、私たちの時代の言葉と思考への理解を深め、「いま」を生きる意味や、私たちの未来についても考えてみましょう。

廻れば大門の見返り柳いと長けれど、お歯ぐろ溝に燈火うつる三階の騒ぎも手に取る如く、明けくれなしの車の行来にはかり知られぬ全盛をうらなひて、大音寺前と名は仏くさけれど、さりとは陽気の町と住みたる人の申き[28]

おそらくこのリード文を書いた執筆者もこれによって「私たちの時代の言葉と思考への理解」、「「いま」を生きる意味」や「私たちの未来」を考えることができるとは思っていなかったのかもしれない。もちろん、補助教材や資料によって補うことは出来るに相違ないだろうが、冒頭だけの「たけくらべ」掲載ではあまりに教員の個人的力量に頼ることになり、その負担も重い。やはり教科書は一冊の書物として自立性が問われるはずである。もちろんなかには現在も十二・十三章を採用している出版社も存在するが、圧倒的に少数派である。[29]

実はかつての「一葉ルネッサンス」（松下）と謳われていた時期も問題がなかったわけではない。いわゆる「学習の手引き」などの項目は無く、先に引用した一九五〇年代の中等教育研究会の国語教科書の教材が、実際の教育現場でどのように扱われたのかは不明である。

そこで偶然ながら、論者の手元にある「ニュー・メソッド　国文対訳シリーズ21」として刊行された『口語訳・文法・傍注式　たけくらべ[30]』を参照したい。ここには「文法用語略符号表」に象徴されるように本文の品詞分解はもちろん、「解題」「たけくらべ参考地図」をはじめ全十六章に仮題（十二章は「若紫」、十三章「紅入り友仙」、十四章「三の酉」、十五章「しのび音」十六章「作り花」）をつけたラインナップは、著者のかなり踏み込んだ読解にもとづく章立てになっている。だが同時にテクストが「古典」としての読解困難性をもっていた事実も浮かび上がってくる。本書冒頭には次のような「先生方にお願い」と題された守随憲治の一文が冒頭に掲載されているのである。

> 古典の学習は、御承知のように、精読主義と多読主義とをあわせ用いることによって、その効果をあげることができます。この「国文対訳シリーズ」は、生徒諸君に有効かつ手ごろな古典を中心とする作品を精選して、これを広く、また深く読んでもらいたいという念願のもとに企画し、執筆したものであります。本書は最も信頼のできる底本を用い、その作品の主要な本文はもれなく収め、これに懇切な注解・対訳を加えたもので、先生方におかれましては、古典学習の補充教材用として、また休暇中の自習課題用として、生徒諸君の学習や受

験勉強の能率を高めるように、御指導ください[31]。

本章の発行部数やその他読者の活用実態などは現在のところ不明だが、少なくともこの文章から推測できるのは、実は「たけくらべ」は戦後も「精読主義と多読主義」を基本とする「古典」として扱われた難読テクストだったことである。これを先に引用した名作紹介的な五〇年代の教科書での扱いと比べると、愕然とせざるを得ない。ということは、一方で「人権」の一環としての民主主義的な理念が先行したものの、他方では古典的な教材として位置づけられていたのが「たけくらべ」であったというのがリアルな側面ではなかったか。「理念」は「リアル」と結合してさらに強度を更新するものなら、両者が切り離されていることこそ、二一世紀の現在において「たけくらべ」を筆頭とする作品と作家を含む「〈樋口一葉〉の不在」（松下）が加速する大きな遠因であったといえよう。自省の意味を込めて言うなら、おそらくそれはかつて「住みたる人」の一人であった一葉の視線に近づいてテクスト全体を「精読」することをも困難にしてしまうことにつながるはずである。

二一世紀の何時の日か、あるいはもっと先の未来の何時か「たけくらべ」の主要部分が多くの国語教科書に復活する道はあるのか。それは新古典としての位置づけなのかどうか今は不明である。だが、かつて多くの国語の教科書に掲載された「たけくらべ」の足跡を振り返ることで見えてくるものは多いのである。

注

（1）この論争については、一方の当事者である佐多稲子と樋口一葉の両者を研究している北川秋雄『一葉という現象―明治と樋口一葉』（双文社出版、一九九八年一〇月）、同『佐多稲子研究（戦後篇）』（大阪教育図書、二〇一六年三月）が詳しい。なお拙稿「たけくらべ」を論じた「美登利私考―悪場所の少女―」（『日本文学』一九八七年六月）、

「少女を語ることば―樋口一葉『たけくらべ』の美登利の変貌をめぐって」(『国文学解釈と鑑賞』一九九四年四月)も併せて参照されたい。

(2) 松下浩幸「戦後民主主義と樋口一葉―児童向け伝記物語の問題点をめぐって―」(樋口一葉研究会編『論集樋口一葉Ⅳ』おうふう、二〇〇六年一一月)二二二頁。以下、松下からの引用は同論文による。

(3) 高田知波「〈女・子ども〉の視座から―『たけくらべ』を素材として」(『日本文学』一九八九年三月)による。

(4) 戸松泉「揺らめく「物語」―「たけくらべ」私解」(『複数のテクストへ　樋口一葉と草稿研究』(翰林書房、二〇一〇年三月)一三四頁。以下、戸松からの引用は同書による。

(5) 佐藤泉『国語教科書の戦後史』(勁草書房、二〇〇六年五月)を参照した。

(6) なお、以下本文の引用は一般に入手しやすい菅聡子編『一葉小説集』(ちくま文庫、二〇〇五年一〇月)により、章を記す。

(7) 上杉省和「美登利の変貌―『たけくらべ』の世界―」(『文学』一九八八年七月)がその最も代表的なもの。なお、四章で登場する「検査場」は、脇役である三五郎という子ども仲間で最年長の、すでに働いている少年の夏場の仕事である「検査場の氷屋が手伝ひ」としてさり気なく描出されている。

(8) 阿武泉監修、日外アソシエーツ株式会社編集・発行『読んでおきたい名著案内　教科書掲載作品一三〇〇〇』(紀伊國屋書店発売、二〇〇八年四月)。以下、高校国語教科書についてのデータ資料は主に本書による。

(9) 以下、これらの娼妓に関する生活史的アプローチは中野栄三『遊女の生活』(雄山閣出版、一九九六年六月、初刊一九六五年)、娼妓に関する法的および解放運動史的取組みについては藤目ゆき『性の歴史学 公娼制度・堕胎罪体制から売春防止法・優生保護体制へ』(不二出版、一九九七年三月)による。

(10) 正確には「風俗営業等の規制及び業務の適正化等に関する法律施行条例」(一九八四年一二月)が施行され、吉原は「性風俗関連特殊営業」のうち「店舗型性風俗特殊営業」の六種の「一号営業」である「ソープランド」として位置づけられた。

(11) 二〇一七年一〇月二〇日、中央大学人権問題講演会「樋口一葉『たけくらべ』から考える人権とジェンダー」およびその折りの配付アンケート結果による。
(12) 正確には「公益財団法人教科書センター附属教科書図書館」。当館で何度か閲覧のうえ資料を複写させていただいた。
(13) 李賢晙「樋口一葉と「新しい女たち」―国語教科書から『青鞜』へ、そして「内発的なフェミニズム」の発見」(『超域文化科学紀要』二〇〇九年一一月)。
(14) 笹尾佳代『結ばれる一葉　メディアと作家イメージ』(双文社出版、二〇一二年二月)一七七頁。
(15) 笹尾、同右、一七八頁。
(16) 藤目、注(9)による。
(17) 阿武泉、注(8)による。
(18) なお「たけくらべ」の掲載箇所は七章も含まれていたのが、しだいに十二・十三章のみとなったという(笹尾、注(14)二二〇~二二一頁)。
(19) たとえば幸田文「流れる」(『新潮』一九五五年一~一二月)は柳橋の芸者置屋を舞台とする作品あるが、芸者も「売春取締法」の対象となったことで、この法を盾に恐喝され動揺する置屋の女主人と芸者たちが描かれている。なお「流れる」については拙稿「幸田文原作・成瀬巳喜男監督「流れる」の世界」(『女性表象の近代 文学・記憶・視覚像』翰林書房、二〇一一年五月)を参照されたい。
(20) 笹尾、注(14)一九八頁。
(21) 阿武、注(8)による。
(22) 引用は『精選現代文』(明治書院、一九九五年一月)による。なお、同書では日記文における会話と地の文の区別や会話主体を問うもの、さらに「筆者のどのような気持ちが込められているか、明治二十九年という時代も念頭に入れて考えてみよう」という設問が本文の後に「研究」として置かれている。
(23) 鷗外の公娼制論については、金子幸代『鷗外と〈女性〉―森鷗外論究―』(大東出版社、一九九二年一一月)、中村三春「矛盾に満ちた公娼論議―森鷗外の廃娼論」(岡野幸江・長谷川啓・渡邊澄子編『買売春と日本文学』東京堂出版、二〇〇二年二月)を参照した。なお、高田知波「少女と娼婦―一葉『たけくらべ』」(『〈名作〉の壁を超えて『舞り、示唆的である。

姫』から『人間失格』まで』翰林書房、二〇〇四年一〇月所収）は鷗外の「詩学」と「政治学」について言及しており、示唆的である。

（24）引用は山田有策監修『「たけくらべ」アルバム』（芳賀書店、一九九五年一〇月、九九頁）による。

（25）なお、藤目ゆきによれば「一九〇〇年、坂井フタ裁判で大審院が自由廃業の権利を認めるとともに、公娼制度の全国的統制を図る内務省令第四四号「娼妓取締規則」において自由廃業の規定が明文化された」が、同時に「他に借金返済や生活の方途のないものは娼妓を続けるしかない」という「自らの意志で売春を続けているという幻想」を生んだという問題点を指摘している（注（9）九一頁）。

（26）『明治ニュース事典　総索引』（毎日コミュニケーションズ、一九八六年二月）による。なお同書の凡例によれば「見出し語は原則として本文のテーマ、見出し、本文中の事項をそのまま用いる」が、「わかりにくい場合」は「適宜補完した」とある。なお、「紺足袋」とは後の平塚らいてうらの『青鞜』（一九一一年九月創刊）につながる語である。

（27）「三人冗語」からの引用はすべて注（24）による。

（28）三省堂『精選国語総合』・『高等学校国語総合 現代文編〔改訂版〕』（二〇一七年三月）。

（29）田村嘉勝によれば「たけくらべ」の掲載は四社で、うち十二・十三章が全て掲載されているのは大修館書店の『新現代文』一社のみとしている（田村「たけくらべ」、田中実・須貝千里編著『〈新しい作品論〉へ、〈新しい教材論〉へ』右文書院、一九九九年二月）。なお、大修館書店の『現代文B 改訂版下巻』は二〇一八年の現在も一部省略ながら十二・十三章を掲載していることが確認できたが、その他は未調査である。

（30）文学博士守随憲治監修・東京都立鷺宮高校教諭青木一男著『口語訳・文法・傍注式 たけくらべ』（評論社、一九六二年四月）。なお本書はいわゆる「学習参考書」にあたるため、その歴史性を考慮して氏名にある役職等はそのまま記した。

（31）同右。

付記　注（11）にあるように本稿は二〇一七年一〇月二〇日に開催された中央大学人権問題講演会「樋口一葉『たけくら

べ』から考える人権とジェンダー」を契機として作成された。なお、この講演会の記録は『人権問題講演会講演集』（中央大学学事部学事・社会連携課編、二〇一八年三月）に掲載されている。この場を設定してくださった方々、聴衆の方々に深く感謝申し上げる。

第二章

泉鏡花「歌行燈」の上演性——交差する文学・演劇・映画——

はじめに

泉鏡花の「歌行燈」（一九一〇年一月『新小説』初出、一九四〇年七月、新生新派初演、一九四三年二月、東宝映画初公開）は、初出時から現代に至るまで興味深い受容の歴史をもっている。[1] 小説から演劇へ、演劇から映画へというのが近代日本の文学テクストが諸メディアで受容されるときの通常の流れである。書誌的には「歌行燈」もその例外ではない。しかし能楽の世界を背景とする「歌行燈」の場合、この流れは必ずしも単線的ではなく、そこには現代では想像できないような複線的なプロセスがあったことがうかがわれる。この作品を脚色した久保田万太郎によれば、まず東宝映画から舞台化のために脚色依頼があり、まだ存命中だった鏡花のもとを訪れて許諾を得たのち新生新派が上演を申し出たという。[2] 演劇評論家大笹吉雄も同様の発言をしているので、映画界→脚色→舞台上演→映画上映という経緯は確かなようだ。[3]

演劇史その他によれば新派演劇はその中心メンバーである花柳章太郎が「革新公演」を一九三八年に明治座でおこなった後、花柳以下、柳永二郎、大矢市次郎、伊志井寛らが独立劇団「新生新派」として翌三九年、同じ明治座で旗揚げ公演を、鏡花の死の翌四〇年に「鏡花追悼狂言」として同座で「歌行燈」を初演している。[4] いっぽう東宝映画は三九年に鏡花の「残菊物語」が日活で溝口健二監督によって映画化されたことに触発され、四二年に「婦系図」をマキノ正博監督、長谷川一夫・山田五十鈴のコンビで映画化したところ、興行的に成功する。[5] 真珠湾攻撃による太平洋戦争のはじまる前後、鏡花作品は映画資本からの要請によって辛くも再生産されていたことになる。[6]

このような歴史的背景をもって一九四三年に上映された映画「歌行燈」だが、今日の評価は決して芳しいものではない。「成瀬演出は、全編にわたって肌目（ママ）の細かな映画的処理を心がけ、舞台から映画への転換に努めているが、俳優たちの演技の舞台的様式性をときほぐし、日常的リアリズムに導くことに、完全には成功せず。（中略）やはり新派俳優の芝居を楽しむ映画に終わった」[7]というのがその評価の代表的なものである。「舞台から映画への転換」が十全に為され「日常的リアリズムに導く」ことが、演劇脚本や原作小説から自立した「映画的文体」の獲得であることは現代では常識に属する。

しかし、果たしてそれは「歌行燈」に接する有効な方法なのだろうか。冒頭で述べたように、原作の演劇化および映画化はどちらが先といえないような複雑な動きを見せていた。これに関連して、たとえば井澤淳は戦後まもない時期に次のような言説を残している。

> 鏡花作品の底を流れる抒情性が映画的表現を無意識のうちに身につけた姿をわれわれは驚異を以てこの「歌行燈」に見直す。映画の可能性も、映画の表現力も、映画的手法の理論も知らないで、泉鏡花が完璧なシナリオ形式を作品の上で示しているということ、あるいはさらに映画芸術の可能性を鏡花文学が偶然にしろ、打ち出しているということはわれわれに考えさせられる多くのものを持つている。[8]

井澤はさらに同じ文章で「歌行燈」が「映画的という言葉を極度に洗い上げて、文学的なもの、絵画的なものを捨て去つた後に残るもの—モンタージュとして見る時、この作者がエイゼンシュタインやブドーフキンに先行すること二十年にして、（しかも、映画はまだ「演劇のカンズメ」と見なされていた時！）こういうメロドラマ的映画手法で小説を書いたことに驚かされる」とも述べている。彼は鏡花テクスト自体に映画の技法である「モンタージュ」による「完璧なシナリオ形式」があり、それが「メロドラマ的映画手法」として結実していることに驚嘆している。これは四方田犬彦のいう「まさに鏡花こそが新派を通して日本のメロドラマ的想像力に範列を与えた[9]」という言及にも通じる鏡花テクストの領域横断的な可能性を指摘したものであろう。さらにここからは小説／映画／演劇という三つのジャンルが鎬を削っていた時代の、混沌とはしているものの豊饒な接触の様相が垣間見える。

思えば伊澤の文章は、鏡花の死から十年、その直後の「歌行燈」の脚本化・初演につづく上映の時点からもわずか数年しか経っていない。その間に第二次世界大戦が介在していたことを考慮すると、その時間的「近さ」に改めて驚かされる。だが、よく考えれば驚くには値いしないだろう。たとえばヴァルター・ベンヤミンは「偉大な芸術作品の歴史は、源泉に由来するその素性と、作者の時代におけるその形成と、そしてそれに続く諸世代のもとでの、原則的には永遠の死後の生という時期を知っている[10]」と述べている。ベンヤミンの言葉を参照すれば、まさに複製技術の時代が確実に到来していた一九三九年、翌年のベンヤミンの死とほぼ重なるようにかのように鏡花という作家の死の間際に手渡されたバトンは、小説・演劇・映画というジャンルの間を自由に往還することで一つの「死後の生」を得たということができる。もちろん、その内実は原作、戯曲、映画という三つの位相を異にするテクストの精読によってしかその姿を私たちの前に姿を現わさないことも確かであろう。

本稿ではこのような「死後の生」の内実を具体的に検証するために、「上演性」という視角を用いる。ここで言う「上演性」とは、意識的であると無意識的であるとにかかわらず反復によって伝えられる様式や芸の体系に、新たに差異性をつけ加えるということを指す[11]。以下、この「上演性」がいかに実現されているかを、鏡花の原作「歌行燈」が誕生した一九一〇年代から新生新派演劇成立の三〇年代を経て四〇年代に至るまでの文学・演劇・映画のテクストを考察することで検証してみたい。

1　一九一〇年前後の鏡花

現在でこそ鏡花作品は芸術性と大衆性の二つの要素を併せもつことで高い評価を得ているが、「歌行燈」が執筆された自然主義の時代ともいうべき一九一〇年前後という明治末期において、鏡花が苦戦を強いられていたことは彼自身が自然主義をかなり意識して反論を試みた次の文章からもうかがうことができる。

私は近頃の無飾とか、無技巧とか云ふ或る一派の論者には、到底賛成が出来ない。彼等は如何なる意味から言つてるか解らぬが、私の考へから云ふと、文字そのものが已に技巧であると思ふ。従つて其の文字の排列布置、亦技巧であらねばならぬ訳となる（中略）殊に此一派の人が推奨する、モウパッサンとか、ツルゲーネフ等を見ても（勿論私は翻訳で読むのだ）此人達の唱へる様な無技巧の跡が少しも見られぬのは、怎うした訳であらう。[12]

この文章が発表される直前、相馬御風はかつて「熱烈な鏡花崇拝者の一人」であったことを告白しながらも、近作『草迷宮』（春陽堂、一九〇八年一月）について「書かれた事件はロマンチツクでいかにも面白さうであるが、僕は少しも感じなかつた。出て来る人間も、起つて来る事件も、凡てが僕等とは縁のない、他界のもの丶やうに思はる（ママ）ばかりで、何の同感も何の幻覚も何の感銘も起らなかつた」[13]と酷評し、文学者はあくまで「現代の生活を根底とすべき」（同）とした。この三年後には生田長江も鏡花がその持前の「新理想主義」や「新浪漫派」の雄とならなかったのは「硯友社なるものの悪影響」を受けたゆえと控えめながらにその作風を非難した。[14]

しかし果たして本当にこの時、御風のいう「現代の生活を根底と」する、いわゆる自然主義のクリシェともいうべき「現実暴露」やその「真摯な告白」などによる小説モードが席巻する自然主義の時代だったかというと、ことはそう簡単ではない。たしかに文学史をひも解くと、この時期は自然主義文学の台頭期ではあるのだが、その牙城とされる早稲田派の坪内逍遙の周辺自体がそれと並行する形で近代演劇の分野に進出する。早稲田大学の前身、東京専門学校文芸科の逍遙が、帰朝したばかりの島村抱月と共に文芸協会を設立したのが一九〇六年二月一七日。文学史上では抱月が島崎藤村の『破戒』(上田屋、緑陰叢書第一篇、同年三月)を『早稲田文学』誌上で高く評価(同年五月)したことで知られる年であるが、じつは抱月自身ある矛盾を抱えていた。

彼は「囚れたる文芸」(『早稲田文学』同年一月)など自然主義を代表する評論と同時に、「演劇の前途」(『趣味』同年一一月)など演劇関係の言説も精力的に発表していた。もちろん一九〇八年には自然主義の著名な評論「文芸上の自然主義」(『早稲田文学』同年一月)を著わすのであるが、くわしい論証は省くがこの時期の抱月の主たる関心事は演劇にあり、とくに藤村とならぶもう一人の自然主義文学者田山花袋の「蒲団」(『新小説』一九〇七年九月)以降、後の私小説の原型を為す作品が主流化する動きに背を向けるように、抱月はイプセンの「人形の家」の全訳(『早稲田文学』一九一〇年一月)を発表するなど、文学から演劇へと舵を切っていた。[15]

これは文芸協会を支柱とする早稲田派だけにとどまらない。第一次『新思潮』を創刊した小山内薫を主宰とする自由劇場は、森鷗外の翻訳戯曲の上演などによって各方面から熱いまなざしを受けていた。[16] このように自然主義による近代文学の隆盛と軌を一にして「演劇の季節」が到来していたことは、逍遙・抱月をはじめ小山内・鷗外などの男性文学者だけでなく、女性でこの時期に文壇と劇壇の両者に関係した田村俊子や長谷川時雨の軌跡をみればあきらかである。[17]

鏡花作品の演劇化はすでにデビュー作「義血侠血」(『読売新聞』一八九四年一一月一日〜三〇日)がその翌月「滝の白糸」という演目でおこなわれた(花房柳外脚色、川上一座、浅草座)一八九四年一二月からはじまっている。特に新派狂言の代名詞ともいうべき「婦系図」（『やまと新聞』一九〇七年一月一日～四月六日初出）は発表の翌年一〇月、柳川春葉の脚本によって新富座で上演される。新派の伊井蓉峰の早瀬主税、喜多村緑郎のお蔦などで成功を収め、以後この演劇集団の代表的演目となるだけでなく、映画をはじめとする様々なジャンルで受容されていくことは演劇史や文化史の示す通りである。[18]

しかし一九〇七年にはじまる明治四〇年代において、自然主義文学から批判を受けていた鏡花はそれと連動するように演劇化された作品においても、新潮流である新劇の側から厳しい批判を受けていた。たとえば小山内薫は二〇世紀を迎えてからも鏡花作品は「婦系図」だけでなく「辰巳巷談」「黒百合」「高野聖」「通夜物語」などが上演されたことを伝えながらも、「成程、鏡花氏の小説は劇に近い。劇的である。然しながらよく考へて見ると、徳川時代の劇に近いのだ。明治の劇―新興せむとする劇―に近いのではない（中略）鏡花氏の小説は一種のアナクロニズムだ。従つて其小説を脚色した劇もアナクロニズムだ[19]」と述べていた。近代劇としての「新劇」を模索しつつあった小山内にとって、鏡花作品は旧徳川時代の要素を色濃くもつアナクロニズムとして映じたとしても不思議ではない。

だが「アナクロニズム」とはなんだろうか。それは前時代において浸透した様式性であり、それゆえ人々の文化的記憶や受容における慣習行為のなかで根を張っているものである。文学の享受といえどもこのような様式性と決して無縁ではない。たとえば金子明雄はこの時期、新聞小説の読者は玄人読者／素人読者へと二分されたことを指摘した[20]。ここでいう「玄人読者」とは、谷川恵一が指摘するような国木田独歩の小説を享受するような「同質的（ホモジーニアス）読書経験[21]」を好む小説読者であろう。その対極にいるのが、周縁化された「素人読者」といわれる者たち、つまり物語的展開や劇的効果等、言い換えると前時代からつづく様式性に面白さや価値を置く読者・観客たちであろう。そしてその理念的受け皿となったのが、鏡花、正しくは鏡花テクストが再現前するもの＝上演性であったといえる。

もちろん、小説の読者や劇の観客も固定的・不変的なものではないし、作品への支持や不支持、物語的展開や劇的効果も時代や作品と共に変化する流動的・可変的なものであろう。たとえば先に触れた田村俊子が自ら女優を試みることで一九一〇年代を生きた女性作家であるとしたら、[22]女性脚本家としてこの時代を生きた長谷川時雨は坪内逍遙の文芸協会にも小山内薫主宰の自由劇場にも興味をもちつつ、その作品世界は小山内の批判する旧時代に題材を得たもので、上演も歌舞伎の演目として扱われるなど過渡期的な様相を示している。[23]

このように文学と演劇をめぐって錯綜する一九一〇年代前後において、自然主義文学からも近代劇からも批判を受けた鏡花が、あたかも起死回生をはかるかのように取り組んだのが「歌行燈」であった。つまり本作は伝統的な様式性の象徴的事例としての能と能役者をめぐる物語という点において、定番化しつつあった「婦系図」の大衆性に芸術性を付加した作品と、とりあえずは言うことができる。しかし果たしてそれは正しい見方なのだろうか。次章ではその点を詳しく検証してみよう。

2　能楽の導入が意味するもの

ここで自然主義がメディアを席巻する一九一〇年代の前夜、鏡花テクストを擁護する側の言説を改めて確認しておこう。たとえば齋藤信策は同時代の他作家と異なる鏡花の世界をこのように述べる。

はでやかで鮮(あざや)かで意気な下町風の女の夕化粧じみた紅葉の小説や、哲理とか何とかと云つて重つくるしい露伴の小説や、基督教趣味で信仰で固めて、ちと西洋臭い様な蘆花の小説や、それから此頃で名高い、これこそ本当の小説家である漱石、殊に智慧にも富み機智にも充たされて飽くまでも西洋の学問と文化を日本の趣味に醇化したこの新小説家の小説を読でから(ママ)、翻つて鏡花の小説を読めば丸で変つた国に這入つた心地がする。例へば俄に寂しい夕暮を闇路深い谷間の森に迷つたやう、梟も人真似して啼きそうな、螢が飛び出しても直ぐに人魂と思はれそうな物凄い感じがする。[24]

この時期の鏡花の前には先に挙げた自然主義文学の作家や論客、さらには前時代からの実作者たちだけでなく、「これこそ本当の小説家」・「新小説家」と目された夏目漱石が「三四郎」「それから」「門」という、後に「前期三部作」といわれる作品群を東西の『朝日新聞』に連載していた(一九〇八〜一九一〇年)。漱石のこれらの作品は活き活きとした女学生や若者たちを巧みに作中に配し、先に触れた相馬御風の「現代の生活を根底とすべき」という主張を実作において示していた。言い換えると、「新小説家」との対比において鏡花は「旧小説家」のラベルを貼られることになったのである。

もちろん、このような時代のモードから屹立しているからこそ鏡花は「天才」であるとの評価も当然ながら存在した。齋藤の評は一九世紀のドイツ・ロマン派の文脈から鏡花を位置づけようとしたものであるが、鏡花のデビュー時の一九世紀末からその作を高く評価した田岡嶺雲は次のように擁護した。

或はいふ鏡花の小説は怪誕にして解す可らずと、解せざるは解せざる者の罪にして、鏡花の為に非ざる也、今の浅俗なる膚受なる、物質的写実的散文的傾向が時代の思想を支配するに際りて(ママ)、鏡花の詩的幽玄と神秘的深奥とが解せられざるは寧ろ怪しむに足らざる也(中略)彼が筆は写実派作家の景を写せば案内記の如く、人を描けば解剖書の如く、情を叙すれば娼婦の手紙の如く、浅く、死したる、偽りなる、散漫平板なる緻密と精細とを欠けるならん、而かも彼が景を写すや神韻あり、人を描くや活趣あり、情を叙するや霊動あり、字々句々

尽く詩なり、火なり、血なり……[25]（強調符号等略）

格調高い評であるが、時代はこのような文語文による格調を求めてはいなかった。嶺雲が熱く擁護すればするほど、言文一致体による近代文体が独歩や漱石という書き手を得て支配的になりつつあった状況下では、小説の読者たちは鏡花から離れざるをえなかったのである。しかし突破口も存在した。嶺雲のいうように「写実派作家」（これは「自然派作家」とほとんど同義であろう）の欠点は「景を写せば案内記の如く、人を描けば解剖書の如く、情を叙すれば娼婦の手紙の如く、浅く、死したる、偽りなる、散漫平板なる緻密と精細」な語り口にあることは明らかだった。いっぽう、鏡花が「情を叙す」ことにおいて他の追随を許さないことには定評があったからである。

兵藤裕己はこの時期に主流となる近代文体の特徴を「世界のあらゆる存在を自分への表象へと還元してしまう」とし、これに対して鏡花の世界は「歴史的・文化的にはぐくまれたことばがもつ意味の隠喩的なイメージの広がりとその連鎖によって文章がつむがれる」[26]とした。すでに山田有策によって「歌行燈」を「迷宮としての文体」として捉える視点が提出されているが[27]、時代思潮としての自然主義というイズムを盛る器としての近代文体の成立期であったからこそ、鏡花はそれと異なる文体を創造する必要に迫られていたといえる。それはおそらく主体が切り取る世界ではなく、主体に先行して世界があるような言語世界を構築することだったはずである。

鏡花が着目したのは能楽の世界である。田村景子が指摘するように「能楽」という呼称自体が近代の国民国家の出発とともにあり、日清・日露戦後において「近代日本の文化的アイデンティティ」として再発見されるいっぽう、それは「日常生活のなかに残る懐かしい遺物」であり、「古いがゆえに現今の新しさをくつがえす可能性をひめた異物」でもあるという二重性をもっている。[28]叔父で東京在住だった松本金太郎が宝生流シテ方、従弟に松本長をもっているなど家系的な理由からだけでなく、鏡花が積極的に作品世界に能楽を導入したことは、『照葉狂言』（『読売新聞』一八九六年一一～月一二月）以後、『通夜物語』（『大阪毎日新聞』九八年四～五月）など「歌行燈」に先だって六作が数えられることからもうかがわれる。[29]

しかし諸家が率直に語っているように、一読したぐらいでは「歌行燈」と能楽の関係を読み解くことは困難である。[30]「私」という一人称や視点人物が固定されている通常の小説テクストに比べると、冒頭から「気さくに巫山戯けた江戸児」（九）を思わせる近世の滑稽本『東海道中膝栗毛』に登場する弥次喜多まがいの老人二人の道中記を思わせる叙述にまず読者は面喰らわされる。そうかと思うと「新兵さんが入営なさります」（八）「新兵さんの送別会」（十七）、など日露戦後を思わせる語や、明治社会が彷彿される「桑名停車場（ステイション）」・「汽車」・「電話」（八）、なども登場しているからである。

読者をさらに混乱させるのは、これらの近世から近代へという文化的・文学的連続性だけでない。夜の桑名の街角には門附け芸人の三味の音で唄う「博多節」が流れ、それら民衆的な世界と中世の上層武士階級の文化を出自とする謡曲の「海人」および「松風」の謡いと鼓の音が奇妙なまでに重なっていることである。田村のいう「遺物」＝「異物」性がもう一つの「遺物」＝「異物」性と共存しているのである。

物語は恩地源三郎と辺見雪叟（秀之進）が、それぞれ弥次郎兵衛・捻平という呼び名で桑名の駅に降り立ち、人力車で街中を走らせて湊屋という旅籠に至り、一夜の宿をとる場面からはじまる。これがかなり古風な叙述スタイルで読者を踏み迷わせる書き出しであることはすでに指摘したが、この二老人が、実は「侯爵津の守が、参官の、仮の館に催された、一調の番組を勤め済まし」（二十）た直後だったことが判明するのは、物語も終極に近づくあたりである。西村聡が指摘するように桑名周辺は「「津の守」家の旧領地」[31]で、そもそも二人の老人らしからぬ軽妙さは「慎んで召しに応じた緊張が、「あとを膝栗毛で帰る」解放感をもたらしてもいる」（西村）ゆえと読めるのである。物語はこのような表層の軽みとそれと反する深層の重み、言い換えると「緊張と弛緩」が相互に絡み合うように進行してゆくところに特徴がある。

読解を困難にしているのは、このような緊張と弛緩という物語言説の二項対立的な要素だけではない。この二人のいる桑名駅から街中、さらにと湊屋へと移動が二章つづいたあと、饂飩屋の店先で一瞬、人力車が交差したあとはその饂飩屋の内部へと視点が移動するのが三章分。その後また湊屋へと視点がもどり、それがおなじく三章つづくとまた饂飩屋へと換わり、あとはそれぞれ六章ずつの場面がつづく。冒頭に引用した井澤淳はこの場面転換の方法を「映画的ナラタージュ、カット・バックの手法」[32]とした。つまり場面の矢継ぎ早な転換には「映画的語り」としての「カット・バックの手法」、つまり一度入れ換わった場面が再度もとに戻ることで新たな意味を生成するという手法が用いられたのである。

このような場面転換は語りの様相とも対応している。二つの空間のうちではじめに饂飩屋での門附け芸人による打明け話がはじまり、それがしだいに佳境に入るにしたがい、もう一つの空間である湊屋の場面がつづく。無聊のあまり老人が座敷に呼んだ芸妓が舞う仕舞と、それを中断させてその舞の由来を問いただす雪叟に、彼女の過去語りがはじまる。このように二つの過去は一つの現在に結びついて終局場面を迎える仕組みである。テクストの時間は、ある秋の月が冴えわたる桑名の一夜という凝縮された時間を主軸に、そのような時間軸のなかで登場人物たちが自らの過去を語るその行為によって「映画的ナラタージュ」ならぬ物語の語りが再現前されているのである。

もちろんこのような手法は映画だけのものではない。風景の描写や人物の内面を重視する近代小説とは異なり、場面そのものを重視する方法こそ演劇ではお馴染の方法である。吉田精一が指摘したように「謡曲における夢幻能」としての「三段目ものの一般的形式」[34]による象徴的な場面構成からなる謡曲こそ、いわば「演劇的なるもの」の中世的表現といえよう。「歌行燈」に導入されているのは「松風」(三番目物、世阿弥作)と「海人」(五番目物、作者不詳)で、前者は在原行平と須磨の潮汲み松風・村風姉妹の哀話にもとづき、後者は「母が生前のままの海士の姿で、龍宮から宝珠を潜き上げる場面の仕方語り（玉の段と呼ばれる）[35]」が中心となる話である。この「仕方語り」は「歌行燈」における過去語りとほぼ対応している。

しかし近代小説において過去を語る方法は、一九世紀末の写実主義いらい、一九一〇年代前後の自然主義の小説にも登場しているいわば常套的な手法でもある。だが、鏡花の場合は桑名ステーションからはじまる明治近代の物語にふさわしく、あくまでも継起的な時間のなかの一夜に焦点化した流れのなかで打明け話＝告白をさせている。一つの告白は三味線片手に流して歩く芸人に、もうひとつの告白は芸のできない芸妓というように、双方とも読者に謎を喚起させる若者に託し、しかもその謎は容易に解けないような、ズラシによる工夫が凝らされている。もちろん読者は物語の中盤、門附け芸人の若者の告白から伊勢の按摩で自ら宗山と名乗る盲目の能楽師の鼻を明かそうと彼が「宗山を退治る料簡」（十三）で勇んで出向いたことを知る。だがその語りの主が実は宝条流の謡い方恩地喜多八で、宗山を辱め、そのために遺書を残して彼が憤死したことから叔父の恩地源三郎に勘当され、流浪の身に落ちぶれたことを知るのは物語の終盤近く（二十一・二十二）になってからである。

語ることに対していささか意識過剰なこの語り手に対し、もう一人の語りの主であるお袖（芸妓名三重）の登場場面は、さり気なくはじまる。二老人の一夕の余興に花を添える芸妓として呼ばれた彼女は、肝心の芸ができずに場を白けさせるが、呆れる二老人のまえでおもむろに仕舞を舞いだす。物語の進行のなかで彼女が宗山の娘で、喜多八の仕出かした一件のために継母によって芸妓に売られ、悲惨な境遇に陥ったことがあかされるのである。そこで三重と名乗る芸妓が舞うのは能楽のなかでも「海人」（「海士」とも表記）という謡曲である。すでに紹介したように「海人」は龍宮にあるという宝珠の奪還をめざして海底深く潜水し、珠が奪い返されそうになるやその珠を自らの乳房を掻き切ってそのなかに埋め込み、地上へ帰還して息絶えるという壮絶でもあれば神話的でもある物語世界である。

ここで私たちは謡曲「海人」の女と三重の境遇が似通っていることに気づく。[36] 一九一〇年において芸が出来ないにもかかわらず肌身を許すことを拒否するという三重には、反リアルともいうべき「不可能性」という共通項があるからである。物語現在において彼女は芸妓の唯一の芸として仕舞を舞うのである。もちろん三重は「海人」ではない。しかし彼女が語る芸妓に転落してからの苦難の数々は生命こそ生き永らえているものの、かなり苛酷だ。「胴の間で着物を脱がして、膚の紐へなはを付けて、倒に海の深みへ沈め（中略）最う奈落かと思ふ時、釣瓶のやうにきり〳〵と、身体を車に引上げて、髪の雫も切らせずに、又海へ突込みました」（十九）という海女の日常を苛酷にデフォルメしたくだりや、海に向かい「こいし、こいし」（十八）と叫び声をあげさせられる挿話などはサディズム＝マゾヒズムさえ喚起させる。

西村論文にもあるように、もともと「本地物」としての要素をもつ夢幻能的謡曲は、権力や悪からの極限的な受難者として女性性を重要な構成要素としてもつ。[37] 権力者／被抑圧者という関係性のなかで女性はその生贄として位置づけられるのである。ほんらいならば喜多八と宗山の間の、つまり芸における男性芸人同士の問題であるはずなのに、宗山の憤死は娘である袖（三重）の受難として帰結するのである。そこに謡曲成立時から小説成立時までつづく女性たちの受難の歴史があることはいうまでもないが、ここでは彼女の受難の救い手がほかならぬ喜多八であったことに着目したい。

喜多八が三重の仇敵であると同時に彼女の救済者であることの意味は、男女という性差の視点だけでは解くことはできない。しかしここで本稿の冒頭に定義したように「上演性」という「反復によって伝えられる様式や芸の体系に、新たに差異性をつけ加えること」という視点を入れるならどうか。次章ではこの「上演性」の具体的な表われの様相を、「歌行燈」の成立から二〇年の時を経て舞台化を試みた新生新派劇、およびそれが映画化を経るときに起きた変容の問題を通してさらに深く考えてみよう。

3　新派劇の身体／映像の身体

「歌行燈」が初演されたのは一九四〇年七月（明治座）、物語の誕生からちょうど三〇年が経過したときだった。すでに触れたように「義血侠血」の初演が原作発表の翌月だったことを考えあわせると、この歳月には近代文学史や近代演劇史をかいくぐって鏡花作品が生き伸びたことを表わしているが、同時にこの日付からは日中戦争から太平洋戦争へと戦局が拡大する時期であったことに思い至る。演劇史をひも解けば、この年は「軍国ものが盛ん」となり、軍国主義イデオロギーのもとに「新協劇団」・「新築地劇団」など「新劇」関係の劇団が解散されるなど戦時色が濃厚になるなかでの初演であった。[38] 脚本は本稿冒頭で触れたように久保田万太郎が担当、演じたのは新生新派の役者たちで、恩地喜多八が花柳章太郎、袖（三重）は森赫子、源三郎と宗山を大矢市次郎が二役を、辺見雪叟は伊志井寛がそれぞれ演じた。

万太郎脚本で変更されたのは、勘当後の喜多八が諸国を芸人として流浪するなかで出会う、同じ門附けの身の上で芸が劣るものの喜多八を親身に助ける次郎蔵という原作にはない役柄が新たに加わったことである。残念ながらこの舞台は推測するしかないが、万太郎の脚本はいくつか残されている。そのひとつは本稿の冒頭に引用した彼の文章にあるように『日本評論』掲載後『歌行燈　その他』（小山書店、一九四一年一月）に収録されたもので、これは伊勢古市の宗山宅から物語がはじまり、「伊良湖岬附近」での次郎蔵との会話で喜多八の素性があかされるという映画でも採用される場面が加わる。その後一九八〇年発行の国立劇場のものまでこの形式がつづく。[39]

全体の傾向として万太郎の脚本は原作から移動場面を抜き去って、おおむね室内空間にまとめ、いかにも新派の狂言という体裁になっている。一九四三年に映画化されるに際してもこの万太郎の脚本はほぼ踏襲されただけでなく、新派の役者たちが主演格の山田五十鈴や脇役の清川玉枝などを除き、数多く映画に出演した。すでに触れたようにこの時期には「婦系図」の映画化と並行して新派の上演がなされるなど、新派と映画は共に手を携えて皮肉なことに「戦時下の蜜月時代」を現出していたという見方も成り立つかもしれない。

しかし公開後の映画評は、役者にとっても新生新派という演劇集団にとっても厳しいものだった。たとえば滋野辰彦は「「残菊物語」の主人公は歌舞伎役者ではあるが、男と女の愛情が主となつて、芸の鍛錬は影にかくされてゐるといふよりは、むしろ作者はそれを逃げてゐた。映画のみならず、原作が既にさうであつた。芸の鍛錬や芸道のきびしさにはふれてゐないのである。さういふ場合には、比較的演出者も俳優も成功することが出来た。しかるに「歌行燈」は、むしろその方が作の根本の立場であらねばならぬ[40]」と「芸の鍛錬や芸道のきびしさ」に欠けているとみなした。上野一郎も「まだ十分に映画的に消化されてはゐない[41]」と「泉鏡花の「歌行燈」よりも新生新派の「歌行燈」の味が濃厚に現はれてゐる」(同)と結論づけた。

おそらく映画人たちは本作が「謡曲」を基にした場面構成によって形成された鏡花独特の小説世界であり、それが井澤淳の言う「映画的ナラタージュ」(前出)と響き合っていることを認めようとしなかった。これは彼らの限界というよりも、映画法など戦時統制下に置かれていた映画人が防衛的な身ぶりにおいてしか、この映画を観ようとしなかったことを示している。中世の謡曲、近世の滑稽物、近代の新派演劇という幾つもの層をもつこの原作小説の世界は、皮肉にも近代に誕生した上野の言う「新生新派の「歌行燈」の味」をよく再現する「映画」という媒体によってかえって私達の前によくその姿を伝えることになったのである。

それではこの映画は新派演劇に追随しただけのものなのだろうか。否、映画で演出を手がけた成瀬巳喜男は新派劇には無い物、新派劇では不可能なものをつけ加えている。それはまさに井澤の言う「映画的ナラタージュ」を構成する重要な要素であるところの動く汽車の車内場面、宗山憤死後の人々の反応としての新聞記者の取材場面等々、人々の移動や出来事・事件などの情報を伝えるだけでなく、人々に影響もあたえる鉄道や新聞メディアなど「近代的なるもの」の導入である。だがそれにもまして重要なのは、映画では原作が複雑な時空間の処理法を取っていることと反対に、冒頭が名古屋での能楽舞台で、それから伊勢への車中へと移り、そこで古市の宗山の噂を聞きとがめた喜多八の「宗山退治」という物語の発端が開かれるという、時系列に沿ってシンプルな時空間が再構成されていることだろう。

もちろんこれだけが、原作を活かしつつも何ものかを捨象したり、付加したりすることによって実現される映画における上演性の全てではない。成瀬巳喜男の演出によるもっとも大きな成果といえば、それは鼓ヶ岳を模した松林のなかでの七日間の謡曲レッスンの場を新たに設けたことである。画面はモノクロ画面によって光と影が揺曳する美しいグラディエーションとして構成されている。これは原作では三重の回想のなかでは存在したものの、新派演劇の久保田万太郎の脚本にはない、まさに「映画的ナラタージュ」の一つの実践であった。後に蓮實重彦によって「戸外での光線にも驚くべき感受性を示す[42]」ものとして絶賛されるこの場面について、ロケ記録を残している主演の花柳章太郎は次のように述べている。

六日（同じく松原の情景）一息にその日は鼓ヶ嶽の恩地喜多八、お袖の合舞からクレヱーンを自由自在に便（ママ）つて午前中に舞ひの件を十二カツトで撮上げた。謡と舞の先生と今度の能を背景にしたこの映画の重要指揮全部を引受けて下さつたM氏の二人の恐い眼がカメラの前で光つて居る[43]。

ここでいう「カメラの前」の「恐い眼」とは、小説の「語りの視点」に近い映画の文体を支える「カメラの眼」

である。撮影現場が演出者成瀬を中心に、撮影・照明・美術などを担当した多くのスタッフに加え、能楽関係者と思しき人々の眼で囲まれていることは映画である以上当然とはいえ、「海人」という謡曲が衆人環視のもと、能舞台ではなく地面で演じられた意味は大きい。もちろんこれは原作の「舞台の人」が「地下」の門附芸人に落魄するという主題と深い関係があるのだが、現代の私たち読者がその空間をリアルに想像することは難しい。これに関連してお袖（三重）役の山田五十鈴は「謡の師匠は仕舞と云ふものは、おしどりが水の上を泳ぐやうにすい〱と身体を動かしておどるのですと云ひましたけれど、いざ撮影現場に来て見ますと、松林の中の足場の悪い所で、草や石がごろ〱して、畳の上で習つた「海人」もどうやら、おしどりではなく……」[44]とためらいがちに証言している。

思えば、「歌行燈」は謡曲「松風」が発端となり、「海人」で終わっているテクストである。そして「松風」こそ、お袖の実父宗山を憤死に至らしめた因縁の演目であり、その娘の転落を救うのは父の仇敵の喜多八が教える「海人」という謡曲であった。その意味で「海人」の主題が、西村聡のいうように「竜女成仏」としての亡母の名誉回復であることと、袖が喜多八によって父が縊死した同じ「鼓ケ嶽の裾にある、雑樹林」（二十）という空間で仕舞を伝授されることは重要である。[45]正統とはいえないにしても能楽師の片端に連なる父が辱められたのが謡曲「松風」であり、そのことへの罪におびえる喜多八が樹木を響かせる風の音が聞こえる空間で、死者の鎮魂を意味する物語としての「海人」を伝授することはまさに響き合っている。喜多八は罪の許しを、お袖は転落からの解放と亡父の名誉回復を果たす可能性が生まれるのがこの空間なのである。映画で喜多八の謡の声が宗山の声になっているのも、ほんらい宗山の芸を受け継ぐのが袖であり、その回復が喜多八への赦しになることにもつながっている。

ここで喜多八に扮する花柳章太郎と袖を演じる女優山田五十鈴について考えてみたい。花柳章太郎は新派を代表する女形、山田五十鈴は近年亡くなった映画女優である。今日では「女形」と「女優」は明確に区別される存在である。前者は旧劇の伝統芸である「女形」の系統を受け継ぐ歴史的存在であるに対し、後者は現在でも再生産されつづけているものであるが、実はどちらも諸葛藤のなかで歴史的に構成された存在であることを忘れるわけにはいかない。[46] 一六歳の章太郎が喜多村緑郎の「部屋子」として彼のもとに入門したのは一九〇八（明治四一）年。その年の一〇月、本郷座の舞台「未亡人」ではじめて女役を演じていらい一九一五（大正四）年、明治座で「日本橋」が初演されたとき女形で脚光を浴びてからというもの、一九三三（昭和八）年の明治座の「婦系図」、翌年の溝口健二監督「残菊物語」（松竹）などで章太郎は繰り返し鏡花作品で女役を演じる「女形」であった。だから、この映画でも彼が袖を演じることも可能だったかもしれない。しかし「歌行燈」では一九四〇年の初演時いらい、彼は喜多八という男役を演じていた。[47]

女優という存在が本格的に演劇史に登場するのは、文芸協会の松井須磨子がいみじくも「歌行燈」発表と同じ一九一〇年、坪内逍遙訳の「ハムレット」でオフィーリヤを演じて以降である。日本の伝統芸である歌舞伎を範とする新派の「女形」も新興の「女優」と鎬を削っていたが、章太郎自身も証言しているようにその女性身体は様式性に裏打ちされた「女形芸」によってしても、太刀打ちできない力をもっていた。[48] 長い間、この「女優」という新しい存在に抗することで「女形芸」を洗練させた彼は、一九四〇年七月に行われた新生新派劇「婦系図」（久保田万太郎演出、東宝宝塚劇場）ではお蔦という女形を演じていた。だが、それから二年後、おそらく身体年齢のうえでお袖の役を演じる限界を悟ったのかもしれない。というのも、一九四二年に公開された映画「婦系図」はすでに触れたように長谷川一夫・山田五十鈴のコンビで興行に大成功を収め、両者とも人気俳優としての位置を獲得していたからである。

「歌行燈」の撮影がはじまった一九三九年に四八歳になった章太郎は、先のロケ記のほかに次のような文章を残している。

一体「海士」の玉の段と云ふ仕舞はゆるしものであり三年や四年では教はれない修業の要るものだか（ママ）、それをこの拾日ばかりの稽古で五十鈴君と私とで舞おしと云ふのだから大した心臓ものだ。（中略）元禄期歌舞伎の名女形吉澤あやめは能の秘伝をよく会得して歌舞伎の所作に用ひた。能と並の歌舞伎とがどこが違ふかといふと、あやめが大阪で海士の玉取のやつしの所作事を演じた時に、はつきりと知れた。[49]

引用につづいて舞扇の用い方で謡われる対象を具体的に観客に想起させる「舞の秘伝」が語られるなど、役柄でも「舞を伝授する」恩地喜多八らしい言葉がつづく。おそらく彼は新派にも水谷八重子などの女優が進出するなか、喜多八という男役に徹することを選んだのだろう。

それでは映画で袖を演じた山田五十鈴自身は新生新派との初共演となる本作出演に、どのように臨んだのだろうか。

どうにかして、この難役だけれど新しい役柄「歌行燈」のお袖を身につけやうと勉強してゐるわけですが根が古風な女性なのでせうか未だに思ふやうに行けず時々溜息をつくことさへあるのです。いつそのこと、そんな苦しさから遁げてしまい自分の個性だけで生かせる役、つまり本ではいろいろに書かれてゐる型を上部だけはその人物になり済まし、性格的には私といふ「山田五十鈴」でやり済ましてしまふなどと言ふことは芸道の恥です。[50]

ここには三重を演じる難しさが率直に語られている。いや、新生新派という演劇集団の役者たちに交じって成瀬巳喜男監督のもと、鏡花の名作をなんとか演じ切ろうとする女優としての気負いと気概が溢れているといえよう。

当時の実績からいって女優山田五十鈴は、「個性だけで生かせる役」でお茶を濁せたかもしれない[51]。しかし彼女は「自分の個性」の上にある新しいものをつけ加えようとする。これは「型」に基づく様式性を重視する謡曲という伝統芸からみれば、まさに本末転倒といえる「芸道」観であろう。だが映画女優山田五十鈴は自分の原質としての「個性」に、謡曲を舞う女としての「新しいものをつけ加え」ようとした。過剰ともいえるこのような意識はおそらく、東宝映画会社からの唯一の出演者という理由ばかりか、新生新派のリーダーであるうえに若き日に松井須磨子の舞台を観て自らの女形芸に限界を感じたという、相手役であり主役でもある花柳章太郎の彼女に寄せる期待に満ちた視線の力もあったに相違ない[52]。

ところでこの映画の特徴として、謡曲を基にした回想的な時間とは異なる近代的な時間処理が為されていることは既に触れたが、ここでこの演出手法と女優山田五十鈴との関係を考えてみたい。先の章太郎の文章にもあるように、わずか「拾日ばかりの稽古」で映画のクライマックスともいうべき鼓ヶ岳での謡曲「海人」の「玉取り」の仕舞を伝授することは不可能だったにちがいない。だが、「関西新派一枚看板の女形」である山田九州男を父にもつ山田五十鈴は、一九二八年に「清元の名取」になるなど芸人一家で人となった女優だった[53]。映画を観ると彼女の扮するお袖は湊屋の座敷で、初心な素人らしい芸妓役から舞扇を手にして仕舞をはじめるや、一転して能役者に変身している。おそらくその秘密は舞の伎倆というよりも、清元で鍛えられたその喉にあるのだろう。

頤(おとがひ)深く、恥かしさうに、内懐(うちぶところ)を覗いたが、膚身(はだみ)に着けたと思はる丶、……胸や丶白き衣紋を透かして、濃い紫の細い包、袱紗の縮緬が飜然(ひらり)と飜(かへ)ると、燭台に照つて、颯と輝く、銀の地の、あ丶、白魚の指に重さうな、一本の舞扇。（中略）

又川口の汐加減、隣の広間の人動揺(どよ)めきが颯と退(ひ)く。

唯見れば皎然たる銀の地に、黄金の雲を散らして、紺青の月、唯一輪を描いたる、扇の影に声澄て[54]……

鏡花の本文は視覚性に重点を置いてお袖を映し出してゆく。読者は文字から像への変換を堪能することができるが、いっぽう映画の観客は山田五十鈴という女優の身体表現を通じて「紺青の月、唯一輪を描いたる、扇の影」に朗々と響く三重（もはやここでお袖よりも芸妓名のほうがふさわしい）の声にも接し、無芸な芸妓から「手練」な舞手となる彼女の変身の瞬間に聴覚的にも視覚的にも立会うことができるのである。現代の能役者でさえも「一人で謡を謡い、舞を舞う」[55]ことの難しさを強調しているが、このトーキー映画による文字通りの「声の現前」こそ、鏡花的エクリチュールを読者＝観客に送り届ける正真正銘の上演性の顕われといえるのではないだろうか。しかもここでの三重は「玉の段」を舞う「前シテ」から「交響する至芸の讃嘆者として座敷の主役（後シテ）」[56]になることで、謡曲の主題である女性主体の名誉回復とも呼応しているのである。

謡曲の舞台に立つこと自体が「女人禁制」だった時代、スクリーンのなかとはいえ、謡曲を舞う女性身体の舞姿は思いのほか意義深いだろう[57]。その姿は「女優」という存在自体を形成した松井須磨子をはじめとする、近代において先駆的な女優たちが実現した女性表象の一九四〇年代との連続性があったからこそ成立したからである。

おわりに

最後に映画と原作の結びの場面の違いに触れよう。小説の最終章では「かつと血を吐いた」（「二十三」、以下同じ）喜多八は源三郎の地謡い、雪叟の鼓、三重の舞いに、最初は「湊屋の門」で、やがて「湊屋の軒」に「影を濃く立つて謡ふ」。ここには彼が人々の輪のなかに入るのを躊躇する姿が前景化している。この喜多八の戸惑いは罪意識から流浪した時間の長さを語っているのだろう。それに対し、映画で湊屋の庭で唱和する姿はいかにも大団円というにふさわしい祝祭空間になっている。だが、原作で「大悲の利剣を額にあて、龍宮に飛び入れば、左右へはつとぞ退いたりける」という海女の行為を語る能楽の「段歌」を喜多八が謡うという形になっていることは重要である。最後まで続くこのような喜多八の葛藤は「路一筋白くして、掛行燈の更けた彼方此方、杖を支(つ)いた按摩も交つて、ちら〱と人立ちする」という小説の最後の一行にある、何事が起きたのかと凝視する街の人々の視線のなかで演じられていることは見落とせないからである。つまり結びは「掛行燈」の仄かな光のもと、多くの視線のなかで演じられているという点で、原作も映画もそれほど距離があるわけではないのである。

現在では新派演劇がおおきく変容しただけでなく、文学、演劇、映画もそれぞれ過去のどの世紀とも異なる分化を遂げ、いまやその相互交渉の様相をたどることは至難のわざである。しかし私たちが見ようとさえすれば、それらの相互交渉の個々の局面は思いがけない鮮やかさでその姿を現してくれる。これに関連して現代において鏡花テクストの再評価を試みている四方田犬彦は、鏡花の死後に起きた二つの「ブーム」を、一つは鏡花の死後から戦後にかけてのそれを「新派情緒」に由来するもの、他の一つは一九七〇年以降の高度成長が一段落したあとに「前近代に心理的慰安を求めた」ところの「幻想」をキーワードとするものとして概括したあと、「鏡花の映像」とは、「エクリチュールを通して舞台へ、そしてスクリーンへと、みずからの模像を次々と増殖させてゆく運動である。(中略)彼は自分でも気が付かないままに、二〇世紀の日本の映画と演劇にある貴重な原型を提出していた[58]」と指摘した。

かつて朝田祥次郎が指摘したように鏡花テクストには一九世紀文学が色濃くもっていた「芸能的な呼吸[59]」が存在する。それは本稿で明らかにした「上演性」とも四方田のいう「原型」とも重なるものだろう。「歌行燈」という文字だけで構成された小説テクストは能の「上演性」にもとづいていただけでなく、一九一〇年代という帝国としての国民国家の成立期のなかでの近代文体の確立期、さらには一九四〇年代というその崩壊期を潜り抜けてなお「死後の生」を更新していたことに改めて驚かざるをえない。それはあらゆる事後的な意味づけなどものともしない、鏡花的エクリチュールの力であるとともに、「演じる身体」によって鏡花的エクリチュールを「翻訳」しようとした演者たちやそれを演出した者たちの力があったことをも、私たちは忘れないでおきたい。

注

（1）「歌行燈」からの引用は『鏡花全集』巻十二（岩波書店、一九八七年八月、第三刷）により、章を付す。映画は東宝ビデオ『歌行燈』（一九六五年制作・九四分・モノクロ）による。演劇については引用の際に注記した。なお、『泉鏡花集』（『明治文学全集』第二一巻、筑摩書房、一九六六年九月）所収年譜によれば、「歌行燈」は一九二六年七月に明治座で初演されたとあるが、未確認である。

（2）久保田万太郎「後記」（『歌行燈その他』小山書店、一九四一年一月）二七三～二七四頁。

（3）大笹吉雄『花顔の人　花柳章太郎伝』（講談社文庫、一九九四年八月）三五五頁参照。

（4）秋庭太郎『日本新劇史』上下巻（理論社、一九五五年一二月～一九五六年一一月）、早稲田大学坪内博士記念演劇博物館編『日本演劇史年表』（八木書店、一九九八年一〇月）等参照。

（5）志村三代子「長谷川一夫と山田五十鈴―戦時下におけるロマンティシズムの興隆」（『日本映画とナショナリズム一九三一―一九四五』日本映画史叢書①、森話社、二〇〇四年六月）を参照した。

（6）映画の冒頭には「一億で背負へ　誉の家と人」という標語が挿入され、また注(5)によれば、マキノ正博監督「婦系図」で早瀬主税が火薬製造に関わるという原作改変など「戦時統制」下における演出的配慮によって上映が可能となったことが指摘されている。

（7）田中眞澄「歌行燈」解説、『映画読本成瀬巳喜男　透きとおるメドロラマの波光よ』（田中眞澄他編、フィルムアート社、二〇〇六年二月、六刷）一〇五頁。

（8）井澤淳「「歌行燈」における映画的表現」（『国文学解釈と鑑賞』一九四九年五月）。

（9）四方田犬彦「鏡花、新派、日本映画」（『明治の文学』第八巻、泉鏡花、筑摩書房、二〇〇一年六月）四〇三頁。

（10）ヴァルター・ベンヤミン「翻訳者の使命」（『ベンヤミン・コレクション2　エッセイの思想』浅田健二郎編訳、ちくま学芸文庫、一九九六年四月）。引用は同書三刷、一九九九年一一月、三九二頁。

（11）「上演性」とはJ・バトラー『ジェンダー・トラブル』（原著一九九〇年、邦訳、竹村和子、一九九九年三月、青土社）にもとづき小平麻衣子がその著で定義したように「本質の表出」を意味する「パフォーマンス」とは異なる「流動的なアイディンティティ」としての「パフォーマティヴィティ」（小平『女が女を演じる　文学・欲望・消費』新曜社、二〇〇八年二月、二七頁）にほぼ重なる。本稿では演劇や映画と隣接性の強い鏡花テクストでこの「上演性」を検証する。

（12）泉鏡花「予の態度」（『新聲』一九巻一号、一九〇八年七月）。

（13）相馬御風「風葉・鏡花二氏の近業」（『早稲田文学』一九〇八年五月）。

（14）生田長江「鏡花氏の小説」（『新小説』一九一一年六月）。

（15）拙稿「「異国の女」を演じる　松井須磨子と一九一〇年代の言説」（『女性表象の近代　文学・記憶・視覚像』翰林書房、二〇一一年五月）二九八～三二八頁を参照されたい。

（16）金子幸代「鷗外の翻訳劇・創作劇上演年表」（『鷗外と近代劇』大東出版社、二〇一一年三月）二八六～三一五頁。

（17）森井直子「女優　佐藤露英・市川華紅」（『国文学解釈と鑑賞』別冊、「今という時代の田村俊子—田村俊子新論」、二〇〇五年七月）などを参照した。なお長谷川時雨については注（23）を参照されたい。

（18）注（4）参照。

（19）小山内薫「劇となりたる鏡花氏の小説」（『読売新聞』一九〇八年六月二一日）六面。なおこれについては吉田昌志「若き日の喜多村緑郎」（「日本近代文学春季大会シンポジウム資料、二〇一一年五月二九日、於日本大学文理学部」から示唆を得た。

（20）金子明雄「小栗風葉『青春』と明治三〇年代の小説受容の<場>—『早稲田文学』の批評言説を中心に」（金子他

編著『ディスクールの帝国 明治三〇年代の文化研究』新曜社、二〇〇〇年四月）参照。
(21) 谷川恵一『歴史の文体 小説のすがた　明治期における言説の再編成』（平凡社、二〇〇八年二月）一三二頁。
(22) 注（17）参照。
(23) 長谷川時雨は「海潮音」（『読売新聞』一九〇五年一〇月）が同紙の懸賞脚本として入選後、逍遙に師事し、一九一一年には戯曲「さくら吹雪」が歌舞伎座で上演されて地歩を固める（尾形明子編『長谷川時雨作品集』藤原書店、二〇〇九年一一月による）。
(24) 齋藤信策「泉鏡花とロマンチク」（『太陽』一三巻一二号、一九〇七年九月）。なお彼は高山樗牛の実弟で「齋藤野の人」の筆名で知られたが、この二年後に死去した。
(25) 田岡嶺雲「鏡花の近業」（『天鼓』一九〇五年四月）。
(26) 兵藤裕己「泉鏡花の近代―夢うつつ、主体のねじれ」（『文学』二〇一二年、一一・一二月）。
(27) 山田有策「迷宮としての文体」（『深層の近代―鏡花と一葉』おうふう、二〇〇一年一月）。
(28) 田村景子『三島由紀夫と能楽『近代能楽集』、または堕地獄者のパラダイス』（勉誠出版、二〇一二年一一月）八～九頁。
(29) 宍倉玉日・吉田昌志他「仕舞と対談「鏡花と能楽～名作『歌行燈』を中心に～」（『鏡花と能楽：「歌行燈」成立一〇〇年記念』（「金沢大学連携融合事業日中文化遺産プロジェクト報告書」第一〇集、二〇一一年三月）所収の対談中の吉田昌志による指摘。
(30) 同右での参加者の発言。
(31) 西村聡「『歌行燈』を能楽で読む」、引用は注（29）に同じ。
(32) 注（8）に同じ。
(33) 岡田晋他編著『現代映画事典』（美術出版社、一九七三年九月、引用は一九七五年七月、第二刷）四〇七頁参照。
(34) 吉田精一「鏡花の表現―泉鏡花論の（二）」（『浪漫主義の研究』東京堂、一九七〇年八月）二三四～二三五頁。
(35) 西野春雄校注『謡曲百番（『新日本古典文学大系』五七、岩波書店、一九九八年三月）。

(36) 吉田昌志は「父親に欠けるところを補い、その「芸」を完成させるものこそ、遺児お三重の舞う「海人」の「仕舞」であり、かつまた喜多八が宗山憤死の場所鼓ヶ嶽の裾でお三重に「舞」を伝授する必然性」があると指摘している(「「歌行燈」覚書―宗山のことなど―」『学苑』六四九号、一九九四年一月、後『泉鏡花素描』和泉書院、二〇一六年七月、二四六頁)。

(37) 西村、注(31)に同じ。

(38) 注(4)による。

(39) 一九八〇年以降、戌井市郎補綴による脚本(『歌行燈/天守物語』国立劇場、一九九七年四月)の「場割」は全八場で「桑名うどんや」が冒頭、中盤が「伊勢古市宗山の住居」となっている。

(40) 滋野辰彦「作品月評、歌行燈」(『映画評論』一九四三年三月)。

(41) 上野一郎「劇映画批評　歌行燈」(『映画旬報』七三号、一九四三年二月)。

(42) 蓮實重彦「発見の時代の不幸に逆らう　成瀬巳喜男の国際的評価をめぐって」(『映画狂人、小津の余白に』二〇〇一年八月)七五頁。初出『リュミエール』四号、一九八六年夏号。

(43) 花柳章太郎「富士に舞ふ」(「〝歌行燈〟つれづれ五人集」、『映画』一九四三年二月)。

(44) 山田五十鈴「ロケは楽しき　能はむづかし」、注(43)に同じ。

(45) 西村、注(31)、吉田、注(36)参照。また須田千里「泉鏡花「歌行燈」論」(『伊勢志摩と近代文学 映発する風土』(和泉書院、二〇〇九年九月)も参照した。

(46) 大笹吉雄は注(3)で、しばしば新派演劇の「女形」について言及しており、示唆を得た。

(47) 『文京ゆかりの名優　花柳章太郎―その人と芸』(文京ふるさと歴史館、二〇一〇年一〇年)および注(4)などによる。

(48) 大笹、注(3)二一二～二一三頁。

(49) 花柳章太郎「能と歌行燈」(『日本映画』一九四三年二月)。

(50) 山田五十鈴「「鏡の間」ひとりごと　歌行燈随筆」(『映画』一九四三年一月)。

(51) 注(5)には山田の人気のほどが活写されているが、注(50)によると彼女自身は「長谷川一夫さんの相手役だけしか連想してくれない人々に芸道の真面目さを示してやらうと思つてゐます」と発言していた。

(52) たとえば「新生新派主事」であった大江良太郎は、鏡花物に登場する女性について「女形輩出の新派劇にとり、正に垂涎を催す素材」(「鏡花作品の戯曲化」、『国文学解釈と鑑賞』一九四三年三月)と述べていた。

(53) 山田五十鈴『映画とともに』(三一書房、一九五三年一二月)一〇～一一頁。

(54) 注(1)『鏡花全集』十二巻、「歌行燈」一七、六五三頁。

(55) シテ方宝生流、渡邊茂人による発言。引用は注(29)に同じ。

(56) 西村、注(31)に同じ。

(57) 山田五十鈴・津田類編『聞書 女優山田五十鈴』(平凡社、一九九七年一〇月)九八頁。

(58) 四方田、注(9)四〇八～四〇九頁。

(59) 朝田祥次郎「「歌行燈」句釈・鑑賞Ⅲ」(『神戸大学教育学部研究集録』一九六二年三月)。

付記　本稿は中央大学二〇一二年度特定課題研究費の適用を受けた。この場をお借りし、感謝申し上げる。

森鷗外「青年」の女性表象――拮抗する〈文学と演劇〉――

はじめに

鷗外の「青年」（『スバル』一九一〇年三月～一一年八月）[1]は評価の分かれる小説である。その最大の理由はY県（山口県）の富裕層出身者とはいえ、一介の上京青年に過ぎない主人公の小泉純一が見聞する範囲を超えて、しばしば語り手が身を乗り出し、過剰ともいえる時代思潮の紹介やそのコメントなどの情報提供をおこなっているからである。語り手の背後には書き手「鷗外の影」[2]が濃厚につきまとい、それと関連してモデル性をもつ人物も積極的に投入される一方、純一の内面はかなり唐突に日記体によって記述されているという具合である。これらの物語言説が運ぶ物語内容は、正宗白鳥を思わせる自然主義作家大石路花を訪問した純一が、その後さまざまな煩悶を重ねながら自らの文学的主題を見つけるというプロセスをたどる。その意味でこれは「自然主義文学」を目指した青年が、種々の体験を契機にその志向を捨て、独自の文学的世界を発見する小説ともいえる。

しかし見落せないのは、書き手である鷗外は種々の同時代小説を視野に入れていたかもしれないが[3]、作中人物の純一が積極的に言及しているのはほとんど西洋文学や西洋演劇の作家や作品であったことである。路花訪問につづいて漱石をモデルとする平田拊石の演説会に行く場面でも、そこでのテーマは「イブセンの話」（七、六〇頁）であり、しかもこの場面は六章で登壇まえの拊石の磊落で闊達な様子などがまず活写されたあと、次に彼の演説、最後に聴衆である若者たちの反応が七章から八章にわたって記され、まるで劇の一幕のような雰囲気を醸成している。

興味深いのはこの演説場面と対になるように第九章では、イプセン演劇の観劇場面が置かれていることである。[4]

後述するように、この時期は「イプセン争奪戦」ともいうべき様相を呈していた。小山内薫が柳田國男、田山花袋、島崎藤村、正宗白鳥らと「イブセン会」を結成したのは一九〇七年二月、一〇月には『新思潮』（第一次）が創刊され、誌面には会の模様を報じる座談会や「ズウデルマン」・「イブセン」「チエーホーフ」等の戯曲、紹介記事などが掲載されただけでなく、各国演劇の舞台写真も添えられるなど、時代は一九〇九年の自由劇場結成へと動いていた。いっぽう『早稲田文学』周辺では一九〇六年二月に文藝協会が発足し、七月にはイプセン特集号につづき、一一月には「人形の家」結末の訳が掲載されるなど、まさに〈文学と演劇〉はイプセンを中心とする西洋演劇をめぐる問題に集中していたといってよい。[5]

鷗外の「青年」はこのような時代を背景としており、作中の中心人物である純一も先に述べたイプセン劇の観劇において出会う未亡人坂井れい子と性愛体験をする。しかしそれは後で判明するように一対一の関係ではなく、一対二という三角関係であり、しかもその内実はたとえば漱石が「それから」（『東京朝日新聞』『大阪朝日新聞』一九〇九年六月二七日〜一〇月一四日）で描いたような三者間の緊張を孕んだ劇ではなく、後に純一自ら認めるように「車の第三輪」（十三、一四四頁、二十三、二七〇頁）というべき手痛いものだった。純一を虜にして翻弄する夫人は純一の友人大村の言葉を借りれば、身分や境遇にかかわらず自ら性的欲望をもつ「娼妓の型」（十二、一三四頁）に属する女性として描かれている。小説には夫人のほかにも種々の女性が登場するが、ここではそれらの内容分析よりもそれがどのように表象されているのかに注目したい。冒頭で指摘した、しばしば身を乗り出して説明を加える語り手は、こと純一の性愛対象である女性表象にかぎっては「語る」ことより「描く」ことに集中していると見えるからである。これは路花や大村荘之助など文学者や文学青年が登場する場面が、説明的な語りに集中しているのに比べると際だった対照を示している。これは何を物語るのだろうか。

近代文学研究に大きな影響を及ぼしたG・ジュネットはその著のなかで、「描写」は「ミメーシスの錯覚」（強調点、原文通り）と位置づけた。[6] しかし日本の近代文学において「話すように書く」という「語り」が「言文一致の理想型（イデアル・ティプス）」[7] として理念化されると、もともと絵画などの視覚芸術から借用された「描写」は、視覚にも聴覚にも対応可能な小説表現として有効活用されてきた。高橋修が指摘するように「描写」も「写生」も現実そのものではなく「〈言葉〉の〈模倣〉」[8] としての虚構的な側面をもつことでは「語り」と同じである以上、両者は時代の理念（理想）型に拘束されつつも具体的な小説表現の場面では様々に応用可能になったのである。

それでは一九一〇年前後、基本的に「声のミメーシス」である会話、さらに小説における地の文に相当する「ト書き」を担う役者の身体演技をはじめ、舞台装置・音響・照明等々によって構成される演劇が「近代劇」として登場したとき、小説における「語り」と「描写」は近代劇とどのように交差したのだろうか。とりわけイプセン受容で沸騰していたこの時期、種々の西洋戯曲の翻訳や創作、さらに上演にも積極的に関わった鷗外はその小説的営為においてどのような影響を受けたのだろうか。[9] 以下、文学と演劇が交差するこの時期の鷗外の小説テクスト「青年」において、「語る」と「描く」という小説表現の問題が集中することになる女性表象について検証してみたい。

1　演劇の季節への親和と違和

冒頭でも触れたように一九一〇年前後の文学と演劇の関係を探るうえで見過ごせないのは、自由劇場と文藝協会という二つの演劇集団による激しい上演合戦ともいうべき事態が『スバル』誌上での「青年」連載と重なっていたことである。小山内薫による自由劇場第一回試演は「青年」初掲に先立つ四ヶ月前の一九〇九年一一月二七日と二八日の両日に、鷗外翻訳のイプセン戯曲「ジョン・ガブリエル・ボルクマン」として上演されたあと、第二回試演が「青年」五・六章の発表される一九一〇年五月におこなわれる。[10] 二つの演劇集団による上演レースは少なくともこの頃までは自由劇場のほうに分があった。形勢が逆転しはじめるのは、文藝協会がこの年の三月に「ハムレット」を第一回試演として有楽座で上演したのにつづき、一九一一年五月二〇日から二六日まで新築まもない帝国劇場で再演し、多くの演劇関係者から注目されてからである。[11]

ところで大逆事件による幸徳秋水らの検挙がおこなわれるのは「青年」七・八章が掲載される一九一〇年六月であるため、野村幸一郎らによって同事件が「青年」にあたえた影響が指摘されている。[12] 本稿はこの出来事が鷗外に及ぼしたものを否定するものではないが、ここではこの時期、彼が深く関わっていたのが「文学と演劇」であることに着目したい。たとえば鷗外が関与した自由劇場のライヴァルである文藝協会の島村抱月は、「ハムレット」につづいて「人形の家」第二回公演を帝国劇場で全幕通しでおこなったあと、「公私二回十日間の実演のために、四箇月のあひだ私は殆んど自分の時間の大部分を之れに捧げた。而かも私はそれを悔ゐる日があらうとは思はない」と「幸徳秋水と人形の家」[13]のなかで記していた。ここからは、大逆事件・明治天皇崩御とつづく時代の大きな節目のなかで、イプセン戯曲を中心とする演劇が、切迫した状況ゆえの強度をもって牽引力を発揮していたことが想像される。

このような沸騰する演劇熱に対して、違和感を表明する者もむろん存在した。その一人夏目漱石は文藝協会が勢力を傾注して上演した逍遙の「ハムレット」に対し、次のように述べる。

根本的に云ふと、「ハムレット」は英国で出来たもの、三百年も昔に成つたもの、無韻ではあるが一行五畳の律から割り出した所謂ブランクヴースで書き綴られたもの——既に外面的にも是程の特色を具へてゐる以上は、今日の日本に生れた我々の此劇に対する態度が、鑑賞的であるべきか、はた批評的であるべきかは読まぬ前から略極まるべき筈である。（中略）あの一週間の公演の間に来た何千かの観客に向つて、自分が舞台の裡に吸収せられる程我を忘れて面白く見物して来たかと聞いたら、左様と断言し得るものは恐らく一人もなからうと思ふ。夫程劇と彼等の間には興味の間隔があつたのだと余は憚りなく信じてゐる。「坪内博士と「ハムレット」」[14]

このように漱石は「一行五畳の律から割り出した所謂ブランクヴースで書き綴られた」原作テクストを日本の観客が理解することの困難を指摘したあと、その帰結として「我々」は「鑑賞的」ではなく「批評的」な心構えで舞台を凝視する覚悟が必要だと説いている。ここでいう「我々」が一般の観客を指すのか、あるいは漱石のような知識人作家を指すのか議論の余地があるが、おそらく両者に共通する同時代的な観劇観であるかもしれない。このような立場によれば演劇とは「我を忘れて面白く見物」するものであり、それが損なわれたならば「観劇の快楽」から遠くなるというのである。漱石はこの引用のほか、同年翌月に招待を受けたイプセンの「人形の家」観劇の際も「すま子とかいふ女のノラは女主人公であるが顔が甚だ洋服と釣り合はない（中略）ノラの仕草は芝居としてはどうだかしらんが、あの思ひ入れやジエスチユアーや表情は強ひて一種の刺激を観客に塗り付けやうとするのでいやな所が沢山あつた[15]」と日記のなかで不快感を示している。

ここで漱石が示した「観劇の快楽」とは「旧劇への支持」とほぼイコールといえる。たとえば漱石とほとんど同様な姿勢を見せたのは谷崎潤一郎である。彼は「われ〱はイブセンの提供した問題に就いて、イブセンと共に反省し考慮する義務ありとする」ものの、その問題を「まざ〱と劇に迄仕組んで、眼の前に展開されては、殆んど正視するに堪へない」とし、さらに「私は自由劇場のボルクマンを見た時、苦痛と云ふよりは寧ろ恐怖を感じて、一と晩おちおち眠られなかつた」とまで言う[16]。漱石がおもに「翻訳」の観点から沙翁劇の上演に不可能性を感じ、さらに女優としての須磨子に対しては違和感を覚えたとしたら、谷崎の場合はイプセン劇がもつ思想内容が現代劇としてのリアリティをもつゆえにイプセン劇に拒絶反応を示したと言っていいだろう。

ここでもう少し他の言説を参照してみよう。一九一一年六月に行われた自由劇場第四回試演を観劇した島崎藤村は「自由劇場には自由劇場の特別な空気といふものがある（中略）あの自由劇場の廊下が面白いと思ふ。（中略）幕間毎に出て見ると廊下では、いろんな人にあふ。新粧した紳士淑女の風俗も見られるし、集まつて来る芸術家の批判も聴かれる。楽しい莨の匂がする。（中略）さういふ人々と一緒に新しい試みの芝居を観るといふ事が、自由劇場の変わつた空気を形造つてゐる。先ず何となく若々しい爽快な感じを起させる[17]」と評していた。また長谷川時雨は妹の婚礼のための留守番の夜に「年に二度しかない、そして数へたら四日間しかない自由劇場を見落とすことが出来なかつた。自由劇場の初演の時に感じた、俳優と観客との引締めた、気分の一致したこころよさを、いつでも自由劇場で味はえるといふ欲ばかりでなく、私をどうしてもじつとさせておかないのは、この二夜さの短い時間を応用して、横浜あたりから、日頃行違つて逢い兼ねてゐる、おまけに病のある友達が態々出てきてくれることにもなつてゐる。（中略）自由劇場の二夜は、幕の明いてゐるまも嬉しく、幕の下りてゐる間も楽しく愉快である。二十七日の夜には、妹夫婦の行末に幸あれと祈りながら劇場へ車を急がせた[18]」とその牽引力を語る。

これらの引用文からは、「自由劇場の特別な空気」という得体の知れないものが人々を引きつけていたことがうかがわれる。もちろん旧劇においても観劇独特の愉しみは存在したかもしれない。しかし西洋の衣装をまとった俳優たちが舞台上に繰り広げる翻訳劇は格別だったはずである。多くの女性観客が和装だった当時、翻訳劇の舞台は曲がりなりにも「西洋」の匂いが醸成される場であったことは容易に想像される。漱石のように西洋への留学体験を持つことのなかった多くの観客にとって自由劇場の魅力が「幕の明いてゐるまも嬉しく、幕の下りてゐる間も楽しく愉快」、「何となく若々しい爽快な感じ」という感性的な共感覚にあることはおそらく間違いない。

ではこれら文学者の親和と違和の反応とは、自己の文学的領域は保持するいっぽう演劇に対しては「観劇の快楽」を求めるという使い分け的な区別を表わしただけのものなのだろうか。ヴァルター・ベンヤミンは二〇世紀における芸術作品の享受の仕方について「自己の内部へ芸術作品を沈潜させる」＝「散漫」と「眺めているもの自身がその作品のなかにはいりこんでゆく」＝「集中」の二つがあるとし、歴史の転換期にはそのような知覚の変化は「習慣化をとおして、しだいに解決される[19]」としている。

一九二〇～三〇年代の芸術を主要な考察対象とするベンヤミンと本稿の守備範囲はいささかずれが生じるが、観劇体験という俳優集団／観客集団という多対多の関係によって構成される演劇空間への洞察も含む彼の「散漫／集中」という発想は有益であろう。藤村や時雨はいっぽうで「自由劇場の廊下」というアトモスフィアを体験する「散漫」な観客でありつつ、舞台を見る眼差しにおいては「集中」する「芸術作品」の観賞者として振舞ったと言ってよいであろう。藤村は自由劇場第一回公演の演目に関与するなどイプセンへの関心があったこと[20]や、時雨が女性脚本家としてこの時期に「さくら吹雪」（『歌舞伎』一九一一年三月）でその地歩を固めたことなどの事実を考え併せると、二人の言説は文学と演劇が一瞬とはいえ幸福な接点をもった季節の例証と見なすことができるかもしれない。

それでは鷗外のテクスト「青年」では、このような時代の文脈をもつ「演劇の季節」は具体的にどのような様相を見せているのだろうか。

2　劇場空間の女性表象

すでに指摘があるように「青年」に登場する女性表象は多種多様である。たとえば中島国彦は坂井夫人とお雪さんを焦点化しつつもその「多層性」に着目している。[21]いっぽう小泉浩一郎は夫人を中心に据えながらその「周縁の女性群像に向けられた純一の温かな共感と牽引の視線」を読み取っている。[22]これらの指摘に付け加える点があるとするなら、この「多層性」とは玄人女性／素人女性という分類を基本とする差異によっていることである。

純一が出会うのは銀行頭取の娘（お雪さん）・観劇女学生・下宿の大家の娵（安）・坂井夫人・高畠詠子・三枝茂子などの素人女性群と、女中（袖浦館の小女・柏屋のお絹）・芸者（おちゃら）などの玄人女性群に分類される。テクストの冒頭、純一が出会う「袖浦館」の「十五六の女中」（四頁）はすぐそのあとで「おちやつぴいな小女」（五頁）とされ、この段階ではまだ不明瞭ながらも純一の性的好奇心が投影される対象であることが記されている。もちろん女中は玄人とはいえないが、男性と接触の多い場所で働き、彼らから性的な視線を浴びる存在という意味では「玄人女性」に近いと言えるだろう。[23]この二項対立は明治中期までの小説テクストにとってありふれてはいるものの、それだけに社会的さらには法的秩序にもとづく型に分類される女性表象といえよう。[24]

だが、ここに新しい女性表象が登場してくる。それは下宿でも学校でもなく、江戸期からつづく寄席や芝居小屋でもない、まさに近代劇を上演する都市の劇場空間に集う女性たちである。そこは、花街／市街という明瞭な線引きとは異なる、主として中流階層の素人女性たちが蝟集する帝都東京の新しい都市空間である。だから、九章の観劇場面が成功すれば、「青年」は、おなじく明治の上京青年を描いた漱石の「三四郎」（『東京朝日新聞』『大阪朝日新聞』一九〇八年九月一日〜一二月二九日）を超える「現代小説」になる可能性をもっていたはずである。

その九章冒頭は「十一月二十七日に有楽座でイブセンの John Gabriel Borkmann が興行せられた」（七三頁）という一文からはじまる。すでに触れたように自由劇場第一回試演「ジョン・ガブリエル・ボルクマン」が有楽座でおこなわれたのは、一九〇九年一一月二七日で、西暦（鷗外においては年号）以外はそのまま史実を採用している。小泉純一が初めて劇場空間に赴く場面で、小説に先立つわずか十ケ月前に実際におこなわれた劇への記憶を読者に喚起する戦略的な箇所といえる。テクストはこのあとすぐに、なぜ純一がこの自由劇場を観たいのかという理由が周到に語られる。ここでは語り手が純一の内面を代弁して「シエエクスピイアやギヨオテ」(七四頁)などの古典劇ではなくイプセン劇が上演されることの意義が強調されている。純一は富裕層出身のうえ故郷でも東京情報を十分把握しての上京と設定されている。このような過剰な説明は小説的リアリティを損なうことになるが、しだいに語り手の視線はあたりに注意を払う純一の視線と重なって「見る」ことに集中してゆく。「女客ばかり」(七六頁)のなかから、語り手は純一のすぐ隣りの左右の席に座る二種類の女性に注目する。左側は「縹色の袴」(同)と「菫色の袴」(同)を穿いた「まだどこかの学校にでも通つてゐさうな廂髪の令嬢」(同)の二人連れ、右側は「skunks の襟巻をした奥さん」(同)である。この一見なんでもないようにはじまる女性観客への着目は見過ごせない。

純一が座に着くと、何やら首を聚(あつ)めて話してゐた令嬢も、右手の奥さんも、一時に顔を振り向けて、純一の方を向いた。縹色のお嬢さんは赤い円顔で、菫色のは白い角張つた顔である。(中略)どちらも美しくはない。それと違つて、スカンクスの奥さんは凄いやうな美人で、鼻は高過ぎる程高く、切目の長い黒目勝の目に、有り余る媚がある。誰やらの奥さんに、友達を引き合せた跡で、「君、今の目附は誰にでもするのだから、心配し給ふな」と云つたといふ話があるが、まあ、そんな風な目である。

(七六頁、波線、引用者)

波線部のみ語り手による三人称叙述であるが、そのあとは純一に焦点化されている。「どちらも美しくはない」以下は純一の評価なのか語り手によるものなのか不明なまま叙述がつづく。もちろん素直に読めば、読者は客席の左右を女性客に挟まれた純一に感情移入するように仕向けられるのだが、語り手は次に劇場内が溶暗して舞台の幕が開くことを伝え、今度はボルクマン夫人と妹エルラの確執など舞台で演じられる物語の説明に入ってゆく。つまり語り手は肝心の純一を蔑ろにしたまま、彼の両サイドの女性観客と舞台に主たる関心を寄せているようなのだ。「青年」というタイトルをもつ小説的完成をめざすなら、書き手は劇の内容説明など省筆、あるいはデフォルメして、たとえば「青年」執筆にあたって鷗外が参照したとされる漱石の「三四郎」末尾での「演芸会」の観劇場面のように、客席に座る純一の心理や内面に生じるあれこれの感情に焦点化すべきであったろう。[25]またそれほど舞台が気になるなら、劇中の誰彼に焦点化して劇と小説の間を連結することも可能だったはずである。

しかし鷗外はどちらの方法も採用しなかった。書き手はここで劇の進行に即した観客の反応、「見物は少し勝手が違ふのに気が附く。対話には退屈しながら、期待の情に制せられて、息を屏めて聞いてゐる」(七七頁)、「ちと大き過ぎた二階の足音が、破産した銀行頭取だと分かる所で、こんな影を画くやうな手段に慣れない見物が、始めて新しい刺戟を受ける」(同)などいずれも主催者側のものと評されかねない反応を記している。もちろんこのような反応、言い換えると藤村や時雨など自由劇場を価値化している者が指摘したような俳優と観客が一体化した空気こそ、書き手としての鷗外が描きたかったものといえそうだが、果たしてどうか。

この場面で客席の反応を集中的に担うのは純一の左側の女学生たちである。二人は旧劇ではありえない舞台上の初老女性のリアルな煩悶ぶりに「兎に角、変つてゐて面白いわ」(七八頁)と反応する。むろん一人で観劇している純一や右隣りの奥さん(坂井夫人)は誰にも心境を語ることはないが、幕間の後で夫人は座席に戻ってきてから純一に劇の進行を問う。これが見知らぬ二人の間に初めて会話が交わされた瞬間であるが、書き手は自由劇場から醸成される共感的な感情をベースとしながら、そこから生まれた一組の出会い、同時代において群を抜くような新しい出会いを演出したかったことがうかがえる。

しかし、結論からいうとそれは大変不徹底な形でしか実現されなかった。なぜなら二人連れの女学生たちの率直であるが誰かの口真似のような感想や、「わたしは生きやうと思ひます」(八二頁)という「青年エルハルト」(同)

への「大向うを占めてゐる、数多の学生連」(同)など場内の共通感情に呑みこまれるように二人は無言で、その「内面」は不明のままである。物語の展開はこのあと「こん度の脚本は読みませんが、フランス語訳で読んだことがあります」(七九頁)という会話がきっかけとなって純一は夫人の自邸へフランス演劇の脚本を借りに行くことを口実に交情がはじまるのだが、その際イプセン戯曲やフランス演劇そのものが話題になることはほとんどない。まさに西洋戯曲は性愛の一小道具としての意味しか担わないのである。

これは純一の問題というよりも、夫人の描き方に問題がありそうである。テクストは終盤まで夫人を「目附」(七六頁)だけが物を言う、言い換えると「内面」不在の女性として描いている。純一はその「目附」の意味に牽引されて性愛行動へと走るのだが、自由劇場という空間が放っていたはずのアトモスフィアとその渦中にいたはずの二人はそれに感応したようには描かれていないのである。謎の多い夫人の「内面」については後で述べることにして、次に夫人とは対極的な女性表象として純一の前に登場するであるお雪さんについてみてみよう。

3　欲望する女性表象

「花の散つてしまつた萩」(参、三一頁)の茂み近く、「二度咲のダアリアの赤に黄の雑つた花」(同)の群れのなかに突如出現する「幅の広いクリイム色のリボンを掛けた束髪の娘の頭」(同)。これがお雪さんとの最初の出会いである。眼や姿ではなく「頭」という外縁的な身体部位による描写方法で少女はおもむろに読者のなかにその輪郭を現わす。娘は植木屋の娵のかつての勤め先の銀行頭取の令嬢で、下宿の持ち主である「婆あさん」(同、二八頁)からは主人筋にあたるので思いのまま振舞うことができる。だから裕福でかつ美形の上京青年である純一と、正真正銘の令嬢お雪さんとの出会いは、彼にとっても彼女にとっても(読者にとっても)恋物語を連想させるが、小説の展開はどうか。

諺にもいふ天長節日和の冬の日がぱつと差して来たので、お雪さんは目映しさうな顔をして、横に純一の方に向いた。純一が国にゐるとき取り寄せた近代美術史に、ナナといふ題のマネエの画があつて、大きな眉刷毛を持つて、鏡の前に立つて、一寸横に振りむいた娘がかいてあつた。その稍や規則正し過ぎるかと思はれるやうな、細面な顔に、お雪さんが好く似てゐると思ふのは、額を右から左へ斜に掠めてゐる、小指の大きさ程づつに固まつた、柔かい前髪の為めもあらう。その前髪の下の大きい目が、日に目映しがつても、少しも純一には目映しがらない。（三七、三八頁）

すでにこの小説の女性表象は基本的に素人女性と玄人女性から構成されていると指摘したが、この場面は素人性と玄人性の境界という点で意味深長である。令嬢であるお雪さんは素人娘に違いないのだが、ここで書き手は彼女を形容するのに「マネエの画」を持ち出す。須田喜代次の傍注によればこの絵は「ハンブルク美術館蔵のマネ作「NANA」（一八七七）」[26]とされており、さらに画中の女性が持っているのは「眉刷毛」ではなく「パフ」だという。本文では「大きな眉刷毛を持つて、鏡の前に立つて、一寸横に振りむいた娘」と「お雪さんが好く似てゐる」とあり、その理由として「右から左へ斜に掠めてゐる、小指の大きさ程づつに固まつた、柔かい前髪」を挙げている。この叙述だけを読むとお雪さんはいかにも無邪気な令嬢という印象だが、すでに指摘があるようにここに引用されている「マネエの画」の女性は娼婦なのである。[27]このマネの画における「化粧」の意味するものを分析した井方真由子は、この画は一八七六年から翌年にかけて制作され、その後出品したサロンの審査委員会によって、「高級娼婦の私室」（井方）で化粧をする娼婦とそれを横、後方から見つめるシルクハットの男性客から構成されていることを理由に拒否された作品だったという。[28]

書き手がこの事実を知っていたのか不明だが、少なくともこの絵の女性の衣装は下着であること、すぐ近くに男性がいることなどは一目でわかるのだから語り手は彼女が「娼婦」であることを承知のうえでお雪さんの表象を表わすのに引用したのだろう。玄人女性を素人女性の形容として引用することは、引用者がお雪さんを「娼妓の型」（十二、一三四頁）の女性として提示したかったのだろうか。おそらく書き手は素人と玄人とを問わず女性と「性欲」を結びつけること、言い換えると男女を問わない「性欲」（性的欲望、性的関心）という問題系のなかでそれを表象することを試みたのではないだろうか。[29]

興味深いのは女性の性的関心は「見る主体」としての女性と密接な関係にあることである。「前髪の下の大きい目」で純一を凝視するお雪さんはそのような表象の好例だろう。このような「見る主体」としての女性は同時代の他のテクストにも見出せる。たとえばすでに触れた「三四郎」では池のほとりを通りすぎる美禰子が連れの女と話しながら前方に佇む三四郎に鋭い視線を投げかける箇所は次のように記されている。

「さう。実は生(な)つてゐないの」と云ひながら、仰向いた顔を元へ戻す、其拍子に三四郎を一目見た。三四郎は慥かに女の黒眼の動く刹那を意識した。其時色彩の感じは悉く消えて、何とも云へぬ或物に出逢つた。其或物は汽車の女に「あなたは度胸のない方ですね」と云はれた時の感じと何処か似通つてゐる。三四郎は恐ろしくなつた。[30]

美禰子は池のほとりにいる一人の青年を一瞥するためだけに連れの看護婦と会話を交わすのだが、語り手は三四郎に焦点化して「女の黒眼の動く刹那」や「何とも云へぬ或物」という彼の心理面を浮上させ、次に彼に偶然から描かれてはいる。

奇妙な一夜を共にすることになった「汽車の女」との類似を想起させ、その結果「恐ろしくなつた」と論理的に結論づけるのである。もちろん鷗外テクストでもお雪さんは純一に遠慮なく視線を浴びせるし、「あなたはお国から入らしつた方のやうぢやあないわ」（三八頁）と自分は東京の女であるとの自負を隠さないアクティヴな女性として描かれてはいる。

しかし漱石テクストが明確に三四郎に焦点化されているとしたら、鷗外テクストでは純一に焦点化された語りとなっていない。やがて二人は山茶花の枝から飛び立った雀が「蹲の水」（同）を飲むのを見つめる。打ち解けようとして話かける純一をお雪さんは制止するだけでなく、雀が飛び立ってしまったのは純一のせいだとばかりに詰るのである。二三歳の美禰子が技巧的なのにくらべ、彼女よりも年少のお雪さんはその直截的な物言いが逆に純一の落差を含みつつも漸層的に親密度を加える二人の呼吸はまるで「下手な役者が台詞を言ふやうな」（三九頁）具合な関心を引くように描かれている。むろん視点人物が性的な関心をもち、それに反応するように周囲に多くの女性が配されているという点で両テクストは共通している。またすでに指摘したように、視点人物の対象である女性たちも単に見られるだけでなく、見返す＝性的な関心を隠さないという点で両小説の男女は類似している。

だが、「三四郎」という小説では女性の性的関心は抑制的にしか描かれていない。石原千秋が分析したように美禰子がいったい誰に主たる関心をもっているのか、テクストは彼女の側からは明示的には語っていないのである。[31]美禰子を「イブセンの人物に似てゐる」[32]と三四郎に言わせながらも与次郎に「イブセンの人物に似てゐるのは里見のお譲さん許ぢやない」[33]と若い女性や若者に一般化してしまうのである。

これに比べ、鷗外テクストでは坂井夫人、お雪さん、おちやら、お絹など素人も玄人も女性の性的関心はあからさまに描かれている。特にこの場面でのお雪さんは純一以上に男女の再現性において重要な役割を担っている。冒頭で引用したG・ジュネットはその著のなかで「演劇的再現」においては「示すこと」も「模倣すること」も可能であると指摘していたが、これはまさに「演劇的再現」という意味での対関係、いわば相補性というべきものであろう。このような演劇的相補性と連動しているのはすでに指摘したように素人女性と玄人女性を分類したうえでの女性表象の多層性である。これはたとえば鷗外の現代劇「仮面」(前掲)で脇役として登場している植木屋の女房みよなどを想起してもよい。[34] 演劇においてはこの多層性が階層性と結合して劇的緊張を生むことはよく知られている。階層性は素人女性と玄人女性の間に分割線を引きつつ、そのうえで鷗外テクストでは男性を眼差し欲望するという点で両者は再統合されているのである。

この経緯はいささか込み入っているが、「欲望する女性表象」という括りではお雪さんも坂井夫人も同じカテゴリーに属することになる。したがってお雪さんとの触れ合いは純一が夫人に傾斜するのと並行して語られており、「両手で頬杖を衝いて、無遠慮に純一の顔を見ながら」(十四、一五三頁)自らの心情を表現することのできる女性、という点では技巧や世間知で武装する坂井夫人を凌駕しているといえる。だから書きようによってはお雪さんと純一の関係こそ「青年」というタイトルにふさわしい主題であったはずだ。

お雪さんは自分を見られることを意識してゐるといふことに気が附いた。それは当り前の事であるのに、純一の為めには、さう思つた刹那に、大いなる発見をしたやうに感ぜられたのである。なぜかといふに、この娘が人の見るに任す心持は、同時に人の為すに任す心持だと思つたからである。(中略)併(しか)し我一歩を進めたら、彼一歩を迎へるだらうか。それとも一歩を退くだらうか。それとも守勢を取つて踏み応へるであらうか。それは我には分からない。又多分彼にも分からないのであらう。(十四、一五四〜一五五頁)

ここで書き手は「我」にも「彼」にも「分からない」性的な牽引の行方をこれ以上描くことを躊躇してしまう。

ここではあたかもお雪さんが自らの性欲を自覚しつつも純一が「保護を加へ」る必要を感じた取った途端、それを断念する女性であるかのように描かれているが、この断念は相互的である。いっぽう坂井夫人との関係はあたかも「「崖」を飛び降りる」（中島国彦）かのような飛躍的な事件として演出されている。しかしこれは柄谷行人の言う共有する約束事をもたない他者同士の「命がけの飛躍」[35]とはいえない。山本亮介は本稿が触れなかった時代思潮や鷗外の思想性の視点から「青年」を分析し、純一には「行為主体たるべき自己」としての「〈この私〉」という「唯一性」への契機があると指摘したが、[36]残念ながら小説の現前性において彼は自己を賭すような飛躍をおこなっていない。確かに純一が深刻そうに日記に自己の性的な関心やそれについての内省を記述し、さらに「紙一枚引裂きあり」（十五、一六六頁）などの見せ消ち箇所は存在する。

しかし、二二章冒頭においてそれまでのような一人称の日記記述ではなく錯時法による回想形式で語られるのは、「性欲」と「恋愛」を峻別する純一の「内面」である。その内容は確かに「性欲」という問題系を抱えるこの時代に符合するのだが、[37]その志向性は生方智子が指摘するような「無意識を管理・統括する」、「再―秩序化」という側面をもつ。[38]言い換えると、彼は夫人との交渉による煩悶を「再―秩序化」へのプロセスとしてしか把握できない。ならば根岸への訪問という行為も正確には他者不在の自己回帰的なものでしかないだろう。これは純一が、というより書き手がルールを共有しない他者との出会いを代償とする「命がけの飛躍」、たとえば、同時代の漱石テクスト「それから」（前掲）に見られるような男女関係を書き手が危険回避をしているとみなすことができる。

それは鷗外の限界なのだろうか。最後にその理由を演劇における女優と女形を例にして考察してみよう。

4　女優／女形／観客

いままで指摘しなかったが、文藝協会と自由劇場との競合において重要なポイントになるのは女優と女形の違いであろう。[39] よく知られているように前者においては松井須磨子を筆頭に女優が誕生し、すでに触れた「ハムレット」のオフィーリヤをはじめ「人形の家」のノラを演じて喝采を博したことはよく知られている。それでは自由劇場では女優は起用されたのだろうか。小説九章に引用されている「ジョン・ガブリエル・ボルクマン」の実際の配役を、金子幸代作成の「鷗外の翻訳劇・創作劇上演年表[40]」で見てみると、ボルクマン夫人であるグンヒルド（沢村宗之助）、エルラ（市川莚若）、ファンニー・ヰルトン（河原崎紫扇）、フリイダ（市川松蔦）、グルヒルドの女中（市川左喜之助）などほとんどの女役が女形であったことが判明する。「青年」を読む現代の読者の多くが、九章で自由劇場の舞台で演じられるのが「女優」ではなく「女形」であることを想像するのは困難である。しかし、おそらく同時代の大部分の観客たちはほとんど違和感なく観劇の慣習行為として受け入れていたはずである。ロラン・バルトは「女形」とは女性のコピーではなく「観念」としての「表徴」であることを端的に指摘したが、[41] 自由劇場では翻訳劇の主役に新興の「女優」ではなく「女の形」を習得している伝統的な「女形」が選ばれたのである。

それを念頭においてもう一度九章の観劇の場面に立ち返ると、異なったものが見えてくる。それはすでに指摘した「ボルクマン夫人の転がる」場面を見て「兎に角、変つてゐて面白いわね」と評する女学生たちの会話の意味するものである。ボルクマン夫人は悲憤のあまり舞台を転がる。もちろん西洋かつらをつけ洋装である。通常の場面で女形が演じる夫人の姿は異常ではなくとも、「転がる」姿は女学生たちの眼に奇異に映らずにはいられない。変つてゐる／面白い、というような微妙な反応からは演者と観客から構成される演劇空間において、すでに指摘したベンヤミンの言う「習慣化」（慣習化）という「観劇のコード」が変容しつつあったことがうかがえる。その「変容」とは型としての「女形」を相対化する視線、端的にいうなら「女優」への視線なのである。書き手で劇の翻訳者でもある鷗外は、若い女性観客の反応をつい率直に書き加えたのであろうが、このような若い女性観客たちの描写は、中心的な人物である純一と夫人をも相対化せずにはおかない。

ここで夫人についての同時代評を参照すると、九章を読んだ小宮豊隆は「坂井未亡人は美禰子に比べて、一層自由であり且つジンリツヒなフエルフユーレリッシュな態度を採り得る性格と境遇を付与されてゐる[42]」と評した。小宮は漱石だけでなく鷗外に対してテクスト連載時から好意的に接した読者の一人だったが、このような熱い期待にも拘わらず夫人自身の「境遇」は書かれているものの「性格」を肉付けする「身体性」は意外に書かれていない。わずかに身体性が表出されている箇所といえば、純一が最初に関係をもったときには帰り際に、「長椅子に、背を十分に持たせて白足袋を穿いた両足をずつと前へ伸ば」（一〇〇頁）す、という奇妙な姿勢を見せるところがある。二回目の時は「書院造りの Colonnade」（一六〇頁）というこれも和洋折衷のキッチュな造りの室に純一を招き入れるが、これは「ヰタ・セクスアリス」（前掲）の吉原の花魁が登場する場面とよく似ている。誤解を恐れずに言うと、夫人との交情は玄人女性とのそれに近く、夫人の姿態に関する描写も同時代評にもあるように[43]、ポルノグラフィックなのである（ちなみにポルノグラフィとは女性を内面不在のマテリアルとみなし、そのことで見る者の欲望を喚起する装置である）。

話を観劇場面にもどすと、舞台上で女形が演じたのが翻訳劇の女、それは自らの欲望に忠実なあまり周囲を不幸にしてきた人間としてのグンヒルドや自らの欲望に抑制的であったがゆえに観客の共感を得やすい妹エルラなど一定の陰翳をもつ初老の西洋女性たちの表象であった。これらの女性表象は日本の伝統芸である「女形」にも決してありえない表象ではない。しかし坂井れい子という表象は「女優」としても「女形」としてもほとんど表象不可能といえる。この時期、漱石と鷗外が共に「イプセン表象」に重大な関心を寄せ、その「克服」に努めていたことや、その表象を媒介にして双方の間に見過ごし難い「同時代的応答」があったことはすでに大石直記の綿密な分析がある。[44] ここでは大石の論に詳しく触れる余裕はないが、漱石が小説テクストの実践においてその「克服」を果たそうとしていたのに対し、西洋演劇の翻訳とその上演において「観客」ではなく「当事者」として深く関わった鷗外は、小説中にイプセン劇の観劇場面での出会いを設えることであえてこのような表象不可能性に賭けたのかもしれない。[45]

しかし、舞台上の女性表象の媒体としての俳優は「女形」から「女優」へと舵を切っていた。小平麻衣子は文藝協会の松井須磨子が「人形の家」で成功したのは、「自然な女」「新しい女」を求める時代の期待の地平が「理念」だけでなく「身体訓練」の成果である「舞台という現実」（小平）に結晶したことを同時代の観客の反応を手掛かりにして検証した。[46] 小平のいう「観客」には女優の森律子や時雨らも含まれており決して一枚岩ではないが、舞台と観客の双方によって構成される演劇空間が女性身体をもつ女優の誕生によって変容しつつあったことは確かであろう。興味深いことにこの時期、『青鞜』（一九一一年九月創刊）を立ち上げ、翌年一月には「ノラ」特集を、同年十月には「女としての樋口一葉」で、同時代においてもの書く女性の規範的表象と化していた「一葉」への批判をおこなった平塚らいてうという存在が、漱石・鷗外両雄に側面から強い揺さぶりをかけていた。[47] いわば文学・演劇という表象領域そのものが、冒頭記した「イプセン現象」によって創出された「女優」および「新しい女」という二つの表象によって揺さ振られていたといえよう。

そのような過渡期的様相のなかで観客は過去反復的な「女形の芸」ではなく、上演的（パーフォマティヴ）ともいうべき新しい表象可能性を指向する「女優の身体」を求めたといえる。[48] さらに受容の内実も、この時期の近代劇の観劇とはすでに述べたように黙読による個人の自己回帰的な「同質的（ホモジーニアス）な読書経験」[49] とは異なる、集団的、混在的（ヘテロジーニアス）な「読書体験」としての意味も持っていた。藤村などが役者の演技よりも彼らを動かす源泉としての戯曲にこだわったことに表われているように、[50]「近代劇を観る」ことが「近代劇を読む」こととほとんど同義の時空があったのである。

このような観劇の変容期に登場する坂井夫人という表象は、「欲望する女性表象」として志向されながら、最終的にそれにふさわしい内面や身体性を付与されない。夫人にこの二つがない以上、たとえ性的な関係を結んだとしても純一との関係は、恋愛と性欲の要素が混沌としているからこそ存在自体の変革の契機をもつ「命がけの飛躍」をしたくても出来ないようにしか表象されえないのである。この点に対応して小説は末尾で、謎の「目附」をもつ夫人の「正体」を明かさないではいられなくなる。最終章の箱根の場面で岡村という京都四条派の画家が登場し、彼女の情人だったことが判明するが、純一・岡村・夫人の三者による会話場面で夫人は明らかに「寛いでいる」ように描かれ、彼女のリアルな側面が表出はしなくもされる。こうしてテクストは自らの仕掛けを頓挫させ、純一を二対一の緊張を孕む欲望の三角形の一辺ではなく、「車の第三輪」(前掲)に貶める。物語はまるで自然主義的な「挫折」の物語であったかのように、「ひつそり」(二十四、二八六頁)とした福住楼の障子の向こうへと夫人ならぬ「坂井の奥さん」(同)を閉じ込めたまま擱筆される。

この意味で文学の女性表象が演劇によって激しく揺さぶられていた時代、「青年」は書き手が「文学と演劇」という二つの領域に深く関わったゆえに女性表象の問題が露呈されているテクストなのである。

注

(1) 「青年」本文からの引用はすべて須田喜代次、注釈・解題『鷗外近代小説集』第四巻(岩波書店、二〇一二年一一月)による。なお引用は各章の初掲だけ章番号を示し、あとは頁のみとした。なお章は「壱」「弐」「参」のみ、この表記で、後は通常の漢数字である。

(2) 出原隆俊「森鷗外『青年』—時代思潮の中の小泉純一」(『国文学解釈と教材の研究』一九九四年八月)。

(3) 同右、「鷗外の場合」(『日本近代文学』四〇集、〈小特集〉「近代文学と「東京」」一九八九年五月)。

（4）この点について大石直記「〈自由〉と〈伝承〉と〈近接〉問題」『鷗外・漱石―ラディカリズムの起源』春風社、二〇〇九年三月、二二二頁を参照した。

（5）秋庭太郎『日本新劇史』上下巻（理想社、一九五五年一二月～五六年一一月）、中村都史子『日本のイプセン現象一九〇六―一九一六年』（九州大学出版会、一九九七年六月）参照。なお漱石もイプセンに少なくない関心を抱いていたことは秋庭の同書下巻、五七〇～五七二頁に指摘されている。

（6）G・ジュネット『物語のディスクール 方法論の試み』（原著、一九七二年、花輪光・和泉涼一訳、書肆風の薔薇、一九八五年九月）一九〇頁。

（7）前田愛『増補文学テクスト入門』第二章「語ることと書くこと」（ちくま学芸文庫、二〇一三年四月、第一四刷）六〇頁。

（8）高橋修「描写 description〈ありのまま〉という虚構」（石原千秋他共著『読むための理論―文学・思想・批評』世織書房、一九九一年六月）一〇八～一〇九頁。

（9）鷗外と演劇についての先駆的な研究としては、越智治雄「鷗外と近代劇」（稲垣達郎編著『森鷗外必携』學燈社、一九六九年四月）や、最近のものとしては金子幸代『鷗外と近代劇』（大東出版社、二〇一一年三月）が詳しい。

（10）金子幸代注（9）によれば、フランク・ヱデキント作鷗外訳「出発前半時間」、同じく鷗外の創作劇「生田川」、小山内薫訳、アントン・チェーホフ作「犬」が上演された。

（11）この時期の文藝協会周辺については拙稿「異国の女」を演じる 松井須磨子と一九一〇年代の言説」（『女性表象の近代 文学・記憶・視覚像』翰林書房、二〇一一年五月、二九八～三二八頁）を参照されたい。

（12）野村幸一郎「森鷗外『青年』の構造」（『論究日本文学』一九九三年五月）。

（13）島村抱月「幸徳秋水、人形の家」（『早稲田文学』一九一一年一二月）。なお抱月は『早稲田文学』（一九一〇年一月）に「イプセン作、抱月全訳「人形の家」」を掲載していた。

（14）夏目漱石「坪内博士と「ハムレット」」（『東京朝日新聞』一九一一年六月五日、文芸欄）。引用は『漱石全集』第一六巻（岩波書店、一九九五年四月）三八一～三八二頁。周知のように漱石の肝煎りで創設された朝日文芸欄に載ったこの一文には論争的な意味合いもあったかもしれない。

(15) 同右、「日記10」明治四四年一一月二八日。引用は『漱石全集』第二〇巻（岩波書店、一九九六年七月）三五〇〜三五一頁。

(16) 谷崎潤一郎「劇場の設備に関する希望」(『演劇画報』一九一三年二月。引用は『谷崎潤一郎全集』二二巻、中央公論社、一九八三年六月) 一〇〜一一頁、傍点、原文通り。

(17) 島崎藤村「演劇雑感（上）」(『時事新報』一九一一年六月一一日)。なお第四回試演はメーテルリンク作鷗外訳「奇蹟」他、第五回はハウプトマン作鷗外訳「寂しき人々」(帝国劇場、一九一一年一〇月二六日〜二七日)。

(18) 長谷川時雨「自由劇場の二夜」(『青鞜』一巻四号、一九一一年一二月)。

(19) ヴァルター・ベンヤミン「複製技術の時代における芸術作品」(『複製技術時代の芸術』高木久雄・高原宏平訳、晶文社、一九七二年七月、第二刷) 四二〜四三頁。

(20) 菅井幸雄によれば、当初ハウプトマンの「日の出前」が予定されていたが、島崎藤村の提案で「ジョン・ガブリエル・ボルクマン」に変更されたという（「近代劇の成立とその受容の多様性」、『近代の演劇Ⅰ』講座日本の演劇、勉誠出版、一九九七年二月、一二〜一四頁)。

(21) 中島国彦「東京の「崖」、内面の「崖」―鷗外『青年』にみる空間構成―《Falaises》de Tôkyô,《Falaises》intérieures—la structure spatiale dans *Un jeune homme d'Ogai*」国際シンポジウム報告論集『多面体としての《森鷗外》—生誕150周年に寄せて—』二〇一三年三月、明治大学大学院文学研究科発行。

(22) 小泉浩一郎「『青年』―「日本の女」をめぐって」(『国文学解釈と鑑賞』一九八九年六月)。引用は『森鷗外の世界像』翰林書房、二〇一三年三月、一八二頁。

(23) 鷗外「小倉日記」明治三二年〜三三年の箇所（『鷗外全集』三五巻、岩波書店、一九七五年一月参照）には自宅に勤める「婢」が妊娠などの性的理由によって入れ替わる事態が何度か記されている。

(24) 一八七三年一二月の「芸妓取締規則」(東京府達）以降、花街で働く芸妓は茶置・置屋など関係者からの搾取だけなく「廃娼運動の側からは、娼婦として理解される」など二重の抑圧を受けていた（藤目ゆき『性の歴史学』不二出

版、一九九七年三月、二九四〜三〇一頁)。

(25)「三四郎」の「九の七」には美禰子が「文藝協会の演芸会」に行きたいことや、「十二の一」では演芸会を観劇した三四郎に、俳優の口調や文章は立派なのに「気が乗らない」とつぶやかせている。

(26)須田喜代次、傍注、注(1)三七・三九頁。

(27)谷口佳代子「森鷗外「青年」における絵画とその象徴的意味」(『COMPARTIO』vol.10、二〇〇六年一一月)および中島国彦、注(21)など。

(28)井方真由子「エドゥアール・マネの《ナナ》と〝化粧をする女〟のイメージ」(『ジェンダー研究』お茶の水女子大学、一〇号、二〇〇七年三月)。

(29)鷗外は「性欲雑説」(『公衆医事』一九〇二年一一月〜一九〇三年一一月)で「女子の渇抑・婬荒・独婬」に言及、また「ヰタ・セクスアリス」(『スバル』一九〇九年七月)では青年の性欲史を描き、大町桂月から「鷗外の性欲小説」(『趣味』一九〇九年八月)と評されるなどしていた。

(30)引用は『漱石全集』第五巻(岩波書店、一九九四年四月)三〇二頁。

(31)石原千秋『近代という教養 文学が背負った課題』(筑摩書房、二〇一三年一月)一〇九〜一一二頁。

(32)注(30)四三二頁。

(33)同右。ここからは注(5)にあるように漱石のイプセンへの関心が、批判的受容ともいうべき接し方であったことがうかがわれる。

(34)鷗外は「仮面」の主役である博士に「どうだ、君、あの態度は」とおみよを賞讃させているだけでなく、舞台を演じるうえで「植木屋佐吉の妻は、誰にも好かれるやうな、若い取廻しの好い女を現はして貰ひたい」(『歌舞伎』一九〇九年六月)と注文をつけていた。

(35)柄谷行人『探究Ⅰ』(講談社、一九八六年一二月)。柄谷はマルクス『資本論』にもとづき、商品を売る/買うという非対称の関係性のなかで、交換が成立するか否かという局面での当為を「命がけの飛躍」と呼んだ。

(36)山本亮介「森鷗外「青年」小論―小説における理想と現実」(『文藝と批評』二〇〇六年五月)。

(37) 藤井淑禎「「青年期の研究」としての『青年』」(『小説の考古学へ――心理学・映画から見た小説技法史』(名古屋大学出版会、二〇〇一年二月)二一九頁を参照した。

(38) 生方智子「表象する〈青年〉たち――『三四郎』『青年』」(『日本近代文学』七一集、二〇〇四年一〇月、引用は『精神分析以前　無意識の日本近代文学』翰林書房、二〇〇九年一一月)一七六頁。

(39) 拙稿注(11)を参照されたい。

(40) 金子、注(9)二八九頁による。

(41) ロラン・バルト『表徴の帝国』(宗左近訳、新潮社、一九七四年一一月)一二二~一二三頁。

(42) 小宮豊隆「七月の小説」(『ホトトギス』一九一〇年八月)。「ジンリツヒ」sinnlichとは「感覚的・肉感的」、「フエルフユーレリッシュ」verführerischは「魅惑的な」「気をそそる」という意味の独語。なお小宮は森田草平「『三四郎』(一)~(三)」(『国民新聞』一九〇九年六月一〇~一三日)に続いて未完ながら「何を、如何に描いてあるか」という観点から「『三四郎』を読む」(『新小説』同年九月)を発表しており、後年に形成される漱石偶像化とは異なる読みを同時代評では示している。

(43) 無署名「最近文藝概観、小説」(『帝国文学』一九一〇年三月)による。

(44) 大石直記「〈自由〉と〈伝承〉と――鷗外・漱石の〈近接〉問題」、「〈情熱の否定〉と〈非人情〉――明治三九年の鷗外・漱石――」(初出『藝文研究』一九八六年一一月、『日本近代文学』四〇集、一九八九年五月、後『鷗外・漱石――ラディカリズムの起源』春風社、二〇〇九年三月に収録)。

(45) 越智治雄は慎重な表現ながら夙に鷗外の「演劇運動への断念」を指摘している(『明治大正の劇文学』塙書房、一九七一年九月)一九頁。

(46) 小平麻衣子「『人形の家』を出る――文芸協会上演にみる〈新しい女〉の身体」(『女が女を演じる　文学・欲望・消費』新曜社、二〇〇八年二月)一八九~二一二頁。

(47) たとえば漱石は一九〇八年に起きた森田草平と平塚明子との心中未遂事件に際し「二人を子に持つた古い頭の親と、教へた師匠と、交はつてゐる友人と、若い新思想を持つた青年と、それぞれ見方が異ふべきだ」「森田草平・平塚明子の失踪事件について」（『東京朝日新聞』一九〇八年三月二六日）と発言。鷗外は草平の『煤煙』「序」として創作劇「影（煤煙の序に代ふる対話）」（森田草平『煤煙』金葉堂・如山堂、一九一〇年）を書いたことはよく知られている。

（48）ここでいう上演性とはJ・バトラー『ジェンダー・トラブル』（原著、一九九〇年、邦訳、竹村和子、一九九九年三月、青土社）にもとづき小平がその著（注46）で用いた「本質の表出」を意味する「パフォーマンス」とは異なる「流動的なアイディンティティ」としての「パフォーマティヴィティ」（小平、二七頁）にほぼ重なる。

（49）谷川恵一『歴史の文体　小説のすがた　明治期における言説の再編成』（平凡社、二〇〇八年二月）一三二頁。

（50）藤村は俳優よりも脚本重視で、自由劇場第一回公演以来に対し、「河合などの加入しなかつたのが或は却つてよかつたのかもし知れぬ」（「自由劇場試演所感」（『国民新聞』一九〇八年一二月五日）と述べるように新派の女形である河合武雄の起用に否定的だった。

「山椒大夫」・「最後の一句」の女性表象と文体――鷗外・歴史小説の受容空間――

はじめに

森鷗外「山椒大夫」（『中央公論』一九一五年一月）と「最後の一句」（同誌同年一〇月）は、乃木希典の殉死（一九一二年九月）を契機に書かれた「興津弥五右衛門の遺書」（同誌、一九一二年一〇月）を皮切りとする「歴史小説」群の円熟期ともいえる頃の作品である。[1]「山椒大夫」は近世を舞台とする「最後の一句」とは異なり、中世に生まれ近世前期に人々の間に流布された説経浄瑠璃「さんせう太夫」が基になったものであることは改めて指摘するまでもないだろう。[2] 鷗外はこの作品と同時にエッセイ「歴史其儘と歴史離れ」（『心の花』一九一五年一月）を発表するが、この自作解説を解釈コードとして本作が「彼がもっとも書きたかつた「歴史離れ」の小説」[3]とみなされていることも周知の事実であろう。

この二つのテクスト「山椒大夫」と「最後の一句」の間には「魚玄機」（『中央公論』九月）、「じいさんばあさん」（同誌、九月）があるが、本稿で扱う二つの作品は日本の若い女性表象が描かれているという点で共通している。鷗外テクストの女性表象については、すでに金子幸代をはじめとする種々の蓄積がある。[4] ここではそれらを参照しつつも「歴史小説」というジャンルが本来的に孕む歴史性、言い換えると過去の歴史叙述や歴史認識さらにはそこに内在する物語性を鷗外自身がいかに受容し、それを更新したのかという点を女性表象の問題と接続させて考察したい。男性作家において「他者」であり「他性」でもある「女性表象」には、物語内容や物語言説というイデーやフォームの問題が集中的に表れると思われるからである。また「表象」であるからには、その描かれ方、つまり書かれたもの(エクリチュール)としての文体の問題も焦点化したい。

このほかに二つのテクストが興味深いのは、鷗外という作家の作品系列上での意義というだけでなく、テクストの前後における受容自体の様相にあるといえる。たとえば佐野大介は「最後の一句」の典拠を通説の大田南畝『一話一言』（一八二〇年、安政二年頃）ではなく、そもそも『一話一語』が中井甃菴『五孝子伝』（一七三九年、元文四年）に基づいていることを調査・検証しただけでなく、歴史的射程のなかでの鷗外テクストの「その後の受容」についても言及している。[5] それによると鷗外の「最後の一句」はアジア・太平洋戦争下、国家総動員法が公布された一九三八年四月二十九日に「浪速の五孝子」とタイトル変更されて大阪府教育会から刊行され、一九四〇年四月二十五日までに「訂正三版」が出されていることがわかる。[6]

思えば「歴史」も「小説」も誰かによって、書かれたもの、まさに織物(テクスト)としての受容の産物である。さらに受容とは過去と現在だけに留まらず、未来においてもつづく可能性をもっている。優れたテクストとはベンヤミンのいう「死後の生」[7]を生きることができるという側面があるなら、まさに歴史の時間とテクストの空間が交差する「受容空間」こそ、織物としてのテクストが「生きられる空間」なのだろう。

それでは鷗外のテクストはどのような受容の軌跡をたどったのだろうか。ここで文学テクストの受容を年少者に向けて最前線で担う教科書という媒体に注目すると、次のような事実に突き当たる。たとえば「山椒大夫」は、まだ占領期の一九五〇年に中学校国語教科書に「安寿と厨子王」のタイトルで全文ではないものの採録されたのを皮切りに、その後も多くの出版社で一九七〇年代まで採録された。八〇年代から九〇年代までは「山椒大夫」というタイトルで高校の国語教科書にも収められる。いっぽう「最後の一句」のほうは、戦時中に採用された「浪速の五孝子」から原文タイトルに戻って高校国語教科書に六〇年代から採録され、七〇年代から八〇年代にかけて広く中学校の国語教科書にも掲載される。[8] しかしながら、こちらも九〇年代以降は姿を消してしまう。果たして鷗外のこの二つの歴史小説は中・高校教材としての使命を終えたのだろうか。もちろん文学テクストは教材化だけでなく、多くの読者に受容されてこそ存在意義がある。戦後から七〇年余、さらに「明治百年」と言われた一九六八年からもすでに約半世紀が経過した現在、小説本文を書き手側の生成の側面だけでなく、受容やその歴史的軌跡を改めて検証してみることも無駄ではないだろう。[9] もとより「回顧趣味」と「歴史認識」とは異なる。レトロスペクティヴな視線を怖れるあまり、文学テクスト自体が不可避的にもつ歴史性や歴史認識にまで蓋をしては元も子もないであろう。「歴史」と「小説」が合体した鷗外の歴史小説というテクスト空間こそ、過去・現在・未来という三つの時間が交差する、優れて生産的な場であるはずだ。以下、本稿ではこのような鷗外テクストの受容空間を女性表象と文体の観点から考察してみたい。

1 演劇的熱狂の季節

ロラン・バルトは一九四二年に発表された「文化と悲劇」というエッセイのなかで「あらゆる文学ジャンルのなかで悲劇は、ある世紀をもっとも際立たせ、もっとも威厳と深みを与えるジャンルである」と言い、このような時代を「大いなる悲劇の時代」と評した。[10] ここでバルトが「悲劇の時代」として挙げているのは「アテネの前五世紀、エリザベス朝の世紀、フランスの一七世紀」であるが、古典悲劇の諸戯曲への関心が念頭にあったことは見過ごせない。このときのバルトは、後年、記号論やテクスト論者として著名となる存在ではなく、幼児期には父が第一次世界大戦で戦死し、長じてからは第二次大戦後の十二年間にわたって結核療養のために「パリとサナトリウムのあいだの往復をつづける生活[11]」を繰り返すひとりの二十七歳の若者だった。「悲劇」とは似て非なる総力戦としての戦争に明け暮れる一九四〇年代、バルトが過去の「悲劇の時代」に思いを馳せたのも偶然ではないかもしれない。

二十世紀までの戯曲を論じたジョージ・スタイナーは『悲劇の死』のなかで、このような演劇における「悲劇の時代」が終りを遂げ、劇作家たちが個別に「自らの劇曲のために観念的な意味の体系（効果的な神話）を創造せねばならなかった」[12]と指摘した。彼は「近代人の信仰の不確かさや想像力に支えられた世界観の欠如そのものを、出発点とした」[13]ゆえにイプセンを「効果的な神話」の創造者として挙げている。近代演劇の創始者として定評のあるイプセンであるが、イプセン演劇のどのような点が「古典悲劇」と接合し、どのような点がそれと異なる「近代劇」なのかを明確に示したのはスタイナーの功績であろう。

ここでいささか唐突に「悲劇」に言及したのは他でもない。これから論じようとする鷗外も明治末年である一九一〇年代前後、翻訳劇や創作劇の執筆やその上演に熱中した一時期があったからである。その導火線となったのは一九〇六（明治三九）年にノルウェイのイプセンの死去が伝えられ、日本において急激に「イプセン現象」ともいうべき演劇熱が伝播したことが挙げられる。巻頭におおきくイプセンの肖像が掲げられ、島村抱月らの紹介記事が誌面をにぎわす『早稲田文学』の特集（同年七月）、翌年の小山内薫・柳田國男・田山花袋・島崎藤村らによる「イプセン会」の結成とそれにつづく演劇およびイプセン関係の記事が満載された第一次『新思潮』の創刊など、日本でのイプセン受容はきわめて短い間に急速に高まった。岩佐壮四郎が島村抱月を論じた著にあるように、それは「ベル・エポック」と形容してもよいような熱い傾倒ぶりだった。[14]

折しも坪内逍遙が、東京専門学校海外留学生としての期間を終えて欧州から帰朝したばかりの抱月と起こした文藝協会に対峙すべく、鷗外は小山内薫の自由劇場のあたかも座付作者でもあるかのごとく、旗揚げ公演としてイプセンの「ジョン・ガブリエル・ボルクマン」を提供する。[15]少なくともこの時点での鷗外の志向（嗜好）は、女性解放を主題とする近代的社会劇ではなく、愛憎に満ちた人生を終えようとしている老実業家を主人公とする陰翳のある悲劇的要素の濃い運命劇だった。[16]ボルクマンという主人公とは、スタイナーの言葉を借りれば「家のように見える棺の中を行ったり来たりしている、怒った亡霊」[17]といえよう。翌年には鷗外は自由劇場第二回試演として翻訳劇「出発前半時間」（エデキント原作）に加えて創作劇「生田川」を発表するなど、小説「青年」に描かれていたような演劇熱が鷗外周辺を取り巻いていた。

その「ジョン・ガブリエル・ボルクマン」が有楽座で自由劇場第一回試演として上演されたのが、一九〇九年十一月二十七・二十八の両日。上演の模様は、谷崎潤一郎をはじめ島崎藤村などをはじめ文学者たちの種々の証言に詳しい。[18]鷗外自身も『青年』（『スバル』一九一〇年三月〜一一年八月）において劇の模様を再現してみたが、そこで描き出されたのは「対話には退屈しながら、期待の情に制せられて、息を屏めて聞いてゐる」[19]ようなスタイナーのいう「怒った亡霊」を演じる舞台の上とそれを観る客席との落差であった。物語世界の基調はそのような劇的世界の内実と交差することのない、だからと言って日本的な自然主義的熱狂とも異質な上京青年の苦い覚醒体験だった。[20]もちろんここでの小説文体は無理のない現代文で綴られている。それは初めての口語体小説「半日」（『スバル』一九〇九年三月）の延長上にある現代文体として鷗外にとってすでにクリアされた問題だったかもしれない。

しかし目を演劇に転じると事態は別の様相を見せはじめる。問題はそのような自然主義批判ともいうべき内容的な「覚醒」とはまったく別個に、演劇脚本がある形を伴いつつ成立しつつあることであった。つまり鷗外という一時代の文学的営為において、文体というフォームと主題というコンテンツがうまく調整されずに、小説文体と演劇文体がそれぞれ別個に成立しつつあったのである。

この問題を検討するために、改めて鷗外における小説と脚本との関係を概括しよう。すでに触れた「半日」をはじめとして「ヰタ・セクスアリス」（『スバル』一九〇九年七月）「青年」・「雁」（『スバル』一九一一年九月〜一三年五月）などから「興津弥五右衛門の遺書」（『中央公論』一九一二年一〇月）をはじめとする一連の歴史小説までの時期における上演された鷗外の翻訳及び創作劇を、金子幸代作成の年表[21]によって確認してみればこの間、翻訳劇と創作劇を含め上演された作品は四十以上が数えられる。ここで脚本の執筆だけでなく「上演」にこだわるのは、舞台空間において演出・俳優・観客という関係が構成されることで初めて演劇が実現されると考えるからである。その意味で鷗外は小説というテクストのほかに戯曲という文字通りの「上演性（パフォーマティヴィティ）」[22]をもつジャンルにも併行して関わっていたことが改めて確認される。

2 脚本の文体変革

このような小説と演劇の併走はたとえば冒頭でも触れた「歴史其儘と歴史離れ」（以下、「歴史其儘」と略記）からも窺われる。

まだ弟篤二郎（ママ）の生きてゐた頃、わたくしは種々の流派の短い語物を集めて見たことがある。其中に粟の鳥を逐ふ女の事があつた。わたくしはそれを一幕物に書きたいと弟に言つた。弟は出来たら成田屋にさせると云つた。まだ団十郎も生きてゐたのである。粟の鳥を逐ふ女の事は、山椒大夫伝説の一節である。わたくしは昔手に取つた儘で棄てた一幕物の企を、今単篇小説に蘇らせやうと思ひ立つた。（中略）わたくしはおほよそ此筋を辿つて、勝手に想像して書いた。地の文はこれまで書き慣れた口語体、対話は現代の東京語で、只山岡大夫や山椒大夫の口吻に、少し古びを附けただけである。（中略）兎に角わたくしは歴史離れがしたさに山椒大夫を書いたのだが、さて書き上げた所を見れば、なんだか歴史離れがし足りないやうである。これはわたくしの正直な告白である。[23]

『歌舞伎』主宰者で医師であると同時に演劇評論家の実弟森篤次郎、すなわち三木竹二が亡くなったのは明治四十一年。鷗外は明治二十年代の文壇的デビュー以来、肉親ながら文学と演劇の両面での片腕的存在であったこの弟と共に、熱い演劇の季節を迎えているさなかの出来事だった。医療事故と思しき不意の出来事によって急逝した弟への哀悼を込めて鷗外は自らの「一幕物」という戯曲への関心を語る。ここにある「種々の流派の短い語物」とは一七世紀頃、町の辻などで説経師（説教師とも）が声と身振りによってその物語世界を再現する「説経節」のことで、そのなかの「粟の鳥を逐ふ女」が登場する「山椒大夫伝説」とは説経節「さんせう太夫」であることはいうまでもない。「山椒大夫」の物語世界については後述することにして、ここで注意したいのは、「語物」（説経節）→「一幕物」→「単篇小説」というプロセスである。ここには先行ジャンル、演劇形式、脚本の文体という三つの重要な問題が大変簡潔な言い方で集中的に語られている。

一つは「語物」から「一幕物」への移行である。ここで言う鷗外の「一幕物」には『一幕物』（易風社、一九〇九年六月）に収められた翻訳劇をはじめとして、彼の創作劇「仮面」（『スバル』一九〇九年四月）や「静」（同誌、同年一一月）などが含まれる。前者が現代劇であるのに対し、後者は『吾妻鏡』などでよく知られた義経・静御前伝説に基づく時代物ということになる。つまり鷗外は歴史物の創作脚本において、伝説化された歴史物語のある局面を特化（脚色）するという作劇法を用いていた。まったくの創作と異なり、受容者としての観客との間で歴史的連想基盤をもつ故実や史実は、劇の豊かな素材源であったことは容易に想像される。金子幸代の『鷗外と近代劇』（前掲書）が指摘しているように、一八八四（明治一七）年のドイツ留学以来、鷗外にとって劇は彼の文学の重要な構成要素だった。岩波版の『鷗外全集』三八巻のうち、「小説・戯曲」の巻は一八巻という半数近くを占めていることに端的に表われているように「小説と戯曲」は相互補完的に鷗外のなかで位置づけられていたと言ってよいだろう。これは鷗外に限らず近代文学の始発以来、鷗外のライバルであった坪内逍遙が創作時代劇「桐一葉」（『早稲田文学』一八九四年一一月~九五年九月）で上演に成功するなどの記憶が鷗外にあったのかもしれない。

だがこの時期、文学の言葉は「文語体から現代文体」へと後戻りのできない道を進みつつあった。たとえば逍遙が試み、一世を風靡したとされる『ハムレット』（早稲田大学出版部、一九〇九年一二月）のような文語体での脚本は、むしろ特殊化されつつあった。[24] この点に関して鷗外は「一幕物の流行した年」（『新潮』一九一〇年一二月）のなかで、「静」が「歴史劇に「現代語」を用ゐること」[25] を試みた初めての作品であることに触れ、それが「議論」を醸成したことに言及している。ここで鷗外は「現代語だつて、上品にも下品にも書ける」と反論をおこなっているが、ここからは今日では見えにくくなっている同時代における「歴史劇」や劇における科白の問題が浮上してくる。思えば、「科白」と「ト書き」から構成される近代以降の演劇脚本において、この二つを共に「現代文」によって記すということは大きな課題だった。この点を明らかにするために、同時代における抱月と鷗外の二つの翻訳脚本を比べてみよう。まず「人形の家」の冒頭箇所を掲げる。なお、一九一〇年代においては「科」を仕種、「白」を台詞（会話）として分類している用例が多いので、以下それにしたがう。

居心地よく趣味に富んで、それで贅沢でない設備の一室、奥、右手は廊下へ通ふ扉、左手はヘルマーの書斎へ通ふ扉両入口の中間にピアノが一台置てある。（中略）廊下の方でベルが鳴ると、すぐ外の扉の明く音がして、ノラがはしやいだ様子で鼻歌を唄ひながら這入つて来る。外出服（そとで）のまゝで、幾つかの小包を提げてゐる。

（抱月訳『人形の家』第一幕、一九一〇年一月）[26]

意にも適し、趣味もあれども、贅沢ならず、補理（しつら）ひたる室。背後右の方に前房に通戸。第弐の戸は背後左の方にありて、ヘルマルが居室に通ず。この二つの戸の間にピアノ。（中略）前房にベルの音す。其直後に戸を開く音聞ゆ。面白げに或る節奏試みつゝ、ノラ室に入る。帽を戴き、外套を被て，買物の紙包あまた持てり。

（鷗外訳『ノラ』第一幕、一九一三年一一月）[27]

「人形の家」の翻訳において後発だった鷗外は、少なくともこの時点までト書きでの擬古文にこだわっていた。上演において、ト書きは舞台上では照明をはじめ、大小の小道具、さらには俳優の演劇によって担われる「発声」を要さないパーツの一つである。その意味では「ト書き」において「声の現前」はありえない。だからこそ現代文ではなく書き慣れた文語文を採用し、それはあるいは鷗外的な「合理主義」の一例といえるかもしれない。しかし、どう贔屓目に見ても鷗外の文語調のト書きは抱月の現代文のト書きには及ばない。二つを比較すると、抱月のほうが「洗練されている」と見えるのである。もちろん同時代の証言にもあるように、脚本を読んでから観劇をする観客は少数派であり、谷崎や漱石のように観劇において一観客として脚本など読まずに劇を愉しむことを選ぶ文学者たちも存在した。ならばト書きの文語文採用は鷗外が「上演性」にこだわった証し、と言えなくもないがやはり無理がある。

では次に戯曲のもう一つの構成要素である「白（会話）」の箇所を比較してみよう。同時代において観客が強く反応したと言われる結末の場面である。

ヘルマー　ノラ、お前の為なら、私は昼夜でも喜んで働く──不幸も貧乏もお前の為なら我慢する──けれども、幾ら愛する者の為だつて、男が名誉を犠牲には供しない。

ノラ　それを、何百万といふ女は、犠牲に供して居ます。

（抱月訳『人形の家』第三幕、点線、引用者、以下同じ）[28]

ヘルメル　いや。それは己だつてお前のために、夜を日に継いで働きもするし、お前に代つて心配や苦労を受けもする。だが、誰だつて自己の名誉となると、それを愛する女のために犠牲にすることは出来ない。

ノラ　でも女の方では、千万人の女がさういたした例(ためし)があります。

（鷗外訳『ノラ』第三幕[29]）

前者に比べると後者のほうが筋道が立ちすぎ、情感に乏しい傾向があるのは一目瞭然である。特に点線部は「千万人の女がさういたした例があります」よりも「何百万といふ女は、犠牲に供して居ます」のほうがストレートに観客に訴える力がある。長谷川時雨などをはじめ、多くの女性に感銘をあたえたという証言があるのも頷ける。[30]もっとも直前の箇所で、抱月訳が「奇蹟」としたために意味を理解できない観客がいたという証言もあったのに対し、[31]鷗外訳では「不思議」とするなど観客に届くような工夫が見られる箇所もある。しかし、脚本全体として書かれた言葉としての適合性が前者のほうにあることは明らかであろう。抱月と鷗外の翻訳劇における訳文レースは、あきらかに抱月に分があったとみてよい。

とすると「歴史其儘と歴史離れ」にある「地の文はこれまで書き慣れた口語体、対話は現代の東京語で」という先の言葉は、その二年前に書いた翻訳脚本『ノラ』での文体的遅れへの彼なりの一つの回答だった可能性が高い。鷗外は一九一五年の時点では、躊躇なくこのように言明することができたのである。言い換えるとこれは戯曲での翻訳文体の遅れがあったからこそ、発せられた言葉だった。小説と戯曲の二つにおいて同時代を併走してきた逍遙が証言しているように「『マクベス』一部を訳するにさへ、同じく英、仏、独に亙つて、無慮七八十種の注釈や評論を集めて読んだとか伝聞した。イプセンだの、ゲーテだの、場合は、更にこれに倍したであらう[32]」という鷗外にとって、戯曲のト書きにおいて最後まで残された文語調、その漢文脈ゆえの明晰で簡潔な文体を捨てることは今日では想像できないような試行錯誤の連続だったはずである。しかしだからこそ、身体に張りついた旧い革袋としての文体を捨てたとき、鷗外は現代文の作家へと大きく舵を切ったといえるのはないだろうか。

ではなぜ、またどのようにその転回は起きたのだろうか。対話を現代文にしたのなら戯曲の「ト書き」も現代文に替えれば良かったはずだが、ことは文体だけではなくそこに内容的問題が浮上してくる。たとえば金子幸代は鷗外の創作戯曲「さへずり（対話）」（『三越』一九一一年三月）と「なのりそ」（『三田文学』同年八月）が「現代の女性をヒロインとして登場させている」とし、同時代の「新しい女」との関連を指摘した。[33] 確かに上流階層の二人の女性同士の会話がつづく前者を経て、後者では「双方得心づくの結婚」を求める令嬢が名を隠して彼女を試そうとする候補者の男性をやり込めるという展開が歯切れのよい口調で語られている。ここからは一九一〇年代前後に演劇と現実の両面において、陸続と登場する日本の「新しい女」という表象が影響していることは否定できない。

いっぽう「鷗外日記」一九〇九年六月六日のくだりには「新富座に往きて伊井一座の仮面を演ずるを見る。大向の見物騒擾す」[34]とあり、作者鷗外は創作劇「仮面」の観客の反応を目の当たりにしている。さらに前述もしたように同年の十一月の有楽座での「ジョン・ガブリエル・ボルクマン」公演の際には、二十七日には母親が於菟と茉莉を連れて行ったこと、翌二十八日には鷗外自身が志げを連れて観劇したことも日記に記されてもいる。自らの病を隠す＝ペルソナとしての仮面を被る軍人医師に露骨に反応する観客たちやそれを見守る鷗外、老実業家をめぐるイプセン劇を見守る鷗外の家族たち等々。『青年』に描出された「対話には退屈しながら、期待の情に制せられて、息を屏めて聞いてゐる」（前掲）という現代劇受容の様相は、いわゆる近代読者として個室（密室）的空間での黙読による読書行為とは異なる、幅広い文学＝文化的な受容形態がおこなわれていたことの例証であろう。

以上の諸点を考えると次のことが言えるかと思う。先の「昔手に取つた儘で捨てた一幕物の企を今単篇小説に蘇らせやうと思い立つた」という鷗外の言葉は単に「語物」から「単篇小説」へというジャンル上の移行プロセスを意味しているのではなく、そこには演劇脚本への断念があったということである。本来ならば「語物」からト書き部分も含めた現代文による「創作時代劇」という道もあったはずなのだが、鷗外にとって劇の季節を併走した三木竹二の死（一九〇八年一月）と他の重要な死がここに介在した。言うまでもなく実弟の死から四年後の明治天皇の崩御（一九一二年七月）とそれにつづく軍人乃木希典の殉死（同年九月）である。

ここでともに時代を併走した二人を喪った鷗外の心的世界に立ち入る余裕はない。だが、これらの死は演劇という、脚本に加え俳優の身体や観客たちの反応という直接的な共同性にもとづく「舞台空間」という場から鷗外を遠ざけたのではないかという推測が生じる。「歴史小説は、乃木希典の殉死を非難し、これに反対する者を説得するに、もっとも効果的な文学様式[35]」ともいわれるが、その文学的効果のほどは測りがたいだけでなく、「歴史への試みはほとんど現在的関心の死をしたがえていた[36]」と見なすことさえ可能だ。だが、このように過去／現在の二項対立で問題を捉えても生産的とはいえない。

ここで改めて注意を促したいのは、鷗外にとって小説と演劇は遠くドイツ留学の時代から彼にとって文学的営為の土壌であった点である。種々の声を現前させ、その上演性によって観客の心情を鷲づかみにすることもできる演劇という共同性から歴史小説という書かれたもの（エクリチュール）を媒介とする読者による共同性へ。本稿の冒頭で述べたように歴史小説が「過去・現在・未来という三つの時間が交差する、優れて生産的な場」であるなら、鷗外という書き手にとって身近な者たちの連続する死がそのような場へと促したとしても少しも不思議ではないだろう。現在をともに生きた者の死は死者たちを過去化＝歴史化することであり、それを受容しつつも抗うような生と死の連続性こそ時間のなかで生きる人間存在の文学的営為でもあるからだ。

3　生成する歴史小説の文体―「山椒大夫」

鷗外は先の「歴史其儘」のなかで「山椒大夫」の物語世界は、「永保元年」(一〇八一)から「寛治六年」(一〇九三)としている。それはいわゆる「院政期」開始直前から院政期へと至る、公家と武家が相克する混乱の一時期ともいえる時代である。作品世界のもとになったのは、江戸前期に人々の間で流布していた説経節「さんせう太夫」で、「さんせう太夫」とは荘園領主に隷属する「散所」を統括する長者のことで、そこで働く民は過酷な労働を強いられ、来世での解放を夢見ていた。室木弥太郎によれば「文字の力を借りずに、口から耳に伝えられる、口承文芸―昔話・伝説・民謡・ことわざ等を含む」ところの「語り物」の一つを「説経」とし、一六〇〇(慶長五)年前後を「説経の時代」としている。[37] 改めて言うまでもなく説経節は中世後期に生まれた民衆芸能で、初めは目の見えない僧が野外で語り、後に人形操りとして劇場に進出、さらに絵入本として出版されたという経緯をもつ。このような口承文芸としての側面を強くもつ説話を鷗外はどのように再構成したのだろうか。以下、本文に則してこの点を確認してみよう。

越後の春日を経て今津へ出る道を、珍らしい旅人の一群が歩いてゐる。母は三十歳を踰えたばかりの女で、二人の子供を連れてゐる。姉は十四、弟は十二である。それに四十位の女中が一人附いて、草臥れた同胞二人を、「もうぢきにお宿にお着(つき)なさいます」と云つて励まして歩かせようとする。二人の中で、姉娘は足を引き摩るやうにして歩いてゐるが、それでも気が勝つてゐて、疲れたのを母や弟に知らせまいとして、折々思ひ出したやうに弾力のある歩附をして見せる。(六五三頁)[38]

鷗外テクストの冒頭は簡潔で特に目立った特徴は無いように見えるが、すでに検討したように、このような簡潔な現代文体こそ鷗外が戯曲の口語化を経て獲得したことをまず指摘したい。よく知られるように説経節の冒頭は「ただ今語り申す御物語、国を申さば丹後の国、金焼地蔵の御本地を、あらあら説きたて広め申すに、これも一度は人間にておはします」という、地蔵信仰を表わすいわゆる「本地譚」として語られている。いっぽう鷗外テクストはまず「珍らしい旅人の一群」を焦点化したうえで、そのなかでも取り分け「姉娘」を意志的な少女として造形したことは重要である。ここで本作の中心的人物が姉娘安寿であることが印象づけられるのである。

「船頭さん。これはどうした事でございます。あのお嬢様、若様に別れて、生きてどこへ往(ゆ)かれませう。奥様も同じ事でございます。これから何をたよりにお暮らしなさいませう。どうぞあの舟の往く方へ漕いで行つて下さいまし。後生でございます。」(中略)姥竹は身を起した。「えゝ。これまでぢや。奥様、御免下さいまし。」かう云つて真つ逆様に海に飛び込んだ。(六六三頁)

冒頭部分の山場ともいえる二艘に分乗させられた舟が遠ざかる場面である。子どもたちの母はただ泣き叫ぶばかりであるが、乳母の姥竹は入水して果てる。『説経節』でも彼女は入水するがそれは「賢臣二君に仕へず、貞女両夫に見えず。二張の弓は引くまいと」という理由からの行動である。このあと母は自らも姥竹の後を追おうとして果たさず、佐渡へ売られ、やがて「粟の鳥を逐ふ女」と成り果てる。入水も叶わない全き無力者としての母という造形は鷗外本も説経節も共通しているが、室木本では母は「最も辺鄙な」場所としての「蝦夷」に売られる点が異なる。いっぽう安寿と厨子王姉弟の由良の山椒大夫邸での奴婢としての暮らしも大差はないが、その生活は鷗外本では終始、貴種流離的な様相を帯びているのに対し、説経節では身分貶下はそれほど特殊な事例として扱われていない。前者の安寿には貴種的な面影が色濃くつきまとっているのである。

「大きくなつてからでなくては、遠い旅が出来ないと云ふのは、それは当り前の事よ。わたし達はその出来ない事がしたいのだわ。だがわたし好く思つて見ると、どうしても二人一しよにこゝを逃げだしては駄目なの。わたしには構はないで、お前一人で逃げなくては。そして先へ筑紫の方へ往つて、お父う様にお目に掛かつて、どうしたら好いか伺ふのだね。それから佐渡へお母様のお迎に往くが好いわ。」（六七〇頁）

脚本の会話で鍛えられた鷗外らしい安寿の発話で、逃亡計画が弟厨子王に伝えられる場面である。結局この計画は大夫の息子の三郎に立ち聞きされ、処罰を受ける。説経節では最初は安寿に次に厨子王に焼き鏝が印され、その後、二人で山に柴刈りに行ったところで傷痕が消えるという展開だが、鷗外本では異なる。姉弟への残酷な身体的受苦は、一旦は引用直後に二人が同時に見た「夢」のなかの出来事であるかのごとく語られ、すぐに「地蔵尊」の「白毫の右左に、鏨で彫つたやうな十文字の疵」（六七二頁）として、夢と現実の中間領域でのできごとであるかのように設定される。これは鷗外による苦肉の創作場面ともいえる。しかし、これにより、神話的次元と現実的次元の二つが融合された「歴史小説」の文体が生まれているとも言うことができる。つまり、残酷な身体的処罰を神格的他者である「地蔵尊」に代行させているのである。

この出来事は、姉である安寿にとっては現世的制約の軛から踏み出す確かな契機となるが、注目すべきなのはそれが安寿一人の内部での変化として語られ、弟の厨子王はあくまでも地上的な存在として、姉を心配そうに見守る者として他者化されていることである。

二人の子供が話を三郎に立聞きせられて、其晩恐ろしい夢を見た時から、安寿の様子がひどく変つて来た。顔には引き締まつたやうな表情があつて、眉の根には皺が寄り、目は遙に遠い処を見詰めてゐる。そして物を言はない。日の暮に浜から帰ると、これまでは弟の山から帰るのを待ち受けて、長い話をしたのに、今はこんな時にも詞少なにしてゐる。厨子王が心配して、「姉えさんどうしたのです」と云ふと、「どうもしないの、大丈夫よ」と云つて、わざとらしく笑ふ。

（六七二～六七三頁）

ここはいわゆる自由間接話法として、最初は「二人の子供」を語る語り手として、やがて厨子王の直接話法へと変わるのだが、「どうもしないの、大丈夫よ」という安寿の短いが活き活きとした言葉はまるで舞台の科白のごとくである。このあたりの対話も鷗外が翻訳劇・創作劇の脚本において培った成果であろう(39)。

「さて今一つ用事があるて。実はお前さんを柴苅に遣る事は、二郎様が大夫様に申し上げて拵へなさつたのぢや。すると其座に三郎様がをられて、そんなら垣衣（しのぶぐさ）を大童にして山へ遣れと仰つた。大夫様は、好い思附ぢやとお笑なされた。そこでわしはお前さんの髪を貰うて往かねばならぬ。」傍で聞いてゐる厨子王は、此詞を胸を刺されるやうな思をして聞いた。そして目に涙を浮べて姉を見た。意外にも安寿の顔からは喜の色が消えなかつた。「ほんにさうぢや。柴苅に往くからは、わたしも男ぢや。どうぞ此鎌で切つて下さいまし。」安寿は奴頭の前に項（うなじ）を伸ばした。光沢（つや）のある、長い安寿の髪が、鋭い鎌の一掻にさつくり切れた。

（六七六頁、点線、引用者）

脱出への準備行動として断髪する安寿が描かれている箇所である。山椒大夫の邸では奴婢の「為事（しごと）」（六七五頁）

の分担は「重い事」(同)とされ、それを踏み越えるための代価として「奴頭」は安寿の断髪＝女性性の象徴的な消去を求めたのである。「説経節」ではその後、弟を逃したあとで「湯攻め水責め」や膝の皿に穴をあけるというような残酷きわまりない「三つ目錐」[40]の挙句に安寿は絶命する。いっぽう鷗外本では追手の一行が「沼の端」で「安寿の履」を見つけ、彼女が入水したことが知らされるだけである。説経節にある、逃亡が成功し身分回復した厨子王が山椒大夫や三郎たちを首切り刑にすることなど、残酷な報復刑は鷗外本では描き出されていない。

このように説経節の中世的残酷さを省略したことで、安寿その人の悲劇的な個性が前景化する。それはむろん治世での「善悪」や近代的な「個人」などの概念が通用しない乱世での「残酷」を回避し、近代小説にふさわしい世界を創出しようとした鷗外の手法と言えるかもしれない。

4　文字の記憶／声の現前――「最後の一句」

思えば、「山椒大夫」は物語内容こそ中世だが、「語り物」を経て近世初期において成立した正真正銘の書きもの(エクリチュール)でもある。現在において私たちがこの物語に接することができるのは、まれに説経節を聞くような場合を除いて、書かれたテクストとしての物語世界が一般的である。いわば、中世の記憶を「語り物」と「書きもの」という二つの面から受容したのが説経節を起源とする「山椒大夫」なら、江戸の記憶を書きものとして受容したのが「最後の一句」ということになる。

幼児期に親などによる絵本の読み聞かせなどを通じて悲劇的要素の濃い「山椒大夫」の世界に馴染んだ者にとって、「最後の一句」は物語としての起伏が比較的乏しく感じられる。もちろん罪を犯した張本人である父をはじめ、家の非常事態に為す術も知らず悲嘆にくれるばかりの母親や一家を陰に陽にささえる「おばあ様」が登場し、無力な大人対受難者としての子どもたちという構図は共通しているが、この物語世界はあくまでも世俗的である。

テクストは近世の北前船で日本海を運行する船の積荷を預かる者の不正に「死罪」という重大な処罰が科せられ、それへの対抗手段として「子どもによる子どもたちの死」が企図されるなどかなり意想外の展開になっている。徳川政権のヒエラルキーが生む役人たちの官僚的な処理方法によって次なる処断は江戸中枢の武家権力へと廻され、最後には権力の頂点に立つ京都の公家勢力の頂点に位置する天皇の権威による曖昧な収束が描かれている。何より「山椒大夫」で悲劇の集約点となる安寿の死に該当するものが「最後の一句」にはない。その意味でこれは子どもも、少女をはじめ親も誰も死なない物語なのである。

それではこのテクストが近代小説である理由とは何であろうか。すでに論じた「山椒大夫」の乱世のように「日常」そのものが成立していない世界では、神仏の加護が必須である。しかし治世では神仏ではなく「法」およびそれを運用する際には、行政機構を支える人間たちの判断が作用する。『浪速の五孝子』や『一話一語』でも、子どもたちは行政機構の担い手たちによって救われている。それは明察に富む行政官が登場する『大岡政談』のような世界と地続きであろう。だが、鷗外の「最後の一句」では法や慣習、社会的な価値体系などが、その行動原理となる「裁く側」ではなく「裁かれる側」からの視点、いわば裁かれる彼らの側の行動原理が重要となってくる点に大きな特徴がある。

言うまでもなく「最後の一句」は、すでに指摘されているようにタイトルに象徴されるように「いち」が発する「最後の一句」が重要である。だが、それはよく言われる「官僚機構への批判」などが主要な理由ではない。確かに書き手である鷗外の身辺に注目すると、事実上の退職勧告、大逆事件からの影響などが介在したかもしれない[41]。しかし、それだけではこのテクストの読解は不十分である。私見によれば「最後の一句」は、「いち」という港湾都市大阪に住む海運業の娘が放った「お上の事には間違いはございますまいから」だけにあるのではない。ここで試みに短い呼び掛けや返事の言葉などを除いた「いち」の直接話法による科白を列挙すると、次のようになる。なお便宜上、願書受理前までを前半、受理以降を後半とし、時系列をあきらかにするために番号を付す。

【前半】

1 「ああ、さうしよう。きつと出来るわ[42]」

2 「大きい声をおしでない。わたし好い事を考へたから。」

3 「そんなら、お父つさんが助けてもらひたくないの。」

4 「それご覧。まつさんは只わたしに附いて来て同じやうにさへしてゐれば好いのだよ。わたしが今夜願書(ねがひしよ)を書いて置いて、あしたの朝早く持つて行きませうね。」

5 「まだ早いから、お前は寝ておいで。ねえさん達は、お父つさんの大事な御用で、そつと往つて来る所があるのだからね。」

6 「ぢやあ、お起、着物を着せて上げよう。長さんは小さくても男だから、一しよに往つてくれれば、其方が好いのよ」

7 「お奉行様にお願があつてまゐりました」

8 「いゝえ、父はあしたおしおきになりますので、それに就いてお願がございます。」

9 「黙つてお出。叱られたつて帰るのぢやありません。ねえさんのする通りにしてお出。」

10 「そう仰やいましたが、わたくし共はお願を聞いて戴くまでは、どうしても帰らない積りでございます。」

【後半】

11 「誰にも申しません。長太郎にも精しい事は申しません。お父つさんを助けて戴く様に、お願しに往くと申しただけでございます。お役所から帰りまして、年寄衆のお目に掛かりました時、わたくし共四人の命を差し上げて、父をお助け下さるやうに願ふのだと申しましたら、長太郎が、それでは自分も命が差し上げたいと申して、とうとうわたくしに自分だけのお願書を書かせて、持つてまゐりました。」

12 「いえ、申した事に間違はございません」

13 「よろしうございます」

14 「お上の事には間違はございますまいから」(1、6、7、12〜14は地の文に続くため、原文に句点は施されていない)

このように「いち」の科白部分だけを取り出してみても、およその展開はわかるだけでなく、彼女の詞が物語の山場自体を構成する大きな力になっていることに気づく。悲嘆にくれる母親を見るにみかね、「いち」が「布団の中」でつぶやく「ああ、さうしよう。きつと出来るわ」は大変印象的だ。それはさきほど引用した「山椒大夫」の安寿の「どうもしないの、大丈夫よ」という女性性を特徴づける言葉と似ているが、「いち」の場合は一言で強い意志を表出する行為遂行的＝演劇的な詞である。この1や2に該当する『一話一言』の箇所は「父の罪を犯し給ふも我々を養はんため也」というような常套的な文語体であり、これと比べると、鷗外文の安寿やいちの声は特に印象に残る。そこにはミメーシスによって声を現前化することで「現代の東京語」(「歴史離れと歴史其儘」)が生動している。

やがて奉行所では門番との駆け引きが行われるが、そこでは役人に怪しまれないような丁寧語が使われる。声と文字両面での彼女の言語運用能力、いわば文書力・段取力とそれらを現実のものとするいちの実行力が次第に明らかになるのである。

なかでも特に注目したいのは彼女の願書である。この『一話一語』の該当箇所は「頓て起出て燈によりて書けるは、親の代りに子ども五人と申しながら長太郎は義理ある事に候、残り四人を親の代りに命御取被下候はゞ難有可奉存候と認入て」というような孝子像に即した簡潔な記述である。いっぽう鷗外文では「どう書き綴つて好いかわからぬので、幾度も書き損つて、清書のためにもらつてあった白紙が残少になつた。しかしとう〳〵一番鶏の啼く頃に願書が出来た」と具体的なプロセスが記されただけではない。やがてそれを内見する西町奉行の「佐佐」による「一晩で作成された仮名文字の文書」は「条理が善く整つてゐて、大人でもこれだけの短文に、これだけの事柄を書くのは、容易ではあるまい」という自由間接話法による地の文での語り手のコメントが、これらの科白を傍証するように働いている。ちなみに佐佐による内見は『一話一語』など先行の説話にはなく、ここは鷗外のオリジナルな箇所である。これにより、「いち」という利発な少女の力＝文書能力（リテラシー）が具体化されるのである。

これら物語言説と物語内容の連携によって生み出されるのは単に「いち」という女性表象の現前だけではない。もっと大切なことは「いち」だけでなく彼女が束ねた年少の子どもたちの年齢による微妙な差異までも描きだし、近世の『一話一語』というテクストも持っていた「いち」に束ねられた子どもたちの表象をも伝えている点である。元文年間に大坂で起きた「五孝子伝」は書かれた物（エクリチュール）を媒介にして近世から近代へと接続したのである。

最後に掛け値なしの物語の山場である「白洲」の場面について触れたい。「西町奉行所の白洲ははればれしい光景を呈してゐる」と語られているように、そこはまさに晴れの舞台なのである。だが、すでに検討してきたように「最後の一句」とは狭義には「白洲」での「いち」の「最後の詞」であるのだが、広義には漸層的に積み上げられた小説全体における「いち」の「最後の一句」だからこそ、大きな重みをもっている。もちろん、それだけがこの「一句」の意味するすべてではない。もっとも重要なことは、最終章との関係である。ここで父および子どもたちの死罪免除が武家政権による「江戸へ伺中日延」を経由して、近世においては「京都」に置かれた公家のリーダーとしての桜町天皇の大嘗会による特赦という権威が作用したのかのように書かれている。この点について山崎一穎の「天皇制という枠組内の恩寵[43]」という指摘がある。

確かに最終部、「五十一年」ぶりに大嘗会の恩赦によって可能となる武家政権下の「法」の無効化は山崎一穎の言う通りかもしれない。そこに明治維新による実質的な「公武合体」によって、京において公家のトップとして女官たちに囲繞された「宮さん」から、東京の「元帥」へと変身した近代の軍人天皇である明治天皇―その死から三年しか経過していない―が揺曳していると見ることも不可能ではない。鷗外が依拠したと言われる大田南畝の『一話一言』も中井甃菴の『浪速の五孝子』も、さらには長谷川泉が原拠の可能性として挙げた根岸備前守鎮衛「耳嚢」、松崎堯臣「窓の須佐美　追加」もすべて子どもたちの危機は武家権力のみによって回避されているので、天皇による恩赦は明治人たる鷗外の限界かもしれない。

しかし、「――」で仕切られたテクスト全六章のなかの最終章は、その直前である五章の「いち」の「最後の一句」により相対化されているといえる。多くの読者はバッド・エンドが回避された最終章よりも「最後の一句」を発した「白洲という舞台上」の「いち」の姿とその声が放った言葉においてこそ反応するのである。少女の口から発せられたこの「科白」こそ、鷗外が翻訳と創作さらには上演という一連のパフォーマティヴィティにおいて獲得した成果であることは明らかだ。

この言葉の重みは実は「いち」一人の力によるものだけではない。昭和戦前期に刊行された『歴史文学論』において岩上順一が指摘したように、この発話に潜む「反抗の鋒」が「いかなる腕によつて突き出されたものであつたか[44]」を考えることは重要であろう。岩上はそれを「大阪といふ商業都市の、勃興しつつある商人階級の声」とし、階級(クラス)という視点を用いたが、その声はテクスト内で少女という年少女性による漸層的に高まる声として発せられたからこそ効果を発したのだということも重ねて強調しておきたい。それは白洲での陳述としての「声」なのだが、「声」は「文字」による文体の力として発現している。運送業者にとって大切な積荷を乗せて荒海の北前船を行く沖船頭、それを差配する居船頭の数え十六歳の長女だからこそ、大人たちに立ち向かう言葉を発することができた、と言うことができるのである。したがって長谷川泉が岩上順一の批判に屈したかのように「短編たることによっての必然的限界[45]」と述べるのは当たっていない。本作は短編による一幕物のような劇的展開をもっているからこそ読者にいちの声が強く響くのである。

おわりに

冒頭に記したように「最後の一句」は「浪速の五孝子」とタイトル変更されて戦時下において女子教育に利用された。それはあるいは表現の自由のない戦時体制のなかで取られた教育者による窮余の策であったかもしれない。だが、作者である鷗外は「最後の一句」が発表される直前、『通俗教育叢書 古今孝子録』の「序」で次のように述べていた。

孝子と云ふものに同情することの出来ぬ人はあるまい。（中略）此書が蔵書家に買はせるものでないことを思へば思ふ程、なるべく、之に由つて正しい筋の伝説を家庭家庭に入り込ませたいと云ふ情が、愈切になるのは、無理のない事ではあるまいか。私は此書を刊行せられるに臨んで、世間に対して、大いにこれを推薦するのであるが、それと同時に、編者に対しては、将来の希望をも述べずには置かれない。[46]

この「なるべく、之に由つて正しい筋の伝説を家庭家庭に入り込ませたいと云ふ情」という言葉には「歴史其儘」と「歴史離れ」の両極の間で執筆活動をおこなった鷗外の葛藤と恐れが現実となる時代への危惧が表出されている。これが杞憂ではなかったことは、本稿の冒頭にも記したように、これから二十数年後の昭和戦前期において「最後の一句」が「浪速の五孝子」にタイトル変更されたことに端的に表われている。「正しい筋」の物語を提供することすら困難な状況が出来したのである。

タイトルとは読者を一定の方向へと誘導する道標である。だからと言って「最後の一句」=「官僚批判」という単なる紋切型の批判を繰り返すばかりでは、テクストは読み捨てられ、ベンヤミンの言う「死後の生」は絶たれるであろう。乱世で虐殺される「安寿」から治世で親をも小さな子供たちも救って生き抜く「いち」という少女へ。その造形が可能になった力こそ、鷗外という文学者が二十世紀はじめにおいて試行錯誤の末に獲得したテクストに生動する声と文字によって形象された女性表象なのである。それを読み解く行為にこそ、私たちの「受容空間」があるのだと言えよう。

注

(1) 三好行雄「森鷗外—歴史小説について—」(『国文学解釈と鑑賞』一九五九年一月)参照。

(2) 岩崎武夫『さんせう太夫考　中世の説経かたり』(平凡社、一九七三年五月)、同『続さんせう太夫考 説経浄瑠璃の世界』(同、一九七八年四月)、荒木繁・山本吉左右編注『説経節　山椒太夫・小栗判官他』(同、一九七三年一一月)、酒向伸行『山椒太夫伝説の研究』(名著出版、一九九二年一月)等を参照した。なお、説経節および「山椒大夫」については拙稿「ジェンダーとテクスト生成—姉弟物語の変奏—」(『岩波講座　現代社会学』第一一巻、岩波書店、一九九六年所収)を参照されたい。

(3) 三好、注(1)に同じ。

(4) 金子幸代『鷗外と〈女性〉—森鷗外論究—』(大東出版社、一九九二年七月)等参照。

(5) 佐野大介「元文の五孝子及び森鷗外『最後の一句』関連資料」(大阪大学大学院文学研究科・文学部『懐徳堂セン

ター報』二〇〇八年二月)、同「元文の五孝子関連文献及び森鷗外『最後の一句』の解釈について」(『中国研究集刊』二〇〇八年六月)による。なお、長谷川泉は「最後の一句」の原拠として根岸備前守鎮衛「耳嚢」、松崎堯臣「窓の須佐美 追加」、大田南畝「一話一言」の三点を挙げ「「一話一言」は原拠として無視することはできない」(『森鷗外論考』明治書院、一九六二年一一月)としている。

(6) この書は現在三冊とも国立国会図書館においてデジタル公開されている。

(7) ベンヤミン「翻訳者の使命」(『ベンヤミン・コレクション2 エッセイの思想』ちくま学芸文庫、一九九六年四月)三九一頁。

(8) 阿武泉監修、日外アソシエーツ株式会社編集・発行『読んでおきたい名著案内 教科書掲載作品一三〇〇〇』(紀伊國書店発売、二〇〇八年四月)、日外アソシエーツ株式会社編集・発行『読んでおきたい名著案内 教科書掲載作品小中学校編』(同二〇〇八年一二月)参照。なお、占領期が終了した直後の一九五四年に溝口健二監督「山椒大夫」(大映京都)として映像化されたが、その点について今回は割愛する。

(9) 戦後国語教科書における歴史認識の問題は佐藤泉『国語教科書の戦後史』(勁草書房、二〇〇六年五月)がある。このほか「明治百年」と「近代文学研究」が深く関わっていたことの一例としては筑摩書房『明治文学全集』百巻、角川書店『日本近代文学大系』全六〇巻などの刊行をみれば明らかだろう。

(10) ロラン・バルト「文化と悲劇」(『ロラン・バルト著作集1 文学のユートピア一九四二―一九五四』原著、二〇〇二年、邦訳、渡辺諒、監修、石川美子、みすず書房、二〇〇四年九月)三頁。なお「文化と悲劇」はバルトの生前には未刊の一九四二年に発表されたエッセイ。

(11) 一九一五年にフランスのシェルブールで誕生したバルトは、海軍中将だった父を一九一六年に北海を航行中にドイツ駆逐艦によって砲撃されて失っている「戦争遺児」だった(ルイ=ジャン・カルヴェ『ロラン・バルト伝』原著、一九九〇年、邦訳、花輪光、みすず書房、一九九三年一〇月、一九~四三頁)。

(12) ジョージ・スタイナー『悲劇の死』(原著、一九六一年、邦訳、喜志哲雄・蜂谷昭雄、筑摩叢書、一九七九年六月)。

(13) 同右、二二一頁。

(14) 岩佐壮四郎『抱月のベル・エポック　明治文学者と新世紀ヨーロッパ』（大修館書店、一九九八年五月）。

(15) 初出『国民新聞』（一九〇九年七月六日~九月七日）、初刊『ジョン・ガブリエル・ボルクマン』（画報社、同年一一月）。

(16) 鷗外の『青年』には夏目漱石をモデルとした平田拊石の言葉を借りてイプセンには「世間的自己」と「出世間的自己」という二側面があることを聴衆が理解せずに動揺していることを描き出している。なお以下、「青年」からの引用は須田喜代次、注釈・解題『鷗外近代小説集』第四巻（岩波書店、二〇一二年一一月）による。

(17) 注（12）による。

(18) 本書第二章「森鷗外「青年」の女性表象 拮抗する――〈文学と演劇〉――」を参照されたい。

(19) 引用は注（16）七七頁。

(20) 拙稿、注（18）を参照されたい。

(21) 金子幸代『鷗外と近代劇』（大東出版社、二〇一一年三月）二八六~三二五頁。

(22) 拙稿、注（18）を参照されたい。

(23) 引用は『鷗外全集』第二六巻（岩波書店、一九七三年一二月初刊、一九八九年一月、第二刷）五〇九~五一一頁。

(24) たとえば夏目漱石はこの劇を観賞後に「劇と彼等（観客、引用者注）の間には興味の間隔があった」（拙稿、注（18）参照）と苦言を呈していた。なお、逍遙翻訳『ハムレット』の演劇的意義については拙稿「「異国の女」を演じる―松井須磨子と一九一〇年代の言説―」『女性表象の近代 文学・記憶・視覚像』（翰林書房、二〇一一年五月）を参照されたい。

(25) 引用は注（23）四一九頁。

(26)『抱月全集』第五巻（一九一九年六月初刊、一九七九年九月、複製、日本図書センター）一三六頁。

(27)『鷗外全集』第一四巻（岩波書店、一九七二年初刊、一九八八年、第二刷）四五二頁。

(28) 注（26）二四九頁による。

(29)『鷗外全集』注（27）五八三頁。

(30) たとえば長谷川時雨は「ノラは、私ども日本の女に取つても非常に近しい女で、全然外国の女性と云ふやうな別種の感じは致しません」と共感を示した（「ノラに扮した松井須磨子」（『新潮』一九一二年一月）。
(31) 森律子は同じ女優目線からノラを演じた松井須磨子の身体演技を高く評価したが、「奇蹟とはどんな石だらう」と不審がつて居られた方がありました」と訳語が伝わらなかった観客がいたことを証言している（注（30）に同じ）。
(32) 坪内逍遙「森鷗外君を憶ふ」（『鷗外全集』第一巻「月報1」、岩波書店、一九七一年一一月。引用は一九八六年一二月、第二刷による）。
(33) 金子幸代「近代劇の誕生」（『講座 森鷗外第二巻　鷗外の作品』（岩波書店、一九九七年五月）一九九頁。
(34) 引用は『鷗外全集』第三五巻（岩波書店、一九七五年一月初刊、一九八九年一〇月、第二刷）四四二頁、四六三頁。なお鷗外作「仮面」（『スバル』一九〇九年四月）は同年六月に新富座において上演された（秋庭太郎『日本新劇史』下巻（理想社、一九七一年一一月、再版）三三三頁参照。
(35) 長谷川泉『続森鷗外論考』（明治書院、一九七四年一二月、引用は一九七八年五月、増補版）一〇四頁。
(36) 三好行雄、解説『近代文学注釈大系　森鷗外』（有精堂、一九六六年一月）三八二頁。
(37) 以下、説経節「さんせう太夫」の本文は各種正本を校合し、比較的読みやすい表記を採用している室木弥太郎解説、新潮日本古典集成『説経集』（新潮社、一九七七年一月、初刊。引用は一九九四年五月、第八刷）による。
(38) 以下、鷗外「山椒大夫」の引用は『鷗外全集』第一五巻（岩波書店、一九七三年一月、初刊、一九八八年二月、第二刷）による。
(39) 金子幸代は「小説ではなく戯曲が文壇復帰最初に書かれた創作であったことは、劇にかける鷗外の思いの強さを示したもの」（注（21）二六三頁）と指摘している。
(40) 注（37）一一七頁。
(41) 退職勧告については山崎一穎「『最後の一句』論攷」（『跡見学園女子大学国文学科報』一九九〇年三月）、大逆事件との関連については藤本千鶴子「「最後の一句」の意図—大逆事件との関連」（『近代文学試論』一九八三年一二月）を参照した。

(42)「最後の一句」の引用は『鷗外全集』第一六巻（岩波書店、一九七三年二月、初刊、一九八八年三月、第二刷）によるが、多岐にわたるため頁は略している。
(43) 山崎、注（41）に同じ。
(44) 岩上順一「四 葛藤の深化と頂点「最後の一句」について」（『歴史文学論』中央公論社、一九四二年三月）五四頁。
(45) 長谷川、注（5）『森鷗外論考』三八一頁。
(46) 鷗外「序」（『通俗教育叢書 古今孝子録』通俗教育普及会出版部、一九一四年五月）。

付記 本稿は中央大学文学部ドイツ・ウィークでの講演「「山椒大夫」からのメッセージ 現代の私たちへ問いかけるもの」（二〇一二年六月二三日、後楽園校舎）および中央大学文学部特別公開講座（二〇一五年七月一一日、多摩校舎）での発表「一九一五年、歴史小説の魅力 鷗外「山椒大夫」から「最後の一句」へ」などを基に新たに論文化したものである。なお「山椒大夫」の正本を寛文七年板本系とした尾形仂による「注釈」「補注」（『日本近代文学大系』第一二巻、森鷗外集Ⅱ、角川書店、一九七四年四月）については、注（2）の拙稿で触れているので本稿では言及していない。また鷗外「山椒大夫」についての先行研究も割愛させていただいたことをお断りしておく。

漱石「行人」の性差と語り——変容する家族の肖像——

はじめに

漱石の「後期三部作」の二番目に位置づけられる「行人」[1]は、読者をして思わず頁を繰らせずにはおかない強い関心と、その後には砂を噛むような後味の悪さを抱かせるという奇妙なテクストである。「強い関心」とは、物語のはじまる関西方面への恵まれた家族旅行に見える一行のなかに断層があることがわかり、突如、家長である長野一郎が妻の貞操を試してほしいと弟二郎に頼むあたりから醸成される印象である。また「後味の悪さ」と言えば、その一郎が心の病いに悩まされ、やがてそれが昂じて妻である直を殴るまでに至り、ついには旅先でほとんど発狂者同然となることが、弟の二郎に報告されるHからの手紙で終わる最終部へと至る展開による。

これは物語内容上からの全体的な印象であるが、物語形式上から見ても問題は多い。このテクストは「友達」「兄」「帰つてから」「塵労」の四部から構成されているが、最終部「塵労」二十八章の途中からHの手紙が引用され、それが小説の最後までつづくため、視点人物の手紙の書き手Hの声が響くままに物語が終了してしまう。そもそもHに兄と一緒に旅行し、その行状についての報告の手紙を寄越すことを依頼したのは弟の二郎である。つまり後半以降に設けられた依頼主として中心的な視点人物である二郎による小説的なオチがなく、引用された依頼代行者の手紙の言葉で小説が締めくくられるため、読者は二郎ともども取り残されたような感覚を抱いてしまうのである。早くも昭和戦前期に宮本百合子が指摘したこの小説の要というべき「両性相剋」[2]の行方は、ほとんどカタストロフィを迎えようとしているのに、物語は悲劇の刻印を明確にすることなく終わってしまうのである。

これは三人称小説として失敗作なのだろうか。「行人」につづく後期三部作最後の小説である「心　先生の遺書」(『東京朝日新聞』『大阪朝日新聞』、一九一四年四月二〇日～八月一一日)[3]もやはり手紙の引用で終わるという形を取っているので、これを一概に「失敗」とは言えないかもしれないが、後味の悪さを残すことでは「行人」も「心」も共通しているように思われる。もっともこの「取り残された」ような「後味の悪さ」こそ、よく言われるように読者の想像力を掻き立てる源泉かもしれないが、一般の読者にとって果たしてそれは成り立つのだろうか。

それではこのような「行人」をめぐる読後感の由来は、いったい何からもたらされるのだろうか。佐藤泉は一九九一年から翌年にかけて相次いで発表した三つの論文で、「行人」というテクストを一郎という「主人公」と、二郎とHという「二人の語り手をもつ新しい形の一人称小説」として位置づけ、本作がもつ構成的な錯綜性を解き明かそうとした[4]。ここでは、この佐藤の論文をはじめとする先行研究に負いつつ、論者が感じた「強い関心」と「後味の悪さ」という二つの要素の由来を、「二人の語り手をもつ新しい形の一人称小説」という物語形式と「主人公」としての一郎に際だって焦点化されている性差という物語内容の二つの側面から読み解き、読後の困惑をもたらすテクストの断層は何によっているのかを明らかにしてみたい。それが漱石的テクスト、特に彼の後期テクスト特有の「活断層」＝読みの活性化をもたらすテクストのなかのズレだとしたら、その射程は百年余りの時を超えて現在に至るまで及んでいる可能性があるからである。

1　接合される階層差と性差

「行人」は小説の冒頭から異性間の「性的なるもの」が横溢している。その意味で「友達」の章は表面上、ごく庶民的かつ平穏なカップルに見える岡田とお兼夫婦を基本線として、それと対照的に胃病を悪化させている重篤状態の入院患者の花柳界女性、心の病を発症させて破婚になった「娘さん」等々、素人も玄人も問わない女性たちの「不幸」を際立たせている。そこには階層間に横たわる種々の差異や、「性」という日本語では一語になってしまうものの内実が、セックス・セクシュアリティ・ジェンダーの三種の位相をもつことがあからさまに表出されている。興味深いのは、その性差をめぐる位相は一郎を中心とする男性性（マスキュリニティ）と、その妻である直の女性性（フェミニニティ）という物語の中心部に置かれている両性から構成されているだけでなく、この二つが互いに絡み合いながら物語が進行していくことである

これにくわえ物語の語り手は、弟二郎と同僚Hという立場の異なる二人の男性による一人称であることで、ときにそのポジションによる偏差を含みながらも、別の場合にはあるポジションから離れた超越的な語り手の位置を示す。それはテクストを錯綜させつつも、主人公一郎や直を他者化する機能を果たし、そうすることで物語世界を重層化させ、先に述べた「活断層」として読者の想像力を掻きたててもいる。野口武彦がすでに指摘したように、登場人物がときに超越的な小説の語りの機能を果たすことは近世以来の語りの技法を潜在させた近代小説特有の手法といえる。[5] したがってあとでも述べるように明治末の時空に位置するこのテクストにおいて、物語の方法的側面といえる語り手の「手記性」をあまりにも実体化させることはふさわしい試みとは言えない。むしろ現在の研究において顕在化させるべきなのは、そのような一人称の語りの効果によって露わになる男女の「両性の性差」という側面ではないか。

そもそも「友達」という部題からして同性の男性の友人を寓意していながら、物語内容の進行はお貞という長野家の小間使いの娘と佐野との結婚をめぐる、二郎の使者＝媒介者的な役割を演じる場面からはじまる。読者はこの「はぐらかし」がいつどのように「友達」という部題につながるのかを意識しながら読み進めてゆく。やがて男女

二人を結合させるはずのこの「使者」が、至って当てにならないことがはっきりする。家族の使者として動かなければならない二郎にその自覚がほとんど見受けられないのである。言い換えると、この章での主題は二郎の友人である三沢による、彼と同じ病院で入院中の「あの女」（十八章）という形でしか名指されることのない玄人女性（芸者らしい）への関心にある。だがそれにもかかわらず、まるで暢気な家族旅行の随員であるかのように振舞う二郎によって、結婚の使者の動向に焦点化して読み進めた読者は、しだいに小説が別の主題に向かっていることに気づきはじめ、やがて既成の家族物語と異なるらしい小説への期待に囚われることになるのである。

三沢が関心をもつその女性は、どうやら三沢が酒を無理強いした挙句、かなり病勢が募っていまなお病院で闘病中である。その結果、彼は身体を患う玄人女性への同情だけでなく見舞金まで贈るという行為に至る。だが三沢にとって性的な関心の最たるものは実はこの薄倖の女性ではない。彼が最も気がかりなのは、かつて自宅で預かっていた知り合いの若い女性なのである。彼女は婚姻後に夫の放蕩が直接的な原因で心的な病に罹っただけでなく、やがて破婚になって三沢宅で預けられたおり、三沢が外出する時には必ず「早く帰つて来て頂戴」（「兄」十二章）と言ったというエピソードの持主である。つまり三沢にとって、この精神を患う女性こそ彼の性的な関心の本命であることが関西方面への旅の終りになってようやく明かされるのである。

ここには「薄倖の女性」という共通項が認められるものの、そこには性差にくわえ階層的・境遇的な差異が設けられているため、「友達」でのおおかたの読者の関心は本命である三沢とほぼおなじ階層圏にいる精神を患う破婚女性のほうに注がれることになる。もちろん、漱石がこの小説の最初の章に薄倖の玄人女性を導入したことの意味は決して小さくない。それは小説の後半「帰つてから」に登場する、一郎たちの父を座主として長野家で上演される謡曲「景清」の謡の場面[6]と、そのあとで父が披露する某家の召使の女性とその家の息子をめぐる性愛の顛末についてのエピソードに接続されることで濃い陰翳をテクストにあたえているからである。むろんこの女性は玄人ではないが、主人宅の息子と性的に関係する女性家事使用人として、あるいはそのことによって玄人女性に転落する可能性を抱えていたという点では共通項をもつはずである。

全三十八章からなる「帰つてから」の八章分という長めの分量をもつ、この薄倖女性のエピソードに対し、その意味するものを正面から論じた先行研究は意外に少ない。だがここは長野家の前家長である一郎の父と現在の家長である一郎との差異が、性を媒介に両者の所有する「文化の差異」を媒介項として露わに表出され、それが前段から後段へと高まる緊張を物語世界にあたえている箇所といえる。都市に住む中流上層階層の私邸での謡上演に対する聴衆としての家族たちの微妙な差異は、ふだんは抑制されている個々の性差(ジェンダー)や性的志向(セクシュアリティ)を露わにするのである。

父とその「謡(うたひ)の方の仲善(なかよし)」(十一)が演じる席に参加しないのは、母の綱と娘の重。いっぽう「聴手(きゝて)」(同)として参加するのは一郎夫妻と二郎だが、二郎は「一番位聴くのはさほど厭とも思はなかつた」(同)、「自分はかねてからこの「景清」という謡に興味を持つていた」(十二)とされるのに対し、一郎は「何を考えているのだか、甚だ要領を得ない顔をして、凋落しかかつた前世紀の肉声を夢のように聞いて」(同)おり、嫂といえば謡で「松門」と言われるシテである景清の一人語りの重要な場面さえ「獣類の唸りとして不快に響いたらしい」(同)とされ、聴手としての彼らには微妙な差異があたえられている。

もちろん語り手は二郎なので彼の想像が加わっていることになるが、すでに述べたように登場人物が超越的な小説の語りの機能を果たすのは、近世以来の語り技法を潜在させる近代小説の常套手段である以上、この場面は読者にとって場の空気を読む判断材料となるだけでない。ここで興味深いのは謡曲「景清」という演目が父から娘へと語られる一種の懺悔譚であることである。[7] これは物語世界の「現在」と語られる「過去」という二つの時制をむすびつけるだけでなく、その世界を「謡う者」と「聴く者」の両者に様々な想像力を掻き立てることになる。

だから座主としての父が余興で語る「女景清の逸話」(十三)への家族たちの反応は微妙な小波となってしだいに

長野家に緊張の波紋を作り出すのも無理はない。最初は二郎も一郎も当座の謡への評価ではなく、謡曲とその場で披露された素人演者による謡そのものへの反応に留まっていた。だが話題が「女景清」に移ると、両者の反応には明らかな違いが生じる。おそらく父の文化を継承する者である二郎は、座興で父が語る「女景清の逸話」も謡曲「景清」と同じくある種の様式化された「懺悔譚」として聴いたのであろう。それに対し一郎は「景清」の「さすがに我も平家なり」という自らの自己同一性に強く関わる「懺悔」という行為そのものに強く反応するのである。そんな彼は「女景清」が「実際あつた事」(十三)であるという父の言葉によって過剰反応し、さらに後日になってからは父への批判の言葉である「お父さんの軽薄なのに泣いた」(二十一)となっていく。確認すべきなのは、一郎は父の所有する「文化」への批判者ではなく「父」その人に対する批判者であったことである。言い換えると。彼は趣味としての文化の次元ではなく、存在の次元において父への批判者であることを鮮明にするのである。

2 「懺悔譚」から懺悔へ

ではなぜ一郎はこのように強く父を批判したのだろうか。おそらく彼の批判の根拠は盲目となった女がもっとも聞きたかった「二十何年も解らずに煩悶していた」(二十一)という男が彼女を捨てた理由を父が「誤魔化し」(同)たことにある。言い換えると一郎は女に「真実」を語ることこそが「使者」としての父の誠実な態度であると見なしているのだろう。よく言われるようにこの小説のタイトル「行人」が「使者」という意味を含むのなら、物語現在において種々の「使者」役割を演じている二郎だけでなく、父もこの場合に「使者」を演じたことになるのである。

ではなぜ父はこのような態度を取ったのであろうか。おそらく父としては女の現在の境遇を察したうえで「誤魔化」することを選んだのであろう。かつて実業界で生き、いまや家督を長男に譲り「朝顔」（四）や謡などを趣味とし、「講釈好の説明好」（同）の彼は意外と世故に通じているフシがある。それゆえ、この父とは異なり「近代的知識人」に近い学者の一郎は、父が訳知りの態度で世間や人情を解釈することを非難しているといえるかもしれない。

実際のところ、この女の後日譚にあたる箇所はかなり詳細に描写されている。たとえば父が女の家に行った最初の場面は次のようである。

> 女の家は狭かつたけれども小綺麗に且つ住心地よく出来てゐた。縁の隅に丸く彫り抜いた御影の手水鉢が据ゑてあつて手拭掛には小新らしい三越の手拭さへ揺めいてゐた。家内も小人数らしく寂然として音もしなかつた。
>
> （「帰ってから」十六、二四九頁）

まさに「父の語り」を借りた「超越的な語り手」によって「女の家」の雰囲気が静かに、しかも鮮やかに浮かび上がってくる。おそらく前もって知らせておいたのであろう。盲目の女は突然の過去からの来訪者を迎えるため、家人の誰かに命じて精一杯の準備を整えた。日露戦後に百貨店として開業し、この頃すでに都市の消費文化のシンボルとなっていた商舗を意味する「小新しい三越の手拭さへ」の箇所には、女のささやかな配慮がさり気なく、しかし印象的に表出されている。引用文の「小奇麗」「小新しい」「小人数」など「小」という「小さい」「わずか」を表わす接頭語の連鎖からは、過去に捨てた女の現在の暮らしぶりへの語り手の不安も漂っていよう。やがて女は父が男から頼まれて持参した百円の金包みと菓子折りを拒絶し、使者としての父に、彼女が一番聞きたかった若き日に関係した男が突如翻意した理由を問いただすのである。

現在二人の子どものいる寡婦の彼女は、父から男の現在の家族構成を聞いたのち「黙つたなり頻りに指を折つて何か勘定し始め」（十七）る。男の結婚や子どもの年齢は、かつての女との「未来の細君にする」（十四）という約束が反古にされた理由に関わるからである。女が最もこだわるのは「周囲の事情から圧迫を受け」（十八）たからなのか、あるいは彼女の「気に入らない所」（同）に気づいたゆえの自発的なものなのか「有体の本当が聞きたい」（同）という点である。この女の態度は水村美苗の指摘するように「二項対立のないところに二項対立を見いだそうとする」[8]ものといえるかもしれない。

水村の言うこの「二項対立」とは、「〈自然〉と〈法〉の対立」がある世界とそれが無い世界の対立のことである。「恋愛」を「自然と法」の対立の産物と捉えている水村は、そもそも女は「恋愛」をしたのではないと述べているに等しい。ここで父が語る二人が性的関係をもつ発端の出来事を確認しておこう。女は男が食べていた菓子に対し、「私にも其御煎餅を頂戴な」（十三）と言うや否や男の「食ひ欠いた残りの半分を引つ手繰(たく)つて口に入れた」（同）というものである。これは男にとってはおそらく「天から降つて来た」（同）かのような「粋事(いきごと)」（同）である。だが、女にとってこの行為はセクシュアリティの自然な発露であったようだ。つまり彼女にとって、これはすこぶる自律的な性愛＝求愛行為であったといえる。他方、男はそんな彼女の思いがけない自律的で積極的な振舞いに惹かれ、一旦は夫婦約束までしてしまうが、すぐ反古にしてしまう。おそらく性愛において男は他律的だったのだろう。だから少なくとも発端において相互の「恋愛」関係からはじまったというより、性愛の自律、他律によって起きたのがこの挿話といえるのである。言い換えると、ここは集合的なジェンダーというより個体差にもとづくセクシュアリティ＝性的志向で読み解かないと、この挿話に過剰反応した一郎とこの女との類縁性は見えてこない。水村はこの類縁性に気づいたからこそ、男との間に「恋愛」を信じた女は一郎と同様の「二項対立のないところに二項対立を見いだそうとする」と見なしたのだろう。したがって「お父さんの軽薄なのに泣いた」（二十一）一郎は、二項対立を確信しているこの女の同類といえるのである。

いっぽう二項対立などと無縁な父は、一途な女に対しては不誠実かもしれないが、男の翻意理由を伝えることの残酷さを知っていたはずである。このことを念頭に置くと、面倒な役割を引き受けた父を「まあ馬鹿らしい」（十五）と言い放つ直に比べると、やや酔狂ながらも直接女の家に行き「意外な女の見識」（十七）に直面した父は、いわば他律と自律という非対称的な落差をもつ男と女の間を取りもつ「使者役割」を忠実に履行した、ともいえるのである。あるいは面倒な使者役を引き受けるという点で、父と二郎は相似形をなしているとも見なすことができるかもしれない。

だがこのあと、父の酔狂さにやや批判的だった直が態度を一変させる。一郎がこの逸話を「男は情欲を満足させる迄は、女よりも烈しい愛を相手に捧げるが、一旦事が成就すると其愛が段々下り坂になるに反して、女の方は関係が付くと夫から其男を益慕ふ様になる」（十九）と断定したからである。つまり一郎は女において発端こそ自律的なセクシュアリティによるものだったが、やがてそれは「恋愛」に昇華したと解釈したのだろう。これに対し、明確に「妙な御話ね。妾女だからそんな六づかしい理屈は知らないけれども、始めて伺つたわ。随分面白い事があるのね」（同）と返した直はどうだったのか。これは明らかに一郎への怒りの発言である。彼女を怒らせたのは、関係性が露わな実名でなく匿名性のバリアーに包まれたゆえに、かなり観念的な二項対立の枠内に収まっていたはずの恋愛譚が性愛譚に移行することによって、現在「婚姻」関係（もちろん性的関係も含む）をもつ者である彼女の「当事者性」へと話題がスライドしてしまうことに気づかず、彼が座の渦中で不用意な発言をしたからである。

直が怒るのも無理はない。一つは彼が妻のいる面前で、そのような露骨な性行為に関わる発言をしたこと。二つはほかならぬ彼女こそ、一郎とすでに夫婦として性的な関係をもっているにもかかわらず、「その男を益慕う様になる」事態になっていない、つまり性とは異なるレベルの「恋愛感情」を抱いていないからにほかならない。仮に直と一郎の間に普通の夫婦間にあるような、ごく常識的な「意思疎通」があれば、このような男女の性をめぐるアケスケな言葉を父の客たちのいる座のただ中で発することはできないだろう。来客の一座のなかで発言された性に関するコメント、それに対する問髪を入れない現当主の発言、それに対する妻から表出された彼への反論、この一連の発言で構成されるこの場はかなり緊張感のあるパフォーマティヴな場面といえるのである。

案の定、この言葉を聞いた兄は「客に見せたくないやうな厭な表情」（十九）を見せる。「行人」はこの謡の場面とそれにつづく「懺悔譚」を契機に夫婦間の齟齬が加速度的に深刻化する。それまでは家族の心の中にあったものが、客を交えた場での半ば公的な言表行為によってリアライズされたからである。まさにスピーチアクトの効果が発揮されてしまい、この夫婦を中心とする家庭の齟齬、あるいは頽廃の雰囲気が客にも、読者にも伝わるのである。

ここには、今日とは比較にならないくらい中間層の少なかった明治の末期、永田町に住む大学教員一家という中流上層の性的な事柄に踏み込んだ夫と妻の考え方の差異が描かれようとしている。[9] 朝日新聞入社以来、追究しつづけたいささか理想主義的な「真・善・美・壮（荘）」などの小説創作上の価値基準にもとづいて、書き手は変容する家族の姿を「性」を糸口に描きだそうとしているのだろうか。[10]

言い換えると「友達」という章に設えられた「あの女」を中心とする挿話とそれへの過剰ともいえる三沢の反応、それにつづく大学教授の家庭におけるある夫婦の波瀾のドラマは、ありふれた常套的な新聞小説の家族物語としてではなく、明治から大正へという家族の形が大きく変わろうとしていた時期における、ある知識人家庭の問題劇として読ませるための布石であったと読むこともできるのである。

3　書斎という閉鎖空間

一章で検証した家族、特に夫婦間の性をめぐる齟齬を「見合い」と「恋愛」という二種類の結婚制度から問題提起したのはすでに触れたように水村美苗である。(11)　水村は「行人」の一郎を「特筆すべきところもなかった結婚」としての「見合い結婚」をしたにもかかわらず、妻に「恋愛」を求める理不尽な夫としてその錯誤を厳しく指摘して強い衝撃をあたえたことは記憶にあたらしい。なるほど見合いという慣習によって結婚し一女までもうけた現在になってから、妻お直に改めて「恋愛感情」を求めるなど笑止千万かもしれない。確かに一家を治める家長として、あるいは講義ノートづくりに余念のない学者という専門職の職業人でもある一郎が、いまさら婚姻まえの一青年のように、「恋愛感情」を、こともあろうにすでに子どもまで為した妻に改めて求めるなど正気の沙汰ではないかもしれない。

だが「恋愛」という観念に取り憑かれた一郎が、その観念の強度において直の一挙手一投足を凝視している以上、現実にはありえないものさえも彼の観念のなかでは生動しているらしいことは十分推測される。水村も指摘するようにそれは観念の所有者にとって「男女の現実の出会いに先行する理念」(12)だからだ。さらに小説を先入観なしに読むと、どう見てもお直という女性は一郎ではなく二郎に打ち解け、好意を抱いているらしいことは明らかである。ましてや「恋愛観念」に取り憑かれた一郎が同居家族である実弟に親しげに接する妻の姿にたいし、そのように思い込むのも無理はない。問題はそのような彼の観念を相対化する視点が、小説のなかに存在するかどうかであろう。

つまり観念とは正反対のものである即物的なものとしての性的なもの、もっと明確に言えば語りなどで間接的に伝えられるのではなく、性愛的な接触の場面の描写があるか否かという問題である。(13)　別の言い方をすれば、「恋愛という観念」に取り憑かれた夫から眼差されるお直自身の二郎への感情が、「恋愛」もしくは「性愛」に近いものか否かを見つける手がかりが小説中にあるか否かである。実際のところ小説のなかで二人が打ち解けている箇所は多く登場するので、読者はどうかすると二人の間に何かを見出そうとしてしまうのも無理はないのである。

いっぽう一郎と直が打ち解けている場面は、二人だけの寝室での描写は皆無なので読者は想像するしかないのだが、いわゆる「妻役割」のなかで演じているもの、たとえば帰宅した一郎を迎えるために書斎に上がる箇所や、娘と一緒に彼を食事に呼びに行く場面等々の妻役割の場面は作中に用意されている。

扉(ドア)の敷居に姿を現した彼女は、風呂から上りたてと見えて、蒼味の注した常の頬に、心持の好い程、薄赤い血を引き寄せて、肌理の細かい皮膚に手触りを挑むやうに柔らかく見えた。

（「帰ってから」二十八、二八三頁）

この場面をめぐって小森陽一と石原千秋は最近おこなわれた対談のなかで、直が「風呂上がりに妻の愛嬌を振りまいて夫の心を一気にものにした」（小森）と解釈した。[14] 確かに「薄赤い血」が透ける「肌理の細かい皮膚」を見せる直の姿は妖艶かもしれない。だが「手触りを挑むやうに柔らかく見えた」のは一郎に焦点化した語り手の誘導的かつ効果的な言説である。とすれば場面解釈としてあるいは彼女の行為の理由として、妻としての「必須事項の身の守り」（石原）、「生きる術」（小森）というのは当っているとしても、そのあとで彼女を夫の「恋愛感情を利用できる妻」（小森）というのは不適切であろう。ここで一郎が抱いたのは「恋愛感情」などではなく、姑である一郎の母が嫁である直に躾た、夫が帰宅したら直ちに書斎に「芳江を連れて、不断の和服をもつて上がつて来る」（二十六）という慣習行為がこの日、入浴のためにやや遅ればせながら果たされたことへの「夫として満足感」であろう。自意識過剰な一郎は、慣習となったお直のへりくだった態度に、つい満足してしまったのだ。おそらくあとでそのような慣習行為に戸主として満足してしまう自分の反応に後悔してしまったかもしれない。

関西からの旅のあとを描いた「帰つてから」には一郎が帰宅すると通常はまず階上の書斎に赴くことが繰り返し記されている。彼が二階に上がるときに立てるスリッパの音は、長野家に響き渡る「家長の音」である。その音は彼の帰宅を告げるものである以上、妻としてすぐさまおこなうべきなのが着替えを持参して、彼を仕事という公的な領域から家庭という私的な領域へと身なりのうえからも位置づけ直すことにほかならない。それが円滑におこなわれることこそ、帰宅した家長を迎える最初の儀式なのである。これはあまりにも日常化されているため見過ごしてしまうが、たとえば小津安二郎監督の一連の映画などを観ると、改めてかつての日本の家庭で日常的な慣習行為として為されていたことに思い至るのである。

だが同時に忘れてはならないのは、この「書斎」は「死角」としてテクスト空間のなかで機能していることだ。この死角があるため、読者にとって二人はどう見てもよそよそしい夫婦としてしかその像を結ばない。いっぽう場面的にもここは「女景清」につづくので、直と一郎の心的な隔たりがかなり拡大した後にあたる。くわえて一郎の「書斎」は学者としての彼の仕事場であるはずだが、そこはこの長野家のいわばブラックボックスともいえる。

この死角の意味するものを衝いたのは吉本隆明である。彼は直が書斎に入って、少し経って部屋の外へ出てきたときから急に一郎が上機嫌になった場面を「性行為をした」らしいと見なす匿名の漱石論者の説に共感したと語っている。[15] 吉本のこの言葉は座談の発言なのでその点は差し引かなければならないが、作中において一郎と直の性的な接触自体は、たとえそれが寝室でもそれ以外の場所でも、現在も進行中であることを改めて示したことは意義深い。つまり、書斎は時には「恋愛感情」の有無など問われる必要のない夫婦の性的行為が為される場所だった可能性も否定できないのである。[16]

一郎の書斎についてはすでに宇佐美毅が「彼の孤独を増幅する装置」であると共に、誰か「強引にでも入って来てくれる」のを待望するという「アンビヴァレントな〈場〉」であると指摘している。[17]『書斎の文化史』を書いた海野弘も「書斎が面白いのは、寝室以上に私的な空間であり、ある人の内奥の部屋の不思議な旅をのぞかせてくれる」というように即物的な次元と観念的な次元が同時に再生産される場所であると述べている。[18]

このような多義的な「再生産」の場である書斎を所有する一郎に引き換え、妻の直はそれらしい私的な空間をもっているという記述はテクストには見当たらない。まだ幼い娘の芳江と過ごす部屋はあるのだろうが、おそらく一人になってゆっくり寛ぐことや思索などが可能な個室などは存在しなかったことは、歴史的・文化史的に当然とはいえ押さえておくべき点であろう。海野によれば、英語でstudyと表記される「書斎」は「精神を集中する場所」であると同時に「なにかをひかえる」場所であるとも言う[19]。

とすれば、書斎は近年まで「女性性」とは結合しない家庭内空間であったはずだ。一郎と直は家庭内空間の所有のレベルでまったく非対称であることは、当然とはいえまず前提として考慮すべきであろう。そこは単に一郎にとって知的生産・再生産という場所だけでなく、一人になれるという意味では「癒しの空間」でも「妄想の発生空間」でもあるが、他の家族メンバーにとっては「家長の権力」の心的な基盤が蓄積され、かつ行使される場であったことは見過ごせない。

そういえば結婚を控えた小間使いの貞が一郎の書斎に呼び出されたあと、泣き顔を隠しながら階下の居間にもどる場面がある。もちろんそこで何が為されたのかは想像するしかないが、彼女が主人である一郎から何事かを言い含められたこと、その内容は何事か結婚、あるいは性に関する立ち入った言葉が発せられたであろうことは十分想像される[20]。もしかしたら主人と女性の家事使用人という非対称の関係性において、言葉の性的暴力が発揮された場面であったかもしれない。ほんらい「書斎」は知的再生産の場であるのだが、長野家の家長一郎にとってそこは、種々のレベルでの家庭内権力の発動される男性ジェンダー化された空間であったのである。

4　恋愛と情合

「行人」は小説として寝室での男女を描くことはないかもしれないが、読者にそのような場面を想像裡に描くよう促す箇所なら存在する。それは直と二郎が二人で和歌山に行き、嵐のために帰れなくなって旅先の宿で一夜を共にする場面がそれに当る。もちろん、この場面は夫婦関係ではなく、いわゆる同時代の法的表現を用いれば「有夫姦」、つまり「姦通」にも接続可能性をもつ場面である。おそらく同時代の読者は「公序良俗」を乱しかねないがゆえに、その成り行きに大いに関心を抱いたに違いない。この場面から醸成される艶めかしさは、たとえば次のように表出されている。


「姉さん」

嫂はまだ黙つてゐた。自分は電気燈の消えない前、自分の向ふに坐つてゐた嫂の姿を、想像で適当の距離に描き出した。さうして其れを便りに又「姉さん」と呼んだ。

「何よ」

彼女の答は何だか蒼蠅(うるさ)さうであつた。

「居るんですか」

「居るわ貴方。人間ですもの。嘘だと思ふなら此処へ来て手で障つて御覧なさい」

（中略）

「嫂さん何かしてゐるんですか」と聞いた。

「えゝ」

「何をしてゐるんですか」と再び聞いた。

「先刻(さつき)下女が浴衣を持つて来たから、着換へやうと思つて、今帯を解いてゐる所です」

（「兄」三十五、一八一〜一八二頁）

すでに多くの論者によって引用されている箇所であるが、やはり印象深い。和歌の浦への遠出で嵐が募り、家族のいる宿へ戻れなくなった二人がやむをえず料理屋から周旋された宿に赴き、嵐の一夜を共にする場面である。折から停電になり二人は暗闇のなかで会話する。現在の小説なら、義弟と嫂の不倫場面としてありふれた描写といえるかもしれない。だが一九一四年の現在においてこの描写は必ずしもありふれてはいないだろう。すでに述べてきたように一郎と直の直接的な寝室描写が無いためか、この場面は非常に印象に残る。おそらく二郎と二人で外泊して「節操を試す」(「兄」二十四、一五〇頁)ことを求めた登場人物としての一郎だけでなく、この場面を読む者を強く刺激するゆえであろう。言い換えると読者は作中の人物である一郎の関心と同時に、読者自身の関心も意識するという二重化された性的関心を味わうことになるのである。

ここで「行人」より少し前に書かれた小説の類似した場面を接続させてみたい。それは同じ新聞小説にもかかわらず、明治四〇年代に登場した漱石の新しさによって旧い世代の代表のように後景化された尾崎紅葉「多情多恨」(前篇『読売新聞』一八九六年二月二九～六月一二日、後篇同年九月一～一二月九日)である。いまさら両者を比較することはあまり意味があるとはいえない、と思うのが大方の見方であろう。だが、ここで紅葉を登場させることには少なくない意義がある。「多情多恨」には妻を無くした鷲見柳之介が親友葉山誠也の妻お種に性的関心を抱く場面が登場し、長野家とほぼおなじ都市の中流階層に属する男女の微妙な関係が織り成されている。興味深いのはこのテクストでは「夫婦の情合」が強力な小説のコードとして機能しており、それと比較すると「行人」というテクストにはそのコードが不在であることを顕在化させる。

「然し、可哀さうな事をしたよ。」
と僂さうに太息(ためいき)を吐(つ)く。

「何がです？」とお種は有繫に訊ねる。

「お類さんよ。鷲見が可哀さうだ、目も当られない。」と益昨夜を思出す。

「鷲見さんぢや然でせう。珍しい実のある方ですねえ。」

「お類様の事を言出しちや泣くのだらう、気でも違はなけりや可いと思ふやうさ。那も恋しいものかな。」

「それが本当の夫婦の情合なのでせう。」

此語を聞くと斉しく葉山は、趯然と首を挙げた。

「而すると仮の夫婦の情合と云ふのがあると見えるな。」

「まあ、有りませう。」

「まあ、有る？」と葉山は細君の顔を見て、

「乃公なんぞは何方だ。本当の口か、「まあ」の口かな。[21]」


これは物語の冒頭近い場面であり、後篇になって描かれる葉山の親友の鷲見が二階の部屋から深夜、階下のお種の寝室を訪れるきわどい場面ではない。[22] ここには「情合」が「本当の夫婦の情合」と「仮の夫婦の情合」に二極化されつつも規範的なコードとして機能していることが示されている。この後、前者の「本当の夫婦の情合」を求めた鷲見は亡妻を未だに愛するがゆえに、彼を心配して同居させてくれた親友の妻にその形代＝身代わりをもとめてしまうのである。ところが漱石の「行人」では二極間の幅をもつ「夫婦の情合」は初めから問題になっていない。[23] これは何を物語るのだろうか。

もちろん、「行人」でも「情合」に近いものは所々に描かれている。だが小説で顕在化されているのは夫婦間のそれではなく、先に引用したように義弟と嫂の二者関係においてである。帰宅するとただちに階上の書斎に直行す

る一郎と異なり、長野家での二郎は自室よりも食卓周辺で家族や家事使用人たちと会話する場面が描かれることが多く、その結果、女性たちとの会話が多い印象を受ける。これに対し、書斎での占有時間の多い一郎の長野家での行動上の動線はほぼパターン化されていることは象徴的である。

この意味ですでに子まで為している、つまり性的な関係がある夫婦の間に「恋愛」があるのか否かが問われている小説が「行人」ということになる。これは大変奇妙な事態ではないだろうか。だから逆からいえば、「情合」という語を使用するに際して、紅葉が参照したといわれる『源氏物語』などとも接続せず、西洋直輸入的な「恋愛」あるいは「恋愛結婚」の有無が小説のコードとして機能している点こそ、この小説が新しいとされた要因のひとつといえよう。

「行人」の「新しさ」とは単に二郎と直の際どい場面が描かれているだけではない。結婚後の夫の仕打ちに精神を狂わせ、挙句の果てに、「早く帰つて来て頂戴」と二郎の親友の三沢に訴える女性の逸話も同様である。おそらく三沢は心を病んだ女性を預かる家人の一人としてこう言われたのに過ぎないのだが、彼はこの言葉が心を離れない。いわば一種の「トラウマ」と化して彼のその後のセクシュアリティを呪縛するのである。大方の読者はこの女性の病理に注目してしまうが、それは三沢側の過剰反応に共振した結果と解釈することもできるのである。いや、もっと端的にいえば、漱石がそのように反応する三沢という人物を造形したと解釈すべきだろう。つまり、ここには「情合」から「恋愛」へという解釈コードの転換が存在する。

もちろんこれは一人漱石の発明ではない。それは紅葉テクストの「情合」という、愛情にも恋情にも、悲しみや憎しみにも重なる広い幅をもつ心的な様態が、「行人」では一郎が発する「人間の作つた夫婦といふ関係よりも、自然が醸した恋愛の方が、実際神聖」（「帰つてから」二十七、二八一頁）という言葉によって男女間の異性愛の関係性のみに特化された事態を意味する。そこでは性的なものから精神的なものまで、さらには種々の偏差をもつ心情の様態までもが一組の男女関係へと収斂され、されにそれは結婚という制度に結びつくことで「見合い結婚」か「恋愛結婚」か、という現在にもつづく結婚にまつわる制度的な二項対立にも帰結してしまうのである。もちろんこれには時代による価値観の変容があるはずで、漱石テクストに限ったことでないことは繰り返すまでもでないだろう。だが、あまりにもこの二項対立を鮮明に描きだしたがゆえに、小説「行人」が奇妙な「恋愛」という理念の実験小説的展開になったことは確かであろう。同時に読者は奇妙だと思いつつも、旧い「見合い結婚」に対する新しい「恋愛結婚」として水村のいう「男女の現実の出会いに先行する理念」(前掲)であるがゆえに、価値化された「ありうるもの」としての行方を関心をもって読み進めることになるのである。

おわりに代えて――直の直接行動とHの手紙

ここで最後に「家の女」としての直が直接外に出て、行動を起こした場面を確認しておきたい。次に挙げるのは二郎が長野家を出て、一人暮らしをはじめたあとの、春の彼岸の頃とされる最後のパート「塵労」のはじめに近い章の場面である。

「好く斯(こ)んな寒い晩に御出掛でした」
嫂を部屋に案内した自分は、何より先に斯う云つた。嫂は軽く「えゝ」と答へたぎりであつた。自分は今迄自分の坐つてゐた蒲団の裏を返して、それを三尺の床の前に直して、「さあ此方へ入らつしやい」と勧めた。彼女はコートの片袖をする〳〵と脱ぎながら「さうお客扱ひにしちや厭よ」と云つて自分を見た。自分は又茶器を洒(す)ゝがせる為に電鈴(ベル)を押した手を放して、彼女の顔を見た。寒い戸外の空気に冷えた其頰は何時もより蒼白く自分の眸子（ひとみ）を射た。不断から淋しい片靨（かたゑくぼ）さへ平生（つね）とは違つた意味の淋（さむ）しさを消える瞬間にちら〳〵と動かした。

（「塵労」二、三一六頁）

この場面は二郎宅に嫂が夜間に訪れ、二人だけで相対するという意味ですでに引用した「兄」三十五章の和歌の浦の場面と響き合っている。(24)「敷居際に膝を突いてゐる下女を追ひ退（の）けるやうにして上り口迄出た。さうして土間の片隅にコートを着たまま寒さうに立つてゐた嫂の姿を見出した」（同、一、三一五頁）二郎は、訪問客が直であることを知って驚きと動揺を隠せない。いわば「多情多恨」のお種のポジションに二郎が立たされたのである。直が二郎の下宿を夜間に訪問するこの場面は、何事か目的をもって外出するという彼女の意志がコートによって表出されているからである。その意味では和歌の浦の場面よりも直の主体性が強く感じられる箇所である。

興味深いのは訪問客が直だとわかって動揺する二郎の心境が「何で来たのだらう。何で此寒いのにわざ〳〵来たのだらう。何でわざ〳〵晩になつて灯が点（つ）いてから来たのだらう」（同、二）と地の文でなく鍵括弧つきで記され、その不安が「何で」の繰り返しによって鮮明に吐露されていることである。やがて、彼女の口から二郎の下宿後も兄との関係が「好くない一方に進んで行くだけ」（同、四）という事実をつきつけられる。問題はこのような家族情報に関する訪問の趣意だけではない。もちろん、見ようによれば兄を気遣う嫂が義弟のもとに相談に来たとも取れないこともないが、問題はこの訪問が他の家族メンバーにはおそらく秘密のものであったという点である。帰り際になってようやく「上り口に待つてゐた車夫の提灯」（同）が「彼女の里方の定紋」（同）であったと記されているので、彼女の帰る間際まで二郎は嫂の訪問が単独行動か否か判然とせず不安に駆られるような書き方になっている。

どうやらここはすでに指摘した「超越的な一人称」の箇所とみたほうがいいかもしれない。おそらく二郎は、直が彼に親しみをもっていることは以前から気づいていたのであろう。だがこの訪問が舅や姑など長野家の意志によるものか、彼女個人のものかまでは判然としなかったはずである。それが、四章末尾の「里方の定紋」によって彼女一人の意志によるものであることが明確にされるのである。自ら「鉢植」(四)同然と語る彼女が主体的な行動を起こすこの場面こそ、抑制された彼女の意志が表出された箇所なのである。結果的に直の訴えを受け流す二郎は、ここで傍観者としての位置が明確になる。言い換えると、和歌の浦の宿につづく二度目の家外の閉鎖空間で、二人の間には何も起こらなかった、起こしえなかったことが決定的となるのである。

物語はこれ以降、上野山下での父との会食など長野家の人物の動静が収束に向かって語られていくにしたがい、「主人公」としての一郎も物語内での水準が異なる場所に移行したことが明示される。いわゆる第三者としてのHが登場する道筋が整うのである。もちろんHは一郎の同僚であり、二郎とも旧知であるが、基本的に長野家の家族メンバーやその圏内の人間ではない。大学教授である一郎の同僚ということは、公的な領域での成員であるため、その影響は必然的に公的・観念的な色彩を帯びざるをえない。ここに家族小説としての側面をもつ「行人」が家庭内で処理できない個人の問題として精神病理の世界にもつながる道が開かれることになる。

もちろん「精神を病む家長」という設定は、同時代においてかなり刺激的な新しいテーマのはずだ。なにしろ家長こそは一八九八(明治三一)年に施行された明治民法において、家族構成員の現在・過去・未来を管理する者であったからだ[25]。その当主が精神を病むということは、かなり異例の事態であろう。だがそれゆえにこそ、明治から大正へという移行期に位置する「行人」は家族を焦点化した通常の小説の範囲を超えてしまう。この意味でHが登場し、彼が一人称の語り手になって語られる「塵労」二十七章から最終の五十二章は、語られる一郎の孤独な世界を十二分に語り、描いたといえる。「恋愛を求めて病む家長」の肖像はこうして完成されるのである。それは心の病理というマグマを噴出させるに十分な「活断層」だったといえる。

だが、「両性の相剋」という昭和戦前期に提出された女性作家の指摘[26]を想起するなら、男性性の孤独のみ描いて、もう一つの性である女性性の視点は不分明なまま終わらせてしまうのが『行人』というテクストということになる。小説がテクストの中心人物である一郎と同じ性をもつHの手紙という一人称の語りで終わる必然性は、やはり存在したとみなさなければならない。

注

（1）『東京朝日新聞』『大阪朝日新聞』（一九一二年一二月六日〜一九一三年一一月一五日）。以下、漱石テクストの新聞連載日については年表の会編『近代文学年表』（双文社出版、二〇一四年三月）による。なお『行人』は「友達」（三三回）「兄」（四〇回）「帰つてから」（三八回）「塵労」（五二回）の四部からなるため「部題」という呼称を用いる。また本文からの引用は『漱石全集』第八巻（岩波書店、一九九四年七月）によるが、各部のタイトルは適宜とし、短い引用の場合は章番号のみ、長い引用の場合は引用末に頁を注記する。

（2）宮本百合子「漱石の「行人」について」（『新潮』一九四〇年六月）。引用は浅田隆・戸田民子編『漱石作品論集成』第九巻「行人」（桜楓社、一九九一年二月）による。

（3）初出紙のタイトル表記にしたがう。なお『大阪朝日新聞』には八月一一日まで連載されている。

（4）佐藤泉「『行人』の構成―二つの〈今〉二つの見取り図―」（『国文学研究』一九九一年三月）、「『行人』―主題と構成のアナロジー―」（同、同年一〇月）、「『行人』―その発話において立ち去るもの―」（『年刊日本の文学』第一集、一九九二年一二月）。なおここで言う「主人公」とはテクストにおいて最も焦点化されている人物を指す。

（5）野口武彦「語りと人称」・「作者と人称」（『三人称の発見まで』（筑摩書房、一九九四年六月）。

（6）世阿弥作とされる一場の四番目物。なお漱石は謡曲を嗜んだだけでなく、「沙王の例は知を満足するの点に於て謡曲の例に優り、謡曲の例は情を動かすの点に於て沙翁に勝る」（『文学論』第四編第五章調和法。引用は『漱石全集』第一四巻、一九九五年八月）と述べており、強い関心をもっていたことがうかがえる。

（7）周知のように謡曲「景清」は近松門左衛門作「出世景清」によって人形浄瑠璃としての一歩を踏みだすことになり、

ここに近世的「懺悔譚」の世界が広く普及する。

（8）水村美苗「見合いか恋愛か―夏目漱石『行人』論」（『批評空間』一九九一年四月、一一月初出。引用は同『日本語で書くということ』筑摩書房、二〇〇九年四月）九九頁。

（9）石崎昇子『近現代日本の家族形成と出生児数：子どもの数を決めてきたものは何か』（明石書店、二〇一五年八月）等を参照した。

（10）漱石は新聞小説作家への転身に際し、『文学論』のほかに二つの重要な講演記録「文藝の哲学的基礎」（『東京朝日新聞』『大阪朝日新聞』一九〇七年五月四日～六月四日。後者は五月九日から）と「創作家の態度」（『ホトトギス』一九〇八年四月）を残している。そのなかで同時代の日本の小説や外国の翻訳小説を批判的に紹介し、現役作家としての自己の小説的な理論武装をおこなったことは注目に値する。

（11）以下、水村からの引用は注（8）に同じ。

（12）同右「漱石と「恋愛結婚の物語」」（注（8））八二頁。

（13）これはもちろん時代的制約などによるものではなく、成人男女を繰り返し描いた漱石的テクストにおいて性的な接触がどの程度表出されているかという問題である。

（14）石原千秋・小森陽一『漱石激読』（河出ブックス、二〇一七年四月）二三八～二四六頁。

（15）吉本隆明・小森陽一・石原千秋鼎談「一郎的な言葉を生きること」（『漱石研究』第一五号、二〇〇二年一〇月）二七～二八頁。

（16）直の結婚生活の不如意については、美禰子の孤独を論じた中山和子「『三四郎』―「商売結婚」と新しい女たち」（『漱石・女性・ジェンダー』翰林書房、二〇〇三年一二月）から示唆を得た。

（17）宇佐美毅「物語の〈部屋〉―『行人』と『こゝろ』をめぐって―」（『学芸国語国文学』一九九二年三月）。

（18）海野弘『書斎の文化史』（ティビーエス・ブリタニカ、一九八七年五月）には、十七世紀以降、それまで男性の王侯貴族のものであった書斎が、学問をする女性たちの間まで広がったことが記されているが、基本的にそこは男性領域であった。

(19) 同右。

(20) この点について宇佐美も注(17)において「一郎がお貞さんに、結婚について苦言を呈したと考えることはできる」と述べている。

(21) 「多情多恨」前篇三(『紅葉全集』第六巻、岩波書店、一九九三年一〇月)三八頁。

(22) 同右、後篇(九)と(九)の二の箇所には彼が苦しい胸の内を語る場面があるが、冷静で機知に富むお種の対応で一線を踏み超えることを免れる。

(23) 興味深いことに漱石テクストのなかで「情合・情愛」は一四例で「愛情」の四例(『漱石全集』二八巻「和文索引」岩波書店、一九九九年三月による)よりも三倍以上多い。なお「道草」(『東京朝日新聞』『大阪朝日新聞』一九一五年六月三日〜九月一四日)では主人公の健三は養父島田に対して「情合」を、妻御住には「情愛」という語を用いている。

(24) これに関連して宇佐美毅は直が帰宅した後、その幻影を二郎が反芻する「塵労」五の場面を「漱石の作品中でも最も官能的な描写のひとつ」と指摘している(「『行人』論—〈免罪符〉としての告白—」『中央大学文学部紀要』一九九二年二月)。

(25) 牟田和恵は明治前期の家族理念である「家族国家観」にもかかわらず、しだいに「家族が心性・情愛のレベルで凝縮度を高め家内性(domesticity)を涵養していく、階層を超えた家族自体の内発的な変容」があったことを指摘している(『戦略としての家族』(新曜社、一九九六年七月)七九頁。

(26) 注(2)に同じ。

漱石「心」の二つの三角形——係争中の男性一人称が生成するもの——

はじめに

国民的な名作として、あるいは一九五〇年代から現在に至るまで高校教科書の定番教材として著名な小説「心」[1]を「係争中の男性一人称」が語る、すなわちジェンダー・トラブルのただなかにいる男性たちが演じる「二つの三角形」の物語という視点から論じるのは、いささか不謹慎という誹りを受けるかもしれない。しかしながら、この小説は主要な語り手である男性性のジェンダーをもつ二者による「トラブル」と、語り手ではないが重要な登場人物であるもう一人の男性による「トラブル」をめぐって展開されている物語という印象を拭うことはできない。

構成面からみると、「心」は青年の一人称による「上」「中」と、その青年に宛てた先生が語る遺書からなる「下」で構成される「複数一人称小説[2]」であるが、このような変則的な小説であるにもかかわらず、国会図書館のNDL OPACなどでワード検索すると、「漱石」・「心」は六五四件、「漱石」・「こころ」では一五七件というかなりの数をもつ[3]。これは研究論文だけでなく書誌も含めた数字であるが、やはりこの小説に大勢の人間が関心をもっていることがわかる。いわゆる名作とは「放っておけない作品」、つまり他薦・自薦にかかわらずその作品を読まずにはいられず、さらに一度読んだなら誰しもが一言、何事かいわずにはいられない作品を意味するはずである。

このように広汎な読者を獲得しつづけてきた小説であるということは、読む者に語ることを誘って止まないものがテクストにあるからだろうが、同時に論者のように「トラブル」の連鎖ともいうべき物語展開に、不思議な息苦しさを感じ取る者がいることも確かであろう。ではこのように惹かれつつ厭う心性とはなにか。

たとえばジュディス・バトラーはその著『ジェンダー・トラブル　フェミニズムとアイデンティティの攪乱』[4]の序文で、ジェンダーを語るときに生じるものとして「トラブルは避けえないもの」なのだから「否定的ニュアンスだけで考える必要はない」と述べ、「だからやれることは、いかにうまくトラブルを起こすか、いかにうまくトラブルの状態になるかということ」であると文字通り反語的な言い方で語っている。ヘーゲル哲学者として出発したバトラーの主張は難解だが、彼女が一貫してトラブルやクレームなど、人が直面する否定的な事態に着目していることは示唆的である。つまりトラブルやクレームなどの「係争」とは、通常は隠されている「何か面倒な事態」を明るみに出すための恰好な契機となるということなのである。言い換えると人はトラブルに「巻き込まれたくない」と同時に「巻き込まれたい」存在でもあることを彼女は暗に語っているといえる。

「心」を語るとき、たいていの場合はその物語内容面に注目して論を立てている。「『心』における自我の問題」、「『心』における光と闇[5]」などのタイトルから類推されるように、それは近代人の孤独やエゴイズムを描いた小説とされてきた。それは国語の教科書も同じで、たとえば最近のある教科書の「研究」欄には「「K」の告白以後、「私」の「K」に対する心情はどのように変化し」たのか、あるいは「「K」が自殺したのはなぜか」や「『こころ』が書かれ、夏目漱石が生きた「明治」とは、どのような時代だったのか[6]」などの設問が並んでおり、青年の心理や倫理にくわえ時代背景を考えるなどの問いが、高校の教育現場では依然として読解の枠組みを形成していることがわかる。いわば「心」は「トラブル」をめぐる恰好のテクストであり、テキストでもあるといえる。

これに対し、一九八〇年代以降の「心」研究に新局面を開いたのは小森陽一・石原千秋の二人である。前者の「『こころ』における反転する〈手記〉―空白と意味の生成―」と後者の「「こゝろ」のオイディプス―反転する語り―[7]」は現在の「心」研究のいわば「古典」として機能しているといえよう。二人の功績は「先生」とKという二人の男性と静という一人の女性によるいわゆる「三角形」の劇として考察していた従来の読解に、もう一人の男性である「青年」を入れ、「心」が青年・先生・K・静という男性三人と女性一人から構成されるテクストであると読み換えたことである。その後もルネ・ジラールの「《三角形的》欲望」[8]をジェンダー論から批判的に超えようとしたイヴ・コゾフスキー・セジウイックの「ホモソーシャル」[9]を援用して「心」をはじめとして一連の漱石テクストを論じている飯田祐子の仕事がある。[10]だが、テクスト全体の読解としては小森・石原が切り開いた以上の新しい視点を提出するのは大変困難がともなう。

いっぽう、たとえば佐藤泉はテクストのクライマックスともいうべき小説の後半で「先生」が語るKのお嬢さんへの恋を打ち明ける場面を「言語それ自体の存在にどこまでも目を向けてしまう」事態として捉え、「語られる物語は、この小説じたいの言葉の様態を追認しているに過ぎないようにさえ見える」[11]とした。つまり佐藤は「心」の物語内容として「何が」書かれているかではなく、「どう」書かれているかに着目し、テクストが一種の「言語の劇」であること、そしてそれだけにとどまらず、このような「言葉の様態」こそ「私」にとって悲劇であった事態が修辞学においては効果の源泉なのである」という物語内容重視とは異なる「言葉の様態」の効果という点からのアプローチを提示している。

いわば佐藤は「近代人の孤独」や「近代人のエゴイズム」などと集約されてしまうテクストの悲劇的な事態を、「修辞学」における「反語」の一形態として、小説的な「効果の源泉」と見なしたのである。このような佐藤の発想は意外と論者が着目する「トラブル」に近いかもしれない。さきほど述べた「通常は隠されている何かを明るみに出す」ことになる「トラブル」とはいわば文学テクストが目指すこと、いわばテクストの存在意義とほぼ同義といえるからだ。但し、佐藤は「レトリック」としての「反語」、さらに「作品の言語意識」の表われという小説のメタレベルの次元での考察に限定しており、それがジェンダーと結びつく必然性には言及していない。

だが、「心」は二種類の男性一人称の「私」がテクスト空間を担っているだけに留まらない。先生の遺書に引用されるもう一人の男性であるKの遺書も含めると、そこには二種類の遺書の書き手としての男性性と、もう一人それらの遺書を読む男性性が存在している。興味深いのは、「心」はそのような男性たちのなかに一貫して同じ一人の女性が介在することで、結果的に二つの「三角形」が成立していることである。

以下、ここでは「心」を「ジェンダー・トラブル[12]」の渦中にいる男女両性たちが織り成す「二つの三角形」のドラマとしての内実を読み解き、係争中であるがゆえに見えてくるものを明らかにしてみたい。

1　男性一人称による書かれた物(エクリチュール)

佐藤がテクストの言語表現におけるレトリック機能の面に着目し、物語内容重視の「心」の読解を相対化しようとしたのに対し、「心」の物語形式面を担う二つ手記、すなわち青年による「手記」と先生による「遺書」、さらにその遺書のなかに挿入されたKの遺書にも注目し、通常は帝大生として共通項をもつ男性たちの物語が、実は二つの「書物」の間の「闘争」から成り立っていると指摘したのは篠崎美生子である。[13] ここで言う「書物」とは「書かれた物(エクリチュール)」を意味するが、ここから篠崎はこれらの男性たちの書物が非書物的な存在である女性を抑圧していることにも言及している。この視点が興味深いのは、一般に女性性のみに結合されやすいジェンダーを、篠崎は言葉でこそ「ジェンダー」とは名づけていないものの、実質的に男性ジェンダーの視点を導入して語っているからである。

篠崎は論の冒頭で遺書としての「下」において「自殺する理由がはっきり書かれているのだろうか」と問題提起し、そこには書き手としての先生の戦略が存在していることを明確に指摘している。同様に、通常は同質的な男性二者間の微差として、さほど重要視されていない青年による手記にも戦略があることを明らかにし、「書くこと」にともなう男性間の権力の発動にも注意を促した。

確かに「心」は男性登場人物たちが皆「東京帝国大学」に関係することから、出自や教養・趣味・性向等々において多少の差異はあるものの、大きな括りにおいてはほぼ同質性をもつという「ホモ・ソーシャル」の観点から論じられることが多かった。たとえば飯田祐子はそれを「『こゝろ』的三角形」として抽出したが[14]、ではそのような差異がテクストの物語展開のなかでどのように生じているのか、この点について具体的な葛藤の様相を分析したのが篠崎の論である。

篠崎は「下」で開陳される先生の遺書には、死ぬ理由がそれほど明確には語られていないことに着目する。「あなたの知つてゐる私は塵に汚れた後の私です」(下、九)などの言葉から「要するに先生は、「鷹揚」(下、三)で正直だった無垢な自分が、叔父とKによって汚された物語を、「遺書」として記述している」[15]という。ここでいう「Kによって汚された物語」とは先生自身が「もし其男が私の生活の行路を横切らなかつたならば、恐らくかういふ長いものを貴方に書き残す必要も起らなかつたでせう」(下、十八)という自己弁明的な言説にもとづく。

通常、読者はKが自殺したことから、先生の自責の念→先生の自殺という読みに至る場合が多い。しかし篠崎は先生の言葉のはしばしに自己正当化の身振りがあるという。もちろん「下」全体が、先生が語る遺書でもあるので、そこに劇中劇のように挿入されたKをめぐる物語、それを事後的に補強するKの遺書のエクリチュールは、自己正当化というよりも自己処罰的な印象をあたえているが、篠崎はそこに内在する書き手の戦略性を見逃さない。

確かにテクストには、一人の友人の自死の経緯やそれに対する自己処罰と共に自己弁明という、相反する二種類の言葉が充満している。それは読者に同情の念を起こさせるとともに、不安にさせもする。だが同時にそのような複雑な感情が発生する点にこそ「近代人」像なるものを読み取り、なりたくはないもののいずれなってしまうだろうという、漠然とした自己同一化を感じてしまう読者も多いはずだ。いやむしろ、このテクストを読むプロセスにおいて次第にそのような「主体形成」をおこなう、少なくともそれを促すような契機がこのテクストには確かに存在する。このようないわば共犯者性をともなう主体形成を促すことこそ、実は読者をして解読に向かわせる本作の力といえるものだろう。

誤解を恐れずに言うなら、その力とは微量の細菌を植えつけることで逆に抵抗力を生み出す予防接種のようなものといえるかもしれない。さらにその効果はテクストを他の悲劇的な小説とも、単なる教訓的なテクストとも異なるものとして本作を差異化している明確な指標でもある。だが、そのような主体形成の物語として手記や遺書という物語の枠組みを過度に物象化することは、手記制作者の権力性の面だけを浮上させてしまい、織物としてのテクストを読む行為として相応しくない。

ここでいう「手記制作者の権力性」とは、単に権力を行使する加害者になるだけでなく、次の瞬間には被害者にもなれるという両義的な事態を意味するはずである。確かに最初、先生は両親の相次ぐ病死によって叔父からトラブルを起こされた被害者かもしれない。しかしその後、先生は自ら友人Kを自分の下宿に同居させようとする。Kも嫌がり、下宿先の奥さんも「止した方が好い」（下、七十七）と渋るのを説得して真面目で一途な彼を自分の下宿に迎え入れ、やがて二人の間にトラブルが生じる。この結果、先生は被害者から加害者となるのであるが、最後の自死によって今度は両方とも清算するかのように加害／被害の判断無効の宙吊り状態をもたらしているのである。そしてこの宙吊り状態こそ、「近代人のエゴイズムや孤独」の心性として読者に伝染し、多くの感染者を生み出すことになる温床でもある。

2　Kの「声と行為」のミメーシス

このような被害者から加害者へ、自己処罰から自決へと至る物語の大枠に囚われがちな読解に対して、二つの「書き物」間の「闘争」というテクスト構成に沿って論を展開した篠崎の論は大変示唆に富むものだが、同時に注意したいのは物語のなかで登場人物たちが振舞う場面へのアプローチについてである。特にクライマックスともいうべき事件性をもつKの自殺に至るまでの箇所は、語りの視点だけで分析するには限界があるように思われる。そもそも「語り」とは本来的に「騙り」にも通じる自己正当化の身振りをともなう叙法のはずである。だから「語り」だけで読もうとすると、別の水準で構成されている「テクスト的な現実」[16]が見えにくくなってしまう恐れがある。

その意味でテクスト「下」の房州旅行から帰京して九月の新学期がはじまる「下、八十六」からKの自決に至る「百二」あたりまで、大きく物語が動く箇所は重要である。特にそれまで「道」のための精進に励んでいたはずのKがしだいにお嬢さんに関心を示し、その動静が気になり、ついに先生に「御嬢さんに対する切ない恋」（下、九十）を打ち明ける前後からKの自決に至る箇所は、三人称小説における自由間接話法[17]に近い形が多用されているため、「遺書」という書き手の属性と強く結びつく語りの枠組みとは別の視点から解読しなければならないだろう。たとえば語り手の視点を活かしながら、同時に登場人物たちの「声」や「動き」を巧みに地の文のなかに配することのできる自由間接話法は、語る者に寄り添うために単調になりがちな語りという叙法に「声」と「動き」という二つの「描写」＝ミメーシスによる視聴覚的次元を導入することで、再現性を高めることができるからである。[18]

ここでまず、ミメーシスを背後からささえるものとしてテクストの表記に注目したい。先生の遺書である「下」

の各章冒頭は鍵括弧ではじまっているのだが、なぜか閉ることを示す鍵括弧は付けられていない。このため読者は各章の冒頭では「遺書」であること、つまり一人称であることを意識させられながら、同時に文中に何気なく挿入されている「今帰つたのか」(八十六)「奥さんと御嬢さんは市ヶ谷の何処へ行つたのだらう」(八十九)「女の年始は大抵十五日過だのに、何故そんなに早く出掛けたのだらう」(同)等々、しだいにKが御嬢さんという存在への関心を高めることを、閉じることを示す鍵括弧のない自由間接話法の声による再現によって、直接に物語世界に接するような観客的なまなざしを通して知ることになるのである。

このように寡黙がちのKがしだいに変容するプロセスが「声」として再現されたあと、次に「彼の重々しい口から、彼のお譲さんに対する切ない恋を打ち明けられた時の私を想像して見て下さい」(九十)や「ぽつり〱と自分の心を打ち明けて行きます」(同)など今度は先生側からの間接話法によって語られる。つまり恋のプロセスのほうは、おずおずとしたKの声で、告白は先生側から要約的に語られることで、先生自身の衝撃のほどが読者に強く焦点化されるのである。

このように語る側にも語られる側にも自在に焦点化できるエクリチュールこそ、自由間接話法の力といえるものだろう。誰に対してもかなり自由に焦点化できる三人称とは異なり、このような一人称こそ、場面ごとの言説内容や登場人物たちの語り口、さらにはその心境までを自在に想像させる源泉である。つまり先生の遺書という限定性をもつ語りの枠組みが設定されていることで、その語りのなかから自ら禁じたはずの恋に悩むK像も、さらにそんな彼を目撃して心底動揺する先生像も、ともに浮び上がってくるのである。

ところで、Kの恋とはいったい何だろう。押野武志は先生には「「恋愛」というロマン主義的な観念[19]」があると見なした。ではKにはこのような観念があったのだろうか。確かに先生のほうは叔父の事件によって猜疑心が強い青年であったにもかかわらず、最初は疑いながらもしだいに御嬢さんに心を開いていく姿は語られている。だがそれはあくまで素人下宿で「同じ屋根の下」に暮らす若い異性間に生じるレベルでの心的現象、という印象が強い。いっぽう、Kの場合は難行苦行に近い夏の房州旅行後に彼が急速に変化したらしいことが語られている。その変化の度合いは、少なくとも姪との結婚話で異性とのトラブルには免疫済みの先生とは性質の異なるものだ。少なくとも「精進」一筋で性的にはほとんど無防備だったはずの彼にとって、御嬢さんへの思いは「恋に落ちた」という感が強いのである。

ここで改めて「九十一」から「九十四」に注目すると、Kに「先を越された」(九十)先生の動揺とそこからの彼の立て直しの言葉がつづくなかで、よく読むとKがほかならぬ先生自身に求めていたものも語られている。それは「恋愛の淵に陥いつた彼を、何んな眼で眺めるか」(九十四)という問いや、彼の恋に対して先生がどのように思うかという「批評」(同)の言葉がそれにあたる。ここからわかるのはKの恋とは何よりも「先生の承認」が必要なものであったということである。それは彼の恋が他者の承認が必要な微弱なものと解釈することも可能だが、すでに述べたように何の備えもなく無防備で恋に落ちたKには、助言者の存在は必要不可欠だったはずである。[20] 加えて自力生活で苦戦していた彼を素人下宿に迎え入れ援助者として振舞っている先生に対して、自身でも驚くような事態に至って混乱しているKが、恋に迷う自分をどう思うかと先生に縋るように問うのは自然の成り行きだろう。

思えば何事かを「告白する」とは、クリスチャンの場合のように告白する対象が神である場合と異なり、その相手は同じ人間である。「恋愛の淵に陥い」ること自体は自然な事柄に属するはずだが、それを自己以外の何者かに告げることは、行為遂行性をもつ重大な言表行為であることはスピーチ・アクト理論をまつまでもない。したがってその告白対象となった先生が「他流試合でもする人」(九十五)のように「五分の隙間もないやうに用意」(同)してKに対したのも当然といえる。「道のためにはすべてを犠牲にすべきもの」(同)という日頃のKの信条を楯に取って「精神的に向上心のないものは馬鹿だ」(同)と、K自身に恋の扱いを問う先生に対し、彼が「覚悟」(九十六）を口にするという、武装した先生がKを追いつめていく一連の展開も納得がいく。

だから見方を変えれば、Kの恋とは友人によって「承認」されることなしには進めない体のものなら、恋（結婚ではない）において誰の承認も必要としなかった先生のほうに相対的に分が生じてしまうのは当然なのである。したがってこのような事態はあとで述べるように、他者の欲望対象を欲望するという、シンプルな「欲望の三角形」などとはいささか異なる事態であろう。

大枠は「遺書」という当事者性をもつ一人称ながら、テクスト空間に配された人の声や人の動きというミメーシスへの着目によって、たとえわずかではあるものの、そこに生動する人物たちの駆け引きにも似たリアルな姿を読み取ることは可能なのである。ならば「欲望の三角形」の残りの一辺を構成する静という女性性のリアルな姿は描かれているのだろうか。それについては次章で検討していくことにする。

3　クローゼットの前の静

叔父との諍いで人間不信に陥っていた懐疑的な先生をして、しだいにその心の武装を解いただけでなく、彼をして深く欲望させることになる静という存在については、明確に対立する二傾向の解釈が存在する。一つは小森陽一から押野武志へと継承された先生・K・青年という三者に関わる、男性たちのホモ・ソーシャルな関係性を相対化する「善良な他者としての静」像である。[21] もう一つはこの逆で、静を「詐りと遊戯」という技巧を武器に男性たちを翻弄する「不誠実な女性」と見なす鶴田欣也に代表される立場である。[22]

思えば静は小説のなかではかなり奇妙な存在である。押野の言うように一見、男性たちのホモ・ソーシャルな関係性とは無縁であり、男性たちと深く関わらないことで彼らの関係性そのものを相対化する役割をもっているかのようだ。だが静は、自殺する現在の夫の妻としても、彼の死後に未亡人となってからもおよそ「主体」をもっていない、いや持たされていない存在である。そもそも彼女は小説がはじまって間もない「上」において、自宅に青年が留守番としてやってきたとき、青年にKのことをなぜか「変死」したと告げている。[23]「変死」とは奇妙な表現である。彼女はKの自死を知らされていなかったのだろうか。あるいはその時点では馴染み薄い青年に婉曲話法を使ったとも解せないこともないが、それにしてもなぜ「変死」などという不用意であるうえ、死者への労りさえ少しも感じられない無責任ともいえる言葉を使用したのだろうか。静のこの言動は不可解というよりほかない。

ここでルネ・ジラールの「《三角形的》欲望」の構図から、不可解な静を読み解いてみよう。ドン・キホーテ、スタンダール、プルースト、ドストエフスキーなど西洋近代を代表する男性作家の小説を、他者が抱く欲望への模倣の観点から論じた本書は、日本近代の男性作家が描いた男たちを主要人物とする「心」を読むうえでもヒントをあたえてくれる。[24]「媒体」「対象」「主体」から構成されるジラールの三角形を「心」にあてはめると、当事者である先生を「主体」として「媒体」の位置にいるKによって欲望される「対象」に位置するのが静ということになる。ジラールによれば「媒体と欲望する主体との間」には二つのタイプがあるという。一つはドン・キホーテの場合のように渇仰の対象は遥か彼方の「外側」にある場合（外的媒介）には、人は自らの欲望に忠実になるという。もう一つはそれが手の届く「内側」にある場合（内的媒介）には、主体は媒体に対して「尊敬」と「憎悪」の相反する二種類の感情に支配されるだけでなく、そのような矛盾する感情の存在自体を隠してしまうという。

すでに見てきたように、幼少期から大学まで友人同士であったKと先生の関係にこの図式はあてはまるのだろうか。[25]重松泰雄をはじめすでに指摘があるように、Kは先生よりも自分の決めた生き方を誠実に履行している。[26]他方、一人っ子で両親の相次ぐ病死や叔父による不本意な財産管理、姪との政略的な結婚の申し出拒否などの来歴をもつ先生は、少なくとも状況的な「不幸」は蒙るものの、どうみても主体的に生きてきたとはいえない。いわば一貫して「被害者然」として振舞ってきた先生には、家族に対して自らの意志を通しているKのような主体性や精神性はほとんどみられない。地方の素封家の一人息子として、Kに比べスノッブ性[27]が強かったのが先生なのである。

おそらく下宿の先住者として、あるいは生活面での援助者として現実的な面のすべてにおいてKに優越していた先生に無くてKにあったものとは「恋する力」（それはおそらく「恋に陥る」力と同義である）ではなかったろうか。確かに先生のほうが先に御嬢さんに好意を抱いている。だがそれはすでに述べたように、「異性の匂い」（下、六十五）という彼自身の言葉に象徴されるような漠然としたものである。あるいは性別によって構成されていた明治の学制下において、卒業間近だった先生にとって異性は実体感の薄い、いわば記号化された存在として表象されていたとしても不思議ではない。さらにすでに述べたように、叔父から強制された姪との結婚話で異性に対して耐性のあった先生とは対照的に、彼に強く勧められて素人下宿の住人となった彼の前に突然出現した静こそ、Kの生活圏や思想圏には存在しなかった、きわめて新鮮な女性存在だったのではないだろうか。

それでは二人の青年から欲望される静自身はどうか。確かに「下」の娘時代も「上」の妻となってからの彼女に関する描写も幾つか挿入されている。だが、そこから描き出されるのは、適度に活発で適度に恬淡とした振舞いをする同時代の女学生や人妻としての表象の域を超えているとはいえない。すでに指摘があるようにテクストに挿入された琴や活花などの趣味なども、同時代的な女性の嗜みのレベルを超えるものではない。但し、一箇所だけ静の本心が透けて見える箇所が存在する。たとえば次に引用するのは、疑り深かった先生の心が軟化して母娘と一緒に日本橋へ着物を誂えに行った後日の場面である。[28]

さつき迄傍にゐて、あんまりだわとか何とか云つて笑つた御嬢さんは、何時の間にか向ふの隅に行つて、背中を此方へ向けてゐました。私は立たうとして振返つた時、其後姿を見たのです。後姿だけで人間の心が読める筈はありません。御嬢さんが此問題について何う考へてゐるか、私には見当が付きませんでした。御嬢さんは戸棚を前にして坐つてゐました。其戸棚の一尺ばかり開いてゐる隙間から、御嬢さんは何か引き出して膝の上へ置いて眺めてゐるらしかつたのです。私の眼はその隙間の端に、昨日買つた反物の端を見付け出しました。私の着物も御嬢さんのも同じ戸棚の隅に重ねてあつたのです。

（下、七十二）

土曜日に揃って日本橋に買い物に行く着飾った御嬢さん・母・先生の三人連れの姿は通行人から「じろじろ」見られるだけでなく、先生の同窓生にも目撃され後で冷やかされる。引用箇所は、先生が母娘にそのことを告げたことで「此問題」、つまり「御嬢さんの結婚問題」が語られるくだりである。先生はこのとき「戸棚の一尺ばかり開いてゐる隙間」から引き出され、彼女の「膝の上」に置かれているのが「昨日買つた反物の端」だということに気づく。奥さんの勧めで先生が着物を買いに出掛けたついでに娘のものも買うことになったのだろうが、ここに記された着物を眺める彼女の「後姿」は大変意味深長である。「後姿だけで人間の心が読める筈がありません」「御嬢さんが此問題について何う考へてゐるか、私には見当が付きませんでした」などと表面的には否定されているが、その「後姿」はとかく記号化されている静の心を読む重要な索引となっている。[29]

少なくとも日本橋周辺という街頭の視線のなかの三人は「親密な家族」であり、おそらくこの時点では漠然とではあろうが、そのような視線をも受け入れる無意識が三人にほぼ整っていたことが行間から滲み出ている場面である。道行く見知らぬ人々や同窓生など多くの「観客」に羨望の眼で見られることによって、疑似家族が成立しつつあったのである。

引用にあるように、先生に見られることが予想される場所で静が反物を手に取ることは、結婚への承認に近い行為といえる。同時代において着物はまず「反物」として買われ、仕立ての多くは家族の女性によって為されていた。[30]

男性性にとって反物と着物はほとんどイコールでも、女性にとってそれは「裁ち」「縫う」プロセスをともなうことによって、布をまとうその身体をもリアルに想像せずにはおかない。おそらくこのとき御嬢さんは明確に着物を着る男性身体をもつ先生との結婚を認知したのだろう。おそらくそれは先生に着物を買うことを促し、「三人一緒」を演出した母の意志への同意ともいえるものである。ほとんど語られない静の本心は、このとき「後姿」の描写によって「語られた」といえよう。

つまり、静と先生の間にあったのは「恋愛」などという不確かなゆえに投企的で、そして全力的に情熱を注いでしまう事態ではなく、かなり慣習的な制度であるゆえに当人もほとんど無意識ともいうべき「結婚」へのゆるやかな意志なのである。それは母子家庭で素人下宿を運営するこの家族にとっても現実的に好ましい選択だったことはすでに指摘されている通りである。だからそんな制度とはまったく無縁なKが、突如自らの「恋」をためらいがちに告白したとき、先生は心底から動揺したのではないか。物質的には優位に立つ先生が、精神的に優位に立つ彼の恋に打ちのめされたとしても少しも不思議ではない。

問題なのは肝心の静が、さきほどの後姿の引用場面から明らかなように結婚への意志はあるものの、「恋愛」とはほとんど無縁な存在と見えることである。この衣裳を容れる「戸棚」＝クローゼットを前にしたこの場面こそ、男性たちの物語のなかで見えにくい彼女の「認識」をリアルに表わすものであろう。[31] 先生との結婚を漠然と意識していた彼女は、やがて親密なこの家族共同体にやってきた「招かれざる客」に多少は戸惑ったかもしれないが、先生との結婚への志向という面では終始ブレなかったと言っていいだろう。思えば「三四郎」の美禰子も「それから」の三千代も「行人」の直も、彼女たちなりに男性たちのホモ・ソーシャルな共同体に当事者として何とか爪痕を残そうと懸命に足掻いていた痕跡がある。「虞美人草」の藤尾が「男性たちを翻弄した罪」によって死をあたえられているのも、ある意味で過剰ともいえるその「爪痕」ゆえといえよう。彼女らに比して徹底的に免罪されている「心」の静は、その意味で藤尾からも遠い存在なのである。

そもそも夏の鎌倉の海岸で知り合った中年男性を「先生」と呼ぶ大学卒業間近の「私」の語りではじまるこの小説は、冒頭で指摘したように「複数一人称小説」として特異なテクスト構成を採っている。物語内容から見た場合、それは「先生」の青年期の叔父一家との諍いのエピソード、その後の先生の友人Kをめぐる諍いという二つの争いごと、つまりトラブルが題材となっていることは見てきたとおりである。見落してならないのは、ここで女性はトラブルの「対象」として登場はしても、トラブルの主体としては存在していないという点である。したがって主体にならないからこそ、静は多義的な解釈を生むのである。

これは状況証拠にもとづく解釈になるが、先生と御嬢さんの結婚は、二人とも大学・女学校の卒業後まもなく(下、百五)となっている。いっぽう先生と同学年のKの死は卒業間近だったことから類推すると、二人の結婚はKの死後そう遠くない時期におこなわれている。とすると当然ながら、少なくとも女学校卒業を控えたこの時期の彼女が、同じ屋根の下で動静を見知った下宿人の一人が、もう一人のプロポーズの直後、自室で刃物を用いて死亡した異常な事態に対して何も思いを巡らさなかったのだろうか、という疑問が生じる。すでに指摘したように、後々先生の妻となってからも若い青年にKの死を「変死」などと言って憚らない彼女は不可思議な存在というしかない。これは端的にいえば、彼女はKと先生の葛藤劇からまったく排除されているということではないか。

すでに考察してきたように静からは精神性や主体性は見られないし、少なくともKから渇仰されるような対象として描かれてはいない。いっぽうKだけは他の登場人物から差異化され、結果的に無謬性をもつ存在として描かれている。この意味で静が女性性をもつからと言って彼女を擁護することは、テクスト読解として正しいとはいえない。静は抑圧されてきたのではなく「誤読」されてきたのである。もちろんテクストが誤読されるような書き方をしていることが、そのような読みを招いたといっていいだろう。

「男性の言説によって抑圧されている筈の「静」が、その男性の言説・死の美学化を否認し、男性のエクリチュールに抵抗している[32]」と言われるが、果たしてそうだろうか。ここには女性登場人物を「美神化」することで「美学化」する事態がおきていることにならないか。自らの婚姻成立にまつわる深刻なドラマを構成する主要人物でありながら、罪や汚れというドラマの核心から除外されている彼女がどうして「男性のエクリチュールに抵抗」するような存在でいられようか。確かに本作は男性ジェンダーのトラブルによる三角形を構成している。だがそれは、解釈の枠組みとして機能してきた近代的自我やエゴイズムの原因としての二男性対一女性という通常の三角関係の図式を無効にする「歪な三角形」なのである。

4　もう一つの三角形

K・先生・静の間にある「三角形」が歪であるなら、もう一つの三角形である「青年・先生・静」の場合はどうか。これは小森陽一の提起[33]いらい、大きな論争を引き起こしたことからも「心」研究史の一つの遺産である。この章ではこの三角形が果たして成立するのかを、「心」をめぐる近年のテーマであるホモ・ソーシャル／ホモ・セクシュアルの問題と絡めて検証してみよう。

確かに夏の鎌倉の海岸で出会い、太陽に照らされる海上を二人が漂いながら言葉を交わす「心」の冒頭は意味深長である。やがて見知らぬ中年男性を「先生」と呼び、何事か教えを受けるために親しく出入りする「上」の物語展開は、ホモ・セクシュアルの気配にあふれている。この発端場面が「上」を重視した小森・石原両論の起爆剤となっていることも十分納得がいく。「「先生」を手に入れることで、まさに実の父を心的に殺している」という石原論も「自由な人と人との組合せを生きること」にテクストの帰結を見出した小森の論も、「上」を重視することで新しい「三角形の誕生」を告げているように見える。
この場合、すでに指摘があるように大学を卒業した二十代前半の青年と、二十代後半から三十代前半と推定される静のわずかな年齢差などほとんど問題にならないだろう。二人の間に親密さがあることは「上」で十分描かれているし、静が先生の死後、母と同じ未亡人ともなれば生活上、新たな結婚対象を求める可能性は十分予想されるからである。これはリアルな一面だが、他の面から考えても静固有の性格や境遇などの属性は問題ではなくなる。男性たちのホモ・ソーシャルにもとづく「《三角形的》欲望」のなかでは、Kと先生の二人の男性をして死に至らしめた、という静にまつわる特別な事情こそが重要な要素となるからである。つまり自死したことで先生が正の「聖別化」を遂げたように、静は負の「聖別化」＝「差別化」を遂げるのである。

ではそのようなテクストの後日譚は、先生と青年の間にあるホモ・セクシュアル論とは対立しないのだろうか。私見によれば男性同士が相互に競い合うことで成り立つホモ・ソーシャル論と男性相互間に「性愛」を通わせるホモ・セクシャル論の間には精神性か身体性かの違いはあるもののそれほど差異は存在するとは思えない。だが、すでに述べたような制度上の男女別学体制下にあった「心」の場合、男女を問わず年長者と年少者間の気分的なホモ・セクシャルは十分あり得る「想定内」のことに属するのだが、だからと言って、その点を過剰に深読みすべきではないと思う。

確かにすでに述べたように、夏の海辺で出会った見ず知らずの年上男性の後を追いかけて沖まで泳ぎ、太陽と海水のなかで触れ合う姿はいっけん男性間のただならぬ事態を思わせもする。だがテクストをよく読むと、夏の太陽光線のもとでの海での水浴を「愉快」と言って憚らないこのときの青年から看取されるのは、「呑気」や「何気なさ」であることに気づく。もちろん、青年は何か事ありげな雰囲気を身辺に漂わせる先生の「意味あり気」なものにしだいに感染されてゆくのだが、そのなかでも篠崎の論にもあるように青年が先生を相対化する場面は数多くある。もちろん、見ず知らずの人の後を追うという行為自体、青年が何事かに「感化」されたいという欲望をもっていることは間違いない以上、彼は望み通り感化される。

その結果、先生の発する雰囲気に感染した青年は「中」において両親や兄たちに違和感を抱きはじめるのだが、それはあくまで相対的なものに過ぎない。なにしろ両親に病死され、叔父一家とも義絶した先生とは異なり、青年にはかなり病勢が募っていたとはいえ、父や彼の看護を怠らない母も、遠方から駆け付ける兄もお産で帰郷できない姉など家族が存命している。確かに帰郷直後にはやや先生に感染したのか、青年は「卒業証書」をぞんざいに扱う。しかしこのような青年の態度に「お前にとつて結構というよりも、私にとつて結構なのだ」（中、三七頁）と言われて思わずはっとするこの若者を、先生の性的なものの受け皿としてのホモ・セクシュアリティの持ち主として、先生との共振を推測するのは早計と言わなければならない。

むしろ競争レースから外れている先生という存在と彼が醸しだすアトモスフィアは、大学を卒業はしたものの未だ本格的な就活もしていない青年にとって、何も仕事をしない生活という意味において大変魅力的な「空白」だったのではないだろうか。やがて一個人としての先生との接触から、その自宅への訪問というように交流が深まり、まるで世捨て人のように奥さんとの静かな生活を送る姿を青年は目の当たりする。それは、ちょうど彼が大学から社会へという卒業年度だったこともあり、強く印象づけられたのだろう。そんな彼が無意識的にも意識的にも、テクストで唯一の年長の他者としての先生を、何がしかのモデルとして描くようになったとしても怪しむに足りない。いわば明治的ともいうべき時代のホモ・ソーシャル体制のゆるやかな一角に納まっているのが青年といえよう。

だが、先生からの遺書が青年の故郷の家に届くことによってこの関係はにわかに変わる。すでに述べたように、かつてスノッブだった先生は過去の友人Kを模倣するかのように「自死」を遂げたことで、青年にとって一つのモデルから特別な人へと押し上げられる。帰郷後に父の末期があきらかになり、つづく明治天皇の崩御・乃木大将などの殉死など一連の死の連鎖は、青年にとって先生の死をさらに特別なものに転化させる触媒となったはずである。今日とは異なり、日清・日露という二つの対外戦争で多くの戦死者を出し、他国だけでなく自国に対しも無垢ではなくなった近代日本の時空において、大元帥と彼を支える陸軍大将でもあった存在の死をあまりにも軽少化することはテクストにとって相応しくないだろう。その青年期にはKという友人に比べるとかなりスノッブだった先生は、大文字の死に後押しされるような覚悟の自死によって、ようやくKに近い存在＝特別な存在となることが可能となったのである。

テクストはこのようにテクスト外の空気をも巧みに取り込み、K／先生／御嬢さんという三者関係から、先生／青年／静という新しい三者関係の成立を告げる。かつて小森陽一が語った「K」と「先生」が演じた過去を差異化する「選ばれるべき「道」と「愛」」とは[34]、先生の死を代償としてのみ可能だったことを忘れることはできない。言い換えると、ここは本論のはじめに引用した篠崎の言う手記形式のもつ権力性、「互いの言葉を抑圧、牽制しつつ、自分の罪を回避しようとする先生の遺書」が、最大限に効果を発揮している箇所なのである。

このような男性たちが熾烈な劇を演じる表舞台から排除されている静という女性は、聖にも邪にも解釈可能な引き裂かれた存在として描かれている。すなわち男性たちの競争原理から主体として徹底的に排除されることによって、少なくともホモ・ソーシャルを基盤とする「《三角形的》欲望」を素材とする近代の劇に大いに貢献しているのである。

おわりに――消された皇后

最後にこのテクストに明治天皇の崩御という歴史的時間が、単なる背景としてだけでなく、直接的には青年の父と先生という二人の登場人物の死と重ね合わされていることに着目したい。前者は崩御と重なるように死去し、後者は乃木大将の殉死と重なるように死んでしまう。これはこの小説を歴史に接合させるとともに、虚構としての純度を妨げることになっているのだろうか。

神格的な側面と人格的な側面という二重の身体性(35)をもつ近代の天皇制にとって、明治末期は近代日本が初めて直面した「神」(あるいは「観念」と言ってもいい)と「人」の二つの次元が分かち難く交差する大変錯綜する時空を現出する。つまりテクストの「中」に「天子さま」の病状報告として布石が置かれ、やがて「下」に至ってピークに達する「明治天皇」の「崩御」とそれにつづく臣下の殉死という一連の背景的な事態が書かれていることで、個々の「臣民」を「日本」という集合的な位相に束ねる超越的な次元と、病に冒される一個の身体をもつ「個人」という次元が重なる非常に曖昧かつ問題含みの次元が同時に現出されるのである。その結果、通常は後景化されている「明治という時代」はこの小説では単なる「舞台の書割」としてだけでなく、登場人物が個人として何らかの選択をする刹那、その後押しをする仲立ちのように作用する。

テクストは直接的には行為主体として東京帝国大学生たちを置いてはいるが、彼らの背後には「象徴的な父」として天皇が位置づけられているので、彼らが個人としてどんなに熾烈な劇を演じても、結果として彼らの劇は「天皇の死」に吸収されてどこか曖昧になってしまう。もちろん「心」に接する大方の読者は没歴史的な「普遍的な主題」を想定してしまうのだが、その書割によって読者だけでなく、小説の登場人物さえもがこの大文字の固有名を結合させてしまうのが「心」という小説なのである。

ほんらい、虚構と歴史的事実を直接的につなげることは無理なはずだ。にもかかわらず、先生の遺書にある「明治の精神」という言葉で二つの次元はあっけなく結合させられる。「明治」は一人の天皇の名である以上に「元号」という共同体のメンバー個々人の固有の次元を超えた共同体の時間を仕切る、空虚だが大変便利な記号として機能するからである。その結果、個々人の劇は彼らの上に君臨する天皇という男性主体の眼差しのなかに吸収されてしまうことになる。

空虚な記号としての明治天皇が神格と人格という二種類の次元をもつことはすでに述べたが、そうであるならその死も二種類の次元が生じるはずなのに、「心」というテクストはその分離をおこなおうとはしていない。むしろその二重性を活用しつつ物語を閉じようとしている。その証拠に、テクストは天皇の「神と人」の二つの次元を配偶者として担い、天皇の死後に残された明治の皇后についてはなぜかまったく触れられていないのである。こう言うと多くの読者は奇異に思うかもしれないが、「心」が東西の『朝日新聞』に掲載される十日あまり前の一九一四（大正三）年四月九日、明治の皇后美子は狭心症で崩御している。[36]「心」掲載と皇后の死についてはすでに指摘があるが、[37]近年では後景化されているように思われる。またこれと呼応するように、すでに指摘されている作中に登場する乃木大将の殉死時には妻の静子も亡くなっていることも、「心」では一切触れられていない。[38]

もちろん皇后や乃木の妻が登場しないのはテクストとは直接関係ない。だが、テクストに記された歴史的な存在である天皇および乃木の導入、それと真逆の皇后や乃木の妻の排除は、先生が自死に際し、妻である静には何も知らせないように青年に依頼していることとはおそらく対応しているはずである。もちろんそれはすでに指摘した静が男性たちの「《三角形的》欲望」によって主体として排除されていることとも繋がっているのではないだろうか。主体としての女性たちを疎外し、明治という時代を生きた男性ジェンダーをもつ者たちそれぞれの「心」とそれが織りなすトラブルの様相。それらを、かなりリアルに描きだしたゆえに「心」は現在に至るまで多くの人に読まれつづけているテクストなのである。

注

（1）野中潤によれば、二〇一六年三月に文部科学省の教育課程部会国語ワーキンググループが公表した「高等学校国語科の改訂の方向性（素案）」によって「羅生門」や「こころ」などが「選択科目」に追いやられる「可能性が高い」という（「定番教材はどうなるか―次期学習指導要領実施後の文学」（『現代文学史研究』二〇一七年六月）。なお「心」の初出は『東京朝日新聞』一九一四年四月二〇日～八月一一日、『大阪朝日新聞』は八月一九日まで。本文からの引用は『漱石全集』第九巻（岩波書店、一九九四年九月）により、「心 先生の遺書」とあるが、「心」と表記し、章は通し番号で表記した。

（2）木股知史「夏目漱石『こゝろ』―複数一人称小説―」（『国文学解釈と鑑賞』一九九四年四月）。

（3）二〇一七年七月時点で「漱石・こころ」「漱石・心」を重複や他作品混入の場合を含めないと、前者は六五二件、後者は一五七件を数える。

（4）ジュディス・バトラー『ジェンダー・トラブル　フェミニズムとアイデンティティの攪乱』（原著、一九九〇年、日本初訳、竹村和子、青土社、一九九九年四月）。以下、同書からの引用はこれによる。

（5）前者は猪野謙二（初出『世界』一九四八年一二月）、後者は江藤淳（同『講座夏目漱石』第三巻、有斐閣、一九八一年一一月）。どちらも玉井敬之・藤井淑禎編『漱石作品論集成』第十巻（桜楓社、一九九一年四月）による。

（6）『精選現代文B』（明治書院、二〇一六年一月）による。

（7）小森陽一「『心』における反転する〈手記〉―空白と意味の生成―」（初出原題「『こころ』を生成する『心臓（ハート）』」、『成城国文』一九八五年三月）、石原千秋「『こゝろ』のオイディプス―反転する語り―」（同）。但し引用は注（5）『漱石作品論集成』による。

（8）ルネ・ジラール『欲望の現象学　ロマンティークの虚偽とロマネスクの真実』（原著、一九六一年、邦訳、古田幸男、法政大学出版局、一九七一年一〇月。引用は一九九三年八月、第九刷）一～五八頁。

（9）イヴ・K・セジウィック『男同士の絆　イギリス文学とホモソーシャルな欲望』（原著、一九八五年、邦訳、上原早苗・亀澤美由紀、名古屋大学出版会、二〇〇一年二月）。

（10）飯田祐子は『彼らの物語　日本近代文学とジェンダー』（名古屋大学出版会、一九九八年六月）のなかで、「心」をはじめ微差をもつゆえに劇化する男性性の競争原理を同時代的コンテクストのなかで位置づけた。なお同書、二六四〜二六七頁には「二つの三角形」の章があり、示唆をえた。

（11） 佐藤泉「始原の反語―『こゝろ』について」（『漱石研究』第六号、一九九六年五月）。

（12） 石原千秋は「漱石のジェンダー・トラブル」（『反転する漱石　増補新版』青土社、二〇一六年九月、所収）のなかでこの語を用いており示唆をえたが、本論は漱石テクストが主として男性ジェンダーへの焦点化によって成り立っていることを明確にすることを目指している。

（13） 篠崎美生子「『心』―闘争する「書物」たち―」（『日本近代文学』六〇集、一九九九年五月）。

（14） 飯田、注（10）に同じ。

（15） 篠崎、注（13）に同じ。

（16） 蓮實重彥『『ボヴァリー夫人』論』（筑摩書房、二〇一四年六月）二七〜二九頁参照。

（17） ここでは近年においてミメーシスを再検討したテクスト読解の例証として蓮實とともに、注（13）篠崎の論を挙げておきたい。

（18） これに関連して小森も注（7）において青年は「二人称的なかかわりそのものを再現することにふみとどまっている」と述べている。

（19） 押野武志「「静」に声はあるのか―『こゝろ』における抑圧の構造―」（『季刊文学』一九九二年一月）。また飯田祐子も「静とは無関係な水準において、異性愛的恋愛が強力な解釈格子として機能している」と注（10）二六四頁で指摘している。

（20） この点に関して重松泰雄は幼少期からの友人で何事にも先生より秀でており、そんな彼との一体感のなかで生育した先生にとって彼は「浄玻璃鏡」（真実を暴きだす鏡）と見なしているが（「Kの意味―その変貌をめぐって」『国文学解釈と教材の研究』一九八一年一〇月）、そんな彼らの観念的な共同体に楔を入れたものこそ、静という存在だったことになる。

（21） 押野、注（19）に同じ。

(22) 鶴田欣也「テキストの裂け目」(平川祐弘・鶴田欣也編『漱石の『こゝろ』どう読むか、どう読まれてきたか』(新曜社、一九九二年一一月)。

(23) 『明治ニュース事典』(毎日コミュニケーションズ出版部編、一九八六年二月)の「事項索引」によれば「変死」は「自殺」と明確に区別され、その件数も後者が一八件であるのに対し、一件のみとかなり少ない。なお、この件数は「警察所管の明治十四年」統計(同書、第三巻、一九八四年一月、五六二頁)による。

(24) ジラールはいわゆる「神の死」以降、「主人公は、聖なる遺産をうけついでいるように見えるそうした他人の方に、情熱的に目をむける」(注(8)六五頁)と述べ、他者が抱く欲望への強い関心が人物を行動に駆り立てているとしている。

(25) 念のために言い添えると、先生を語り手とする「心」下においては、Kが主体、先生が媒体、静が対象となる三角形は厳密にいえば成立していないことになる。

(26) 重松、注(20)に同じ。

(27) ジラールは「恋愛においてスノッブであるということは、嫉妬に身を捧げること」と述べ「恋愛とスノビズム」が密接に関係すると述べている(注(8)二六頁)。

(28) 注(1)『漱石全集』第九巻の注解によれば「「一昨日」とあるべきところ」と記されている。

(29) 同様の指摘はすでに石原千秋がおこなっているが、彼はこの場面を「御嬢さんの結婚問題についての答えを、暗黙のうちに三人が共有した」(『漱石はどう読まれてきたか』新潮選書、二〇一〇年五月、三二二頁)という解釈から、「この一瞬に、先生とお嬢さんとの「恋」を三人が共有した」(『『こころ』で読みなおす漱石文学　大人になれなかった先生』朝日新聞出版、二〇一三年六月)というように「結婚」から「恋」へと変更しているが、本稿では「結婚への承認」という立場を採る。

(30) 漱石の『門』・『それから』・『道草』のなかでも「反物」を「裁ち」「縫う」場面は多く登場している(『漱石全集』第二八巻所収「和文索引」(岩波書店、一九九九年三月)等参照。

(31) セジウィックは「クローゼットの周囲の関係では、沈黙に発話と同じくらいの意味とパフォーマティヴな効果が与えられてしまう」（『クローゼットの認識論　セクシュアリティの20世紀』原著、一九九〇年、邦訳、外岡尚美、青土社、一九九九年六月、一三頁）と述べている。

(32)　押野、注(19)に同じ。

(33)　小森、注(7)に同じ。

(34)　同右。

(35)　『王の二つの身体』（エルンスト・H・カントーロヴィチ、原著、一九五七年、邦訳、小林公、ちくま学芸文庫、二〇〇三年五月）による。

(36)　美子皇后は天皇の崩御にともない、「皇太后」（一九一二年七月）と呼ばれ、次に「昭憲皇太后」と「御追号」（一九一三年九月）され、皇后時代は近年の若桑みどり『皇后の肖像　昭憲皇太后の表象と女性の国民化』（筑摩書房、二〇〇一年一二月）や片野真佐子「第三章　近代皇后像の形成」（『近代天皇制の形成とキリスト教』新教出版社、一九九六年四月所収）まで明確に可視化されていなかった。なお、その死についての記述は「去る九日午前一時五十八分再び劇烈な狭心症を発せられ、終に崩御あらせられたるなり」（宮内庁『昭憲皇太后実録　下巻』吉川弘文館、二〇一四年四月）七四三頁による。

(37)　この点については初出順に挙げると、藤井淑禎「天皇の死をめぐって『心』その他」（『国文学解釈と鑑賞』一九八二年一一月）、玉井敬之「『こゝろ』二題」（『方位』一九八三年七月）、高田知波「『こゝろ』の話法」（『日本の文学』第八集、有精堂、一九九〇年一二月）がすでに言及している。

(38)　これに関連して「御嬢さん」の名が「静」であることと乃木の妻との関連を見出す点については今回、触れることができなかった。

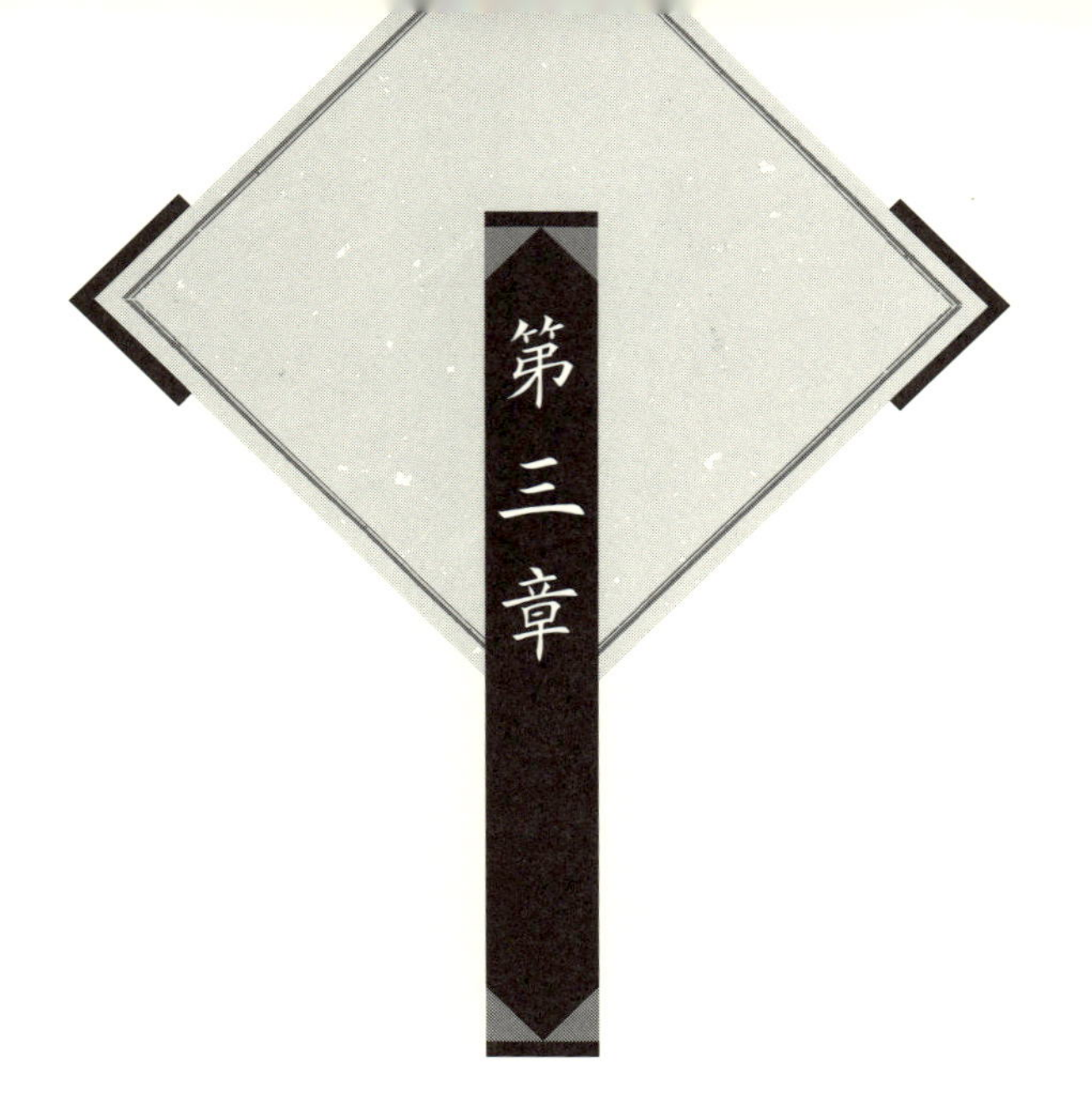

第三章

帝国の長編小説——谷崎潤一郎『細雪』論——

はじめに

現在、一般に広く読まれている文庫版『細雪』の解説で磯田光一は「処女作以来、一貫して〝愚〟という思想の上に物語を築いてきた」谷崎は「戦中、戦後の激動期を通じて、おのれの思想を修正する必要のなかったごく少数の文学者の一人である」[1]と述べている。ここで言う「〝愚〟という思想」とは「それはまだ人々が「愚」と云う…」ではじまる「刺青」（『新思潮』一九一〇年一一月）に象徴されるような「愚行を続けながら生きてゆく」（磯田）人間の生き方を指すなら、彼はいかなる時代においてもそれを貫いた作家ということになる。

確かに「決戦段階たる現下の諸要請よりみて、或ひは好ましからざる影響あるやを省み、この点遺憾に堪へず、ここに自粛的立場から今後の掲載を中止いたしました」という中央公論社の「お断り」[2]や「「細雪」回顧」（以下、「回顧」と表記）[3]で谷崎自らも語っているように、この小説は日中戦争から太平洋戦争へという近代において最も「帝国」が前景化された時代、それに抗するかのように成立している。[4]このような姿勢を反語的に「愚行」ということもできるかもしれない。

だが一九四三年一月から三月まで『中央公論』に『細雪』が連載された後、七月に掲載されるはずだったのが「陸軍省報道部将校の忌諱（きき）」（谷崎「回顧」の文中にある語）によって連載中止になったとされているが、文学側の同時代評を繙くと微妙な様相がみえてくる。たとえば宮内寒弥は『細雪』冒頭の一文を「一寸、面食ふにはしても、ふざけた感じは勿論のこと、この戦時下になどといふ気持などは少しもなかつた」[5]と述べる。また「谷崎潤一郎氏の「細雪」を正月号から読んだのですが、非常に感心しました。ああいふ女の写生に関してだけですが、その美事な彫刻的なのはトルストイなどの作品の外に、ちよつと例がない」[6]という伊藤整の評にも接することができる。伊藤整の場合は内容面ではなく描写での評価という留保つきだが、宮内に至っては先の時評で、同じ『中央公論』に同時連載された島崎藤村の「東方の門」と比べて「藤村氏とは打つてかはつて面白いばかりでなく、この老大家が、なにか、唯美的な国民文学を意識されてゐるやうな気配も感ぜられる」、「国民文学ではないまでも、戦時下に強く存在を主張し得る日本文学の一つの方向が暗示されてゐる」と積極的に評価してさえいる。

　これら同時代の批評言説から浮び上がるのは、『細雪』には「戦時下に強く存在を主張し得る日本文学の一つの方向」、言い換えるとある種の「国民文学」的な要素が認められるということである。いわば、谷崎は戦時下の思想統制に対して志を曲げなかったというよりも、本作の「国民文学的要素」によって戦時下から戦後へという状況を生き延びることができた、と見なすことも可能になる。つまり「おのれの思想を修正する必要のなかった」理由とは戦時下においても「国民文学」として認知されたからにほかならないことになる。言い換えると、戦争遂行の軍事的勢力が抱くのとは異なる意味で「国民文学」的な要素がこのテクストにはあるのではないだろうか。

　谷崎は作品完成後も様々の形で先の「回顧」のほか『細雪』をめぐる状況証拠ともいうべき言説を残している。たとえば「「細雪」瑣談」（『週刊朝日』一九四九年四月、以下「瑣談」と表記）や「疎開日記」（『月と狂言師』中央公論社、一九五〇年一二月所収）を発表する。「疎開日記」の初出は『国際女性』・『人間』・『新文学』・『新潮』・『花』・『新世間』・『婦人公論』という複数の雑誌にわたり、そこには戦禍のなかでの執筆事情がつぶさに語られている。だが穿った見方をすると、このような戦後、特に占領期における自作解説は谷崎が必死で『細雪』の誕生を演出しているともみえる。この作品をめぐる当局の介入はむろん不当なものだが、戦前の軍事的勢力に抗したという『細雪』誕生にまつわる現在までつたわる「美談」は先に挙げた戦中の同時代評などを見ると、少々差し引かれなければならないことになる。

むろん、論者はここで谷崎の自己演出性をあげつらいたいわけではない。このような作家自身による自己正当化の身振りを招くほど、このテクストには「国民文学」的なものが見られるということなのである。その意味で『細雪』は戦時下と戦争直後の占領期において、政治的コンテクストとそれに囲繞された文学側の批評言説という二つのコンテクストから熱い眼差しを受けたテクストといえる。あるいは「国民文学」という際の「国民」そのものが戦時下と戦争直後で大きく異なるにもかかわらず、それに接するものが何事か述べずにはいられない「厄介な遺産」[7]ともいうことができる。

たとえば『疎開日記』のほかに、谷崎には作品完成の一年後に刊行された『都わすれの記』(創元社、一九四八年三月)がある。そこに記されているのは、戦禍に逃げ惑う「亡国の民」としての姿を短歌、というよりもむしろ「和歌」によって表象しようとする表現者のあられもない姿である。この書は戦争末期に詠まれた四三首の和歌と詞書から成るが、それは戦時期の心境を書き留めた単なる「歌日記」ではない。近年、ドナルド・キーンらによって復元されたこの書[8]を紐解けば、そこには思いも掛けない流麗な草書(谷崎松子筆)、しかも散し書き、かつ絵入りで、少なくない和歌が連なっているのに出くわす。

「花の名は都わすれと聞くからに身によそへてぞ侘しかりける」、「侘びぬれば都わすれの花にさへおとれる我と思ひけるかな」等々の和歌からは、かつて近代の明星派の歌人が言挙げした「亡国の音」とは異なる意味で「亡国」への思いがうかがえ、私たちを驚かせる。明治・大正・昭和という三代にわたる時代をほとんど小説一本で駆け抜けた谷崎さえも「亡国」の危機に際しては和歌を招喚したのだろうか。仮に磯田の言うように谷崎が「おのれの思想を修正する必要のなかった」、いわば文学的非転向の作家であるなら、この『都わすれの記』の存在はいったい何を意味することになるのか。

むろん、小説『細雪』と私家集ともいうべき『都わすれの記』を安易に接続させることは慎むべきかもしれない。しかし、『細雪』の作中にも少なくない和歌が挿入され、しかもそれらはいわゆる「我」(われ)を視点や基点とする近代短歌にとってあまりにも自明な作歌法とは異なる、堀田善衞のいう「和歌」＝和する歌としての側面をもつ。いつしか私たちはこれらの「月並」な歌が、心情を発するコンテクストや場面をささえていることに気づかされる[9]。

いっぽう、小説世界は四姉妹という文字通りのシスターフッド的な連帯が綻びをみせはじめ、それにともない姉妹の紐帯による和歌的な唱和も崩れ、やがて和歌を詠むどころではなくなる様相を確認することができる。それでは小説散文のなかの和歌は『細雪』という小説世界のなかでどのような意味をもっているのか。誤解を恐れずにいえば、総数七九五首の歌が散りばめられた『源氏物語』というテクストを現代語訳した谷崎にとって、独詠・相聞・唱和という三種の機能をもつ和歌[10]とは、個から集団へ、あるいは集団から個へという回路をもつ国民的な文化装置であり、そのことはほぼ自明であったはずである。

したがって、「細雪」は失われてゆくある時代を招喚させるレトロスペクティヴなテクストという側面をもつことになる。特に「細雪」から六〇有余年を経た今日においては、このような旧商家風の姉妹的連帯も、それらの連帯を背後から強力にささえる季節ごとの恒例行事も、またそれにともなう心情を入れる「公器」としての和歌も一般ではほとんど形骸化しているかまたは消失している。だから大方の読者が抱く懐古感こそ、この小説が「国民文学」と言われる理由の一つであろう。その意味ではかつて『細雪』がそう呼ばれたように、この作品を論じること自体がすでに反時代的な振舞いと見えるかもしれない。

だが、ある時代の公器としての和歌が状況依存的な「和」する「歌」として「月並」に属するとしても、それを散文においてリアルに活かすことは決して懐古的でも凡庸なことでもない。そこには「和」する歌と、基本的には

「個」の内面と外面の両方を「写す」小説技法としての「ミメーシス」[11]や、それらを様々な時間軸に沿って運ぶ「語り」の技法との葛藤や統合がある。さらに忘れてならないのは、本作をめぐる執筆環境は明治・大正・昭和という三代の天皇が「帝国憲法」によって統治する「帝国」の終末に際会するという種々の偶然に囲まれていたことである。その意味で『細雪』は帝国の長編小説という側面をもつ。

以下、このような幾つか絡み合う問題を、帝国の長篇小説としての視点から、『源氏物語』との関連、またテクストの強度をささえる女性表象と男性表象との関係、さらにしばしば指摘される「様式性」が、単なる過去の出来事の再現を超えて小説世界の現在へと読者を結び合わせるようなテクストの瞬間、いわば蓮實重彦の「テクスト的な現実」[12]などの諸点を焦点化しながら考察していきたい。

1　帝国末期から占領期へ

冒頭で引用したように、谷崎は自信に満ちて作家的生涯を送ったという評は多いが、たとえば水村美苗は次のように語る。

谷崎は幸せな作家であると同時に、どこか不幸な作家でもある。いかに自覚的な作家であるかという事実が充分に理解されていないからである。図抜けた頭のよさに加えて、一人でものを考えるのを怖れない、独立した精神の動き――それは優れた批評精神として、卓越した作品につながるだけではなく、どこまでも作家として自覚させる。要するに谷崎は漱石に劣らぬ知的な作家である。ところが人は谷崎の言うことを漱石が言うことほどまともに取らない。一つには、谷崎が生涯執拗に扱い続けた一種独特な男女の関係というテーマゆえに、悪魔主義、耽美主義、マゾヒズムなどという一見官能的な言葉が谷崎について回るということがある。二つには、谷崎が自分の持論通り、なるべくわかりやすく平坦に書くので、背後にある知性を感じさせないということもある。[13]

確かに谷崎への一般的評価は「漱石に劣らぬ知的な作家」というイメージからはほど遠い。冒頭に記したような戦中での褒貶半ばする微妙な評価をはじめ、占領期における山本健吉の「幸子に体現された氏の理想が、結局官能的乃至趣味的なもので、より高い精神的なものの皆無なのに私は驚く[14]」や松田道雄の「「細雪」で歯がゆく思われることは、知性的なものが出て来なければならないところへ来ると章が改まってしまうことである[15]」という評からもそれはうかがえる。確かに出発作「刺青」発表に先立つ二カ月前に、漱石の「門」を批判した評論[16]も発表していたにもかかわらず、谷崎の文学的生涯にとって、水村の言う「知的な作家」というイメージは、今日では「悪魔主義、耽美主義、マゾヒズム」等々の華々しい批評言語の影に隠れて見えにくくなっている。特に帝国日本の敗戦が確定し、占領下にあった一九五〇年代初頭は、先の松田道雄の評にあったように「「桜の園」の庭から木をきる斧の音がさびしく物がなしくひびいて来るのをチェホフがききとったように、そういう作家は、たとえ昭和一五年の芦屋の邸宅の日常をえがいたにしても、巷にみちる庶民のうめきと、とおい海底にしずめられる青年たちの叫びとを聞きもらすことはないにちがいない」と言いたくなるような思いに多くの評者が囚われていたとしても不思議ではない。日中戦争から太平洋戦争へつづく戦争の時代が終わり、死者たちの存在がまだリアルだった占領期、このような評が生まれる必然性は十分あった。

松田のような『細雪』批判者たちが口を揃えて異を唱えた「精神的なもの」、「知性的なもの」の欠如をここで「月並」という言葉に置き換えるなら、その「月並」のなかでも、和歌は戦後間もなく起きた短詩型文学への批判である第二芸術論などの後押しを受け、十分批判に値するジャンルだった。[17]だが和歌と近代天皇制との関係を考えると、そこには少し捩れがあることに気づく。京から江戸あらため東京へと宮中が移った近代の天皇制にとって、和歌は古今集を聖典とする桂園派を規範として再編成され、御歌所の実権は京都に留まった冷泉家ではなく、東京に移住した三条西家を後ろ盾とした「勅題」体制へと変わっていった。[18]つまり、近代になって天皇の藩屏たる公家の多くが京都を後に東上したのにともない、天皇や公家たちのいなくなった京都は名実ともに文化・観光都市として機能することになるのである

たとえば『細雪』のなかで蒔岡姉妹たちが「常例」（上巻、一三一頁）として毎年花見に訪れる平安神宮。ここはもちろん平安時代からそこに存在していたわけではない。一八九五（明治二八）年三月、桓武天皇による平安遷都一一〇〇年を記念して創建されたものであり、ちょうどその一カ月後には明治天皇が大本営を広島から京都に移し、それは日清戦争勝利の講和条約が結ばれようとしていた時期にあたる。[19]さらに一九四〇（昭和一五）年には、「平安京有終の天皇、第一二一代孝明天皇のご神霊が合わせ祀られ」[20]、東山にある平安神宮はまさに帝国日本の記念碑的な場所となる。当初は公家風文化を生きていた明治天皇睦仁が東京奠都後は軍人風文化のなかで生きたことはよく知られているが、平安神宮こそは新都東京が成立したゆえの古都にある古代からの天皇が祀られる場所として重要な地となる。

平安神宮の紅枝垂れの花をいつくしむ「常例」を語る『細雪』の「まことに此処の花をおいて京洛の春を代表するものはない云つてよい」の箇所を引用したのは川端の『古都』（『朝日新聞』一九六一年一〇月八日〜一九六二年一月二三日）である。川端の小説が京の呉服問屋という古都に定住する者の視点から京都を描いたのなら、オフィスは大阪で自宅は芦屋という蒔岡家を拠点として、もの馴れた鑑賞的視点から古都を描いたのが『細雪』であろう。穿った見方をすると、明治維新によって古都京都ではなく新都東京を選んだ帝国が、幾度かの戦争による他国への植民地

化政策の行き詰まりによって凋落の道を歩んでいることと重ね合されているからこそ、『細雪』に描出される京都は鑑賞的＝観照的な眼差しが注がれる対象となるといえるかもしれない。

一九三六年から四一年までを背景とする『細雪』には、「私は実に幸ひにして、日清戦争の数年前に生れたお蔭で、この素晴らしい五十年間を、皇国の成長と共に成人して来たのである」[21]とその作者自身がかつて記していたような「皇国」の面影はもはやない。それほどまでに帝国は没落の姿をさらしていたのだろうか。これに関連して渡邊英理は谷崎の『春琴抄』から『細雪』までの時期、すなわち一九三〇年代から一九四〇年代という日中戦争から太平洋戦争へと至るなかで四〇年代を「他者との対峙が消えてゆく」時期として捉えている。そのうえで『細雪』に登場する主要人物である幸子・雪子・妙子を「互いに他に依存し」「欲望の相互の乗り入れ」をおこなう空虚な「記号表現」であるとし、「『細雪』の主体は、その根拠をすでに自らのうちに持たない対他的存在」であると見なした[22]。

テクストの登場人物を時代のアレゴリーによって直結することは無理があるが、渡邊がそう見なしたくなるほど、女性表象たちは没主体的で、個性やリアリティがないのはその通りである。作中最も近代女性的とされる妙子にしたところで、お譲さん芸としての「人形の製作」や「洋裁」などに手を染めるだけで、どれも長続きせず結局は男性の収入に依存する体質が抜けない。物語現在を活気づけている三女の雪子と四女の妙子は「姉妹」という同質性のなかの異質性という微細な違いがあるだけで、高橋世織の言う「外見は対照的ではあるはずなのにその実、置換可能な記号」としての側面をもっている[23]。

だがかつてアメリカの南北戦争を背景とした「若草物語[24]」がそうであったように、歴史の節目において四姉妹たちが織り成す「同質性のなかの異質性」という微細な差異が演じられる定型的なドラマこそ、渡邊の言う「無底を映す鏡」としての空虚な記号の存在理由といえるかもしれない。その意味で「生活の定式」という大阪船場の商家をルーツとするその文化的・生活的慣習行為を基盤にその物語世界と表現様式の連携の様相を分析した佐藤淳一[25]と、いっけん相異なる方法を用いた渡邊がそろって『細雪』の様式性を焦点化したことは意義深い。つまり両者とも作家の内面世界の表出として小説表現を扱うのではなく、作家個人のレベルではほとんど回答不能な集合的な問題設定をおこなっている点で共通項をもっているのである。

そこから浮上するのは、テクストが帝国の末期という共同体の時間を物語の時間と重ねながらも、その完成が敗戦および占領期にあるという特殊性である。言い換えると、『細雪』は「帝国」を是とする言説から否とする言説へというコペルニクス的転回のなかに置かれたテクストであるということである。本作をまえに、私たちは次なる課題としてこのような転回が、どのように可能となったのかを問わなければならない。

2　『源氏物語』からの遺産

大きな転回を経たテクストとしての『細雪』を論じるうえで欠かせないのは、それらを盛り込む容器としての「長篇小説」という側面である。時間をどう扱うかはその長短にかかわらず小説にとって生命線だが、本作は一九三六年秋から一九四一年春までという帝国が亡国へと向かう時期を上・中・下の三巻に分けるという明確な時間軸のもとに構成されている。ではこのような時間軸は何にもとづいているのか。たとえば谷崎がその出発期から密かに超えることを目指していた先輩作家漱石は、長編小説について次のような言葉を残している。

普通の小説を作ると仮定すれば、世間人事の紛糾を写し出すことですから、何うしても小説には道徳上に渉ったことを書かなくてはならない。勿論短篇のものなれば、月が清いとか、風が涼しいとか書いただけでも文章の美を味ふことは出来もするが、長編の小説となると道徳上の事に渉らざるを得ない。（中略）文学は好悪をあらはすもので、普通の小説の如き好悪が道徳に渉つてゐる場合には是非共道徳上の好悪が作中にあらはれて来なければならん。[26]

今日から見ると意外に思えるかもしれないが、漱石は職業作家として出発する直前、このような「道徳上の好悪」を問うという長篇小説観を抱いていた。談話筆記のため厳密な文学論とはいえないという見方もあるだろうが、大勢の読者を対象とする新聞小説家になろうとしていたとき、彼がこのような考えをもっていたことは注目に値する。問題はこのような長篇小説の基本的な原理と実際の小説の文体がどのように切り結んでいるかであろう。

その出発期、小説だけでなく戯曲「誕生」（『新思潮』一九一〇年九月）、「信西」（『スバル』一九一一年一月）など平安王朝やその末期を生きる人物たちのドラマを手掛けた谷崎の場合は、結論を先に述べると彼は道徳や倫理などとは異なる価値を長篇に求めたといえる。ここでひとまず昭和戦前期の主な谷崎作品の系列をたどってみると、『春琴抄』（創元社、一九三三年一二月）、『文章読本』（中央公論社、一九三四年一一月）を経て『猫と庄造と二人のをんな』（『改造』一九三六年一月）、『吉野葛』（創元社、一九三七年一二月）後に取組んだ『源氏物語』の現代語訳（『潤一郎訳源氏物語』全二六巻、中央公論社、一九三九年一月〜一九四一年七月）という翻訳行為が浮び上がってくる。

もちろん「読むこと」と「書くこと」が異なるように、「翻訳すること」と「創作すること」とは次元が異なる。ではなぜ谷崎においていっけん迂回路にみえる翻訳行為は必要だったのだろうか。一般に異文化間の言語の翻訳と、同一言語内での翻訳ともいうべき古文から現代文への語訳＝翻訳は異なるように思われがちだが、実はそれほど差があるわけではない。この点について柄谷行人は二葉亭四迷の例を挙げて、彼は「逐語的な忠実さ」を実行することで「意味に還元されない「純粋言語」を感じとろうとすることができた」と指摘した。[27] 柄谷のいう「純粋言語」

とは様式性や時代性に還元されない文学言語のことといえるが、ではそれはどうやって可能となるのか。その点で翻訳行為とは翻訳者が原作に対して「親密な他者」となることと語ったガヤトリ・C・スピヴァクが参考になる。[28]彼女は翻訳とは一語という語のレベルから語と語をつなぐ統辞のレベルまで「文法・論理・レトリックの三層」が連携することなしには為しえない、すぐれて頭脳的かつ職人的な行為であると述べている。もちろん谷崎における『源氏物語』の現代語訳の場合にはよく知られているように、当代のラングともいうべき擬古文体や雅俗折衷体から現代文体への移行期特有の困難をともなった与謝野晶子らによる現代語訳[29]もあり、さらに同時代の国語学者山田孝雄との連携があったので、彼一人の営為とはいえない。シベリア鉄道経由で渡仏する晶子が森鷗外に『源氏』現代語訳の原稿の校正を頼んだという逸話もあるように、[30]翻訳行為とは基本的に複数性をもつコラボレーションの要素を含む。したがって文学にとって翻訳の問題は何を谷崎が『源氏』から受容したのかという点にほぼ尽きるといえる。

ところで『細雪』と『源氏』との関連については近年、古典文学研究の側からの発信としては三田村雅子と神田龍身の論[31]がある。前者は「相互に共犯関係にすっぽりと包まれている」「家族幻想の物語」というようにあくまでも近代小説として批評的に捉え、後者は光源氏の世界が色褪せはじめる「玉鬘十帖」から「匂宮三帖」の特に「竹河」巻へと至る「デカダンスとでもいうべき斜陽の美学」が『細雪』にあることを指摘している。五四帖にもおよぶ長篇物語である『源氏』のなかでも二二番目の「玉鬘」以降は、単に宮廷文化礼讃ではなくむしろ栄華から頽落しているという指摘はすでに円地文子もおこなっているが、[32]その意義を再認識させた神田の論は重要である。

その頽落の内実については後で触れることにして、ここではそのような栄華から頽落へという移行がすでに述べた帝国日本の没落を背景とした『細雪』にも応用されていることに注意しよう。そのうえで浮び上がるのは、種々取沙汰されている谷崎の「源氏遺産」が仮にこの点にあるとしたら、谷崎は執筆の最初からこのような物語を目論んでいたのだろうか、という点である。ここで作家の意図を詮索してもあまり意味があるとは思えない。ここでいささか迂回路ながら先ほど提出した長篇小説と文体の問題を、漱石の小説を論じた水村美苗の説を例にして再考してみよう。

漱石の朝日新聞入社第一作である『虞美人草』(『東京朝日新聞』一九〇七年六月二三日〜一〇月二九日)を論じた水村は、本作には「男と男」の関係で取引される第三項として「女」があり、取引の主体が男性である以上、倫理は男性間に存在するので、勢いヒロインとしての藤尾は「美文」という同時代においてすでに旧派となっていた文体のなかに閉じ込められた存在になってしまい、明治の現代小説としてリアリティをもたなくなる、という趣旨のことを述べている。(33)

同じ文章のなかで水村は「日本近代文学とは男の作家が平安女流文学の系譜をいつのまにか継承してしまい、「男と女」の世界という観点からは、まさに平安女流文学者たちの精神を無化して行った文学」であるとも言う。そして新聞小説第一作としての『虞美人草』以降、前後期三部作を含む数々の長篇小説を書いた「男の作家」のひとりであるはずの漱石は、その後、長篇小説の原理としての「「道義上の好悪」にこだわり、「男と女」の世界にはげしく抵抗した」からこそ、「平安女流文学者たちの精神を継承させた」と指摘する。そんな漱石との比較において水村は「谷崎の女たちは男と同質の精神をもたない、というより、精神をもたない」とまで言い切ることになる。

すでに確認したように、占領期の言説空間において山本健吉や松田道雄が問題視したように女性たちが「精神を持つか否か」は重大な問題であった。だが破綻しつつある帝国を背景とするテクスト空間を生きる彼女たちに「精神」を構成する個別性や内面性の有無を問うこと自体、無用な詮索であることは明らかだ。すでに「精神」や「観念」という表象が戦時下の帝国によって回収されているとき、刻々と形骸化しつつある様式やその日常的形象としての慣習行為こそ、帝国によって強く志向される集合的な表象に抗して、戦争末期において身を守る最後の拠点としての個的存在の「外皮」となるからである。

そんな「外皮」にとって価値化されるものとは、おそらく表象としての強度をおいてほかにない。すでに触れた漱石の長篇小説「門」に対し、谷崎が「先生は「恋は斯くあり」と云ふ事を示さないで「恋は斯くあるべし」と云ふ事を教へて居られる」と楯突いたことを想起しよう。[34] 友人の恋人と結婚してしまった負荷に怯えつづけ、崖下の借家でひっそりと生きる夫婦の内に潜む「倫理」よりも、谷崎にとって重要なのは戦時下をものともしないような、「斯くあり」として、当代の裕福な中流上層階層女性に特有の被服や化粧で身を装った姉妹たちが繰り広げる日常的な振舞いであり、彼女たちの発する、東京語とは差別化されたローカルなゆえに活き活きと発せられる声の交響である。これが明治末から三十年後の帝国の末期において谷崎が選んだ長編小説の方法といえよう。

ではそれはどのようにして実現されているのか。そのアポリアを解く鍵の一つとして、次に蒔岡貞之助という昭和戦時下にもかかわらず、万事につけて女たちをおおどかに見守る男性表象に着目したい。

3 貞之助の役割

幸子の夫貞之助は、芦屋川の自宅から大阪のオフィスに通っている経理士である。経理士とは、いかにも商都大阪船場の豪商の次女の婿として選ばれるにふさわしい設定である。設定の巧みさは職業だけでない。彼を当主とする一家が住む阪急神戸線の芦屋川は、原武史によれば「阪神間の山の手」一帯として「郊外ユートピア」[35] の役割を果たしていたことは見落とせない。ともすると私たちはこの物語を芦屋・大阪・京都・東京という少なくとも四つの著名な都市に下位分類される「関西と関東」、言い換えると京都と東京の二都物語として読んでしまうからである。視点人物である蒔岡家の次女幸子の住まいは芦屋で、長女鶴子の住む本家は大阪にもかかわらず、平安神宮などの観桜の場面の印象と、後に本家が東京に移住し、嫁入りまえの雪子もそちらへ身を寄せるためか、読後には京都と東京の対立的な印象が強く残るのである。

だが原によれば、この物語の重要な拠点であり、視点人物としての役割を果たしている幸子・貞之助夫婦の住む芦屋川は「大阪の梅田と神戸」（国鉄の神戸とは別）を結ぶ線」として一九二〇年に開通した、関東をしのぐ「関西私鉄」にとって憧れの住宅地だったという。そこはまさに庶民にとっての「ユートピア」＝非在郷であると同時に、テクストにとっても相当な強度をもつ空間といえる。古都である京都からも商都である大阪からも一定の距離をもつその空間は、どちらにも近接しながらどちらにも属さないという稀有な境界性をもつのである。

このような空間が貞之助という男性によってささえられていることは意義深い。大阪船場の豪商であった蒔岡家の次女の入り婿である彼は妻とその姉妹たちのいわば後見人でもあるが、その役割は長女の夫である蒔岡辰雄とは大きく異なる。長女鶴子の入夫として辰雄がほんらい果たすべき役割を、貞之助は辰雄に代わって物質的にも文化的にも担っているのである。物分かりのよい分家の当主としての彼がいなかったなら、この物語自体が成り立たないと思われるほど献身的に幸子たち姉妹を物心両面でささえ続ける。

その献身の様相は、栄転だからといって本家の当主でありながら由緒ある旧家としての本家をあっさり畳んで、さっさと一家をあげて東京に移転してしまう辰雄とは対照的である。これほど姉妹たちにとって理想的な貞之助の造形は、おそらくこのテクストが反東京物語を密かに目指しているからだろう。これと正反対なのは、本家の再興も姉妹たちの扶養も果たさず、栄転とはいえ東都に行ってしまう辰雄の場合に表れている。彼の五人の息子たちの名に与えられた「雄」の列挙など、おそらくこのようなあまりにも破格すぎる名づけとは対照的な「貞淑」の男性版として「貞」の「助」（男性）という登場人物名には[36]、作家の強い意志が働いているのだろう。

かつて丸谷才一は『細雪』を「戦後の日本の小説のなかで最も多くの読者を得た」作品として高く評価したが、

「貞之助の肖像が曖昧」である点を残念な「欠点」と見なした。(37) 丸谷はさらに「彼がもつと的確に描いてあれば、三人の姉妹の姿もそれに応じて一段と魅力を増すに相違ない」とも言う。だが、すでに述べたように彼が大阪のオフィスに通う経理士であることは明記されているし、目立たないようではあるが彼が姉妹たちをささえていることはよく読めば至るところに書き込まれている。

それでは彼の役割とは何か。姉妹たちの生活の面倒はもちろん、何度か繰り返される雪子の見合い、奔放な妙子の尻拭い等々から季節ごとの行事まで、彼女たちの下部構造から上部構造までを担う彼こそ蒔岡家の確かな後見役であり、その存在意義とは女性表象を際立たせることをおいてほかにない。確かに上・中巻までは幸子を視点人物として、その左右に雪子と妙子を対にしたような三角形の構図をもっている。だが冒頭のピアノの演奏会の場面（仕事を終えてから彼は幸子と雪子と三人で外食をする）、雪子の瀬越との見合いの席、妙子の人形の個展、翌春の恒例である平安神宮への桜見物、中巻では妙子の山村舞の会等々の場面のなかで、貞之助はいつも静かに姉妹たちを見守っている。ときに彼が和歌の初句を詠み、姉妹たちがそれに句を付ける場面などがあるが、最後の締めの歌は少し時間をずらして彼がさり気なく詠むなど心憎いばかりの名脇役なのである。(38)

だが、下巻に至って彼に変化が生じる。しばらく見合い話が途絶えていた雪子に本家の辰雄の遠縁にあたる大垣在住の豪農菅野家の紹介で、名古屋の素封家澤崎との蛍狩りにかこつけた見合いの場面。菅野家は江馬細香などの筆蹟も幾幅か家蔵する家柄であるが、素封家ながら身なりに構わずさほど書に通じていない澤崎は引け目を感じ、結果的にこの縁談は破談となる。やがて菅野から「格別惜しき縁談にては御座なく候」（下巻、五五頁）云々の手紙とともに「蒔岡様之件其後協議申候処御縁無之申候間何卒御先方様へ其旨御伝願上候」（同、五六頁）という澤崎からの手紙が同封されて届く。

このとき貞之助は彼には珍しいくらい憤慨を露わにする。「「申候間」なる文句は一層空々しくて不愉快」（同、五七頁）と感じた彼の怒りは、このような候文による断り状を同封してきた菅野の未亡人にも向かう。「とても都会人の細かい心持などは分る筈のない、粗っぽい神経を持つ人」（同、五八頁）という箇所からは、貞之助の抑えようのない怒りが滲み出ている。それは澤崎への怒りである以上に形骸化した候文を送り届ける者への怒りである。「候文」とは階層や身分・職位などのヒエラルキーによって構成される社会秩序が安定している場合こそ、言いにくいことを言語化し、ときには性差も超える便利な言葉の外皮として社会的機能を発揮する。だが、一九四〇年前後という戦時下においてそれは問答無用の抑圧的な力を持つことになる。いっぽう澤崎につづく雪子の見合相手の橋寺からの断りの手紙に対しては「巻紙に毛筆で、「候文」ではないけれどもよく行き届いたソツのない書き方がしてあつた」（同、一四五頁）と貞之助は評価しているのである。

この大垣での見合いの席こそ、時局に配慮しつつも蛍狩りにかこつけて苦心惨憺して設定した蒔岡分家にとって最大行事であった。そのとき否定されたものは、雪子だけでも見合の席に連なった幸子だけでもなく、大垣に同行しながら悦子とともに蛍狩りに行って席を外していた妙子も含めた芦屋にいる蒔岡ファミリー全体が含まれるはずである。特に貞之助は、見合いの席に不在で事後の顚末だけを知ったからこそ、姉妹たち総てが否定されたような手紙に接して怒りが増幅されたのかもしれない。小説中ほとんど唯一と言ってよいあらわな貞之助の感情吐露は、日頃の彼が名脇役だったからこそなされたのである。彼を男性性のカテゴリーのなかに位置づけ、幸子や他の姉妹たちとの対立関係を焦点化する論もあるが[39]、この箇所をみれば物語全体のなかで彼が制度へ加担する本家の辰雄と差異化されて、女性表象の造形に貢献していることは明らかであろう。

4 様式性を覆す「テクスト的な現実」

「声の物語」を書くことでは定評のある谷崎だが、実は「声」は書き言葉(エクリチュール)という容器があってこそ成り立っていることを見落とすことはできない。それは本論冒頭にも引用した「それは人々がまだ愚かという徳を…」ではじまる「刺青」以来一貫している。仮にこの冒頭の一文がなかったなら、刺青師清吉の一逸話になりかねないものを、「愚かという徳」という観念的な一語によって、近世の市井譚に分類されかねない話柄を近代の価値観である「芸術」なるものを想起させるまでにまで引き上げることに成功したのである。もちろん「愚か」の内実など読者によって様々に連想され、かつ定義される曖昧な「空虚な一語」であるに違いない。だが空虚であるからこそ、人はその空席に向かってあれこれ想像を逞しくする。そのような力がこの一語にある。

では『細雪』において「空虚な一語」に値するものは何か。それはほかでもない。「細雪」というタイトルがそれに当たるだろう。「瑣談」にある証言などから、大方の読者は「雪」との関連で主役級の雪子を想像するかもしれないが、タイトルから特定の人物を想定することはほとんど無意味である。むしろ「雪子」という名に託されたのは、春先の淡雪のように消えて無くなりそうな女系による中流上層のシスターフッドそのものであり、その代表格の名が「雪子」であると読むのが妥当ではないか。

したがって英訳『細雪』の表題「蒔岡姉妹(マキオカシスターズ)」(40)は、姉妹という女性表象の物語であることを明示した点では正答であるかもしれないが、姉妹をささえる名脇役を失念させる、という意味では誤解を招きかねないことになる。『源氏物語』が光源氏という皇位に近い男系とその後継者たちの物語として成立するために、多くの女性表象を必要としたように、『細雪』という女系家族の物語には、類型的な女性表象とそれをささえる、やはり類型的な男性表象である貞之助という、彼女たちを仕切る名脇役が必要とされるのである。なにしろ「女系」物語とは、「男系」の皇位継承によって成り立つ近代天皇制が支配する帝国においては実に得難い「テクスト的な現実」を主題面で構成するものであるからだ。

では、他の「テクスト的な現実」とは何か。一つは冒頭から発せられる人物たちの関西風の活き活きとした声の現前である。それは登場人物たちと同じ関西圏で女性たちに囲まれて生育した折口信夫が指摘したような「新しい大阪語」としての「宝塚歌劇団の座員用語」的な「あてやかさ」に近いものであることは間違いない。[41]さらに折口は声の指摘のみならず『細雪』が「戦争前の日本社会中層」の物語であること、しばしば「古風」と評される雪子に「三人姉妹の中、最根強い性格」で「認められにくい性質が、高い教養を包んでいるところなど、何とかして欧米語に訳したい」とまで述べている。ここには「テクスト的な現実」にもとづいた観察があり、ほかの評者にない独自性が認められる。

もちろんテクストは物語を活気づけた声がしだいに力を失っていく様相も描き出している。声に特徴づけられたテクストの物語現在は、人物たちの回想などに挟まれてしばしば中断を余儀なくされてしまう。佐藤淳一は幸子が「〈過去〉と〈現在〉の接続点として表現に関与している」、「〈現在〉のほとんどの場面に存在している」[42]と指摘した。確かに物語の時間的持続を担っているのは表層的には幸子であるが、テクストには登場人物たちを統括する語り手が、幸子にかぎらず種々の声を仕切って全体として凋落に向かう一家を記述している。そして、語り手を補足しつつ時に姉妹たちの忠実な代行者として振舞っているのはまさに貞之助という男性表象なのである。

物語から浮上してくるのは両親や父親が健在だった頃の商都を生きた商家一族の華麗な「栄華」と現在との落差である。いわば姉妹たちの艶やかな声の交差の影から見え隠れするのは、すでに「深窓の令嬢」的な雅さなどではなく、ある意味で抜け目の無ささえ透けて見えるしたたかさである。それは恋仲になった写真師板倉の死後、赤痢や妊娠・死産など立て続けに災厄に見舞われる末娘で「こいさん」と通称される妙子だけではない。幸子の一見、優雅にも穏やかにも見える雰囲気とは、商都の娘時代を過去にもち、現在は「芦屋」という新興住宅地の経理士夫人となった彼女の醸しだす中流階層的なハビトゥスの賜物であろう。さらに姉妹のなかでもっとも日本的でかつ、『源氏』の女君さえ彷彿させるという評もある雪子にしても、見合いの失敗に際しては「今度も亦あかなんだ」（下巻、一四六頁）と、率直に事態を受け止める潔さと、それを伝えるに際してはそこはかとないペーソスとユーモラス感を漂わせ、折口の言う「新しい大阪語」を使う女性表象に近い現実感（リアリティ）がうかがえる。

そんな雪子が、何度目かの見合いの失敗の果てに、ようやく婚約が成立していよいよ挙式のために上京するという段になって突如予期せぬ下痢に襲われるという展開は、テクストに目の覚めるような裂け目を生じさせている。仮にテクストが新全集の「解題」に示されたように、現行本文への変更まえの「けふもまた衣えらびに日は暮れぬ嫁ぎゆく身のそゞろかなしき」という幸子の嫁入りに際して詠まれた歌で終わっていたら、『細雪』は帝国の長篇小説とは言えないものになっていたかもしれない(43)。「社会の皮膚」としての「衣えらび」を悲しむ女性表象こそ、風俗小説としての末尾に相応しいものはないからである。

好きなだけ嫁入りの着物を誂えることができた時代に幸子が詠んだこの歌は、現行の本文では天長節の四月二九日の三日まえ、下痢が止まらないまま雪子が挙式のために夜行で東上する描写の直前に挿入され、散文のなかに痕跡を残しつつもすでにその力を失って文中に溶解しようとしている。すでに種々指摘があるように、雪子のこのハレの日直前の不調こそ様式性に充ちてはいるものの谷崎の長編小説の終焉としてふさわしいものはないだろう。

おわりに

『源氏』が光源氏の不遇から絶頂へ、絶頂から終焉、さらにはもはや「雅」などとは言えない「宇治十帖」という頽落した子孫たちの物語へとおおきくカーブする動線を描くことで王朝の長編物語たりえたように、『細雪』も鶴子・幸子という上二人姉妹の華やぎを過去にして、物語現在は下の二人姉妹の凋落をあからさまに語っている。そういえば、物語冒頭からいわゆる「ヒロイン級」の女性は外出仕度に余念のない幸子であり、雪子は悦子の守役も兼ね、妙子に至っては姉の仕度を手伝う小間使い然として登場していたことが思い合わされる。特に姉たちと異なり、いつも洋服姿の妙子は自らその技倆があるからとはいえ、山村舞の発表会の舞姿や三好と関係した後の妊娠・死産後などの粗末な着物姿はふさわしくない。悦子から「やっぱりこいちゃんは、洋服姿のほうがえ、なあ」(下巻、二二三頁)と悦子に言われるのが妙子なのである。

かつて中村真一郎は三女雪子と四女妙子の内面があまり描かれていない点を「作者がその人達の心の中に無遠慮に入つて行くことを拒絶してゐる」ゆえの「側写法」であると指摘した。[44]同じ時期、加藤周一は中村と交わした公開の往復書簡[45]で「女主人公雪子は、現実的に描かれてゐない」という中村に対し「あれは日本の女の一つの典型をよく描きだしたもの」と述べていた。ここにはテクストの方法を焦点化した中村と、物語内容に注目した加藤の違いがよく表れているが、テクストが結末へと至る箇所はこの方法と内容という二つの水準が巧みに統合されている。三女と四女に降りかかる不測の事態の数々が、長女と次女の比較的平穏な日常と対比されているという最終部の物語展開こそ、『細雪』にふさわしい。それは単に非日常/日常というようなレベルを超えて下巻に見られる「敗戦の亀裂[46]」を推測したくなるような分水嶺と言える。およそ年齢差十年ほどの四姉妹のなかの上二人の姉妹と下二人の姉妹の間に黒々と引かれたこの分水嶺こそ、戦中から敗戦へという時間を分ける「八月十五日」―十五年戦争へと至った必然の結果としての敗戦の日付―に本作が共振した痕跡といえるものであろう。[47]この意味で『細雪』は、女系家族の没落を描くことで、帝国の記憶装置としての「国民的な」長編小説となったのである。

注

（1）磯田光一「解説」（『細雪』上巻、新潮文庫、一九五五年一〇月、初刊。引用は二〇一六年一月、一〇二刷による）。なお、『細雪』上・中巻本文からの引用は『谷崎潤一郎全集』第一九巻（中央公論新社、二〇一五年六月）、下巻は同全集、第二〇巻（同、二〇一五年七月）により、以下『全集』と表記し出版社名は略す。

（2）中央公論編集部「お断り」（『中央公論』一九四三年六月）。

（3）谷崎潤一郎「「細雪」回顧」（『作品』一九四八年一一月。原題「『細雪』その他」。以下、「回顧」の引用は『全集』第二〇巻（二〇一五年七月）による。

（4）『細雪』の刊行は私家版（一九四四年七月）、『細雪 上巻』（中央公論社、一九四六年六月）、『細雪 中巻』（同、一九四七年二月）、『細雪 下巻』（『婦人公論』同年三月〜一九四八年一〇月）という経緯をたどる。

（5）宮内寒弥「文藝時評 或る暗示」（『新潮』一九四三年二月）。以下、戦前期の「細雪」評の引用は池内輝雄編『文藝時評大系 昭和篇Ⅰ』第一九巻（ゆまに書房、二〇〇七年一〇月）による。

（6）岡田三郎・伊藤整「三月の小説—対談月評—」（『新潮』一九四三年四月）の伊藤の発言。なお伊藤はこれに先立ち「文藝時評(1)「細雪」を読む」（『東京新聞』一九四三年三月八日）でも「この作品ほどこの作家が立派に見えたことは、かつて無かつた」とも述べていた。

（7）福嶋亮大『厄介な遺産 日本近代文学と演劇的想像力』（青土社、二〇一六年八月）参照。

（8）谷崎潤一郎『都わすれの記』（初刊、創元社、一九四八年三月。谷崎松子が揮毫した総木版手刷の本文、挿絵と装幀は和田三造。再刊『Memoir of Forgetting the Capital 都わすれの記』雄松堂書店、二〇一〇年一一月、日英対訳版。著者、谷崎潤一郎、訳者、エミリー・ハインリック、ドナルド・キーン序文）。以下、歌の引用は本書による。

（9）堀田善衞『定家明月記私抄続編』（ちくま学芸文庫、二〇〇八年一一月、第四刷）一三〇頁。

（10）鈴木日出男「『源氏物語』の和歌」（『古代和歌史論』東京大学出版会、一九九〇年一月）八六九〜九〇七頁による。なお西野厚志「散文と韻文のあいだ—「細雪」下巻三十七章を読む—」（『日本文学』二〇一六年五月）は物語の最終箇所に置かれた歌のみの分析のためか、「和歌」を「定型的な力」として一般化してしまい、テクスト全体で和歌の果たす三種の機能に自覚的でない点が惜しまれる。

(11) 篠田一士は「ミメーシスとは、もちろん、プラトンによって提起され、アリストテレスにおいて一応の完成をみた文学理論の根柢によこたわる現実模写、あるいは描写の謂である」(『ミメーシス(上) ヨーロッパ文学における現実描写』筑摩書房、一九六七年三月、序)と定義している。

(12) 蓮實重彥『『ボヴァリー夫人』論』(筑摩書房、二〇一四年六月)二七~二九頁参照。

(13) 水村美苗「谷崎潤一郎の「転換期」―『春琴抄』をめぐって―」(『日本近代文学』六八集、二〇〇三年五月)。

(14) 山本健吉「「細雪」の褒貶」(『群像』一九五〇年一一月)。

(15) 松田道雄「「細雪」について」(『日本評論』一九五〇年三月)。

(16) 谷崎潤一郎「「門」を評す」(『新思潮』一九一〇年九月)。なお「門」は『東京朝日新聞』・『大阪朝日新聞』一九一〇年三月一日~六月一二日)に連載されていた。

(17) 第二芸術論は一九四六年、桑原武夫によって提起された俳句否定論だったが、やがて短歌にまで適用されることになった(上田三四二、日本近代文学館編『日本近代文学大事典』第四巻、講談社、一九七七年一一月)等参照。

(18) この間の事情については拙稿「「萩の舎と一葉―明治宮中文化圏からの離陸―」・「花圃と鉄幹をめぐる問題系「亡国の音」前後」(『女性表象の近代 文学・記憶・視覚像』翰林書房、二〇一一年五月、五八~九一頁)および日本史学の刑部芳則『京都に残った公家たち 華族の近代』(吉川弘文館、二〇一四年九月)などを参照されたい。

(19) 『明治天皇紀』第八巻(吉川弘文館、一九七三年三月)によれば、それまで広島に置かれていた大本営は、四月二七日から五月二九日まで京都御所にあった。

(20) 平安神宮ホームページ http://www.heianjongu.or.jp。閲覧日、二〇一七年一〇月二八日。

(21) 谷崎潤一郎「シンガポール陥落に際して」(『文藝』一九四二年三月。引用は『全集』第一九巻、五三六頁)。なお中学時代の谷崎は「われ幼きより、最も嫌ひしは軍人にて、次は商人なりき。たとへ名声を世界にふるひ、功名を天下にたつとも、他人の生命を奪ひ、刃をふるひて血を流すは、これをしも人の道にかなへりとやいはむ」(「春風秋雨録」、『学友会雑誌』一九〇三年一二月。引用は『全集』第二五巻、六〇頁)と記していた。

(22) 渡邊英理「無底を映す鏡　谷崎潤一郎『細雪』試論」(『UTCP研究論集』二〇〇七年三月)。
(23) 高橋世織「『細雪』—耳の物語—」(『文学』一九九〇年七月)。
(24) 『若草物語』(ルイーザ・メイ・オルコット作、原題：Little Women)。一八六八年に刊行後、何回か映画化され、戦後では一九四九年にハリウッドで映画化され、日本でも同年二月に公開された。
(25) 佐藤淳一『谷崎潤一郎　型と表現』(青簡社、二〇一〇年一二月)。
(26) 夏目漱石、談話筆記「文学談」(『文藝界』一九〇六年九月)。引用は『漱石全集』第二五巻(岩波書店、一九九六年五月)一七九頁。
(27) 柄谷行人「翻訳者の四迷—日本近代文学の起源としての翻訳」(『国文学解釈と教材の研究』二〇〇四年九月)。
(28) ガヤトリ・C・スピヴァク「翻訳の政治学」(『現代思想』一九九六年七月)。
(29) 拙稿「与謝野晶子『新訳源氏物語』が直面したもの—歌／物語／翻訳」(『女性表象の近代　文学・記憶・視覚像』)翰林書房、二〇一一年五月)を参照されたい。
(30) 金尾種次郎「晶子夫人と源氏物語」(『読書と文献』一九四二年八月)。
(31) 三田村雅子「〈人形〉の家の『細雪』」(『近代文学研究』二〇〇六年三月)。神田龍身「『細雪』と『源氏物語』—文化の終焉と医学的言説—」(『日本近代文学』七四集、二〇〇六年五月)。
(32) 円地文子「谷崎文学の女性像」(『近代文学鑑賞講座』九、角川書店、一九五九年一〇月)。
(33) 水村美苗「「男と男」と「男と女」—藤尾の死」(『批評空間』一九九二年七月)。
(34) 谷崎、注(16)に同じ。引用は『全集』第一巻(二〇一五年五月)による。
(35) 原武史『「民都」大阪対「帝都」東京　思想としての関西私鉄』(講談社、一九九八年六月)三二～三五頁。
(36) 細川光洋は彼を「その名のごとく「貞操」を守ることによって、美しい姉妹の鷹揚な保護者、あるいは観察者」(「「谷崎源氏」の冷ややかさ—『にくまれ口』を手がかりとして—」(『講座源氏物語研究』第六巻、おうふう、二〇〇八年八月)と指摘している。
(37) 丸谷才一「『細雪』について」(『日本文学全集10 谷崎潤一郎』解説、河出書房新社、一九六八年四月)。引用は『丸

谷才一全集』第九巻、文藝春秋、二〇一三年一一月）三四〇～三四一頁による。

（38）上巻十九末尾の「いとせめて～」という初句ではじまる貞之助の観桜歌は、ここでの彼が行楽の記録＝記憶係であることを端的に示している。

（39）東海林志緒「姉妹を眼差す男達―谷崎潤一郎『細雪』論―」（『語文論叢』二〇一三年七月）。

（40）『細雪』はサイデンステッカーによって The Makioka Sisters というタイトルで英訳されて Tuttle 社から一九五八年に出版された。

（41）折口信夫「『細雪』の女」（『人間』一九四九年一月）。引用は安藤礼二編『折口信夫文芸論集』（講談社文芸文庫、二〇一〇年四月）二一〇～二一七頁による。

（42）佐藤淳一、注（25）一五〇、一五一頁。

（43）西野厚志「解題」（注（1）『谷崎潤一郎全集』第二〇巻、六一六頁）の校異による。なお、本稿で取り上げている谷崎作品の初出については全て西野作成のものによる。

（44）中村真一郎「「細雪」をめぐりて」（『文藝』一九五〇年五月）。

（45）加藤周一・中村真一郎往復書簡「「細雪」の雪子など」（『新女苑』一九五〇年五月）のなかの「中村真一郎氏へ」の箇所。

（46）渡部直己「雪子と八月十五日―『細雪』を読む」（『擬態の誘惑』（新潮社、一九九二年六月）一七一頁。

（47）渡部は右の注において下巻の具体的な箇所を「八月十五日」の痕跡として指摘して立論しているが、その痕跡は下巻の個々の場面だけでなく上・中巻から下巻へ至る物語全体の展開のなかにも認められる。

一九五五年のシナリオ「三四郎」と「こころ」
――漱石テクストの映画化が語るもの――

はじめに

一九二〇年代の直前に誕生し、現在までつづく映画雑誌『キネマ旬報』による『キネマ旬報ベスト・テン八〇回全史 一九二四―二〇〇六』（以下、『全史』と表記）[1]を見れば、一九五〇年代が特別な時期であったことは誰しも異論がないだろう。それは一九三〇年代に第一次黄金期を迎えた日本の映画界において二番目の、そしておそらく最後の黄金期[2]ということができるからである。なかでも一九五五年は特別な年に思える。『全史』掲載の同年の概況によれば、映画館数は第二次世界大戦終結時の「九五〇館」から「五一八二館」へという驚異的な数字を示し、邦画五社は二本立てによる「量産競争」に入りつつも「活況の中から優れた作品もまた数多く作られた」時代であったという。[3]そのなかでベスト・テンに入った作品としては第一位の成瀬巳喜男監督「浮雲」（原作、林芙美子）を筆頭に、二位には豊田四郎監督「夫婦善哉」（同、織田作之助）、三位は木下恵介監督「野菊の如き君なりき」（同、伊藤左千夫）とつづく。『全史』には日本映画の三五位まで記されているのでそれを見ると、十一位には五所平之助監督「たけくらべ」（同、樋口一葉）が入り、このラインナップからはこの時期、日本の近代文学が映画の供給源としての一翼を担っていたことが浮かび上がってくる。一九五二年のサンフランシスコ講和条約の発効によって、戦後日本が文化的な活況を取り戻したことは、映画界だけでなく近代文学の世界でも事情はほぼ同じであった。明治期以降、昭和戦前から戦後十数年を経るまでの近代文学は、書籍刊行や文庫本化をはじめ国語教科書への採録などを通じて文化的な意味で幅広い裾野を形成していた。そのような状況下、近代文学を原作とする映画作品は一九三〇年代に起きた「文藝映画」の全盛期とほぼ似たような状況を迎え、テレビが家庭に浸透する一九五〇年代末までの間、原作との間で良い意味で互いに鎬を削っていた[4]。

そのなかで第二二位という、目立たない順位にランクアップされたのが市川崑監督「こころ」（日活）であった。一九五五年は漱石の小説を原作とする中川信夫監督による映画「三四郎」（東宝）も封切られ、いみじくも同年に二つの漱石を原作とする映画作品が出現し、ベストテン外とはいえ、この競合は様々の関心を呼んだ。たとえば十返肇は「映画化された漱石文学「三四郎」と「こころ」について―」[5]のなかで「三四郎」は「安易な手法」による「思春期映画」と決めつけるいっぽう、「こころ」を「文学でなければ表現しがたい思想性を、真摯にえがこうと努力しており、ある程度は描き得ている」と高く評価している。彼の評価基準は「漱石の文学は、映画化するに至難な思想の所産」であり、これは「近代人の自我の秘密という、カメラで捉えるにはまことに不適当な心理的な作品」のため「筋を追うただけでは、その特質を生かしきれない」が、二つの原作に共通する点は「人間は誰しも孤独」、「人間は人間を理解することはついにできない」という点であり、その観点からみると漱石の「思想性」や「近代人の自我の秘密」に取組んだ市川崑の映画「こころ」が優れていると評価したのである。

だが果たして、「三四郎」や「こころ」は十返の言うように映画化に向いていないのだろうか。また「近代人の自我の秘密」を表現する「心理的な作品」という彼の指摘は、これらの作品の特質を表わしているのだろうか。実は「こころ」には、市川崑監督作品でシナリオを担当した猪俣勝人・長谷部慶次の共同脚本[6]に先立ってもう一つ別のシナリオが存在する。それが久板栄二郎の「こころ」[7]である。これは猪俣らの所属する日活が先に放映権を獲得したために、松竹在籍の久板作品は映画化されなかったという事情による[8]。不思議なことに現在では猪俣らのシナリオは入手できないにもかかわらず、久板のものは入手可能である。

本稿はこのようないささか複雑な経緯をもつ一九五五年の漱石テクストの映画化をめぐって浮かび上がってくる問題を、原作テクストと比較することで検証したい。なお、映画版「こころ」は一九九七年にビデオ化、二〇〇六年にDVD化されているので誰しも視聴可能であるが、[9]「三四郎」に至っては国立近代美術館フィルムセンターにも国立国会図書館の音楽・映像資料室にも所蔵されておらず、残念ながら観ることができない。映画について論じる以上、映像テクストを観ることは前提ではあるが、止むを得ないのでここでは、まず脚本を担当した八田尚之によるシナリオ「三四郎[10]」を基に原作との比較を試み、次に「こころ」の映画化から浮かび上がるものを考察したい。

1　八田尚之のシナリオ「三四郎」

全百十シーン（以下、シナリオ・シーンはアラビア数字で、原作の章は漢数字で表記）から構成される八田のシナリオ全体の流れは、ほぼ原作と同じである。東上する東海道本線の車中から名古屋、東京、本郷の帝大へと物語は進み、やがて大学構内の池畔で見かける美禰子、大学病院に入院中のよし子という順で、女性たちに出会う展開も原作とほとんど同じである。異なるのは、原作の主筋とは関わらないが、象徴性をもつと推測される重要な箇所の削除である。[11]「三四郎」は後で論じる「こころ」とは異なり、初出から初刊へのプロセスでの漱石による変更などはなく、その分、映画化に際しての変更には映画人の解釈が如実に表われることになるはずである。

たとえば野々宮宗八宅に留守番として三四郎が泊まった晩に遭遇する甲武線の列車飛び込みによって身体を真っ二つにされる轢死女性の挿話（三章）。これは冒頭での名古屋で一夜を共にする「現実世界の稲妻」（四章）という表象と接続されているが、映画には採り入れられていない。また三四郎が美禰子と親しくなる最初の出来事である広田先生の引越し手伝いの場面（四章）。ここで「白い雲」をめぐる二人の会話は映画にもあるが、人魚の絵画を二人で見つめる場面は省かれている。前者は「汽車で出会う女」と「汽車に轢かれる女」として、一瞬であるものの三四郎の無意識下の性的な欲望対象が不可解な他者として表象されるという効果をもっている。後者は絵画小説ともいわれる本作のなかで、原口画伯の絵のモデルになることを選び、その絵の制作プロセスと併行するように、絵画的な一瞬の美に賭けて物語世界を退場する美禰子という女性表象の一面を語る暗示的な場面といえる。特に広田先生宅の引越しで二人が共に人魚の絵画を鑑賞する場面は重要である。ここはテクストのなかで、絵画鑑賞という知的要素と、セクシュアルな絵画を男女が同じ空間で眺めるという性的要素が結合されているからである。[12] ここは十返が指摘する漱石の「知的な処置」が「放擲」されたともいえ、あるいは止むを得なかったかもしれないが、やはり原作がもつ強度を弱めている。

その代りに新たに「シーン27構内の池畔」で付加されているのは、後に「三四郎池」と呼ばれることになる場所で、鯉を盗み採りする学生を登場させ、その人物を与次郎にしているという設定である。これは原作で果たしている東京の学生生活のナビゲータとしての彼の役柄とともに道化的な要素を強調したものであろう。また原作ではほとんど明示的に描かれなかった三四郎の下宿が「蛍雪館」と名を与えられ、そこで他の下宿生たちの描写も挿入されるなど一定のリアリティが与えられている。これらは三四郎だけを特化せず、いわば「青春群像」の一人として扱う処理とも言えるが、反面、十返のいう「安易な手法」とも捉えられかねない。さらにラストに近い「シーン107」。これは原作では風邪のため病臥していた三四郎の服のポケットに仕舞われていた美彌子の結婚披露の葉書として表象されていたが、シナリオでは「結婚披露宴」での会話付きの場面となっている。これはやはり「なくもがな」のシーンとして同時代で悪評をこうむった一因といえるものだろう。ただ公平を期す意味で付加すると、最終的な映画のラスト「シーン110A号室」は絵の展覧会場に設定され、美禰子の画を見つめる三四郎に美禰子の「ストレイ・シープ」の声が重ねられ、つづいて「我が罪は、常に我が前にあり」でF・O（フォーカス・オン）で幕となっているなど工夫も見られる。

しかし、このような見過ごせない差異や問題点はあるものの、上映から六十年以上が経過した現在からみると、意外に興味深い点も見受けられる。それは一言でいうと、登場人物の女性たちが、多分に俗っぽさを持ってはいるものの実に活き活きと描かれていることである。それは物語の後半、三四郎と美禰子の関係に顕著に表われる。より正確に言うと三四郎の関心が美禰子に傾くことがあきらかになるにつれ、美禰子のほうも三四郎に少なからず心を寄せていることが明確に示されるのである。原作では美禰子から三四郎への関心はさほど明示的ではない。そこが曖昧になることで、例えば十返が言うように「里見美禰子の三四郎にたいする愛のあるかのような、ないかのような複雑な女性心理は、やはり人間の孤独さを描いたもの」という「人間の孤独さ」へと収斂するような観念的な解釈ラインが生じることになる。

その意味で曖昧さという多義性をもつ美禰子という表象への回答の一つが八田尚之のシナリオといえる。原作テクストにおいて多くの解釈を生じさせる、いわば読者にとって魅力の源泉だった美禰子の三四郎への揺れる愛を、八田は明確に表現しているのである。その際、シナリオでは野々宮よし子が重要な脇役を果たしていることに注目したい。それは「シーン67室内及び縁側」で絵を描くよし子が主導権をもつ会話を布石として、次第に明瞭になっていく。たとえば「シーン80下宿・三四郎の室」の場面で、自室に入った三四郎はよし子がいるのに驚くが、「クラス会の余興」帰りに立ち寄った彼女は「貫一さん、貫一さん」と三四郎の膝に縋りつき、お宮よろしく泣き真似をし、それに対し三四郎も「宮さん、いやよし子さん、もうよして下さい」と返すのである。ある時代まで尾崎紅葉の新聞小説を原作とする「金色夜叉」という演目は、学芸会をはじめ大衆的なレベルで人々による「演じられる」常連の出し物であった[13]。それを採り入れた演出には一九五五年という映画の時空が表出されている。そのコンテクストを考慮して読まないとかなり違和感が残るところであるが、原作では美禰子と同様に知的なものを持ちつつも、自らの分を弁える女性と設定されているよし子を、映画ではあえて道化的に描くことで観客の笑いを誘ったのであろう。ここからは美禰子との差異化が印象づけられた「東京の女学生」であるよし子が、彼女と同じく結婚問題を控える明治の現代女性であるという共通性が浮上してくるのである。[14]

つづく「シーン81夜の町」では二人が肩を並べて歩き、「あなた、結婚について考えたことがあつて?」というような積極的なよし子主導の会話がつづく。これは原作にあった「東京の女学生は馬鹿にできない」(第五章)という彼女の聡明さが、早熟さという性的なコードに変換されて表出された箇所であろう。これは一般観客には美禰子・よし子・三四郎という女性二対男性一という男女の三角関係としても受取られ、関係性のなかで明らかになる美禰子の三四郎への愛を浮彫りにする効果をもったといえる。

次に引用するのは、「シーン97広田家・書斎(昼過ぎ)」と記された場面である。

美禰子　「自分で自分つてものが、はつきりしないんですの」

(中略)

先生　「何かあつたのかね」

美禰子　「ふふ……このごろ美禰子が二人になつてしまつたんですの」

先生　「そりやあチョッといそがしいね」

美禰子　「えゝ、おかげでよく眠れないんです」

と、微苦笑。

先生、のんびりした口調で

「ピチーズ・アキン・ツウ・ラヴの類いかね」

美禰子「え、……第一の私って云うのかしらそれがある人をとても好きなんです（真実あふる、瞳）……ところが第二の私がそのことをとても軽蔑するんです」
先生「なるほど……」
美禰子「そのクセ私は、第一の私の方が素直で可愛いらしいと思いますの」
先生「ふむ、アンコンシァス・レポクリシーと云うのかな。倫理的判断以前のものなんだね」
美禰子「第二の私が、どうしても第一の私を許してくれないんですけど」
先生「判るね。それがあなたを向上させるとも云えるがね」
美禰子、深くいきをする。[15]

美禰子役の八千草薫に対する広田先生は笠智衆。辛口の十返評でも前者は「一応無難」、後者は「まず巧妙」と評された二人の役者によるこの場面は、かつて三好行雄から「迷羊の群れ」とも評された[16]本作の青春群像劇としての一面を明瞭に語っている。その群れのなかで喫緊の結婚問題を抱える者として美禰子という女性表象が配されたとしても少しも不思議ではないことを、ストレートに語っているのがこの場面といえるだろう。シナリオの美禰子は原作と異なり、三四郎への愛を自覚する女性として描かれているのである。このシナリオから二年後の『映画春秋』誌上には「特集＊映画に描かれた青春[17]」が組まれ、そこに「人生と青春と映画」という一文を寄せた八田は「愉しいほど、愛しいほど、それだけ苦悩の深さをくぐらなければならない」とやや投げやりにつぶやくことになる。ここから原作でも十分には表象されなかった美禰子の女性としての悩みに、大胆に踏み込んだのが八田のシナリオということもできる。この特集号にはほかに新藤兼人・長瀬喜伴・橋本忍らによる「青春の哀歓をシナリオに！」という座談会も組まれ、そのなかで新藤は「作者に青春というものがなければ青春は出ない」と述べてもいた。どう転んでも「青春」など観念のレベルでも現実のレベルでもほとんど不在だったたった戦争の時代から十年後、「青春」は映画人たちによって内実を満たす必要のある到達目標として熱く渇望されていたことだけは確かであろう。

2　市川崑監督映画「こころ」

「三四郎」には酷評を下した十返肇だが、「こころ」には好評だったことはすでに述べた。だがここで留意したいのは、それはあくまでも両者を比較した場合のことであって、よく読むと後者に対してもかなり辛辣な評価を下していることは見落せない。十返の指摘した映画「こころ」の問題点は以下の二点にまとめられる。一つは映画では「先生」と「叔父」との経緯が十分描かれていないため「叔父には絶望したが、自分には絶望しなかった先生の気持が描き足りていない」点。この結果「叔父はひとをあざむくような人間だが、自分は決してそういう人間ではないとの自信」をもった「先生」が叔父との類似性に気づくゆえの「絶望」、言い換えると「よい人間がいざというとき悪人になるという先生の思想」を映画はもっと描くべきだったと結論づけている。もう一点は「先生のお譲さんに対する愛情が、梶（引用者注、劇中のK役の名前）の告白以前は、きわめて曖昧にしか描かれていない」ことを「弱点」と明確に断定していることである。つまり、十返は近代人の孤独などの思想性が先行し、映画のテクスト的な現実として必要な描写が不十分であったと指摘したのである。

このような不満は十返だけではなかった。他の映画批評家たちも「三四郎」との比較において辛うじて「こころ」を評価していることは見過ごせない。たとえば「一九五五年度日本映画決算」という座談会[18]のなかで岡本博は「「こころ」はわりに立派な感覚が出たとおもう（中略）ちゃんと映画になっていた」と述べ、暗に「三四郎」との比較がおこなわれていた。他方、谷村錦一も「ここで四つに組んだということは立派ですね。それだけの成果をあげたとおもう」と同じく評価しているが、これはその時点までの市川の他作品と比較したうえでのものだった。後年になって市川崑自身も「自分でもちょっと褒めてやっていい作品」[19]と自讃的な評を述べているが、これもそれ以前の市川の自作品との比較によるものであることを忘れてはならないだろう。つまり、映画化しにくい漱石作品を映像化したことで同時代から評価を得、その評価は同時期に公開された「三四郎」との比較で拡大された結果、製作者側まで巻き込んだ今日までつづく映像作品「こころ」の評価軸が成立したといえる。[20]

だが虚心にこの映画を視聴して気づくのは、「こころ」の映画化作品としては説得力が不十分だという点である。もちろん、先生の仕舞屋風のささやかな貸家住まいの様子や若き先生が下宿した家の設定など、木村荘八の「美術考証」を得た室内外の風景はそれなりの見応えがある。さらに東京とは思えない深い樹木に覆われた雑司ヶ谷霊園を歩く若き日の先生と梶、およびそれから数十年後を経て同じ場所を歩く学生との散歩を兼ねた墓参風景、かつて梶と共にした房総旅行での果てしなくつづく長い砂浜の場面等々は、モノクロという白と黒の間に何段階もの偏差をもつ灰色が織り成す画面を可能にしている。かつて自ら映画製作をおこない、映画に対して一家言をもっていた谷崎潤一郎の言う「芸術に必要な自然の浄化」=「Crystallization」[21]を経た画面構成も一定の効果をもたらしている。

だが、それらの映像的な長所はあるものの、やはり十返も指摘していた若き日の先生の描写不足は大きな欠点と言わざるをえない。というのもよく知られているように、文庫版等に収録されている原作「こころ」は初出から初刊に至る過程で、小説の構成は漱石によってかなり変更された。[22]すなわち漱石は「心　先生の遺書」と命名した当初の原構想から、「先生と私」「両親と私」「先生と遺書」のように「AとB」という現行のやや並列的な章題によって、テクストとしてのまとまりを目指しながらも、「先生の遺書」という元々の主題を活かす方法で全体を再構成したのである。したがって映画においても、この変更にも対処できる形の場面構成が必要とされたはずである。言い換えると、三部構成のなかで「上」をなす「先生と私」の章はもちろん、「中」の「両親と私」という語りの現在を構成するこれら二つの章に増して、先生の過去を再現する「下」の「先生と遺書」の場面はやはり最重要ということになる。

確かに映画でも「先生の遺書」は重視されており、物語現在の先生の奥さん役の新珠三千代は女学生姿のお嬢さんをもうまく演じているし、その母親である田村秋子の奥さん、三橋達也演じる梶などそれぞれ好演している。しかし、原作でもっとも重要な先生の過去を演じるのが森雅之であったのは少々無理だったようである。映画製作の時点ですでに四十歳を優に超えていた一九一一年生まれの森が、「先生の遺書」中にある再現ドラマともいうべき先生の学生時代を活き活きと演じることはかなり困難だったからである。ここは他の役者でもよかったはずだが、製作側はすでに黒澤明の「羅生門」や冒頭で述べたように一九五五年のキネマ旬報ベストテンで第一位を得た「浮雲」での演技などで高い評価を得ていた森の演技力に託したのかもしれない[23]。確かにその演技力は物語現在の先生には適していたのだが、物語現在の先生の暗愁を形成する元になった、自己への恐れや罪意識のない若き日をも森に演じさせたことはいささか残念な結果を招いたといわざるをえない。

ではなぜ市川崑「こころ」はこのような無理な役者起用をおこなってまでも製作を急いだのだろうか。そこには「こころ」映画化をめぐる特殊な事情があったのである。

3 久板栄二郎のシナリオ「こころ」の価値

実は映画「こころ」製作に際して、もうひとつのシナリオが存在した。それが久板栄二郎のシナリオ「こころ[24]」

である。このシナリオの存在は、同時代の北川冬彦による言及や後年の市川崑らによる指摘があるが[25]、現在ではほとんどこのシナリオについては論じられていない。たとえば市川崑監督の映画「こころ」に、初めて批判的な検討をおこなった藤井淑禎は、高校の国語教科書への同作品の掲載に際して「映画「こころ」がいかに原作を歪めて「友情と恋愛をめぐるテキスト」へと自らを再構成していったか」を厳しく指弾しているが、なぜか久板のシナリオへの言及は見られない[26]。藤井はこの映画には「三角関係に対する奥さんの懸念」と「先生に対してKが自分の気持を告白してから自殺に至るまでの時間的短縮」という見過ごすことができない「付加ないしは改変部分」があると言う。前者は先生とKとお嬢さんという「三角関係」の劇を強く印象づけ、後者では梶（K）の「自殺理由」が「先生に出し抜かれ裏切られたことであったと断定しているも同然」で、このような解釈は作品の理解を狭めていると述べる。

結論として藤井は「小説『心』を映画「こころ」は、ここまで矮小化してしまった」とし、その影響は大きく「映画を小説イコールと取り違えてしまった教科書関係者や研究者・評論家」が続出したというのである。確かに教材化のために小説の後半部分だけが掲載された結果、「こころ」が「先生の遺書」に特化された物語になってしまったという指摘は藤井の言うとおりであろう。だが、映画「こころ」の「歪み」を語るなら、この映画に先行する久板のシナリオにも言及すべきであったはずだ。というのも、市川や他の証言にもあるように、映画「こころ」は久板のシナリオなくしては誕生しなかったと言っても過言ではないからである。より正確に言うなら参照しつつ改変しているのである。それではいったい久板のシナリオとはどういうものだったのだろうか。

第一に気づくのは、語りの時間処理においてこのシナリオ（以下、適宜「久板版」と表記）は原作テクストをほぼなぞっており、すでに指摘した原作の再現場面の重要性が保持されていることである。「こころ」の初出紙『東京朝日新聞』の連載回数は百十回、これに対してシナリオは二一九回という倍近いシーン数をもつ。内訳をみると、

「私」が「先生」に出会う「上」が二七シーン、帰省した「私」が「先生」の手紙を受け取る「中」が二八から五〇までの二三シーン、「先生」の過去が再現されるのが五一から二一六。あとは後日談ともいうべきシーンが二一七から二一九までつづき、そこで幕となる。映画化を意識したシナリオの性格上、場面を細分化したことでその数が多くなるのは当然であろうが、それを差し引いても、久板版では再現シーンが全体の約七五％と突出していることがわかる。

この点に関して、北川は映画「こころ」に対して「猪俣勝人らのシナリオの回想が遺書を三つほどに割ってあるのに比し、久板栄二郎のは、原作の遺書どおり」で「久板の回想は長く、猪俣らがこれを割ったのは賢明」としながらも、そのため「郷里へかえっている学生（私）へ孤独な先生が、手紙を書いているところ」は「不自然で、このシナリオの構成技巧として一等まずい」と猪俣版の問題点を指摘している。[27] このような評価からいえるのは、久板がシナリオとしての長さを度外視しても、できるだけ原作を再現しようとしたことである。

次に久板版の人物設定を挙げると、先生（遺書の中の〝私〟）・奥さん（同〝お嬢さん〟）・高山（弟子）・未亡人・金子（K）が主要な登場人物で、あとは先生の母親・同叔父・叔父の家族・高山の両親・兄・医者などとなっている。先生と金子が郷里の同窓であること、先生は両親を病気で亡くし、金子は実家から養子に出されるなど二人とも家庭的には不遇のうちに上京した青年であることが強く印象づけられる。また金子との交流はその前段階が「55汽車の中」「72金子のいる寺」「73寺の庫裡」と語られ、やがて先生に彼が説得されて下宿先へと招かれるまでの「98原稿」から「99寺の門」「100庫裡の庭」とつづき、引越しの場面「104山本家・私の部屋」へと至る。つまり、原作の二倍強もあるシナリオの大半は先生の過去を再現することに傾注されていることは、このように細かく分割されたシーンからも確認できる。

ここまで構成や人物設定を見てきたが、次にシナリオとしての特長をダイアローグとモノローグの二点から確認してみよう。まずダイアローグについて久板はある雑誌で「台詞は明確で、しかもはずみを持たなければならぬ」、「台詞は物語の方向に沿つて進行しなければならぬ」、「台詞は、それを喋る人物の言葉になつていなければならぬ」、「台詞には魅力がなければならぬ」[28]という戯曲から出発した彼らしい、四点からなる明確な持論があった。たとえばシナリオには「95山本家・茶の間」という金子の同宿以前に先生が奥さんとお嬢さんと連れ立って三越に反物を買いに行き、その後日、級友から冷やかされる「94構内」につづく場面がある。これは市川監督の「こころ」では省略されているが、久板版で金子の入居後の場面と対比すると見過ごせない意味をもつことに気づく。三者それぞれがまだ多少の逡巡を持ちながらも、まったくのアカの他人から家族的な親密性を形成しつつある過渡的な場面として、相互の微妙な会話を中心にト書や内言などによって印象的に描かれているからである。

後者のモノローグないしはナラタージュの使用においても久板版は、大きな特徴がある。ナラタージュはこの頃、モノローグをさらに進化させた映画的手法として位置づけられていた。たとえば市川監督「こころ」の脚本を担当した猪俣勝人は「モノローグといふのは、独り言、つまり劇中人物が一人称形式で観客に向つて直接話しかけてくるのである。(中略)ナラタージュでは、もう一歩進んだ表現が可能になる。画面外の声が入る点では同じだが、彼自身の声は勿論、第三者の声、つまり作者の声を入れることも出来る」[29]という。このように登場人物と作者漱石を短絡的につなぐ傾向は、もともと作家志望だったという猪俣の文学観によるものだろう。言い換えると勝俣はシナリオに対して、「文学的なもの」の顕現を望んだのである。[30]

このような内面を一人称で語る主要な登場人物を「作者の声」の反映とみなす猪俣のナラタージュ観と比べると、久板の独自性が明確になる。次に挙げるのは「先生」がお嬢さんの愛を自覚しはじめ、金子との房総半島への二人旅のさなか、その事実に気づく「120崖の上」の場面である。

私「おい、何してんだい？」
金子「うん？」
私「景色を見てるのかい？それとも、何か考えているのかい？」
金子「別に……」

私、やがて金子から眼をそらし考えこむ。暫くして、急に立ち上る。

「私はその時、こうして並んでいるのが、金子でなくて、お譲さんだつたらどんなに楽しいだろう……ふと、そんなことを想像しました。と、金子が若し、同じ空想をしていたら……忽然疑いが起り、私はいても立つてもいられなくなつたのです[31]」

上段に映像画面を、下段にモノローグを入れた構成をもつ久板のシナリオは、外面描写と内面描写を同一シーンに組み合わせている。観客ならぬ読者はこれを読んで脳裡にイメージを描き、人物の内なる声を聴く。もちろん、八田のシナリオ「三四郎」の場合もこれを似た場面はあったが、内面の心理的な展開を外面の描写的動線とは別個に独立させながらも同時並行的に進ませている久板のシナリオは緊張感を生んでいる。飯田心美はこのような技法を「主観的な心理描写にいちばん適したナラタージュ[32]」と評価したが、同時に「ナラタージュと客観描写が交互に出てくる」点を「こうした題材に対するシナリオの今日における限界を示したもの」とも指摘した。だがこの時点からさらに六〇年以上経過した今日からみると、この一人称と客観描写の同時併行は、一九世紀に成立した小説技法である「描写」とそれ以前からの物語の叙述法としての伝統をもつ「語り」が、前者は「映像」に、後者は「声」に変換されて全体として映画的空間を創出している場面といえる。言い換えると、近代文学が育てあげた「描写」と「語り」という二大技法を内在させたこのシナリオの劇的展開こそ、久板の特長であろう。ここにこそ劇作家からシナリオ作家へと転じた久板の独自性があったというべきだろう。

おわりに

小説からシナリオに入って行ったのが猪俣勝人なら、新劇の脚本から映画のシナリオに進んだのが久板だった。北川冬彦は「シナリオは必ずしも映画化されなくても、独立に、芸術作品として存在せねばならない」という立場から、それを実践できるのが「シナリオ作家」だと定義していた。その意味で「敗戦後、現われた三人の先ず「シナリオ作家」と云ってい丶、シナリオ作者久板、植草、新藤の中で一等「シナリオ作家」の名に値するのは久板栄二郎であろう」とし、その理由を彼が「社会批判の眼」と「無自覚自然発生的ながらシナリオ独立の前哨を形作っている[33]」からという二点に集約して久板の戦後における新作シナリオの多くを高く評価した。

戦前から辛口の映画批評で鳴らした北川は、また前衛詩人でもあった。「自分の方が先に知り、母親も娘もそのフリでいたのであるから、親友の梶より一寸先手を打っただけで、梶の自殺に対しては、妻との幸福な結婚をさまたげ、遂に自殺するほどの責任をもつ必要はないだろう。その点、アプレゲールには、余りにも純情な、この物語は理解に苦しむところかも知れない[34]」という市川版「こころ」に対する北川の評には、文学と映画の二つの領域を生きた媒介者(メディエーター)[35]としての彼の面目がよく表われている。それはまた明治期から大正期へと移る時代を背景に生れた漱石の「こころ」というテクストが、戦後日本の映画的シーンに召喚された時に生じる問題への回答の一つとなるだろう。藤井淑禎のいう「小説『心』を映画「こころ」は、ここまで矮小化してしまった」という問題は、猪俣勝人・長谷部慶次（治）版だけでなく久板版を含めた「こころ」の二つの脚本や監督市川崑および映画批評も含めた連環のなかで検討されるべきだと思う。

現在、「こころ」の映画は市川版でしか観ることができない。その意味で久板のシナリオは宙に浮いてしまった幻のシナリオというべきものとなってしまった。だが、そのシナリオは猪俣・長谷部らによって参照されはしたが、決して吸収されることはなかったのである。二〇一七年現在の国立国会図書館の蔵書検索で、本文も含めて検索件数が六百件近くもある「こころ」は幅広くかつ長期的な読者をもつテクストである。その漱石の「こころ」と対峙した一九五五年の久板のシナリオ「こころ」の価値は十分あると言わなければならない。

注

（1）青木眞弥編『キネマ旬報ベスト・テン80回全史　1924—2006』（株式会社キネマ旬報社、二〇〇七年七月）。

（2）四方田犬彦は『日本映画史100年』（集英社新書、二〇〇〇年三月）のなかで一九二七〜一九四〇年を「最初の黄金時代」、占領体制が終わった一九五二年〜一九六〇年までを「第二の全盛時代」と表現しており、参照した。

（3）和田矩衛「一九五五年度のシナリオ界の概況」にも年間の配給映画が「本年は総本数四三二本という記録をうみ、

世界最高を示すに至つた」（『年鑑代表シナリオ集　一九五五年版』三笠書房、一九五六年六月）とある。

（4）たとえば北川冬彦は「日本映画の動向とシナリオ」（『散文映画論』作品社、一九四〇年一月）のなかで、島津保次郎監督による谷崎潤一郎「春琴抄」の映画化（一九三五年）から内田吐夢監督の長塚節「土」（一九四〇年）の映画化に至る一連の動きを「文藝映画も一絶頂に達した」と評した。

（5）十返肇「映画化された漱石文学　「三四郎」と「こころ」について――」（『キネマ旬報』一九五五年一〇月上旬号。以下、十返からの引用はこれによる）。なお「三四郎」は「美しくも悲しい初恋の哀愁」をキャッチフレーズに「文豪夏目漱石の原作を得て凡ての人のこころに郷愁を呼ぶ文芸大作」として、主演の三四郎に東宝入社第一作の山田真二、美禰子に八千草薫を配して監督中川信夫によって一九五五年八月に、日活の「こころ」とほぼ同時期に公開された。

（6）脚本担当は猪俣勝人と長谷部慶次の名があり、その後、長谷部は「慶治」と改名したこともあったようだが、この時点では「慶次」と表記。以下、出典に従う。

（7）現在、入手可能なのは雑誌『シナリオ』（一九五五年三月）と『久板栄二郎集』（理論社、一九五五年一二月）所収の二種類がある。

（8）注（7）の理論社版には「昭和二十九年執筆。翌三十年九月、松竹にて、小林正樹監督で撮影の準備がなされたが、その直前、日活にて他の作者の脚色により映画化が実現されたため、保留となったもの」と「こころ」の表題の下に注記されている。

（9）前者は「日活文芸コレクション」として「夏目漱石のこころ」という題名で一九九七年一二月、後者は同じく日活から二〇〇六年一一月に同名でDVD-VIDEOとして発売された。

（10）「シナリオ三四郎」（『映画評論』一九五五年五月）。

（11）「三四郎」の初出は『東京朝日新聞』（一九〇八年九月一日～同年一二月二九日。同時掲載の『大阪朝日新聞』もほぼ同じ）。初刊、春陽堂、一九〇九年五月。なお原作については『漱石全集』第五巻（岩波書店、一九九四年四月）によるが、章については略記する。

(12) 古田亮『特講　漱石の美術世界』（岩波現代全書、二〇一四年六月）によれば、この作品は一九〇〇年にウォーターハウスによって制作された「人魚」といわれ、ラファエル前派と思しき女性の上半身をもつ人魚が、岩礁のうえで長い髪を梳く姿が紺青色の海を背景に印象的に描かれている。

(13) 関肇『新聞小説の時代　メディア・読者・メロドラマ』（新曜社、二〇〇七年一二月）参照。

(14) 原作では明示されていない美禰子の最終学歴が女学校卒か否かは興味深い。日本初の女子大である日本女子大が創設されるのは一九〇一年四月である。作中でよし子にも縁談があることが語られ、美禰子と共に結婚適齢期であることは二人の境遇的な相似性ともいえ重要である。

(15) 引用は注（10）の前者による。

(16) 三好行雄「迷羊の群れ―「三四郎」夏目漱石」（『作品論の試み』至文堂、一九七七年五月』）一九～五二頁。

(17) 『映画春秋』（一九五七年一月）。戦後いち早く「青春」を主題化した映画としては、久板栄二郎脚本、黒澤明監督「わが青春に悔なし」（一九四九年、東宝）が挙げられる。

(18) 『キネマ旬報』（一九五五年一二月下旬号）。出席者は谷村錦一、早田秀敏、北川冬彦、岡本博、司会は飯田心美。

(19) 市川崑『市川崑の映画たち』（ワイズ出版、一九九四年一〇月）一四八頁。インタビュアー森遊机に答えての市川の発言。

(20) 後代に影響をあたえた映像「こころ」の評価軸の設定に際しては、日本映画テレビプロデューサー協会・岩波ホール編『映画で見る日本文学史』（岩波ホール、一九七九年二月）のなかに収められている映画の脚本を担当した一人である長谷部慶次「『こころ』と私」の発言が重要な役割を果たしている。

(21) 谷崎潤一郎は「活動写真の現在と将来」（『新小説』一九一七年九月）で、当時までサイレントでモノクロだった「活動写真」（映画）に「音響や色彩」が無いことがむしろ「自然の浄化」＝「Crystallization」をもたらすとして積極的に評価した。

(22) 漱石原作の「心」は初出紙である『東京朝日新聞』（一九一四年四月二〇日～同年八月一一日、『大阪朝日新聞』もほぼ同じ）から初刊（岩波書店、一九一四年九月）に至って、漱石は当初の「心 先生の遺書」という総タイトルを変更し、「上　先生と私」「中　両親と私」「下　先生と遺書」という三部構成にする。

(23) 映画封切の同時代において『こころ』の森の演技に複数の批評家による評価があるのは、『羅生門』(一九五〇年)、『浮雲』(一九五五年)など国の内外で高評価を受けた映画作品に出演していた森の記憶が強く残っていたことが作用しているといえる。

(24) 久板栄二郎「こころ」(『シナリオ』一九五五年三月)。この他に『日本シナリオ文学全集5　久板栄二郎集』(理論社、一九五五年一二月)があるが、以下、物語設定などは前者の初出誌による。

(25) 北川冬彦は「この「こころ」は松竹も映画化そう(ママ)として競作になりそうになったが、松竹が止めて日活映画だけが出た。松竹のシナリオは久板栄二郎ですでに雑誌に発表されていた」(『キネマ旬報』一九五五年一〇月上旬号、傍点原文のママ)と述べている。いっぽう市川崑は「たまたま僕は、久板栄二郎さんが書いた「こころ」の脚本を雑誌で読んでいたので、これを映画化したいと思った」(注(19)一四四頁)と語っている。

(26) 藤井淑禎「市川昆(ママ)の「こころ」」(『大衆文化』二〇〇八年三月)。

(27) 北川、注(25)に同じ。

(28) 久板栄二郎「ダイアローグについて(上)」(『シナリオ』一九五七年八月)。なお、これに先だって久板は「戯曲とシナリオとのつながり」(『映画春秋』一九四九年一二月)のなかで「戯曲とシナリオとの間の同一と差異」について、「同一」とは「人間追求」と「劇的(映画的)コントラクションとリズム」とし、「差異」は「ダイアローグについて」ですでに挙げていることに加え、シナリオが「カット」「シーン」「シークエンス」から構成されることなどと「戯曲とシナリオ」の同一性と差異性について明確に理論化している。

(29) 猪俣勝人「シナリオにおける心理描写」(『シナリオ』一九五五年六月)。

(30) 同右「シナリオ・ライターよ、「作家」であれ」(『キネマ旬報』一九五三年八月下旬号)による。

(31) 引用は注(24)『シナリオ』八二頁による。なお、段組み等は、原文のままとした。

(32) 飯田心美「解説」(注(24)理論社)二二二頁。

(33) 北川冬彦「久板栄二郎論」(『映画春秋』一九四九年二月)。

(34) 北川、注(25)に同じ。なお「梶」とは市川版での「K」を指す。
(35) 「メディエーター」については北田暁大『〈意味〉への抗い―メディエーションの文化政治学』(せりか書房、二〇〇四年六月)による。

小説『金閣寺』と映画『炎上』 ――相互テクスト性から見えてくるもの――

はじめに

改めて述べるまでもなく三島由紀夫『金閣寺』（『新潮』一九五六年一～一〇月、初刊、新潮社、同年一〇月）[1]は、その数年前である一九五〇年七月に起きた、金閣寺の徒弟で大谷大学在籍の学僧でもあった林養賢による放火焼失事件を題材にして書かれた小説である。しかし、三島は事件の衝撃などによって直ちに本作を書くことを決意したわけではない。いっぽう事件から二ヶ月後、早くも小林秀雄は次のように記していた。

放火青年も、金閣の美しさについて、感性上の美感ぐらゐは持つてゐた筈であるが、この無意味な美感は、あらゆる移ろひ易い感覚と同様に浮動してゐるから、それは美といふこれも亦移ろひ易く浮動する観念を生むだけである。浮動する観念である限り、金閣の美が、義満の贅沢と結び附かうと、見物人といふ階級と結び附かうと、或はそこから欲するまゝに推論して醜の観念を得ようと、驚くに足りぬ。彼は心中の貼り紙細工に倦きした時、放火をしてみたのである。狂人になる事は易しい。（小林秀雄「金閣焼亡」[2]）

小林は「浮動する観念」の一つである「美感」が、何らかの事情によって「醜の観念」へと転化したとき「放火をしてみたのである」と結論づけた。むろん小林は健常者／非健常者というような二項対立で放火犯を断罪しているわけではない。「金閣焼亡」というタイトルの由来として挙げられている『方丈記』に登場する安元の大焼亡に倣って、「人間の狂気の広さに比べれば、人間の正気は方丈ぐらゐのもの」と言う小林は彼一流のレトリックによって正気と狂気の双方を相対化し、翻って「美の観念」そのものをも相対化してみせたのである。

この「金閣焼亡」から六年後に発表されたのが三島の『金閣寺』ということになる。小説『金閣寺』刊行の翌年、小林は三島との対談「美のかたち――『金閣寺』をめぐって」(『文藝』一九五七年一月)をおこなっている。[3] この対談はいささか居心地の悪そうな小林に対して、胸を借りつつ自己主張する体の三島の姿が印象的である。小林の「モオツァルト」(『創元』一九四六年一二月)から影響を受け、「美というものは人が思うほど美しいものじゃない」という認識を得たことは対談のなかで三島自身も告白しているので、「モオツァルト」↓焼失事件↓「金閣焼亡」↓「金閣寺」という流れを押さえると、小林と三島の相互テクスト性は明らかである。問題は小林のどの部分を三島が更新したかという点である。

小林のテクストとの比較は後で検討することにして、興味深いのはこのような相互テクスト性は文学者同士の間だけのものではないことである。たとえば一九五〇年代と言えば、戦後における映画黄金期にあたり、その気運のなかで文芸映画として「金閣寺」の映画化が企図され実行された。[4] 市川崑監督による映画『炎上』(京都大映、一九五八年八月一九日初公開)は放火焼失から五年後に金閣が再建され、それから三年後に鹿苑寺からの要請で「題名を変えること、寺の名も変えること、実物の金閣寺を撮らないこと」[5]を条件に映画化が許可されたという経緯をもつ。ここには事件↓文学↓映画というサイクルが認められるが、そのようなジャンルを超えた相互テクスト性は何によるものだろうか。

すでに三島由紀夫『金閣寺』については批評および研究において数多くの論究が重ねられており、新しくつけ加えることなど無いかの如くである。しかし、「金閣寺」という表象は近代以前にも、たとえば歌舞伎「祇園祭礼信仰記」（通称「金閣寺」）が繰り返し上演されてきたという歴史性をもつ。渥美清太郎編著『日本戯曲全集』によれば、この演目は人形浄瑠璃として宝暦七（一七五七）年に大阪豊竹座で初演され、「三年越し」で興行されたという。[6]人気の理由は「金閣寺の大道具で客を引く」（渥美）と言われる「金閣」自体にあったようだ。観客の興味はこの歴史的建造物のミニチュアを舞台空間で堪能することにあり、それがどのような装置によって再現されるのかに期待が集中したといえるかもしれない。

確かに「金閣」という表象は構造的にも人を惹きつけるものをもっている。初層（法水院）は寝殿造、中層（潮音洞）は武家造、そして最上層（究竟頂）は禅宗の仏殿造という三層性に加え、屋根には唐様の鳳凰さえ配するという多様性がある。特筆すべきなのは「金閣」は、鏡湖池というまさに自己の姿を映し出す「鏡」さえ所有しているのである。[7]いわば自意識過剰ともいえるこの建造物とその周辺は、あたかも見られることを望んでいる演劇的空間といえる。

演劇という点では『金閣寺』を「一人称の「私」によって語られる、三島の「夢幻能」小説[8]」と見る能楽からの解釈もある。しかし表象としての「金閣」と親和性が強いのは「観客」と深い関係性をもつ、それぞれ近世と近代を始点とする歌舞伎および映画という媒体ではないだろうか。もちろん『近代能楽集』に収められる諸作品の初出や初演は金閣の放火焼失事件とほぼ重なるし、[9]あとで触れるように特異な「語り」形式をもつ小説『金閣寺』は「夢幻能」と呼びたくなるような異質なものをもっている。だが、すでに定説化されている「現実の金閣」と「心象の金閣」という二つの表象の重なりや対立が物語を運ぶこの小説は、中世に建てられた実在の「金閣」を起点とする以上、歴史的に積み重ねられたその表象を「観る」という行為抜きに語ることは不可能であろう。その意味で近代の産物であり、「観る」行為を担う「観客」との関係性によって大きく制約される映画という媒体は興味深い。小林が主張した「美の観念の相対化」に対する三島の回答としてのテクスト『金閣寺』の実質を明らかにしてくれるかもしれないからだ。以下、本稿は「金閣」という表象がもつ相互テクスト性を媒介にして、この点を解明しようという試みである。

1 「金閣」という表象

周知のように「金閣寺」(鹿苑寺)は西園寺家の別荘を足利三代将軍義満が譲り受け、京都北山に建てた広大な別荘を起源とし、禅宗相国寺派の総本山として開山されるのは義満の死後のことである。三田村雅子は京都北山という地にある金閣寺の空間的な意味を次のように述べている。

北山は代々の天皇の行幸の地であり、仏教の霊地であり、光源氏も国見をした眺望と、音楽の聖地であることを兼ね備えた源氏物語のテーマパークであり、その土地の〈記憶〉を手がかりに源氏物語を現出させる舞台装置でもあった。(中略)義満は北山の果たしてきた役割を見抜き、西園寺家からこの地を接収し、女院御所も包摂する巨大な北山空間を作り上げた。

(三田村雅子『記憶の中の源氏物語』[10])

義満はこの地で政務も執ったので、源氏物語を受容した「聖地」としての北山だけを焦点化することはできないが、権力者の別邸が三田村の言う「眺望」や「音楽性」(ここでいう「音楽」とは「雅楽」の意味であるが)という文化的価値をもった享受空間でもあったことは注目に値する。「北山空間」は「土地の〈記憶〉」を受け継ぐ「舞台装置」として機能し、それは中世を経て冒頭で触れた近世の人形浄瑠璃「祇園祭礼信仰記」に結実する。先の渥美の解題によればこの演目はもともと「祇園祭礼信長記」だったという。「信長記」が「信仰記」に変わったのは「徳川に近接した信長記の題が当局の忌諱に触れた」からという。そうであるなら、ほんらい足利将軍家をめぐる権力闘争を背景とするこの劇が、非政治化されて「信仰記」に変わったことは興味深い。

信長にまつわる記憶の後景化によってこの劇は、「信仰」ではなく「祇園祭礼」の側面が浮上する。そもそも「祇園祭礼」とは貞観年間にはじまる都の疫病等の災厄祓いを願う神仏混淆の祭りである。通し狂言「祇園祭礼信仰記」には権力者だけでなく町や村人など京都周辺に住む多くの庶民が登場しているが、四段目「金閣寺」だけを見ると、そのような側面よりもむしろ信長を不在の頂点とする此下東吉（秀吉）と松永大膳という敵役の三角形を背景とした権力者の別邸という側面が浮かび上がってくる。その意味で歌舞伎の結末で「互ひの勝負は戦場にて」と、三者の権力闘争が回避されるのも偶然ではない。中世に起源をもつ「金閣」の政治的側面が後景化され、代わって雪姫という女性表象が登場し、種々の受難の末に名誉回復する非日常的な筋を絡ませるところに近世歌舞伎の独自性があるからである。

それではこのように中世・近世・近代という重層化された時空間をもつ「金閣」という表象がもつ文化的記憶は、三島の小説『金閣寺』ではどのように描かれているのか。まずテクストの冒頭が「幼児から父は、私によく、金閣のことを語った」と語りだされていることに改めて注目しよう。物語は最初からそれが「金閣寺」ではなく「金閣」をめぐる物語であることを露わに語っている。[11] 確かに溝口は当初は金閣寺に預けられた徒弟として、やがて将来は金閣寺の住職になることを目指すようにもなるが、挫折して国宝金閣を焼失させてしまう。ここからは金閣寺の住職である道詮老師との葛藤劇を想定することはたやすい。だが、作中の老師はさほど溝口を失望させるようには描かれていない。あとで詳述することになるが、彼には聖性や超越性は希薄だからである。確かに溝口へのネグレクト、芸妓との関係等々、堕落僧的な側面は書き込まれている。だが、それらの要素はこの物語では放火の決定要因としては描かれていない。

もちろん戦中から戦後への時空を背景とする三島の『金閣寺』には先に述べた浄瑠璃や歌舞伎演目とは異なる種々の仕掛けが用意されている。武内佳代が詳しく分析したように『金閣寺』が〈僧衣〉と〈軍装〉という近代を特徴づける男性的権力との関係性に装われていることは否定できない。[12]〈軍装〉は帝国憲法下での軍人天皇として、〈僧衣〉は明治期に男性知識人たちを魅了した禅学として、近代的な男性的絆（ホモソーシャリティ）を形成したことはよく知られている。だがこの小説はたんに敗戦までの権力のありようを映し出しているだけではない。これらの権力がある分岐点を境に大きく変質することが克明に描かれていること、そのことが重要なのである。溝口は動員先の工場で「終戦の詔勅の朗読」（三章、七〇頁）を聞き、寺では老師の講話「南泉斬猫」（七三頁）に耳を傾ける。しかし「玉音」も老師の声も彼を揺さぶるようには描かれていない。それらに比べ、溝口はこの二つの男性的権力を超越するかのように「金閣」が新しい表情をもっていることに着目している。

> 敗戦の衝撃、民族的悲哀などといふものから、金閣は超絶してゐた。もしくは超絶を装つてゐた。きのふまでの金閣はかうではなかつた。たうとう空襲に焼かれなかつたこと、今日からのちはもうその惧れがないこと、このことが金閣をして、再び、「昔から自分はここに居り、未来永劫ここに居るだらう」といふ表情を、取戻させたのにちがひない。（七一頁）

「敗戦」の決定的な瞬間をやり過ごす、という点では天皇も老師も同じである。リーダーたちの曖昧さは年少者たちにも伝播し、溝口は米兵に連れられた娼婦への暴力事件を起こすが、裁き手の不在ゆえにその「罪と罰」は放置される。ならば小説の作中人物である溝口は責任主体など問われることのない「金閣」という表象に、何事かを託すしかないだろう。たとえば、戦中から戦後にかけて発表され戦後まとめられた「中世」（全篇は『人間』一九四六年一二月に収録）のように。ここでは足利将軍に託された独特の中世観が語られているが、歴史的・政治的節目が曖昧に踏み越えられたとき、そこに美的な観念世界が呼び込まれることは容易に想像される。

これは『金閣寺』執筆後になるが、三島は「私のむしろ好きなのは、新築の、人が映画のセットみたいだと悪口を言ふ、キンキラキンの金閣である。あそこにこそ室町の美学があり、将軍義満の恍惚があつたのだと思ふ。あれでこそはじめて、能衣装のデザインとマッチするのだ[13]」と言う。この言葉は一九五五年に再建され、焼失以前には三層だけだった金箔が外面にも貼り巡らされたという「現実の金閣」に対応している。作中にも「もともと金閣は不安が建てた建築、一人の将軍を中心にした多くの暗い心の持主が企てた建築」（二章、四二頁）、「三層のばらばらな設計は、不安を結晶させる様式を探して、自然にさう成つたものにちがひない」（同）という一節がある。「将軍義満の恍惚」の内実をここで解釈する余裕はないが、おそらく鏡湖池という「鏡」に投影された自らの欲望を噛みしめる権力者の姿からそう遠くないであろう。

戦中から戦後への過渡期といえる占領期に、応仁の乱でさえ焼亡しなかった金閣は一青年の放火によって焼失する。その結果生まれた前掲の小林「金閣焼亡」に反応した三島は、歴史的・文化的重力をもつ「金閣」という表象に対して彼独自の「観念の劇」による世界の構築を企図する。これは状況証拠に過ぎないが、ちょうどこの頃、三島が熱愛した六世中村歌右衛門が襲名披露公演として「祇園祭礼信仰記」（通称「金閣寺」）の雪姫を演じている[14]。少年期から人形浄瑠璃に起源をもつ「丸本物[15]」の愛好者であったと告白する三島は、観客としてこの劇を鑑賞した体験をもつ。想像をたくましくすれば、彼の脳裡には歌舞伎の観客としてだけでなく創建時の義満という権力者が抱いた観念世界の具現化としての「金閣[16]」という表象も揺曳していた可能性もある。始発から演劇空間を現出し、絶えず「観られること」・「観ること」を属性としていた金閣という表象をいかに更新することができるのか、そこに三島の近代小説としての課題があったといえよう。

2　一人称小説の「テクスト的な現実」

それでは歴史・構造・演劇という三つの面でかなりの強度をもつ「金閣」という表象を小説化するに際して、三島はどのような方法を用いたのだろうか。すでに指摘したように小林秀雄は「コンフェッションで書けば、結局、小説にならん」と述べたが、この言葉は実は正確ではない。「告白」を重視する日本の「私小説」という特有の小説形式が単に「事実」や「現実」の記録でなく、「再現」あるいは「現前」へと至るレトリックや方法によって統御されている小説技法であることはすでに多くの批評や研究が明らかにしている。批評において『金閣寺』に対する肯定的な同時代評の先駆けとなった中村光夫も、その小説スタイルについて「私小説の伝統の亡霊」が見える「観念的私小説」[17]としているが、ここには「私小説」に対する「文学史的」誤解が存在する。たとえば福嶋亮大は一九五〇年代を併走した三島と大江に共通する小説技法として「私小説の再利用」や「疑似私小説」[18]性を指摘しており、このような観点から見ると旧来の私小説観がいかに根強いものかがわかる。

三島の『金閣寺』は「美の観念」をめぐる溝口という学僧の手記という体裁を採った一人称小説であることは、少しもその「小説性」を妨げない。この一人称がモノローグという「独白」か、あるいは何か他言をはばかる出来事を明かす「告白」なのか議論の余地はあるが、よく知られた事件を題材とする『金閣寺』は両者を兼ね備えている。おそらく大半の読者はその「告白」に耳を傾けようとするだろうし、そうでない読者は小説の一人称に仮託された三島の観念世界の「独白」をこそ聴こうとするはずである。端的に言えば、読者は放火犯人に寄り添った三島という作家が、その作中人物にいかに「放火」に至る劇を演じさせるか、その劇が「観念の劇」をめぐるものであろうとなかろうと、その劇全体を観賞＝鑑賞しようとするのである。

この点を明らかにするために、『金閣寺』へのいささか特異な視点をもった酒井順子『金閣寺の燃やし方』（講談社、二〇一〇年七月）[19]を参照してみたい。ここで酒井は水上勉の『五番町夕霧楼』（文藝春秋社、一九六三年二月刊）と『金閣炎上』（新潮社、一九七九年七月）を挙げて三島作品との比較を試みている。酒井は水上はその「犯行プロセス」を「養賢の側に立ち、と言うより養賢とほぼ一体化して、放火に至るまでの精神がいかに醸成されたか」（同書、二二七頁）を描いたと結論づけた。確かに福井県の宮大工の家に生まれ、貧困から九歳で臨済宗相国寺塔頭瑞春院の徒弟となり、十三歳で得度の後に出奔、その後、他の禅寺での修業や様々の職業経験を経て作家になった水上の経歴は、実在の放火犯林養賢に近いかもしれない。この指摘はほぼ妥当といえるが、問題は「三島は、金閣の側から書いているような気がする（中略）金閣が象徴するのは、日本人が憧れてきたものであり、目指してきたもの。金閣と一体化した三島は、自分の周囲で右往左往する人間達を描き、その人間を利用することによって、最後は自分が消滅した」（同書、二二七〜二二八頁）としている点である。いわば酒井はテクストを超えて自死に至るという最晩年の三島から遡行して読み解こうとしたのである。

だが三島の『金閣寺』は犯人の放火に至る動機を、文学の側から解明しようとしたものではない。もちろんテクストはその冒頭から溝口の吃音、吃音による学友たちとの齟齬、先輩にあたる海軍機関学校生徒の短剣への傷痕、ある夏の夜、貧しい寺の僧侶であった父と母の三人家族の蚊帳のなかへ一人混じった縁者の男と犯した母の過ちなどが、日本海に面した東舞鶴の寒村を舞台に描き込まれている。だが、これらは要するに小説に必要な背景設定と言っていいものだろう。佐藤秀明の言うようにこれらは「世界の境界を横断する」ところの「主人公」[20]を造形するための設定に過ぎない。犯人像の造形においてその背景やディテールが必要なように、三島が様々な次元で「主人公である犯人像」のタブローを完成させるために描き込んでいるのである。

たとえば『金閣寺』を執筆するにあたって三島が作成した「「金閣寺」創作ノート」[21]にはメモ書きで「story」は

「一つの原因、一事件の原因、あらゆる方面から追究する小説」「あらゆるComplexを解放した男が、只一つのこるComplexから解放されんとして金閣寺に放火する」「人間最後のComplexの解放が必ず犯罪に終るといふ悲劇」などの言葉が見出される。ここで三島が挙げているコンプレックスとは「貧困」「性」「社会」「肉体」の四つであり、三島も設定としてこの四つのComplexを用いていることは事実であろう。しかし、これらはいかにも一九～二〇世紀小説的なテーマであり、特に創見に富むものではない。だから三島固有の「美の観念」というべきものが登場し、それが輝きだすのはこれらの項目にはない部分、つまり三島が独自に創造した人物たちが登場するくだりからであることはあまりに当然だ。

ここで冒頭に引用した小林と三島の対談を思い出したい。小林は「三島君のは動機小説だからね（中略）ラスコルニコフには、殆ど、動機らしい動機は書かれていない。やっちゃってからの小説だからね。君のは、やるまでの小説だ」（「美のかたち―「金閣寺」をめぐって」二七八頁）というようにドストエフスキー『罪と罰』との対比で『金閣寺』を論じていた。いっけん無関係なように見える小林と酒井だが、「犯行」に至る理由づけに関心をもつ点で二人は奇しくも一致している。言い換えると小林は旧来の「私小説」概念やドストエフスキー『罪と罰』受容の日本的枠組みで[22]『金閣寺』を捉え、いっぽうの酒井は作品を作家論的方法で読んだうえで「日本人論」へとスライドさせているに過ぎない。

むしろ酒井の視点で興味深いのは、作中に登場する有為子という女性表象をめぐる解釈である。これまでもどこか非現実的で観念の化身のような有為子という女性表象の分析は様々に行われてきたが、酒井の解釈で有益なのは林養賢の経歴には登場しない作中の有為子という存在を演劇的な側面から考察したことであろう。「憲兵から脱走兵の居場所を聞かれて、拒否する有為子。そして、金剛院で月光を浴びながら石段を上がる、有為子。私はその有為子を想像すると、つい歌舞伎「祇園祭礼信仰記」における通称「金閣寺」の場面を思い出す[23]」と述べる酒井は三島の『金閣寺』が歴史的・文化史的な記憶を色濃くもつ演劇的空間であることに十分意識的ではないながらも、気づいている。酒井の指摘で足りないのは、すでに本稿の冒頭でも指摘したように「金閣」という空間そのものが非日常的な演劇的空間であることだ。歌舞伎の「三姫」の一人に数えられる「雪姫」は、室町後期の画僧である雪舟の孫娘という特権性と、元は廓の女郎であった花橘の妹で、現在は夫もある身という性的なものを色濃くもつ両義的な存在である。海軍病院の篤志看護婦でありながら脱走兵の子を身籠り、その果てに金剛院で劇的な死を迎える有為子という女性表象に、この両義性が与えられていることは確かであろう。[24]

もう一人、三島テクストに登場する人物で興味深いのは、第四章以降に登場する柏木である。一年ほど同じ学僧として親しくしていた鶴川が突然亡くなり、その喪に服していた「私」の前に柏木が現れる。

柏木は、裏庭のクローバアの原つぱで弁当をひらいてゐた。（中略）クローバアの草地は坐るのに佳かつた。光りはその柔らかな葉に吸はれ、こまかい影も湛へられて、そこら一帯が、地面から軽く漂つてゐるように見えた。坐つてゐる柏木は、歩いてゐるときとちがつて、人と変らぬ学生であつた。のみならず、彼の蒼ざめた顔には、一種険しい美しさがあつた。（第四章、一〇〇頁）

内翻足という欠陥をもつ柏木は「一種険しい美しさ」をもつ彼一流の「美の理論」の所有者でもあるが、この場面は「弁当をひら」き、「坐つてゐる柏木」という言葉で明らかなように、彼の属性が際立つ「歩行」からもモノローグからも遠い。小説内ではすでに多くの指摘があるように、その生前は善人として表象されていた鶴川の「陰画」としての役割をもつ。しかし彼はただの陰画ではない。たとえば金閣の第二層の潮音洞で尺八「御所車」を吹き、活花を嗜むなど三宮の富裕な禅寺出身の彼は肉体的ハンディを度外視すると、たとえば漱石の「三四郎」でいうと、熊本出身の三四郎に東京という都市を教えるような、関西圏出身の文化的アドバイザーでもある。純粋持続としての音楽論を語り、「数日のうちに枯れる活け花」の「美の無益さ」を愛する柏木は溝口を花盗人にして杜若と木賊の「観水活け」さえ設える。また、道詮和尚が難解で知られる講話の「南泉斬猫」を語ると、その解読者として振舞う。もちろん、テクストには柏木の暗黒面がこれみよがしに語られているが、それらからは小説的リアリティよりもどこか滑稽感が漂いだしていることは見過ごせない。

有元伸子らによる『金閣寺』の原稿研究によれば、柏木の造形には「微に入った手直し」や「論理的な混迷を避けようとする手入れ」が散見されるという。[25] この点を考慮しながら語りの内容ではなく形態に注目すると、彼が自己語りをおこなう箇所は小説本文で九頁近くも延々とつづくことに気づく。[26] このような一方的な自己語りから、冒頭に記したように本作を「夢幻能」とする解釈も生み出されてくる。このような語りの形態と独白内容との齟齬こそ小林の言う「コンフェッションで書けば、結局、小説にならん」(前掲)の実例であろう。つまり、彼がどんなに悪の論理を語っても、その語りが「きいてゐた私はようやく息をついた」(一三二頁)と「私」に言わしめるほど長広舌では、小林など西洋十九世紀小説に親炙した世代からみれば非小説的にみえるのも肯ける。

むしろここで興味深いのは彼が溝口に滔々と語ったのが、「そこら一帯が、地面から軽く漂つて」いるかに見える、見るからに坐るのに快適な「クローバアの草地」だったことだろう。少なくとも戦後期に書かれた三島テクストにおいて「草地」は何者かと出会う空間である。たとえば「煙草」(『人間』一九四六年六月)。戦後の登場作となったこのテクストが優れているのは、視点人物の少年の「私」が初めて出会う正真正銘の「他者」たちが草地に坐っていることにあるといえる。人目を偲んで学校を囲む「森のなかの小さな草地」で煙草を燻らす少年たち。草地とはむろん室内ではないが、全くの戸外でもない。そこは生産にむすびつく「田畑」でも、観賞用の「庭園」でもなく、いわば取るに足りない雑草が生い茂る、室内と室外の境界的な空間なのである。思えば、鶴川との親しみが深化したのも二人が「夏草の繁み」（第二章、四三頁）で寝転ぶ「白シャツ」（同）姿の少年という表象だったからではないか。三島のテクストでは「草」上のシャツの「白」は「主人公」たる少年たちの特権的な表象として劇のはじまりを用意する。ちょうど歌舞伎で、金閣寺の庭で桜の幹に括りつけられた雪姫が爪先で桜の花びらを集めて架空の「爪先鼠」を描きだしたように、境界的な場所はいかにも劇にふさわしい。

では草地で昼食の弁当を食べる柏木という表象と彼自身が語る語りの内容の落差は、小説内においてはどのように働くのだろうか。仮に柏木が溝口の先導者＝扇動者なら二人はともに悪を共有することで連携も可能になったかもしれない。だが柏木は小説的効果としては卑小化されすぎている。悪徳の所有者然としている彼も一面においてある種のバランス感覚をもっているため、悪の連携（共犯化）は不成立となり、溝口は彼をしてより「想像的な他者」へと向かわせる。ここで言うところの「想像的な他者」とは自己を投影するのに最適な、いわば自己に親和的な他者である。このような形象として彼の前に登場するのが「夏菊」である。

私は蜂の目になつて見ようとした。菊は一点の暇瑾もない黄いろい端正な花弁をひろげてゐた。それは正に小さな金閣のやうに美しく、金閣のやうに完全だつたが、決して金閣に変貌することはなく、夏菊の一輪にとどまつてゐた。さうだ、それは確固たる菊、一個の花、何ら形而上的なものの暗示を含まぬ一つの形態にとどまつてゐた。それはこのやうに存在の節度を保つことにより、溢れるばかりの魅惑を放ち、蜜蜂の欲望にふさはしいものになつてゐた。（第七章、一六八頁）

「夏菊」はただの草花などではなく「観念表象」に違いないのだが、それはさきほどの特権的な表象である「草地」と隣接性をもつことで生動しはじめる。つまり何か「観念の劇」が起きるとき、そこには活き活きとした具体性をもつ「草地」や「夏菊」という自然物が導入され、そこに蓮實重彦が指摘するような「テクスト的な現実[27]」の瞬間が現出する。ここで言う「テクスト的な現実」とは小林秀雄が三島との対談で述べ「小説のフォーム」あるいは「精神のフォーム」に近いものといえるかもしれない。観念は形と結合することで既成の小説にはない一回性という「テクスト的な現実」を生成する。他の何者かと比較することなく「夏菊の一輪」・「一個の花」である固有性を認めることで、初めて溝口も蜜蜂に一体化して「花の奥深く突き進み、花粉にまみれ、酩酊に身を沈め」（一六九頁）る。まさに「フォーム」によって欲望を行動へと誘う力を得ているのである。

だが、このような観念の「行動化」は頓挫する。性的恍惚そのもののようなこの瞬間的な合一感が「庫裡の裏の畑で作務にたずさわつてゐた手すき」（一六八頁）の時であったことに着目しよう。小林なら、作務という徒弟仕事のひととき、ふと草花に見入る溝口を対象化するにはリアリズムの技法で描いてほしかったと言うかもしれない。だが、観念の劇をもくろむ書き手は「蜂の目」を溝口の「私の目」に一体化させた直後、その眼を「金閣の目」に転位させようとする。「生が私に迫つてくる刹那、私は私の目であることをやめて、金閣の目をわがものにしてしまふ」（一六九頁）のである。これは溝口から「形態と生との流動との、あのやうな親和」（一七〇頁）、つまり「自己という観念」さえ消去してしまうほどの対象との一体感を奪い、彼をして「金閣」という表象の下僕に貶めることである。

これは果たして冒頭で指摘した小林の言う「美の観念」の相対化を否定し、絶対的な金閣表象へと至る一行程なのだろうか。そうとも言えるかもしれないが「観念の錬金術」ともいうべきこのような転回に飛躍はないのだろうか。先ほどの蜜蜂の「酩酊」につづく「それにしても悪は可能であらうか？」（一七〇頁）という唐突な問いには明らかに語り手の逡巡がふくまれている。「それにしても」という躊躇感を含む語には肯定と否定が同時存在するのであるが、ひとまずこのような強引な思考展開を受け入れ、テクストの論理に沿って解釈をつづけよう。

この後、溝口は新京極を芸妓と忍び歩きする老師を尾行し、彼から叱責されると芸妓の写真を入手、それを老師が読む新聞に差し入れるという悪行＝愚行をはじめる。これは一面ではすでに指摘した禅宗という論理的な宗教的体系性をもつ世界に君臨する老師への失望の表われともいえるが、写真事件に関しては彼から何の叱責もなく暗黙のうちに処理されてしまう。叱責という形での応答を期待していたフシのある溝口は、彼からの無視というネグレクト、それにつづく金閣寺の「後継者問題」の白紙化という事態によって打ちのめされたように家出を決行する。この一連の出来事はまさに「悪という観念」の現実化へのプロセスを踏んでいる。「美の観念」の相対化を崩すには「悪という観念」の実行＝行為が必要なのである。

以後、溝口が金閣を焼失させるまでの一連のプロセスは入念に書き込まれている。小説の展開は一方で「雨夜の闇」（第十章、二六五頁）に幻視される金閣の美しさを絢爛豪華に描き、他方であるいは未然に防げたかもしれない可能態としての犯行直前の迷いを、亡父の旧友桑井禅海との禅問答や「臨済録示宗の章」（二七〇頁）によって払拭するという周到さを踏むことで劇は進む[28]。

こうして、物語は溝口という学僧による単独の悪行への道筋が整う。これは「あらゆるComplexを解放した男が、只一つのこるComplexから解放されんとして金閣寺に放火する」（「金閣寺創作ノート」）に記されたメモと同じ帰結でもある。だが、果たしてそこにさきほど提出した飛躍、あるいは無理や撞着はないのだろうか。次に映画『炎上』をテクストにしてこの問題を考えてみたい。

3　『炎上』の映像と脚本

市川崑監督による映画『炎上』（京都大映、一九五八年八月一九日公開）は、市川雷蔵の溝口、母は北林谷栄、父、浜村純、老師には中村鴈治郎、戸苅（柏木）に仲代達矢、五番町の遊廓の女まり子には中村玉緒などが起用された。梨園（舞台）と映画（スクリーン）を横断した雷蔵はこの映画で翌一九五九年にキネマ旬報主演男優賞を受賞するなど、高い評価を受けるが、製作に至るまでに種々の制約があったことはよく知られている。しかし冒頭でも指摘したような諸条件をクリアして映画化は実現された。

有為子の不在や結末の変更など原作と大きく異なるこの映画に対して、三島はどのような反応を示したのだろうか。

シナリオの劇的構成にはやや難があるが、この映画は傑作といふに躊躇しない。黒白の画面の美しさはすばらしく、全体に重厚沈痛の趣きがあり、しかもふしぎなシュール・レアリスティックな美しさを持つてゐる。放火前に主人公が、すでに人手に渡つた故郷の寺を見に来て、みしらぬ住職が梵妻に送られて出てくる山門が、居ながらにして回想の場面に移り、同じ山門から、突然粛々と葬列があらはれるところは、怖しい白昼夢を見るやうである。

（「裸体と衣装」一九五八年八月十二日（火）[29]）

映画のなかで映像がかなりの効果を発揮しているこの場面を三島が選んだのは、後年、自らも映画出演や映画製作を通じて深く映画に関わることになる彼の資質を語っているといえるが、この時点では一観客の直観的批評を述べているようにみえる。このあと画面は日本海の浜辺での火葬場面に接続され、棺桶に横たわる死に顔から死者がほかならぬ溝口の父であることが事後的に確認される。時系列による説明ではないショットとショットのモンタージュは市川監督や撮影の宮川一夫の力なのだろうか。実はこの場面は「炎上」のシナリオ「53　顕現寺の前」では次のように記されている。

（前略）

寺を見て立つ溝口

—梅雨前の照りつける暑い日。

顕現寺の中から葬列が出て来る。

白い帷子の中学生の溝口が柩のすぐ後に従って歩いている。

焼場へ向う葬列。

沖にわだかまる夏雲。海に臨む焼場。

生々しい初夏の花々に埋もれて柩の底に横たわる父の死顔。

涙もこぼさず父の死顔に見入る溝口。

閉ざされる柩の蓋。

石だらけの浜に掘られた大きな穴の両側に積み上げられた石は脂肪と煤で黒くなっている。

柩はその上に置かれ、油をかけられ、火がつけられる。

おびただしい煙が、海に向って流れだす。弔客たちは、焼場を囲んで立っている。

突然、怖しい音がして、柩の蓋が跳ね上り、黒い煙の中から透明な焔が吹き上る。[30]

小説の溝口は父の死に立ち会うわけではない。ましてや父の死と引き換えるかのように正式に金閣寺の徒弟になる溝口にとって、父の死は新しい象徴秩序としての老師と徒弟という関係の開始を意味した。だから映画における父の存在とその死の強調、あたかも溝口に父の鎮魂をおこなわせようとするような描き方には違和感が残るが、炎の火力で柩の蓋がはじける画面は金閣消失のイメージを先取りした表象として強い喚起力をもつ。[31]全九五のシーンから構成されているシナリオのなかでも、ここは映像自体がもつ強い表象力が遺憾なく発揮されている場面であり、そのため三島が反応したといえるかもしれない。

このシナリオと小説の二章冒頭からの荼毘の場面を比べてみると、小説の溝口は必要以上に父の死に対してクールであるかのごとく語られている。だが「村の東南へ突き出た岬の根方の、石だらけの小さな浜」（三九頁）での荼毘の描写は少しもクールではない。これは一人称形式をもつ「語り」と場面「描写」の齟齬と言ってもよいだろう。丹念な場面設計に主観性の濃い語りを交差させるのは三島の常套手段ともいえる小説手法だが、彼の忠実な読者ならその語りに沿って風景のなかに屹立する溝口の像を刻んだかもしれない。だが映像において、この場面が鮮やかに視覚化されることで別の意味が生成する。トーキーによる「音」とモノクロの「像」によって表象される火をめぐる映像は、人（溝口の父）と物（金閣）が同じように「焼失」するという像の類似性によって結合されて観る者に迫るのである。

ところで、これまで市川崑の映画として「炎上」を語ってきたが、実はここにもう一人の重要な人物がいる。それはこの映画の脚色を担当した和田夏十（なっと）という女性脚本家である。[32]市川の妻でもあった和田は「失礼ながら仕事の全部が本当にナットのものか」[33]というような市川によるサポート疑惑などのテクスチャルハラスメントにしばしば見舞われていた。内藤寿子はそんな微妙な立場に置かれていた和田が実は「原作の再構成とは、原作を批評し、さらに脚色者の世界観を内包させる行為だとみていた」[34]と指摘している。和田夏十は対談で「やはり映画はオリジナル……」と水を向けるインタビュアの岡田晋に対し「人物の性格設定、場所や時代設定に、原作者はフルなエネルギーを使っている。それに脚色者がさらにエネルギーをそそぎ、演出家がもう一度研究するわけだから、映画のほうから言うと、三人の手を経て一つの作品が出来上る（中略）やはり三人がかりのものにはかなわない」と明言している。[35]「名脚色者と云われる者になってみたい」「文学で表現できる者は映画でも表現できる」[36]とかなり積極的な発言をしていた和田は原作に新しいものを付加することに迷いはみられなかったようだ。ここから引用の浜辺の火葬シーンは和田の創作だったと想像することもできないわけではない。

いっぽう三島は市川の映画を「過去の日本映画に深く浸潤してゐた感傷主義を免れてゐる」とし、感覚的にも「セック(ママ)で、甘口なところがない」[37]と賞讃したが、そこには「市川夫妻」という言い方があるだけで、和田夏十という固有名に触れていない。おそらく三島も他の多くの同時代人と同じ限界によってこの場面が和田の創作だった可能性には思い至らなかったかもしれない。総合芸術としての映画を原作／脚本／映像などと分節化して論じることが果たして有益か議論の余地はあるが、原作者と映画監督だけにその功績を帰すのではなく、映像化に際してシナリオを書いた和田の力が関与したことはもっと評価されていいように思われる。

和田を再評価したい理由はほかにもある。シナリオ「65一軒の遊廓・二階の一室」は、三島の「金閣寺」では五番町と呼ばれる北新地の遊廓場面である。小説は放火の決行を決めた溝口が女のもとに行くくだりである。「まり子」と呼ばれる女性が打ち解けようし、「普遍的な単位の、一人の男として扱はれてゐた」(第九章、二四〇頁)溝口は性交渉を成就することができたのだが、最初の登楼場面の小説本文は「自殺を決意した童貞の男が、その前に廓へ行くやうに、私も廓へ行くのである」(同、二三二頁)という紋切型でしか語られていない。しかし、和田の脚本ではここは女の側から記述される。

女　「お客さんえらい吃らはるけど、お経読む時困らへんの？」
溝口　「お、お経と、英語は、へ、平気や」
女　「(真面目に) そお。そんならこれ読んでみて」

女は壁のカレンダーをはずして溝口に見せる。

溝口、女の手許を覗き込んで、「六月、七月、八月……」と英字をすらすら読む。

女「ほんまや。それにええ声してはるわ。そんな声でお経をあげてもろたら、ほんまにありがたい気がするわね……」[38]

女が壁のカレンダーを外して溝口に見せると彼はJune, July, Augustと読み上げる。主演の溝口役の市川雷蔵がその底太くよく通る声で英語を発音する場面は秀逸でありながらもどこか微笑ましい。ちなみに「まり子」を演じたのは中村玉緒で、いささか不釣り合いなその娼婦姿は、映画的というよりも歌舞伎『祇園祭礼信仰記』の「雪姫」に通じる艶やかさがある。少なくともこの艶やかさによって映画の溝口も素直に英語でスラスラと発音してみせたのだろうと思わせる力がある（溝口の一定の英語力は米兵と連れの娼婦の事件でも実証されていた）。このように抽象化された言語の体系性をもつ禅宗の経や英語は、音声化されることで溝口が他者と通じる開かれた回路となる可能性をもっていることを逆説的に示しているように思う。

井上順子は溝口がまり子に触れずに帰ってしまうこの登楼場面を「エロスがまったく欠如している」[39]と評した。『金閣寺』をめぐって先駆的な映画と文学の比較をおこなった井上の論は貴重なのだが、この見方はいささか早計であろう。確かに小説でリアルだった性交渉の様相はここでは削除されているかもしれない。だが映画の場面設定には、小説発表と同じ時期の一九五六年に成立し、映画公開の五八年に発効された「売春防止法」という近代の売買春をめぐる性的法制度をめぐる時代の動向が介在している。同時期には幸田文の『流れる』（新潮社、一九五六年二月）が刊行され、こちらは芸者置屋の物語であるが、そこにはこの法が時に身体を売る芸妓たちに影を落としているのである。[40]つまり和田はジェンダー構造によって分断される「男性客と娼婦」から生まれる紋切型のセクシュアリティではなく、肌を触れずに会話だけで帰ることで映像の「テクスト的な現実」を現前させたのではないか。三島は暗く孤独な相貌をもつ雷蔵の演技を「『炎上』の君には全く感心した」と最大級の賛辞でたたえたが[41]、この場面で雷蔵演じる溝口はかなり異質である。佐藤秀明の言うように「吃音」が「内界と外界への出口をまさぐる逡巡の声[42]」なら、まり子の誘導によってありふれた「男性客と娼婦」にはなっていない二人の応答が可能になるこのくだりこそ、和田なりの想像力＝創造力が働いた傑出した場面と言っていいだろう。

市川は「こんなに悲しい話を、それは何でもないことなのだという具合にとって、その答えを観客に出して貰おうということを初めて試みた[43]」と語ったが、その「何でもないこと」という日常性が突出して、いわば「映画的現実」として観客に差し出されたのがこの場面といえよう。「裏日本という、暗い日本の風土の中で育ってきた父と母と子の心を、静かにかたってみよう[44]」とも述べる市川は主に観客との関係性において映画作りをおこなっている。それに対して和田はそのような関係性を核にしながらも、そこに観客の見方や価値観を変容させ更新させるものを付加しようとしていたのではないか。「映画にたづさわるものの常に心しなければならぬことは、或る意味で常時「己れ」という我執を殺しながら己れの個性を生かし伸ばさねばならぬということなのです[45]」と述べる和田は、個性と共同性との間で引裂かれながらも主体的に映画製作に参加していたといえよう。

おわりに――焼失の不可能性

三島由紀夫の『金閣寺』を、彼の出発期において文学的先導者でもあった川端康成との比較による観客論で捉えた福嶋亮大は次にように述べる。

川端の不能の観客がいわば虚の焦点であり、だからこそ任意の〈われわれ〉をそこに代入できるのに対して、三島は不能の観客に再び身体性を授けている。しかし、その観客は決して立派なものではない。溝口は吃りであるために、外界の「扉」をうまく開くことができず、ただ「鮮度の落ちた現実、半ば腐臭を放つ現実」しか体験できない。当然、金閣寺に通じる扉も閉ざされたままである。金閣寺は美の劇場であるにもかかわらず溝口という観客を冷たく突き放す。そのために、溝口は〈われわれ〉を収容する美に憧れつつ、実際には汚らしい現実に投げ出された〈わたし〉として存在するより他ない[46]。

テクストの溝口は究境頂への扉を閉ざされていたように、本作は「金閣寺」ではなく「金閣」をめぐる物語なので「金閣寺に通じる扉」ではなく「金閣に通じる扉」である点など異論もあるが、『金閣寺』に「観客」の視点を導入したことは評価できる。もちろん「観客」の視点とは、たんに「一人称複数」のことを意味するのではない。一人称複数の〈われわれ〉と一人称単数の〈わたし〉との関係性こそが「観客の視点」なのである。これは「浮動する観念である限り、〈われわれ〉、金閣の美が、義満の贅沢と結び附かうと、見物人といふ階級と結び附かうと、或はそこから欲するまゝに推論して醜の観念を得ようと、驚くに足りぬ」と言い放ち、結果的に「浮動する観念」世界の構築を三島に促した、冒頭に引用した小林秀雄から遠く隔たった地点からの発想である。「安元の大焼亡」などの事例を持ち出して金閣放火を論じる小林は、結果的に「焼亡」であるかぎりその原因が「放火」であろうと「過失」であろうと、はたまた「戦乱」であろうと大差ないという地点から発言している。言い換えると彼は「贅沢」を享受する権力者「義満」とそれを見守る「見物人という階級」の双方から超越するポジションを「浮動する観念」の所有者に与えている。これに対して福嶋は小林と三島の両者に共通する作家性と強固に結びつく「観念」ではなく、「観客」という種々の劇を「欲望する主体」として「観る」不特定多数の存在を直視しているのである。

テクストの末尾での溝口は左大文字山の頂きで金閣を焼く火煙を眺め、いささか満足気に煙草で「一服」する「観客」である。おそらく一九五六年時点での三島は「身体性」をもった「不能の観客」（福嶋）に同一化することはできなかったはずである。ここには身を滅ぼすように病死した林養賢と溝口の間の深い「溝」が存在する。言い換えると〈われわれ〉と〈わたし〉の間の溝である。[47] その溝を覗き込むようにして製作されたのが、市川崑監督および和田夏十らの脚本による映画『炎上』であったといえよう。市川や和田らの映画人がその裂け目を遺憾なく映像化することが出来たとは、にわかに断定できない。しかし「溝口」という溝＝裂け目であると同時に出入「口」に由来する名をもつ主人公の視点から語られたテクストは、映画テクストにおいても和田の脚色に顕著なように〈わたし〉と〈われわれ〉の関係性への省察を強く促している。

　起源において権力者のものであった「金閣」は近世・近代を経ていまや「観客」という新しい「欲望する主体」たちとの関係性抜きには語れなくなった。もちろん和田の脚本が示していたように「観客」にも性差が存在する。三島が「小説とはなにか」の冒頭（『波』一九六八年五月）などで辛辣に描きだした自己本位な男女の読者＝男女の観客が欲望するかぎり「金閣」は、何度焼失しても再建されるだろう。空っぽの内部と豪華な外部から成るだけでなく、その姿さえ映し出す鏡をもったこの表象空間は、空虚さゆえにそれを補塡するための「観ること」と「観られること」という二つの快楽を繰り返し生成するからである。その意味で「焼失」は不可能なのだ。三島の『金閣寺』というテクストはそのことを明らかに告げている。

注

（1）『金閣寺』本文からの引用は『決定版三島由紀夫全集』第六巻（新潮社、二〇〇一年五月）による。なお初掲以降、章や出版社については省いて頁のみとし、以下『決定版全集』と略記する。

（2）小林秀雄「金閣焼亡」（『新潮』一九五〇年九月）。引用は『小林秀雄全集』第九巻（新潮社、二〇〇一年六月）三五八頁。

（3）対談からの引用は以下、『決定版全集』第三九巻（新潮社、二〇〇四年五月）二七九、二八〇頁による。

（4）映画製作の事情については市川崑・森遊机『市川崑の映画たち』（ワイズ出版、一九九四年一〇月、一八九～二〇三頁）が詳しい。なお映画『炎上』については角川書店、二〇一二年一一月発売DVDによる。

（5）市川崑「「炎上」について」（日本映画テレビプロデューサー協会・岩波ホール編『映画で見る日本文学史』岩波ホール発行、一九七九年二月）二〇六頁。

（6）渥美清太郎「解題」（『日本戯曲全集』第三四巻、春陽堂、一九三一年一二月）二頁。このほか明治期では二段からなる重扇助『演劇脚本　祇園祭礼信仰記』（中西貞行発行、一八九四年六月）がある。

（7）「金閣」については田中美代子の「注解」（新潮文庫『金閣寺』新潮社、一九六〇年九月、初刊）を参照した。なお、村木佐和子「三島由紀夫『金閣寺』論―欲望を映し出す「鏡」―」（『國文』二〇〇一年一二月）があるが、これは「鏡」に投影される溝口の観念世界は、作品に投影される小説家の文学観」という視点からのものであり、表象としての「金閣」という視点による本稿とは異なる。

（8）吉澤慎吾「三島由紀夫『金閣寺』の形式」（『人文論叢』二〇〇二年四月）。

（9）三島由紀夫と能楽との関係については田村景子『三島由紀夫と能楽『近代能楽集』、または堕地獄者のパラダイス』勉誠出版、二〇一二年一一月）がある。

（10）三田村雅子『記憶の中の源氏物語』（新潮社、二〇〇八年一二月）一五二頁。

（11）柘植光彦「『金閣寺』隠された物語」（『国文学解釈と鑑賞』一九九二年九月）は小説の場を構成する「金閣寺」と「私」との関係で構成される「金閣」を区別している。

（12）武内佳代「三島由紀夫『金閣寺』の終わりなき男同士の絆（ホモソーシャリティ）―〈僧衣〉と〈軍装〉の物語―」（『國文』二〇〇七年一二月）。ちなみに禅宗は鎌倉の円覚寺ならびに建長寺管長釈宗演が夏目漱石ら多くの知識人たちを惹きつけたように、男性性的な言語体系をもつ宗教として近代文学に少なからぬ影響を与えている。

(13) 三島由紀夫「室町の美学―金閣寺」(『東京新聞』一九六五年二月二〇日)。引用は『決定版全集』第三三巻(二〇〇三年八月)四〇二頁。
(14)『松竹創業百二十周年寿初春大歌舞伎』(歌舞伎座、二〇一五年一月)所収の「金閣寺」の「上演記録」による。
(15)「僕の「地獄変」」(『毎日新聞』一九五四年九月一〇日。引用は『決定版全集』第二八巻、新潮社、二〇〇三年三月、三三七頁による。三島は「六世中村歌右衛門序説」(写真集『六世中村歌右衛門』講談社、一九五九年九月)のなかで歌右衛門演ずる雪姫について「孤独な愛の燃焼」があると述べている。
(16) 三田村は注(10)前掲書で、義満は母方の伯母で後光厳天皇の后であった崇賢門院を介して天皇家と「疑似家族関係」を結んだことを指摘して天皇への接近を示唆している。
(17) 中村光夫「「金閣寺」について」(『文藝』一九五六年一二月)。引用は佐藤秀明編著『三島由紀夫『金閣寺』作品論集』(近代文学作品論集成一七、クレス出版、二〇〇二年九月)一二・一六頁。
(18) 福嶋亮大「大江健三郎の神話装置―ホモエロティシズム・虚構・疑似私小説」(『早稲田文学』二〇〇一年九月)。
(19) 酒井順子『金閣寺の燃やし方』(講談社、二〇一〇年一〇月)。引用は講談社文庫(二〇一四年二月)による。なお林養賢との重なりと差異については藤井淑禎「おれがあいつで……―水上勉『金閣炎上』における構成意識―」(『文学』一九八八年八月)が詳しい。
(20) 佐藤秀明「『金閣寺』観念構造の崩壊」注(17)二五四頁。
(21)「「金閣寺」創作ノート」注(1)六五八頁。
(22) この点については松本健一『ドストエフスキイと日本人』(朝日新聞社、一九七五年五月)から示唆をえた。なお、明治における女性作家における『罪と罰』受容については本書第一章「一葉における〈悪〉という表象―後期小説の転回と『罪と罰』」も参照されたい。
(23) 酒井、注(19)一七一頁。
(24) 歌舞伎演目の「三姫」のなかで『鎌倉三代記』の「時姫」、『本朝廿四孝』の「八重垣姫」と比べると、人妻は「雪姫」だけという点も特異である。

(25) 有元伸子・中元さおり・大西永昭「三島由紀夫『金閣寺』の原稿研究―柏木、老師、金閣―」(『広島大学大学院文学研究科論集』二〇〇八年一二月)。
(26) 喜谷暢史「三島由紀夫『金閣寺』論―手記の中の〈認識〉と〈行為〉―」(『国文学論考』二〇〇〇年三月)がこの点から派生する問題を指摘している。
(27) 蓮實重彦『『ボヴァリー夫人』論』(筑摩書房、二〇一四年六月)に登場する用語。なお、本書は『罪と罰』と共に日本の近代文学に大きな影響を与えた『ボヴァリー夫人』論の読解だけでなく、一九八〇年代以降の近代文学研究にも重大な影響を与えたジェラール・ジュネット『物語のディスクール 方法論の試み』(花輪光・和泉凉一訳、書肆風の薔薇、一九八五年九月)を自由間接話法やミメーシスの再検討によって再考している。
(28) 有元伸子「三島由紀夫『金閣寺』論―〈私〉の自己実現への過程―」(『国文学攷』一九八七年六月)を参照した。
(29) 引用は『決定版全集』第三〇巻(新潮社、二〇〇三年五月)一四六頁。なお山中剛史は「三島から脚本に対する具体的な指示などなかった」(「受容と浸透―小説『金閣寺』の劇化をめぐって」、『三島由紀夫研究』六、二〇〇八年七月)と指摘している。
(30) 「炎上」(シナリオ作家協会編『年鑑代表シナリオ集一九五八年版』ダヴィット社、一九六〇年四月)一二一頁。
(31) 井上順子「映画と文学のエクリチュール―映画『炎上』と小説『金閣寺』を例にして―」(『文化論輯』一九九六年七月)にも「後に金閣寺に火をつけるのを暗示する」という指摘がある。
(32) 映画のクレジットには「脚色」として和田夏十・長谷部慶次の名がある。ちなみ本作は一九五八年度キネマ旬報シナリオ賞を受賞している。なお『キネマ旬報』一九六〇年二月下旬号掲載の「和田夏十映画化全作品リスト」で和田の単独作作品として扱われているのは「女性に関する十二章」(新東宝、一九五四年)「青春怪談」(日活、一九五五年)「ビルマの竪琴」(同、一九五六年)「日本橋」(大映、一九五六年)「満員電車」(同、一九五七年)である。
(33) 大黒東洋士「シナリオ作家・和田夏十　女性ライターの特質」(『キネマ旬報』一九六〇年二月下旬号)。
(34) 内藤寿子「シナリオライター和田夏十という存在」(『国文学解釈と教材の研究』二〇〇八年一二月)。
(35) 和田夏十・岡田晋対談「文学・シナリオ・映画」での和田の発言(引用は注(32)『キネマ旬報』一九六〇年二月下

句号に同じ)。

(36)「脚色者の弁」(市川崑・和田夏十『成城町二七一番地　ある映像作家のたわごと』白樺書房、一九六二年六月)二一三頁。

(37)三島由紀夫「無題」の序、注(36)八～九頁。なおこの本の冒頭の序は三島と藤本真澄のほか市川崑の監督第一作「―『真知子』より―花ひらく」(新東宝、一九四八年四月二日公開)の原作者である野上弥生子が書いている。

(38)引用は注(30)一二五頁。

(39)井上、注(31)に同じ。

(40)拙稿「幸田文原作・成瀬巳喜男「流れる」の世界」(『女性表象の近代　文学・記憶・視覚像』(翰林書房、二〇一一年五月)三八三～四〇五頁を参照されたい。

(41)三島由紀夫「雷蔵丈のこと」「日生劇場プログラム」(一九六四年一月)。引用は『決定版全集』第三二巻(二〇〇三年七月)六五三頁。

(42)佐藤、注(17)二五四頁。

(43)市川崑「「炎上」について」、注(5)二〇六頁。

(44)同右。

(45)和田夏十「總合芸術『映画』と個との関係についての一考―O氏に申す」(谷川俊太郎編『和田夏十の本』晶文社、二〇〇〇年五月)一四〇頁。

(46)福嶋亮大『復興文学論』(青土社、二〇一三年一〇月)三二六～三二七頁。

(47)「文学の本質」は「要約不可能」な「フォルム」にあるとし、戦中的な「われら」と戦後的な「われら」の双方への距離を表明した「『われら』からの逃走―私の文学」(『われらの文学』講談社、一九六六年一月)までの三島は「わたし」の側から執筆しようとしており、自らの「観客性」には意識的であったとはいえない。

三島由紀夫の『源氏物語』受容――「葵上」・「源氏供養」における女装の文体（エクリチュール）――

はじめに――「中世」という呪縛

われ能楽を好み、わきてかの鬘物（かづらもの）には興動かぬ折とてなきに、その幽婉の色は冥界（みやうかい）を離る丶とき褪せ、その哀（あい）惆（ちう）の響は悼歌に添はでは止むと知りぬ。なべて鬘物と名付くるは、今は亡き王朝の佳人に奉る悼歌にこそあらめ。衰へし天人がなぐさむ方なき舞や歌や。なほきのふの艶容は、豊けき目許、うらがれし頰のあたり、名残はつかにとゞめたれども、来しかたの煩悩は忽ち冥界の笞（しもと）となりて、打たる丶砧の夜々ぞはかなき。煩悩多き女人が世にすぐれてめでたかりし面影をば、悼歌の節のまにまに招きて、見し世の夢に、現（うつ）にも物狂ほしかりしは中つ世なり。[1]

これは「昭和廿年孟春」と末尾に記された生前未発表の「小説中世之跋」の一部である。この跋文をもつ「中世」[2]は、嫡男義尚を二十五歳で失った足利将軍義政の度外れな悲傷が、室町将軍家周辺の文化的頽廃のなかで異様な光彩を放って描かれている。引用文には「冥界」や「悼歌」などという語に象徴されるように、「今は亡き王朝の佳人」に託して死者たちへの追悼が擬古文で綴られている。三島は出発作「花ざかりの森」（『文藝文化』一九四一年九月～一二月）を発表後、初の出版に際して幾つかの序を残しているが、そのひとつ「昭和十八年秋立つころ」と末尾にあるものには「北のかたみんなみの方神々のみいくさは　きよらかな剣のしたに花は咲かせ　剣の前に夷（えびす）を

はらうて　言向けの古へぶりををろがみつ[3]」と記していた。

真珠湾攻撃による日米開戦を経てまさに「神々のみいくさ」の渦中にあった東京大学法学部一年生の三島は、勤労動員によって群馬県新田郡太田町の中島飛行機小泉製作所の総務課の机上で、冒頭の文章を書くことになる。[4]よく知られているようにここは零式艦上戦闘機が製造され、多くの若者が「死者」となることを迫られる場所でもあった。その意味で禅師・老医・能若衆・巫女・大亀などいささか仰々しい人物たちが繰り広げる「中世」の世界が「能楽」の世界と一直線につながることは見やすい。いわば「中世」とは、戦後に書かれることになる『近代能楽集[5]』を先取りしたテクストということもできるだろう。

だが三島という文学的知性において「中世」および謡曲というテクストは、文学という領域だけに留まらない。三島は歌舞伎にも深く関わっているが、そこにはある余裕が感じられるのに対し、謡曲との関係はもっと切実である。前者が「治世」における庶民的な文化的表象なら、後者は「乱世」の治者である武家階級と深い関係をもつ表象であるという意味で彼の実人生と密接に関係する。昭和という年号と年齢が重なる三島にとって、文学という表象体系と別次元に属するものとして「天皇」という表象の問題が存在するからである。

戦時下、「中世」および「小説中世之跋」を執筆していた若き三島に死を迫った人こそ、ほかならぬ昭和天皇である。三島は晩年、東大全共闘学生との討論の場で、十九歳の折り学習院高等科の卒業式で総代として銀時計を天皇から下賜されたとき、「三時間全然微動もしない姿」に感銘した逸話を感慨深げに述べている。[6]真偽のほどは定かではないが、二十歳前後の頃の三島が一方で文学表象としての「中世」的なるものに呪縛されつつ、他方で軍の長としての「神聖にして不可侵」の天皇表象に深く捕捉されていたことは確かであろう。

実は三島の天皇表象にはもう一つ別の側面があった。十二歳の折りに直面した二・二六事件を回想して彼は質問する記者に対して次のように述べる。

人間なら、自分の愛するぢいやが殺されればおこるのは当然だが、しかし神である陛下は、さうであつてはならなかつた。もし、青年たちと接触があれば、あの事件の底にはなにがあつたかわかつたはずだし、憂国の青年がいだいた真心をあんなに無残にじうりんなさるはずがなかつたと思ふんです。[7]

小説「英霊の声」（『文藝』一九六六年六月）発表の折りに語った一文であり、事後的な再構成による脚色があるはずだが、ここにはイギリス的な帝王学を身につけ、決起した青年将校たちを断罪する天皇に対する不信が率直に吐露されている。佐藤秀明は「村上春樹の「王殺し」」という文章のなかで、王には「自然的身体」と「神格的身体」という二種類の身体があり、三島もこの「王権二体論」を思考し、「英霊の声」では「自然的身体の人間的側面に殺意と解釈される呪詛を加えた」と指摘している。[8] 二・二六事件に対する天皇への不信とは、その「自然的身体」に対し、観念的に権威化された「神格的身体」を三島が求めた結果であろう。

しかし天皇は一九四六年に「神格否定の証書」、いわゆる「人間宣言」を発令する。三島の死後に発表された「昭和廿年八月の記念に」[9]によれば、玉音放送の時点までは三島は少なくとも「玉音」で「臣民」に語りかける天皇を信頼していた。その後に齟齬を来たすのであるが、佐藤も述べるように三島は村上春樹のように文学において「完全な王殺し」をおこなうことができない。彼の文学的営為には「天皇殺しは尊王とほとんど同じ発想」（佐藤）というべき矛盾する次元が絶えずつきまとうことになるのである。

それでは、このように幾つかの審級が混在する天皇表象をもつ三島にとって、王朝の天皇家とそれをささえる公家たちの物語である『源氏物語』（以下、『源氏』と表記）とは、どのような存在だったのだろうか。思えば『源氏』の世界とは桐壺・冷泉など種々の「人間的」な帝たち・皇子たちと女性たちによる性差やセクシュアリティを媒介とした王権をめぐる物語である。「花ざかりの森」以来、王朝と中世という二つの表象の間で引裂かれていた三島は先の「昭和廿年八月の記念に」のなかにもあるように「ますらをぶり」から「たわやめぶり」への旋回を志す。まさに文化表象としての性差を寓喩として、戦後の文学的出発を遂げようとしていたのである。上野千鶴子が端的に評したように三島が「マニエリスム（様式主義）とクリシェ（常套句）」という特長をもつ文体によって「擬古典調のロマン」を創成したのなら、[10] 彼の『源氏』受容とは文体と主題の両面から論じられなければならないだろう。

三島は中世的世界を「変質した優雅」[11] と見なしたが、その世界は「懸詞や枕言葉による一見無意味な観念連合」[12] によって表現された詞章から成り立つ謡曲として結実している。三島と謡曲との関わりは『近代能楽集』のほかにも先の「英霊の声」があるが、興味深いことにこのテクストも能の修羅物に準じる形式をもっている。三島にとって「中世」を起点とする謡曲に関係するテクスト群は、戦後の出発期から晩年近くまでの時間のほとんどをカバーできるほどであるが、その文体は本稿の冒頭に掲げた「小説中世之跋」のような擬古文体とは異なる現代文である。これは何を意味するのだろうか。

一般には聴覚的にも視覚的にも解読困難な文体で記された天皇による「終戦の詔書」が、戦後の平易な現代文で記された「日本国憲法」に変わったことに象徴されるように、文体の問題は戦後文学にとっても三島にとっても喫緊の課題だったと言ってよい。与謝野晶子や谷崎潤一郎のように『源氏』を現代語訳しなかった三島は、彼の創作戯曲『近代能楽集』において戦時下で間歇的に試みていたような擬古文を捨て、現代文でその世界を創造した。

ではそのとき、テクストを統括する書き手や登場人物たちの性差は文体とどのようにクロスするのだろうか。本稿は『近代能楽集』のなかでも、特に『源氏』への深い洞察と同時に屈折が混在する「葵上」と「源氏供養」を取り上げ、戯曲を構成する文体（エクリチュール）を「女装」という観点[13] から考察してみたい。

1　戯曲の文体(エクリチュール)を求めて──戦後出発期の三島

「中世」を執筆した二十歳の三島は徴兵検査が誤診によって回避されると、戦時から敗戦への時期を併走した学習院時代の同窓生三谷信への書簡にあるように、「自分一個のうちにだけでも、最大の美しい秩序を築き上げたい」と文学への旋回を熱く語る。(14) 一九五〇年から六〇年までおよそ十年間に集中することになる『近代能楽集』収録のテクストを初出順に並べると「邯鄲」・「綾の鼓」・「卒塔婆小町」・「班女」・「葵上」・「道成寺」・「熊野(ゆや)」・「弱法師」・「源氏供養」の九曲となる。三島自身が語っているように最初の『近代能楽集』の翻訳がドナルド・キーンによって一九五七年にニューヨークのクノップ社から英訳された後、一九五九年夏、ニューヨークで試演されたことに表われているように、三島による中世を背景とする伝統的文化の発信をキャッチしたのは、まさにオリエンタリズム的な視線だったといえるかもしれない。(15) たとえば、三島と併走して彼の演劇と密接にかかわった堂本正樹は「本来「近代」と「能楽」は相反する概念である。それをふと結びつけた時の、三島の会心の笑みを想像したい。大衆の嗜好の間隙、知識人の古典へ不義理の後ろめたさ。そのアナを埋める高尚な料理が、このシリーズとなった(16)」と敗戦後の日本の「大衆」と「知識人」の「間隙」を縫うように突如出現したこの戯曲集の性格を端的に表現している。敗戦国にとって戦勝国の西洋から認知されることにくわえ、「古典への不義理の後ろめたさ」など、今日では想像できない位相があったのである。

三島における『源氏』受容の文脈で、「近代」と「謡曲」という両面をもつ『近代能楽集』を語るうえで問題となるのは冒頭でも記したように、一つは詞章という戯曲文体の問題、二つ目は劇で繰り広げられる主題の問題であろう。

たとえば「邯鄲」と「綾の鼓」を発表した頃、『源氏』の文体について三島は舟橋聖一の「源氏物語草子」への批評の中で次のように述べている。

源氏物語といふ古典は、中古以来、だれしも一生のうちに一度はしてみたいと憧れる大旅行のやうなものであつた。（中略）舟橋源氏の文体は、原文とは何のかかはりもないもので、それは文体の上にではなく、小説的興趣の上に古典を現代化しようと試みたものであり、はからずもこの「源氏物語草子」は、船橋氏の小説論の体を成してゐる。（中略）ここで舟橋氏は、源氏物語といふ巨代な女体の核心に迫らうとする無遠慮でアケスケな嗜欲が小説家の嗜欲の本質的な好色さを象徴することを信じてをり、その自信は一見美学をおきざりにした文体の闊達さにありありと現はれてゐる。(17)

『源氏』を「だれしも一生のうちに一度はしてみたいと憧れる大旅行のやうなもの」と嘯く引用文から、作家としての三島の『源氏』観を探ることはかなり困難である。だが、この三年まえには『仮面の告白』（河出書房、一九四九年一〇月）を、さらにほぼ同じ時期に『禁色』（『群像』一九五一年一～一〇月）を発表していた三島の主たる関心は「小説家の嗜欲の本質的な好色さ」を実現する「一見美学をおきざりにした文体の闊達さ」、つまり「小説文体」の獲得にあったことはほぼ間違いがない。引用文の他の箇所には戦前から続いていた谷崎潤一郎訳『源氏物語』のような「忠実な擬古典的方法」には関心を示さないことが吐露されていたように、戦時下の強いられた死を回避した三島の課題は、まずもって「小説文体」の創成にあったと言ってもいいだろう。

もうひとつ、この引用文で気になるのは「源氏物語といふ巨代な女体」という比喩である。エクスキューズとも取れる言葉だが、意外と三島の紫式部観の一端が表出されているかもしれない。戦後二十五年におよぶ三島の文学活動のなかで『源氏』への言及はさほど多くはないが、たとえばこの文章から十数年後に瀬戸内晴美・竹西寛子と共に行われた鼎談[18]で、「ぼくは本質的に女流作家というものはあり得ない」と断言しつつも、「男性的客観性というものが小説」と考えるゆえに「紫式部だけはどうも例外」と持ち上げている。同席の瀬戸内晴美（寂聴）の率直な物言いに影響されたのか、この時の三島は自由闊達に発言している。興味深いのは現代語訳については与謝野源氏を「漢語をとても自由に駆使して、その漢語を使うことになにも抵抗がない」とし、その訳には「ある意味の明治ハイカラ的要素」があると称賛していることである。谷崎源氏ではなく与謝野源氏を評価する三島からは古典の現代語訳を核心とする、広い意味での古典の受容という問題があったと言えるかもしれない[19]。次の文章からは三島自身もこの点について十分自覚的であったことがうかがえる。

> 小説の法則と戯曲の法則とは、截然とちがつてゐる。小説は人間的必然に拘泥し、事件乃至（ないし）事物の論理は制約を受けてゐる。小説の中に置かれた事件は、決して人間的動機を放棄することはできない。（中略）これに反して、戯曲は、俳優の生きて動いてゐる肉体が前提とされるので、古い希臘（ギリシヤ）の劇のやうに、運命がたやすく主題に扱はれ、それと同時に、人間的必然は、かなり自由に、放任されることもできたのであつた。
>
> （「卑俗な文体について[20]」）

「小説の中に置かれた事件は、決して人間的動機を放棄することはできない」という言葉から、この評論の二年後に発表される『金閣寺』（『文藝』一九五六年一～一〇月、新潮社、同年一〇月刊）などを想像することはたやすい[21]。『近代能楽集』に収められることになる戯曲を矢継早に発表していた時期に書かれたこの文章には、小説文体を一方で模索しつつ、他方で近代戯曲の文体を創成しようとしていた三島のいい意味での気負いと迷いが揺曳している。引用のあとの箇所で三島は王朝時代に「漢字漢文が男子」、「仮名和文が女子」というステレオタイプな「文と性差」を直結させる二分法を用い、「戯曲の言葉としての女性の言葉には、心理的なアクチュアリティーがたやすく躍動する」と断言している。その結果、「戯曲の文体」は「日本語のやうに韻律を持たず、詩劇の伝統を持たない国」では、「卑俗さとすれすれの、わるい品質の文体に近づいてゆく」と結論づけている。ここには三島において戯曲の文体を「卑俗な文体」で書くことの論理的根拠が示されていると言ってもいいだろう。

さらに三島にはこのほかにも『源氏』についての言説が存在する。それは晩年に近い時期に書かれた（『日本文学小史』『群像』一九六九年八月～七〇年六月初出）に収録されている『源氏』観である。ここで彼は『源氏』を「文化意志そのものの最高度の純粋形態[22]」とし、五十四帖のなかで最も好むのは「花の巻」「胡蝶」の二つと明言して、その理由を次のように述べる。

退屈な「栄華物語」のあの無限の「地上の天国」のくりかへしを、凝縮して短かい二巻に配して、美と官能と奢侈の三位一体を、この世につかのまでも具現し、青春のさかりの美の一夕と、栄華のきはみの官能の戯れの一夕とを、物語のほどよいところに鏤（ちりば）めることが、源氏物語の制作の深い動機をなしてゐたかもしれない。逆に言へば、もし純粋な快楽（ヴォリユプテ）、愛の悩みも罪の苦しみもない純粋な快楽が、どこかに厳然と描かれてゐなかつたとしたら、源氏物語の世界は崩壊するかもしれないのである。人はしばしば大建築の基柱ばかり注意するが、「花の宴」と「胡蝶」とは、おそらくその屋根にかがやく一対の鴟尾（しび）である。源氏の罪の意識を主軸にした源語観は、近代文学に毒された読み方の一つではあるまいか。（『日本文学小史[23]』）

『源氏』の価値を「愛の悩みも罪の苦しみもない純粋な快楽」が描かれていることに求める三島は、あえて歴史物語や近代文学との差異化を強弁しているように見える。歴史物語との差異化だけでなく、近代文学を仮想敵とするかのような一文からは、文学者としてではなく行動する思想家を選んだ晩年の三島像がうかがえるが、「花の宴」と「胡蝶」の二巻の称揚と、返す刀による「源氏の罪の意識を主軸にした源語観は、近代文学に毒された読み方」という言い方には注意が必要である。さきほど引用した「卑俗な文体」にある「心理的なアクチュアリティーがたやすく躍動する」という言葉を想起すれば、当然ながら俳優の身体が介在する戯曲では、登場人物すべてにおける「アクチュアリティー」およびそれを担保するリアリティが強く求められるのは当然だからである。私たちは三島の挑発的な誘導に安易に与してはならないだろう。小説とは異なる作劇法が必要とされる近代の戯曲において、古典からの翻案、いや創造的な更新が成功しているかどうかは、場面を構成するリアリィティと主題との接合に求められるからである。

次章ではこの点を検証するために、『近代能楽集』のなかでも最も『源氏』との関連が強いとされる「葵上」を取り上げてみたい。

2 「ト書き」の効果——「葵上」の文体(エクリチュール)

『源氏』に題材を取った謡曲は約十種にも及ぶが、なかでも六条御息所は「葵上」のほか「野宮」にも登場する強度を有する女性表象である。そのような女性を取り上げた三島の戯曲「葵上」[24]ついて堂本正樹は「発想がその儘に熟したような、自然さに満ちた仕上りは、作者の感興の混り気のない昂ぶりが見て取れる」[25]と評した。確かに、六条康子・若林光・葵・看護婦の四者で構成される本曲は、『近代能楽集』でもっとも完成度の高いテクストといえる。三島も『近代能楽集』のなかでは「一番気に入つてゐる」[26]と述べているだけでなく「源氏物語から能楽へ移され、能楽からかうして近代劇に移されながら、「身分の高い女のすさまじい嫉妬の優雅な表現」といふ点では、諸外国にも例を見ない、日本独特の伝統の不滅の力に負うてゐる[27]」と、この曲が舞踏劇として上演される際に語っている。だが、表面的にも主題的にも高位女性の「嫉妬」が前景化されていることは確かだとしても、三島の戯曲でそれはどのように描かれ、どんな劇的効果を収めているのだろうか。

舞台は深夜の病院の一室、そこに病妻を見舞う夫の若林光が駆けつけるところからはじまる。幕開きは、光と看護婦のテンポのよい掛け合いの会話がつづく。この看護婦は「ツレの巫女[28]」というにふさわしく、病床の葵の病気は決して軽くないのにしだいに光との問答を弾ませていく。まさに「卑俗さとすれすれ」(「卑俗な文体」)の文体が採用されている。ここで想起したいのは一九一〇年代、島村抱月や森鷗外によって翻訳劇や創作劇などのいわゆる「近代劇」が現代語に改められたことである。特に鷗外は一時期、小説文体を口語化するのと軌を一にして創作の一幕物を精力的に発表した。両者とも科白(ちなみに当時は「科」を仕種、「白」をセリフとして区分した)は比較的スムーズに現代語化されたが、ト書きについては逸早く現代語化した抱月に対して、鷗外が手間取ったことは意外に知られていない[29]。セリフが小説における会話のパーツなら、ト書きは描写やときには間接話法による内言(心中思惟)なども担う戯曲の隠れた重要な要素なのである。

戯曲「葵上」が成功しているのは(大変目立たない形であるが)、ト書きによる情景描写が丁寧におこなわれているからといえる。たとえば「今は静かな寝顔をしていらつしやいます」(五七頁)と答える看護婦の「今は」という言葉を聞きとがめた光を語る箇所は、「ふうむ」(五八頁)という彼の科白につづいて「ト枕もとに下げられたカルテを読む」と記されている。このト書きは、やがて病院に泊まることを覚悟した彼が看護婦に夜具などの問い合わせをおこなうなどアクションの一連の動きを示している。いっぽう、ベッド近くに置かれている卓上電話から「かるくチリチリチリチと鳴る」(同)と記されたつつましやかな深夜の電話の呼鈴の音。これによって無機質的で孤独な病的空間が、決してそこだけで完結しない外部と接続していることが告げられる。この外部とはリアルな「外」であるだけでなく、異次元としての「外」であるがゆえに、その後、光によって放置された受話器から聞こえてくる康子の声の場面でも効果的に響き渡るのである。

「葵上」上演に際し、武智鐵二は三島戯曲に内在する「自然主義の残滓」としての「演劇的イメージを限定するトガキ」[30]に対して疑問を投げかけた。しかし、すでに述べたようにト書きに集中的に見られる「自然主義の残滓」こそ、抽象化され洗練された中世以来の謡曲舞台にはない、まさに三島の「近代能楽」の重要な構成要素なのである。上演に必要な小道具・大道具や照明、さらに俳優の声と身体演技によって構成される戯曲において、それは小説での描写に該当する重要なパーツである。このような細かな情景設定が為されているからこそ、夜伽を決めた光はやおら煙草に火をつけ、看護婦と話しつづけることが可能となる。もちろん、その内容は異空間での深夜の病室にふさわしく、健全さとはほど遠い俗流フロイティズムにもとづくと思しいかなり露骨な性的問答であり、珍問答でもある。おそらく観客の笑いを誘う仕掛けであったのであろう。

やがて看護婦は毎晩ここにやってくる見舞い客のことを告げる。空疎な長口舌が弄されたあと、ト書きは次のように記される（なお以下、ト書の括弧は省略）。

あわたゞしく上手ドアより退場。間—。電話がチリチリと、もつれたやうに低く鳴る。間—。上手のドアより、六条康子の生霊（いきりやう）があらはれる。贅沢な和服。手には黒い手袋をしてゐる　（六二頁）

ここでも「チリチリと、もつれたやうに低く鳴る」電話の呼鈴を合図に、本曲のシテともいうべき六条康子が『源氏』の「牛車」になぞられた「銀色の自動車」に乗って登場する。ここから妻の病床で繰り広げられる康子と光の会話はある意味でかなり理不尽である。これみよがしに病床の葵に「苦痛の花束」を差出し、「花からのいやな匂ひ」（六二頁）を部屋に満たそうとする康子。それは露悪家の行為そのものであろう。

だが穿った観方をすれば、異なった解釈も可能である。たとえば『源氏』の「葵」の巻は、古代の習俗によって決してこのような悪趣味の「三者面談」とならない見えないバリアーに隔てられていた。だが隔離ゆえにかえって不在者への思いは募り、ときには生霊となって距離を縮める必要も生じる。ところが三島の謡曲や戯曲においては、三者はひとつの舞台空間において絶えず男女の三角形を意識させられざるを得ない。よく知られているように「小袖」だけで存在を暗示する謡曲の「葵上」に比べ、病床で意識のないように見える三島戯曲の葵が、会話には参入せずとも「助けて！助けて！」や「うーむ、うーむ」などの呻き声を発しているのを見れば、身体的にも場としてもその三角形を担っていることは一目瞭然である。『源氏』では三者の隔てや距離によって創られていた「想像的表象」が、三島劇では舞台上の「いま・ここ」の劇として病床の葵とともに残酷に現在化＝視覚化されるのである。

康子が持前の「高飛車な物言ひ」（六六頁）を止め光の膝に頬ずりをすると、事態は変化しはじめる。表層的には会話に参加できない病床の葵を押しのけ、饒舌な康子が勝利した形ではあるが、どうしたことか観客（読者）は痛ましさの極みに置かれた葵に同情しつつも、悪女的とも悪魔的ともいえる康子の方にいつしか同調していることに気づく。それは病妻の傍らに侍る男のもとへ駆けつけることさえ厭わない、康子の力と言ってもいいかもしれない。もちろん、光もその同調者の一人であることは言うまでもない。

ふしぎな音楽。下手から、大きなヨットが辷り出る。ヨットは白鳥のやうに悠々と進んで来て、両人とベッドの間に、丁度ベッドを隠すスクリーンのやうな具合に止る。両人はヨットに乗つてゐるやうな様になる（六八頁）

「ふしぎな音楽」と「ヨット」という異なる意味体系に属するものを連結させたこのト書きの効果は大きい。観客は光とともに音楽という共感覚性の高いものよって、錬金術の暗示にかけられたように、しばし異空間に連れて行かれる。このような舞台上での異次元導入による異化効果は『近代能楽集』の他の曲でも認められる。たとえば「葵上」の二年まえに発表された「卒塔婆小町」における、うらぶれた若い詩人と老婆が話を交わす街の夜の公園が、いつしかさんざめく声に賑わう鹿鳴館の舞踏場へと接続する場面のように。ここでは若者が「君は美しい」と言ったために命を落とすが、その死は「何かをきれいだと思つたら、きれいだと言ふさ、たとへ死んでも」（五四一頁）という詩人としての誇りによる死である。つまり彼の死は決して敗北ではない。

ところが「葵上」では異なる。光と康子が過去の記憶のなかで暫しとはいえ、双方とも風や水や風景などを共有している間、病床の葵はしだいに病勢が亢進し、ついには生霊と現身という分裂した二つの康子に祟られる形で息絶えてしまうのである。病める現身ひとつの葵に、現身においても生霊においても壮健な（?）二つ身の康子に対して勝ち目はない。

こうして「葵上」は葵の完敗で幕を閉じるのであるが、果たしてこれを「悲惨」といえるだろうか。少なくともここにある葵の死は完敗であっても「悲惨」ではない。では罪は康子にあるといえるであろうか。それも答えは否である。つまり、三島はこの戯曲では決して「近代文学に毒された読み方の一つ」としての「源氏の罪の意識を主軸にした源語観」をストレートに否定してみせたわけではなかった。一幕物にふさわしい簡素さのなかに光・葵、そして生霊と現身に二重化された康子という三者を配して『源氏』の世界を引用しつつ、終盤では本説（原典）とも謡曲とも異なる緊張感のあるカタストロフィを実現させたのである。

3　謡曲「源氏供養」からの離陸

先に三島が瀬戸内晴美（寂聴）らとの鼎談で、『源氏』について語ったことに触れたが、不思議なことに、三島は竹西が『近代能楽集』の話題を持ち出したのにもかかわらず、その三年前に発表した「源氏供養」（『文藝』一九六二年三月）についてはまったく言及していない。この座談会で沈黙しただけでなく、三島は最晩年には自ら「源氏供養」を「廃曲」扱いしたことでも知られている。[31]「結局あとになつてみると戦争中の少年期に私が親しんだ古典のうち、最も私に本質的な影響を与へ、また最も私の本質と融合してゐたのは、能楽であると思ふ[32]」と三島が述懐するのは、さらにその二年前の一九六八年一月のことである。すでに述べたように、戦後、本格的に作家デビューする三島の前には、戦中からの継続課題として「中世」という主題と、その文学的形式としての「謡曲」があった。三島が谷崎源氏を「忠実な擬古典的方法」ゆえに範としなかったように、単なる古典の継承としてではなく戯曲家として現代の日本語によってその世界を創成しようとしたのである。

現代語で謡曲を綴るという営為自体、矛盾の産物であろう。いわゆる「幽玄」を宗とするはずの詞章がアケスケな「卑俗な文体」で語られるのだから。だが『近代能楽集』の他のテクストではほとんど問題にならない現代文体の問題が、なぜか「源氏供養」では突出している。それは「近代能楽」という戯曲がもつ必然的な問題なのだろうか。ここで改めて三島の「源氏供養」という戯曲が五十四帖からなる『源氏』論であるというよりも、それを創出した紫式部という作家についての論、つまり「作家論」であることを確認しよう。この点を検討するために、そもそも三島が典拠とした謡曲「源氏供養」の性格を見定めておきたい。

たとえば田村景子は中世において成立したこの謡曲の特質を次のように指摘する。

詞章に「心中の所願を発し。一つの巻物を写し」とあるように、この曲は法華経を写す「源氏供養」を受け継いでいる。同時に、名文として知られる謡曲「源氏供養」のクセ（引用者、「韻文の楽曲」）は、『源氏物語』の巻名を歌に詠み込む「源氏供養」の流れをも受け入れていた。謡曲はこうしたふたつの供養を重ねつつ、ついには紫式部崇拝の確認という大団円に至る。だが、さらに重要なのは、謡曲「源氏供養」が既存の「源氏供養」と比べ、より広い意味での狂言綺語を肯定したことだろう。（中略）それ自体遊芸のひとつでありながら、仏教と切り離すことのできない能楽、しかも武士階級の後援で大成した能楽は、中世以降の強い仏教的彼岸の賛美と、現世的な虚構の肯定とを結合させる。[33]

ここには「法華経」の仏教的救済という主題と「詞章」という文学における文体の問題が接合されているだけでなく、時代の享受者たちによって能楽の受容と新たな更新がおこなわれていることが指摘されている。特に中世の「謡曲「源氏供養」が既存の「源氏供養」と比べ、より広い意味での狂言綺語を肯定した」という箇所は興味深い。現代の私たちは謡曲「源氏供養」の仏教的救済の側面ばかりが気になるが、おおきな歴史的コンテクストにおいて公家文化から武家文化へと享受の主体が変容したこの時期の『源氏』受容は、「仏教的彼岸の讃美と、現世的な虚構の肯定」という二側面をもつことになるからである。[34]

しかし能楽の大成の意味するものはそれだけに留まらない。その受容には単に劇を観る受身の「観客」にとどまらず、「演者」になる場合もあったことに注目したい。よく知られているように足利将軍以降の庇護者であった豊臣秀吉が自らも能を演じたように、戦国時代を経由した武士たちはときに「演者」となることも厭わなかった。これは時間的様式化を経て厚化粧で造られた顔をもつ近世の歌舞伎の場合と異なる。能面やときに直面（素面）で演じられることに象徴されるように、抽象的かつシンプルな空間構成をもつ能舞台や演能空間をもつ能楽が、きわめて「現世的な虚構の肯定」(田村)を可能にする上演的な劇であることを物語っているのではないだろうか。

このようなコンテクストを視野に入れると、三島の『近代能楽集』に収められた「源氏供養」の世界の特質が浮かび上がってくる。それは第一に『源氏』の武士的エートスによる受容形態である「謡曲」であることに加え、近世後期に幕府の武家式楽として採用されて以降、近代にいたって謡曲が改めて「能楽」として再編成されてからも、その受容主体が武士的なエートスの持ち主だったことである。たとえば一般に「国民作家」と言われる夏目漱石が謡曲を好み、「草枕」(『新小説』一九〇六年九月)が、ワキとしての画工とシテとしての那美から構成されている小説ともいえること、さらにたとえば、近代における謡曲本刊行が漱石門下の野上豊一郎によって担われてきたことなどを想起すれば、近代以降の謡曲受容が近代文学の担い手たちとも重なっていることが理解されよう。

ではこのように強く武士的なものと結びついた謡曲を近代作家が受容すると、どういうことになるのだろうか。すでに指摘したように、文体の問題は三島の「卑俗な文体」でクリアされている。ならば次の課題はその戯曲的完成度ということになろう。小説とは異なる戯曲においては、劇的時間の創出、演じる俳優の身体性、あるいは劇場で舞台を見つめる観客等々、基本的には「演劇的現在」が創出されているかが戯曲としての成否のポイントになるが、いわゆる「本説」をもつ『近代能楽集』において、劇としての成否をささえる大きな要素は女性表象であろう。

たとえば『近代能楽集』の「邯鄲」では前半は「菊や」という守役の中年女性と彼女に愛され、いまは十八歳となった「次郎」との軽妙な掛け合いのなかで過去と現在の時間が巧みに接合されている。「菊や」は原作のもつ「夢の時間」を現代の戯曲時間のなかに置き換える媒介者としての役割を果たしているのである。「綾の鼓」は舞台の下手を法律事務所、上手を高級洋裁店に二分するという大胆な舞台設定が採用され、元女スリでいまは貴婦人然とした華子と彼女を愛する岩吉という小遣いとの叶わぬ片恋の模様が繰り広げられる。シテ役の彼は一度、周囲の嘲笑によって自死したのち、亡霊となって音の鳴らない「綾の鼓」を打ち続け、舞台から消えると、ツレ役の華子があたかも勝利宣言するように「あと一つ打ちさへすれば」（五〇六頁）と決定的な一言をつぶやき、幕となるのである。

「弱法師」（『声』一九六〇年七月）ではヒロインではないが、養父母と実父母の間で煩悶する俊徳を媒介する家庭裁判所の調停員の女性が登場する。彼女は「この世のをわり」（四二三頁）の光景を長広舌で活き活きと語り、共にそれを「眺め」たことの承認を求める彼に対して、断固として「見ないわ」と言い切る。実母でも養母でもない調停員の女性は、「狂気」という「聖性」の世界に埋没しようとする俊徳を、彼の世界を肯定したうえで改めて「俗性」によって断固否定することでこの世に送り返すまさに「第三項」としての「調停」的な存在なのである。

これらの劇に登場する女性表象はいずれもかなり強烈であるが、舞台で俳優によって演じられることが前提となる戯曲において、観念的な女性表象は必ずしも不都合ではない。むしろ観念が先行する三島戯曲にはふさわしい表象だろう。すでに触れた戯曲にくわえ、女性二人と男性一人で構成される「欲望の三角形」を描いた「班女」なども、劇的展開のなかでその観念世界が女性表象によって巧みに具現化されていると言っていいだろう。

4　戯曲「源氏供養」の女性表象

『近代能楽集』に登場する女性表象を検証してきたが、彼女たちは多少アブノーマルの気味はあるが、自らの恋や愛に翻弄されているという点ではごく普通の女性たちといえる。だが「源氏供養」のヒロイン野添紫だけは異なる。第一に彼女は戦後的近代における女性作家である。第二に売れっ子の女性作家で、その自死によって海岸近くの断崖に文学碑が建立されており、そこにあまたの読者たちが「参詣」に訪れるという卑俗化を蒙っている。もちろん、あらゆる領域で「スター」を必要とする戦後的時空において、卑俗化とは聖別化と紙一重であり、もちろん文学もその例外ではない。まさに聖性と俗性が二重化される「文学」という職業に従事するのが作家という存在なのだから。

確かに今は亡者となった紫は一面で聖なる存在かもしれない。しかし彼女の聖性を構築したうえでそれを壊すような脱構築的な展開はここには不在である。海の見える崖上から投身自殺をした紫を記念して文学碑が建てられている場所へ、彼女のベストセラー小説「春の潮」の愛読者である青年AとBがやってくる。彼らの役柄は前ワキに近いが、三島は二人から差異や個性を消去している。まさにアルファベットにふさわしい固有性の無い匿名的な存在であり、共感を抱くのはかなり難しい[37]。

もっとも疑問なのは紫のベストセラー作品「春の潮」のヒーロー藤倉光を主として紫の語りのなかでしか存在させなかったことである。確かに彼女は「本当の光を見せてあげるの」（六二六頁）と青年たちに語り、それを実証するかのように光は「絹の背広」（六二四頁）を着て何度も海へ身を投げる。一言も「声」を与えられない光が実際の舞台でどのような効果を発揮したのか定かではないが、戯曲で読むかぎり影のような存在としてしか感受できない。彼が紫の言うように「特別な実在」（六三二頁）として「いつも太陽の救済の光りに照らされて輝やいてゐた」存在なら、それを語りだけでなく劇中で効果的に見せつける必要があったはずである。

あるいは光の非焦点化は、おそらく太陽に照らされる「月のやうな実在」（六三二頁）としての意味をもたせるための演出上の処理だったのかもしれない。だが、すでに「葵上」の箇所でも指摘したように「ト書き」は三島戯曲の重要な構成要素であった。「源氏供養」のト書きは場面を説明することに急で、「月」としての光を描き出すことに成功していない。「描写」とは「ミメーシスの錯覚」だとしても、それは「声のミメーシス」を担うセリフとともに戯曲文体の重要な構成要素なのである。いわば光は、古来、和歌や物語で愛されつづけてきた「月」であるよりも、遍在する匿名的な影のような存在として、文学碑を訪れる青年たちの匿名性のなかに溶解してしまっている。

このような匿名性の突出を、いったいどう理解したらよいのだろうか。これは田村景子が指摘したように、「源氏供養」というテクスト自体が三島の自己否定をふくむ『近代能楽集』供養[38]」という側面をもつからだろうか。

そのような解釈とは別に一篇の戯曲として見たとき、饒舌な野添紫に比して光がまったく無言であるだけでなく、彼女によって「あの男の姿は私の姿」（六二八頁）と同一化されてしまっていることに気づく。たとえば紫が自らを滅ぼした子宮癌をその著書「春の潮」に似せて「紅い潮」に譬えることに象徴されているように、女性作家と彼女の創出した男性登場人物との同一化は劇的な緊張を殺ぐことになる。ヒロインが「女性作家」として設定されるとき、そこには近代／女性／作家という歴史的・文化的・文学的なコンテクストが召喚されてしまうのは避けられないからである。謡曲で女性を演じるのは「女装」の男性演者であるのが当然視されているように、近代劇では（たとえ上演されなくとも）女優の存在が当然視されるのである。言わば「能楽」が近代劇に移行したとき、そこには面を被った「女装」の能役者ではなく女性身体をもつ「女優」という問題が浮上するのである。

むろん「女優」も同性による「演じられる身体」という意味では「女装」なのだが、そこには観念では蔽えない女性身体に起因する過剰なものが付加される。あるいは観客によって「見られる」ことを前提とする近代劇には、観客のイメージする「女性身体」と舞台の上に現存する女優との間にズレや葛藤が生じてしまう、と言ってもいいだろう。たとえば小平麻衣子は一九一〇年前後に登場した自ら女優体験をもつ女性作家の田村俊子が、同時代において演劇と文学の両面で直面した「演じる」ことをめぐる抑圧の様相を論じた[39]。本稿の文脈で言うと、自然主義全盛の時代、現代文によって小説を書かなければならなかった俊子には、擬古文や雅俗折衷体で小説を書いた樋口一葉にはない困難が存在したのである。

では「源氏供養」ではどうか。「葵上」をはじめとする『近代能楽集』の他の演目では女性登場人物のほとんどを女優が演じた[40]。能が女装男性で演じられるのが当然視されるように、近代劇において「女優」が女性を演じることはほとんど当然視される。そのような文化史的コンテクストを意識すると、「源氏供養」の作中人物である女性作家野添紫は光と一体化され、女性性をもつ前者と男性性をもつ後者を別箇の存在として描き出していないことが大きな違和感として浮上してくる。男を愛したことはあるかという青年の問いに、「私は男も女も愛したことありません」(六二三頁)と答える紫は、劇中人物としてあまりにも非現実的なのである。非現実的なままに長広舌を弄する彼女に読者や観客が共感を抱くのは困難であろう。

もちろん長広舌が悪いと言っているのではない。「夢幻能」などにおいてシテなどが自己語りを行うのは謡曲という様式のもつ必然でもある。しかし、紫が現代語で自らを語るとき、そこには謡曲としての詞章の枠が取り払われ、新劇的な舞台空間だけが現出してしまう。[41] 光による投身自殺の反復という仕掛けが、基本的には「リアル」を信条とする新劇的な舞台空間と齟齬をきたしていると言ってもいい。「光」が実は「回転式灯台」からの光の幻影であることが種明しされるなど、劇の末尾は謎解きと団体客を率いるバスガイドの解説、さらには青年A・Bの哄笑で終わる。卑俗化された読者を代理表象させたこのような幕引きに、観客は泣くことはもちろん笑うことも出来ないのである。

おわりに――女装の文体(エクチリュール)

最後に三島の小説「女方」(『世界』一九五七年一月)[42]を駆け足で一瞥することで、前章で取り上げた「源氏供養」における文体としての「女装」の問題をまとめてみたい。

「女方」はタイトル通り、「男性による女装」が公然と前提化されているテクストである。能楽に登場する女性表象もみな男性演者による「女装」で演じられるが、近世歌舞伎において「女方」(女形)は仮面を用いず、化粧・衣装・仕種・舞いなどを様式化することでその表象に洗練を重ねてきた。このテクストはそんな女方（女形）のひとり佐野川万菊の「芸に傾倒してゐる」（五六三頁）増山という「国文科の学生が作者部屋の人」（同）となった青年の視点から語られる。彼の万菊への傾倒は次のような箇所によく表われている。

万菊は衣裳を脱いでも、その裸体の下に、なほ幾重のあでやかな衣裳を、着てゐるのが透かし見られた。その裸体は仮りの姿であつた。その内部には、あのやうに艶冶な舞台姿に照応するものが、確実に身をひそめてゐる筈だつた。（傍点、引用者）[43]

よく知られているように小説「女方」も戯曲「朝の躑躅」（『文学界』一九五七年七月）も歌舞伎の女形六世中村歌右衛門をモデルとした小説だが、ここには様式化された芸による「女装者」としての「女方」を欲望しつつ、対象との距離も意識する増山が描きだされている。したがって「主人公」をヒロインやヒーローという呼ぶことが無効になるような小説である。小説のなかで増山の万菊への傾倒は切実である。そこには舞台／楽屋、夢／現実などの常套的な二項対立が、常套的であるがゆえのリアリティをもって描き出されている。しかし同時に増山にはもうひとつ、隠された願望が存在する。それは「裸体」と「内部」の両方を知る者として、引用の傍点部に見られるように、女方を恋するという行為が倒錯的であるという認識をもつゆえに、自己処罰としての「幻滅」を味わうことを求めるという願望である。

物語の幕切れにおいて、新劇畑の演出家川崎に恋をした万菊は、増山を置いて二人で夜の街に消えていく。若い誠実な信奉者然とした増山ではなく、浮薄な新しさを身にまとう川崎を選ぶ万菊に対して、一旦は「幻滅」しながらも最後に新しい感情としての「嫉妬」に目覚める増山が描き出されて物語は終わる。言い換えると川崎・増山・

万菊という「欲望の三角形」を成立させて小説は終息しているのである。

繰り返すが、増山は万菊の身体を欲望しているのではない。「女装」という男性身体による「異性装の芸という観念」を欲望しているのである。女装者が他の男性を愛する、つまり芸によって創られた架空の身体が「自然」の領域に限りなく近づくことによって、観念は完成される。それは男性身体をもつ女装者が演じる能楽においても同じであろう。このような展開は「小説は人間的必然に拘泥し、事件乃至事物の論理は制約を受けている。小説の中に置かれた事件は、決して人間的動機を放棄することはできない」（「卑俗な文体について」）と述べた三島らしい小説的帰結だったと言える。ここには小説というジャンルがもつ卑俗さゆえのセクシュアリティがあるのではないだろうか。それは宗教的救済や解脱よりも現世に拘泥する、卑小さや卑俗さを糧にしていかざるをえない近代小説固有の「人間的動機」や「人間的必然」であったのだから。

だが、晩年の三島は「源氏供養」の廃曲だけでなく「歌舞伎の女方が女のまねをするのはほんとうの女方の堕落(44)」と言い、小説「女方」の世界を否定するかの発言さえ残した。ここで晩年の三島をめぐる問題系から、その廃曲理由をあれこれ詮索することに意味があるとは思えない。彼の『源氏』受容をテーマとする本稿の文脈にとって必要なのは、以下に引用する一文であろう。これは三島の文学的習作期にあたる学習院中等科五年次に書かれた『源氏』についての文章である。生前はもちろん彼の死後の一九八〇年まで未発表のこのテクストには、一六歳の三島による『源氏』観が力強くまた率直に述べられている。

紫式部は、宮廷生活のゆたかな感情の歴史を目のあたりに見て、かうした人生的な心理的な「流れ」といふもの、偉大さに心を搏たれたのであつた。かの女の企てた作品は、それ故に、これまであつたやうな和歌、日記、物語等の如き限定された視野から見、且つ描写された文学作品であつてはならなかつた。しかも伊勢物語に依つて予め暗示されてゐた「人生描写」「心理の流れの描写」の試方法―すなはち、多くの人々の人生によつて形成される流れが汪洋として永続的なものであるが故に却つて、固定された一点である個人の頭脳より見たその流れはある程度まで断片的であらねばならぬ―といふ定律を、伝統的なものへの思慕と共に敢へてその正しさを確信しつゝ、その断片的手法によつて五十四帖の段落にわけたのであつた。(「王朝心理文学小史」[45] 傍点、原文)

ここには、後年書かれた『日本文学小史』で『源氏』を「文化意志そのものの最高度の純粋形態」と見なし、「花の宴」と「胡蝶」の二巻を称揚してみせたのとは異なる『源氏』観がある。この文章からは、『源氏』が文学としての必要条件である「人間的動機」や「人間的必然」にもとづき、「人生心理」「心理の流れの描写」による「断片的手法」の集積としての書かれたテクストであることが浮かび上がってくる。デビュー作「花ざかりの森」で、いみじくも「珍しいことにわたしは武家と公家の祖先をもつてゐる[46]」と記した三島はその後、「武家」(軍人)的なものと「公家」(文人)的なものの間で引裂かれるように戦中から戦後の時間を生き抜いた。その時間のなかで『源氏』批評としてのテクスト「葵上」と「源氏供養」の二戯曲を残したが、前者が「源氏の罪の意識」を否定することでその世界を成立させたのに対し、後者では女性作家野添紫に自己否定させ、彼女が創作した「春の潮」の作中人物にその罪を「反復」させつづけるという不徹底な終わりかたを示すことになった。カタストロフィーを回避して矛盾を抱えたまま劇を収束させてしまったのである。

謡曲では違和感のない「女装」が、「近代能楽」という近代劇に移行したとき、そこには面を被った「女装」の能役者ではなく女性身体をもつ「女優」が登場する。すでに述べたように「女優」も女性による「女装」なのだが、そこには観念では蔽えない女性身体に起因する過剰なもの、三島の言葉で言えば「多くの人々の人生によつて形成される流れが汪洋として永続的なものであるが故に却つて、固定された一点」が付加されるはずである。舞台上で

「女優が演じる女性作家という表象」には、このような過剰なもの、「固定された一点」が必要不可欠であった。
「女装」のエクリチュールの所有者であった三島が「源氏供養」におけるこの一点の不在に気づかなかったはずは
ない。同曲を廃曲とした理由はここにこそ求められるべきである。
注

（1）引用は『決定版三島由紀夫全集』第二六巻（新潮社、二〇〇三年一月）五二〇頁。なお、以下三島作品については『決定版全集』と表記。
（2）「中世」は第二回の途中までが『文藝世紀』（一九四五年二月）に発表されたが、第三回は空襲によって雑誌が消失。第四回は『文藝世紀』（一九四六年一月）、同年一二月に『人間』に全編が初めてまとめて発表され、『岬にての物語』（桜井書店、翌年一一月）に収録刊行された（「解題」同右全集、第一六巻、二〇〇二年三月、七四一頁）。
（3）その後『花ざかりの森』は七丈書院より一九四四年一〇月から刊行されたが、二種の「序」をもち、（「花ざかりの森」用2）はそのうちの一つ。引用は注（1）三八九頁。
（4）小泉製作所とは一九四〇年に現群馬県太田市大泉町に建設された「東洋一の大工場」といわれた飛行機の機体製造工場。主に「零式艦上戦闘機（零戦）」が主力であり、一九四一年から四五年までの間に約九千機を量産したといわれる（「中島飛行機株式会社その軌跡　Nakajima Aircraft Industries ltd.1936 ~ 1945」による」http://www.ne.jp/asahi/airplane/museum/nakajima/nakajima4.html. 閲覧日、二〇一九年四月四日）。東京大学法学部在学中だった三島は一九四五年一月、二十歳の誕生日を迎える前後に学徒動員され、その後「東京帝国大学勤労報国隊」として入隊するまでの時期に「中世」を執筆していた（『決定版全集』第四二巻「年譜」、二〇〇五年八月、九九～一〇三頁）。
（5）『近代能楽集』（新潮社、一九五六年四月）に収められた作品の初出・初演を年代順で挙げると以下のようである。「邯鄲」（『人間』一九五〇年一〇月、テアトロ・トフン第二回試演会、一九五〇年一二月）、「綾の鼓」（『中央公論』一九五一年一月、俳優座第三回勉強会、一九五二年二月）、「卒塔婆小町」（『群像』一九五二年一月、文学座アトリエ

第九回公演、一九五二年二月)、「葵上」(『新潮』一九五四年一月、文学座公演、一九五五年六月)、「班女」(『新潮』一九五五年一月、中央公論社公演、一九五七年四月)、「道成寺」(『新潮』一九五七年一月、三島由紀夫「近代能楽集」上演委員会主催公演Ⅱ、一九七九年六月)、「熊野」(『声』一九五九年四月、新宿文化プロジュース・アートシアター演劇公演NO・29、一九六七年一一月)、「弱法師」(『声』一九六〇年七月、NLT+新宿文化提携アートシアター三島由紀夫作〝近代能楽集〟ナイター公演、一九六五年五月)、「源氏供養」(『文藝』一九六二年三月、三島由紀夫「近代能楽集」上演委員会主催公演Ⅲ、一九八一年七月)。なお初出については佐藤秀明・井上隆史編「年譜」、初演については、山中剛史編「上演作品目録」(『決定版全集』第四二巻、二〇〇五年八月)による。

(6) 『討論 三島由紀夫 vs. 東大全共闘―〈美と共同体と東大闘争〉』(新潮社、一九六九年六月)一一〇〜一一一頁。

(7) 「三島由紀夫氏の〝人間天皇〟批判―小説「英霊の声」が投げた波紋」(『サンデー毎日』一九六六年六月五日)。引用は『決定版全集』第三四巻、一二八〜一二九頁。

(8) 佐藤秀明「村上春樹の王殺し」(日本近代文学会関西支部編『村上春樹と小説の現在』和泉書院、二〇一一年三月)一〇九〜一一七頁。なお佐藤の論は『王の二つの身体』(エルンスト・H・カントーロヴィチ、原著、一九五七年、小林公訳、ちくま学芸文庫、二〇〇三年五月)による。

(9) 「昭和廿年八月の記念に」(注(1)五五一〜五五九頁)。なおこの文章末尾に「昭和廿年八月十九日」の日付がある。

(10) 上野千鶴子・小倉千加子・富岡多恵子鼎談『男流文学論』(筑摩書房、一九九二年一月)での上野の発言。引用は同書、三三四、三三一頁。

(11) 三島由紀夫「変質した優雅」(『風景』一九六三年七月、『私の遍歴時代』講談社、一九六四年四月初刊『決定版全集』三二巻、四七九〜四八四頁)。なおこれは三島の観世銕之丞「大原御幸」観劇の折りの一文である。

(12) 同右「班女」拝見」(『観世』一九五二年七月)。引用は『決定版全集』二七巻、六六三〜六六四頁。

(13) ここで言う「女装」とは文体における女性表象の造形を指す。女性作家も男性作家も表象創出において「装う」点で同一である。なお文学的に「女装」を実践することをかつて「女装文体」という語で指摘したことがある(拙著『姉の力 樋口一葉』筑摩書房、一九九三年一一月)。

(14) 三谷信「八月二十二日の便り」(『級友 三島由紀夫』笠間書院、一九八五年七月、一一三頁)に引用された三島書簡。

(15) 三島由紀夫「近代能楽集について」(『国文学解釈と鑑賞』一九六二年三月初出、『決定版全集』第三二巻、四二～五〇頁による)。

(16) 堂本正樹「近代能楽集の「能」と「近代」」(『劇人三島由紀夫』劇書房、一九九四年四月)一六五頁。

(17) 「源氏物語紀行―「舟橋源氏」のことなど」(『東京新聞』一九五一年三月三〇日)。引用は『決定版全集』第二七巻(二〇〇三年二月)三九一頁。

(18) 座談会「『源氏物語』と現代」(『文藝』一九六五年七月)。引用は発言順に、島内景二他編『批評集成・源氏物語』第三巻「近代の批評」(ゆまに書房、一九九九年五月)一七八・一七九・一七八頁。

(19) 拙稿「与謝野晶子『新訳源氏物語』が直面したもの　歌/物語/翻訳」(拙著『女性表象の近代　文学・記憶・視覚像』翰林書房、二〇一一年五月)を参照されたい。

(20) 「卑俗な文体について」(『群像』一九五四年一月)。引用は『決定版全集』第二八巻、二〇〇三年三月)二二五～二二六頁。なお三島は同年同月の「芝居と私」(『文学界』)で「地獄変」を擬古文体で脚色したが「現代にあつて、擬古文を書くといふことの、生理的違和感」を率直に吐露している(同全集、二三二頁)。

(21) この意味で「金閣寺」は三島が「中世的呪縛」を超えるための試みだったのかもしれない。なお「金閣寺」については本書第三章「小説『金閣寺』と映画『炎上』―相互テクスト性から見えてくるもの―」を参照されたい。

(22) 『日本文学小史』(講談社、一九七二年一一月月刊)。引用は『決定版全集』第三五巻、五三四頁。

(23) 同右、五九五～五九六頁。

(24) 以下、『近代能楽集』のうち「邯鄲」・「綾の鼓」・「卒塔婆小町」は『決定版全集』第二一巻(二〇〇二年八月)、「葵上」・「班女」(同、二二巻、二〇〇二年九月)、「道成寺」・「熊野」・「弱法師」・「源氏供養」は(同、二三巻、二〇〇二年一〇月)による。なお必要に応じて適宜引用頁を記した。

(25) 堂本正樹「「葵上」私の演出プラン」。引用は『三島由紀夫の演劇　幕切れの思想』(劇書房、一九七七年七月)八四頁。

(26)「「葵上」と「只ほど高いものはない」」(『毎日マンスリー』(一九五五年六月)。引用は『決定版全集』第二八巻、「解題」(二〇〇三年三月)四九三頁。

(27)「女の業」(『花柳滝二リサイタルプログラム』一九六三年九月)。引用は『決定版全集』第三二巻(二〇〇三年七月)五九一頁。

(28)増田正造「夏目漱石「草枕」—婆か爺か」『能と近代文学』(平凡社、一九九〇年一一月)三七三頁。

(29)拙稿「「山椒大夫」・「最後の一句」の女性表象と文体—鷗外・歴史小説の受容空間—」(本書第二章)を参照されたい。

(30)武智鐵二「「三島由紀夫・作「葵の上」」(『芸術新潮』一九五五年九月)。

(31)三島由紀夫・三好行雄対談「三島文学の背景」(『国文学解釈と教材の研究』一九七〇年五月、臨時増刊)での三島の発言。

(32)「日本の古典と私」(『山形新聞』一九六八年一月一日)。引用は『決定版全集』第三四巻(二〇〇三年九月)六二一頁。

(33)田村景子「ふたつの「源氏供養」」(『講座源氏物語研究　第六巻　近代における源氏物語』(おうふう、二〇〇七年八月、引用は二〇〇八年九月、二刷)二八九〜二九〇頁。

(34)この点は三田村雅子『記憶の中の源氏物語』(新潮社、二〇〇八年一二月)を参照した。

(35)堂本、注(16)一七二頁。

(36)増田、注(27)二三六〜二四〇頁。松岡心平「謡と能と漱石　能に近づけて人間を視る」(『別冊太陽　夏目漱石の世界』二〇一五年八月)等参照。

(37)たとえば原田香織は彼らを「狂言の「笑い留」めそのもの」(「声なき叫び—三島由紀夫『源氏供養』論—」、『山形女子短期大学紀要』一九九五年三月)と評している。

(38)田村景子「切り捨てられた供養「源氏供養」論」(『三島由紀夫と能楽『近代能楽集』、または堕地獄者のパラダイス』勉誠出版、二〇一二年一一月)二四五頁。

(39) 小平麻衣子『女が女を演じる　文学・欲望・消費』(新曜社、二〇〇八年二月)には一九一〇年前後に登場する「女優」の問題が集中的に論じられている。
(40) 堂本正樹「三島演劇総覧」(『三島由紀夫の演劇　幕切れの思想』劇書房、一九七七年七月)一七八〜二五四頁。
(41) 先田進は「後半のほとんどが、女流作家の仮面を被った作者のモノローグに塗りつぶされてしまった」(「三島由紀夫作「源氏供養」論―《自己処罰》のモチーフを中心に―」、『新潟大学人文学部国語国文学』一九九三年三月)と指摘している。
(42) 以下、「女方」からの引用は『決定版全集』第一九巻(新潮社、二〇〇二年六月)による。
(43) 同右、五六八頁。
(44) 小西甚一・ドナルド・キーン・三島由紀夫鼎談「世阿弥の築いた世界」(『日本の思想』八、世阿弥集、月報(筑摩書房、一九七〇年七月)。引用は『決定版全集』第四〇巻(二〇〇四年七月)六六七頁。
(45) 「王朝心理文学小史」(『学習院輔仁会雑誌』一九八〇年二月)。引用は『決定版全集』第二六巻(二〇〇三年一月)二八二〜二八三頁。注(4)「年譜」によれば、この文章の起筆は一九四一年一一月中旬、擱筆は翌年一月三〇日とされている。
(46) 「花ざかりの森　その二」。引用は『決定版全集』第一五巻(二〇〇二年二月)四八九頁。

川端康成『古都』を織る手法——女性表象による占領の記憶からの離陸——

はじめに

一九六二年に刊行された川端康成『古都』[1]は、一九六八年のノーベル文学賞受賞理由として挙げられた作品の一つになっただけでなく、刊行直後の舞台化をはじめ、二一世紀の現在に至るまで三度、映画化されるなど幅広い影響力をもったテクストである。[2]たとえば二〇一六年に登場したYuki Saito監督による映画『古都』は、千重子と苗子の次世代である娘たちを登場させ、就活や進路に悩む彼女たちの「現在」を京都とパリの二都を舞台に描き出している。もちろん原作を踏まえ、雷鳴や雷雨に怯える千重子を苗子が覆いかぶさって守ろうとする杉林のなかの回想シーンをはじめ、原作および過去の映画作品を意識しつつも、全編オールロケ敢行などによって、背景設定や構図を意識した場面づくりをおこなっている。千恵子と苗子が祇園祭の御旅所で出会ったように、二人の娘がパリの寺院で出会うエンディング・シーンからは現代との接続への強い意思も感じられる。

このように映像という文学読者を超える多くの観客数をもつジャンルにおける受容の様相は、単に原作の映画化という意味だけでなく、原作テクストの「読解行為」として「二次創作」の意義をもつはずである。[3]おそらく千年の都を背景とする『古都』は、それに接する者をして何事かを語りたくなる「開かれたテクスト」であるということだろう。もちろんこれは、この小説が読みやすいテクストという意味ではない。行文は時にかなり難解でさえある。だが、少なくない読者がこのテクストに引き寄せられる理由の一つは、たとえ当初は都に対する「観光客の視線」を抱いていたにしても、いつしかその視線はテクストの難解さの網の目をほぐす愉しみに変わっていることを実感できるからであろう。ではその網の目をほぐす行為とはどのようなものか。

『古都』は京都の中京区室町の呉服問屋を中心点とし、そこからやや遠い洛北の北山杉の里との間で繰り広げられている。読み進めるうちに読者はこの二つの地点をつなぐのが、「帯を織る」という行為であることに気づくことになる。[4] 物語ではその帯の下絵の図案制作を発端として、出来上がった帯、つまり「織物としての帯」を登場人物たちがそれに合う着物姿で身に纏ったり、その姿を周囲の者が観賞・歎賞しあったりする。思えば「織る」とは、それを起点にして「着る」・「畳む」・「眺める」など種々の動作をともなう、いわば日常的次元から非日常的次元まで、あるいはその逆も成り立つきわめて多元的な行為である。特に本作ではそれが女物の「帯」であることで女性身体と密接に連続し、読者に身体感覚をともなう快楽を誘っている。

もちろん川端自身が述べているように、物語の主筋は引き裂かれた運命を生きる「ふた子の娘の話[5]」になってはいる。だがそのようなアブノーマルな物語を織り上げるには、「織物」としてのテクスト、すなわち経糸と緯糸を組み合わせつつ、そこに浮かび上がる文様を鮮やかに織り上げる織り手としての職人芸＝文学的手法が介在しているはずである。したがって『古都』への接近には「都」という「地」に、生き別れになった「一卵性双生児姉妹」という、個別的でもあり同時に性差をもつ「図」を絡ませるという手続きが必要になるだろう。

だがこれだけでは『古都』という織物の特長とその接近方法についての大枠を語ったに過ぎない。市川崑をして「テーマが古めかしい[6]」とさえ言わせたこの小説の背後には、日本の戦後史とも直結する集合的な記憶が刻印され、テクストに見過ごせない濃い影を落としている。もちろん、そのような歴史に関わる集合的な記憶も『古都』に接する者に新たな読解を誘っているはずである。以下、テクストの表層を形成するものの分析を中心に、その背後にある戦後的なコンテクストをも浮かび上がらせるため、川端の『山の音[7]』や都をめぐる他の先行テクストなども参照しながら、「開かれたテクスト」としての『古都』を考察していきたい。

1　占領の記憶

『古都』は四季を軸に、京の町屋を起点に季節の風物や祭りなどの行事を配した全九章で構成されている。実際のところ「都」を意識した小説を書くという企てには、すでに指摘した「観光客の視線」とは別に、実は大変厄介な問題がつきまとう。一国の「首都」という意味とは異なる「都」には、歴史的には公家と武家のリーダーたちの興亡や、近年では敗戦にともなう「天皇」をめぐる政治的なものが付加されるからである。さらに「都」は文化史的にも幾つも重なる記憶の被膜に覆われ、そこに近寄る者をしてたじろがせる強度をもつ。同時にその空間は現在もそこに存在していることで、そこに居住した／する人々による生活誌史な記憶も付加され、誰もが語りに加わることができるという共感覚的な想像力も喚起される。

たとえば近年、西川祐子は『古都の占領』で一九四五年から一九五二年までの占領期に重なる京都を生活史の視点から詳細に描き出した[8]。本書によれば『古都』に登場する西陣の織屋の主人である大友宗助がよく散歩に行く「植物園」は一九四六年一〇月に「占領軍扶養家族用の住宅」用地として接収されたという。その点は『古都』にも何度か言及がある。

植物園はアメリカの軍隊が、すまひを建てて、もちろん、日本の入場は禁じられてゐたが、軍隊は立ちのいて、もとにかへることになつた。（「きものの町」二七二頁）

植物園は、この四月から、ふたたび開かれて、京都駅の前からも、新たに植物園行きの電車が、しきりに出るやうになつてゐた。

（同、二八四頁）

このような地の文のほかにも、千重子の母であるしげの「京都ばなれした景色どすな。さすがに、アメリカさんが、家を建ててはつたはずや。」（同、二八五頁）という言葉も見られる。西川は先に挙げた本のなかで、入場禁止のはずの住宅地に、ビールと卵を配達する娘が屈辱を感じながらも逞しく生きる姿を描いている、当時の校友会雑誌に載った興味深い小説を紹介している。[9] ここからは敗戦後の京都を生きる若い女性の姿が浮かび上がってくる。

『古都』の物語現在において、このような占領の記憶は、果たしてどのように扱われているのだろうか。小説は「もみぢの古木の幹」（「春の花」二三二頁）に慎ましく咲く二株のすみれの花ではじまり、やがて次の平安神宮神苑での紅枝垂桜の観賞へと至るゆるやかなテクスト展開であるが、最初の見せ場が訪れるのがこの植物園での場面にはじまる「きものの町」の章であることに注目したい。京呉服問屋の主人でありながら店は番頭に任せ、嵯峨の尼寺に籠もって帯の作画に没頭する佐田太吉郎が、娘の千重子が持ってきた「パウル・クレエ」（「尼寺と格子」二六五頁）の画集をヒントに作画した帯の下絵図を見せに、いささか気負って西陣にある大友宗助の織屋を訪れるのがこの章である。

物語はここで、宗助の長男で気難しい職人気質の秀男の対応を誤解した太吉郎が彼を殴りつけることになる。（ちなみに、ここは最初に映画化された中村登監督版では、秀男役の長門裕之が好演していた）。小説では「あつたかい心の調和がない」（「きものの町」二八二頁）・「荒れて病的や。」（同）と一度はかなり否定的な発言をした秀男が、結局は折れて帯を織りあげるのは映画も小説も同じだが、このトラブルは小説ではこれにつづく植物園での場面に接続されている。諍いの後日、太吉郎が家族を花見に誘った後、千重子の発案で京都には不似合いな場所である植物園に出かけた佐田一家が偶然、そこで秀男と宗助親子に会い、太吉郎と秀男の間に花をめぐる問答が起こるのである。

「秀男さん、このチユウリツプはどうや。」と、太吉郎はいくらかきびしく言つた。「花は生きとります。」と、秀男はまたまた、ぶつきらぼうだつた。（中略）花は生きてゐる。短い命だが、明らかに生きる。来る年には、つぼみをつけて開く。――この自然が生きてるやうに……。

太吉郎はまたしても、秀男にいやな刺されやうをしたのだ。（同、二八七～二八八頁）

ここで諍いの種であった図案をめぐって「調和」の問題が蒸し返されるのだが、「花は生きとります。」といういささか唐突な秀男の発言を受けて、太吉郎がたじろぐように矛を納めるのである。引用のまえの場面は地の文で「ここに咲き満ちる、いく色ものチユウリツプは、なににたとへたものだらうか」（同、二八六頁）と、花を凝視する太吉郎の内面に焦点化されている。「尼寺と格子」の章には嵯峨の尼寺の一室で「江戸蒔絵の硯箱」（二五五頁）や「高野切の複製」（同）、さらに「手習ひ」（二五六頁）などの日本的なものに没頭していた彼の姿が描かれていたが、それらの物事はこの西欧花のまえで一挙に色褪せてしまうのである。「花々の色は、空気を染め、からだのなかまで映るやうであつた」（「きものの町」二八六頁）という彼に焦点化された地の文の語りからうかがえるように、登場人物としての太吉郎は咲き誇る花や若い世代の秀男の勢いに圧倒されているのである。

正式には「府立植物園」と称されるこの場所は、大正天皇の即位を記念した博覧会用地だったのが経済的事情で植物園に変わった。戦後は進駐軍の接収地要請があった京都御所の「身代わり」として米軍家族用の接収地になり、その際、かつてあったこの地の池は水を抜かれ、水生植物は全滅したという。(10)

植物園にこのような記憶が折り畳まれていることから類推すると、小説本文で語り手が身を乗り出すかのようなこの場面の叙述からは、おそらくこの地の占領期の記憶が映し出されているのだろう。特に太吉郎の世代は、かつてこの地に比叡山を借景とする池なども存在したという記憶もあるはずで、たとえ接収地の返還後に日本人の手によって植えられた「チユウリツプ」[11]であっても、西洋花に対して過剰反応したのかもしれない。すでに指摘したようにテクストにもここがアメリカ軍の占領地だったことは語られていることから、接収の記憶を呼び起こされた読者もいただろう。

したがって、この場面は単に京都を紹介する一齣などではない。舞台や映画では採用されなかったこの植物園での出来事は、川端がこだわった『古都』の一面を私たちに確かに伝えているのではないだろうか。ここで念のため『古都』執筆時の川端の状況を確認しておこう。一九四五年九月にはじまる京都の占領が終わり、安保条約によって日米関係が新しく仕切り直された一九六〇年代の初頭、旧大阪市北区此花町出身であった川端は満を持すかのように、『古都』執筆のためにほぼ一年間京都に借り住まいをする。河野仁昭によれば、それは左京区下鴨泉川町、糺の森付近、かつて谷崎潤一郎も住んだ「後の潺湲亭」の近くにある西陣帯の織物株式会社所有の家だったという[12]。

おそらく川端は植物園の場面を作ることで、「占領の記憶」という京都の戦後史がもつ近接過去を対象化しようとしたのだろう。だが、太吉郎と秀男によるこのいささか難解な問答を、千重子の出自をめぐる小説の主筋とクロスさせることは容易なことではない。下手をするとテクスト全体のなかで、この場面だけが突出してしまうリスクが生じるからである。引用につづくくだりで「古代ぎれ」（二八八頁）の美の一回性を持ち出す太吉郎に、秀男は次のように言明する。

「そないむつかしいこと、言うたんやおへん。毎日ばつたばつたの機織りは、高尚なこと考へてしまへん。」と、秀男は頭をさげた。「けど、たとへばどすな、お嬢さんの千重子さんが、中宮寺や広隆寺の弥勒さんの前に立たはつたかて、お嬢さんの方が、なんぼお美しかしれまへん。」

（同、二八八頁）

「中宮寺や広隆寺の弥勒」との比較で千重子の現在の美しさを語るなど、織屋職人の秀男の発話としては、唐突感はまぬかれない。だが、この問答はつづく秀男の「ほんの短い花どきだけ、いのちいっぱい咲いてるやおへんか。今、その時どつしやろ。」（同頁）という断定的な言葉で締め括られる。千重子という表象は「中宮寺や広隆寺の弥勒」という京都の伝統的な古寺の仏像を超える「現在の美」・「生者の美」なるものとしてやや強引に提示されるのである。「作者」はあえてリスクを冒しながらもこの場面を作ったのだろうか。仮にそうだとしたら、占領の記憶にこだわる太吉郎に秀男を対峙させることで、「占領」という近接過去から離陸しようとしたのだろうか。先に触れたように「作者」ならぬ「作家」川端が京都に仮住まいしたのも、文字通り拠点をつくって執筆に備えたと理解できないこともない。

もちろんこの場面だけで占領の記憶との関連を論じることは不十分である。よく知られているように川端には戦後間もない、占領期とも重なる鎌倉を舞台に東京のオフィスに通う親子とその家族を描いた『山の音』がある。次章ではこのテクストの特徴を検証することで、川端テクストにおける占領期の問題を探ってみたい。

2　『山の音』の章題と女性表象

『山の音』は日本において最初の武家の都であった鎌倉に住み、東京のオフィスに通う初老の尾形信吾を視点人物としながら、あとで触れるように戦後になって再生しつつあった東京の女性たちの逞しい姿が描き出されている。この小説は「山の音」「蝉の羽」「雲の炎」「栗の実」「島の夢」「冬の桜」「朝の水」「夜の声」「春の鐘」「鳥の家」「都の苑」「傷の後」「雨の中」「蚊の群」「蛇の卵」「秋の魚」という題をもつ全一六章から構成されている。発表誌が八誌にもわたるうえ、最後の雑誌掲載から完結に至るまでにさらに一年余りを要した小説である。[13]

ここで遠回りながら『山の音』という小説に顕著なこの「章立て」という方法の起源を辿ってみると、一二世紀前半を起源とする和歌の題詠法に行き着くかもしれない。[14] 詠者はあらかじめ出された「兼題」や「題詠」により、それを主題として多くの場合、組を構成して相互に和歌の優劣を競いあうという詠歌法である。もちろん、近現代の小説家である川端がその方法をそのまま採用したというわけではない。伝統的な和歌の詠歌法は「場」や「座」という複数者による共通の作歌の空間が前提とされ、それなしには成立しない方法であるからだ。さらに和歌という韻文と小説散文という差異ももちろんある。

だが、たとえば樋口一葉は旧派和歌から出発して近代小説を執筆した一人だが、経験に先立って「恋」「四季」などの兼題を詠むトレーニングで得た技法を、小説散文のなかで明治の女性表象を形象化するうえで大きな原動力とした。[15] これと同じように、大正初期に文学的な出発をした川端もこの技法を密かに採用しているのではないかと推測される。四季や恋・雑詠などによってコード化されたその世界は枠があるゆえに、そこに相応しい表象を想像させる力が生まれるのである。想像を逞しくすれば、『山の音』から一五年後になる一九六八年、ノーベル文学賞受賞記念講演におけるスピーチ「美しい日本の私」で、数多くの中世和歌の世界へのいささか過剰な親炙を表明した川端は、少なくとも題詠や和歌によって表出される「乱世」を一九四五年以降の日本の敗戦、それにつづく占領期という戦後的枠組みの表象として用いたのかもしれない。[16]

ここで改めて章題と小説『山の音』との関連をみておきたい。夫婦仲の悪い房子が五歳の長女に切り取って与える「蝉の羽」（それは所在ない娘の「手遊び」に転化されている）、視点人物の信吾が愛する嫁である菊子による、愛人がいる夫へのプロテストにも等しい妊娠中絶を想起させる「傷の後」。信吾の息子で帰還兵でもある修一の愛人で、逞しく生きる戦争未亡人でもある「スウツ」職人の絹子等々、彼女周辺の女性たちを寓意とするかのような「蚊の群」。このようにおよそ古歌の技法である和歌の兼題にふさわしいとは言えない散文的な命名が挟まれている。特に興味深いのは初出誌では「蚊の夢」だった章が初刊では「蚊の群」に変更されていることである。

おそらく、この変更には戦後的な女性表象への視線が露わに表出されているのだろう。坂田千鶴子が詳しく分析したように、男性たちにプロテストする女性たちの連携は妻／愛人という近代においてお馴染みの女性にのみに与えられた対立的な差異さえも超えている[17]。おそらく「蚊」という表象は、複数性をもつ戦後的な女性表象の暗喩といえる。虫の「一刺し」としての儚い抵抗を寓意する「蚊の夢」などではなく、複数性をもつ「蚊の群」が採用されたゆえんである。少なくともこのような章題からみるかぎり、『山の音』はその小説世界と対応するように「占領期の影」が色濃い。占領期の影とは単に接収などのアメリカ軍の直接支配を指すのではない。むしろ皇軍兵士だった男性たち、『山の音』では菊子の夫の修一や房子の夫の相原など、帰還後に普通の勤め人を装う男性たちの表象にこそ、内攻する屈折が折り畳まれているといえるのである。

興味深いことに、この点をいち早く明確に指摘したのは映画人たちだった。たとえば「多くの川端文学映画化への不満は〝抒情的〟表層に眩惑されて、潜在する頽廃・倒錯に及ばない[18]」という田中真澄の発言は、直接的には映画のなかに信吾が「山の音を聴く」場面や、菊子が「能面の蔭で泣く」場面がないことなどへの批判だが、間接的には帰還兵である修一がいっけん非の打ちどころのない妻の菊子を侮蔑し、むしろ戦争未亡人で職業人でもある愛人の絹子に傾斜するような屈折した姿を指すものだろう。彼には佐藤秀明が指摘した「古都の平穏な家庭を戦地の目で見てしまう[19]」というような面に加え、おそらくテクストには明示されていない「占領期」という小説現在に重なる有形・無形の抑圧があり、そのストレスが「放縦」として妻たちに差し向けられているとも読めるのである。

だが逆に言えば、女性たちは抑圧を受けてはいるものの「放縦」ではないし、ましてや「頽廃」などしていないことになる。帰還兵として設定されながら、ほとんどその内面が付与されていない信吾の息子の修一と比較すると、その妻菊子をはじめ絹子やその友人の池田、信吾のオフィスの女事務員の英子、さらに修一の姉で二児をもうけながらも家族を顧みない夫相原に悩まされている房子、さらには彼女の娘で蝉の羽を切り取る遊びを繰り返す幼い里子に至るまで、彼女たちは不機嫌・苛立ち・不満などの負の感情を隠さない。だが裏返せばこれらの「負の感情」は修一や相原へのプロテストともいえ、それを率直に表出しているという点において実は「健全」と言えるのではないだろうか。

もう一つの最終章の「鳩の音」から「秋の魚」への変更はどうか。これは文中にある尾形家の夕食の場面で、信吾がふと口ずさむ「今は身を水にまかすや秋の鮎」(「秋の魚」五三九頁)などにちなむものといえる。立秋からはじまる物語の最終章はおなじく秋で終わるのだが、その秋はもはや栗などの家の庭(家庭)に植えられる樹木や、人に所属することの多い鳩などではなく回遊魚である鮎、しかもすでに産卵を終えた「落鮎」が焦点化されている。これは季題としての「落鮎」などではなく、子を孕む女性としての菊子・房子・絹子らが寓意されているのだろう。このことと、この鮎談義のあとにつづいて、菊子がふと口にする「女はみんな水商売ができますもの」(「秋の魚」五四〇頁)という微妙な発言はおそらく響きあっている。

最終章で菊子が口にするこの「女はみんな水商売ができますもの」は、玄人女性と素人女性の間に引かれた境界線、戦前の近代文学が依拠していた男女という性差によって引かれていた素人女性/玄人女性という境界を無効にする発話だったと言っていい[20]。むろんこの一言で尾形家の夕べの食卓は白けてしまうが、ここからは『山の音』という小説が、信吾の息子である修一に表象される頽廃する男性たちのなかで、家庭という場においては嫁の菊子によって、家庭外では絹子という女性表象によって「健全さ」が刻印されているテクストだったことが浮かび上がってくるのである。

ところで李聖傑は『山の音』は「敗戦の影と戦後の世相という外部の要素」と「夢による異界の構築という内部の要素」が結合・融合したテクストであるとした[21]。確かに李の言う「夢による異界の構築」を担うのはもっぱら信吾という視点人物であるが、テクストに深い陰影を与えているのは修一を負の光源として、彼との関係性から照らし出される菊子・房子・里子、さらには絹子や英子たちなども含む次世代・次々世代たちの表象であろう。なかでも戦中は出征兵士、敗戦後は帰還兵、占領後は内攻する感情を抱える男性表象に対し、彼らから抑圧されながらも返す刀で反発力を発揮する女性表象は、控え目な視点人物である信吾を超えてテクスト空間に生動している。この意味で『山の音』は占領期を刻印したテクストということが出来るのではないだろうか。

3　『細雪』・『金閣寺』という先行テクスト

以上のような時代との明確な接点をもつ『山の音』に比べると、「春の花」「尼寺と格子」「きものの町」「北山杉」「祇園祭」「秋の色」「松のみどり」「秋深い姉妹」「冬の花」という四季と祭を軸に、京の町屋で呉服問屋を営む佐田家を中心にした九章立ての『古都』はその章題に象徴されるかのように、平静さと日常性をもっているテクストのように見える。それならば『古都』は「占領期」という時代との接点が失われ、代わって平和の時代を迎えた「観光客の視線」による京都が前景化された物語なのだろうか。『山の音』での「戦争の影、戦後の世相」(李聖傑)との対峙を経て、小説テクストを生成する方法をつかんだ一例が「きものの町」の章にある「植物園」の場面だったことはすでに触れたが、ここでは『古都』の他の場面を検討してみたい。

たとえば『古都』の最初の章である「春の花」において、千重子が平安神宮神苑で紅枝垂の桜を観るとき「まことに、ここの花をおいて、京洛の春を代表するものはないと言つてよい」(二三七頁)という一節がある。これは、よく言われるような谷崎潤一郎『細雪』へのオマージュというより谷崎へのエクスキューズ、いやもっと率直に言えば本作が『細雪』とはまったく異なる「都物語」のテクストであることの宣言ともいえるものであろう。植物園での場面がそうであったように、ここでも作中人物である千重子とはほぼ無関係に語り手が身を乗り出すかのように、いささか一方的に谷崎テクストを引用しているのである。当の千重子はといえば「ああ、今年も京の春に会つた」（二三七頁）と、立ち尽くすものの「千重子は眞一をさがしてから、花をみようと思つた」（同）と『細雪』のような人物と語り手が一体化したような語りではなく、その間にはいささかズレが生じている。

たとえば『細雪』のなかで蒔岡家の「定式」とされる春の平安神宮神苑での紅枝垂桜の観賞などは、蒔岡姉妹にとって最重要な家内行事であり、同時に年中行事であることは明らかだ。[22] それが変わらずに繰り返されることこそが、すでに婿取りをしている上の二姉妹にとっても、他家に嫁ぐことを宿命づけられている下の二姉妹たちにとっても、「蒔岡」という女系の家の一員であることを確認する大切な行為である。このような慣行＝観光的な視線さえ隠さない『細雪』というテクストの特長は、そのような小市民的な行為のもつ、ある意味での「愚」と云ふ貴い徳」[23]の価値を昭和戦前期を背景に改めて小説化した点にあるといえる。

だが、この先輩格の谷崎以上に川端がこだわったのは戦争末期から戦後にかけて急速に川端に師事した三島由紀夫の『金閣寺』（『新潮』一九五六年一月～一〇月、同年一〇月、新潮社刊）であろう。『古都』のなかにその直接的な痕跡を探すと、冒頭の千重子が水木真一と観桜する「春の花」（二四二頁）のくだりで、醍醐寺の「杉ごけ」の話題との関連でさり気なく「新しい金閣寺」が話題になっているだけである。だが、ここからは直接的な言及はないものの、だからこそ三島の『金閣寺』を密かに、だが強く意識していると推測できるかもしれない。

近年、南相旭は三島の『金閣寺』とは京都府の北端に位置し、軍港でもあった舞鶴市の成生出身の主人公溝口が京都の金閣寺に憧れる過程で、接近と離反を繰り返し、その乖離に煩悶する物語であるという趣旨の読みを打ち出した。[24] 確かに金閣への憧れを抱きながらも、結局鹿苑寺の徒弟としての自己規定も、その正反対というべき芸術家的な同一化も成し得ない彼は、所詮、京都の「よそ者」にすぎない。

その意味で実際に金閣を焼失させた放火犯林養賢が自死しようとしたが果せず、結局病死したのとは異なり、「生きようと私は思つた」(引用は本書三二〇頁、注1による)という言葉で物語を終わらせた三島にとって南が言うように「『金閣寺』を書くことは日本の「戦後」に真っ向から向き合う出来事」であったといえるかもしれない。[25] 南によれば「戦後」とは「自らの力で「外部」を構成できなくなる状況のなかで、「アメリカ」という一他者から抜け出せない、ある構造のなかに安定するようになった「日本」」を意味するという。ならば「生きようと私は思つた」とは、おそらく敗戦の当事国であるがゆえの屈折をともなった「再生」への表明であり、それは川端の『古都』とも通底しているといえるかもしれない。

ここで改めて三島と川端の作品年譜を確認すると『山の音』の完結刊行(筑摩書房、一九五四年四月)、『金閣寺』(『新潮』一九五六年一月〜一〇月、同社、同年月刊行)、『古都』(一九六二年六月)となり、少なくとも旧都をめぐる問題系への関心という点で両者の相互テクスト性が浮び上がってくる。但し、すでに拙稿でも述べたように三島はまさに掛値なしの「徴兵適齢期」世代として、戦争末期に自らの「戦死」イメージを投影した中世文学・文化への傾斜があった。これは戦時下の若き日の三島作品「中世」以来一貫したものだろう。[26] したがって一八九九年に生まれ、徴兵検査を大正デモクラシー期のなかで迎えた川端は、徴兵適齢によって「従軍」を強いられた三島世代ほどは「戦死」へのイメージは直接的・身体的ではありえないはずである。

だが、その川端もたとえば一九四七年には「日本人には真の悲劇も不幸も感じる力がない」・「私は日本古来の悲しみのなかに帰つてゆくばかりである」[27]と言い、この二年後には「戦争を一日でも先に延ばすことが、いわば最終戦であろう」と述べるなど彼なりの「戦後」を迎えていた。[28] 同時に彼は日本が降伏したリアルタイムにおいては、米軍の監視を意識して「極右の本と極左の本を、一人ひそかにリユック・サックで貸本屋から家に運び、庭で焼きつづけた」[29]人でもあった。

これは鎌倉文庫に備えてのことだったようだが、あたかも戦乱期としての中世において藤原定家ら歌人たちが身を処した顰に倣うかのように、「敗戦」には敗戦者の振舞いを、「占領」には被占領者の振舞いを選択する。占領期が終わることは単に「独立国」になるだけでなく、南が指摘したように米国を中心とする新しい「戦後」的枠組みのなかで生きるということを意味する。このような現代史の錯綜する関係性のなかで、おそらく自国内の戦乱のただなかに置かれた「中世」は恰好の文学的拠点として、とりわけ男性文士たちにおいて具体的な参照軸となったのであろう。[30]

すでに触れたように川端は一九六一年、京都に居を構えたおり「毎日『古都』を書き出す前にも、書いてゐるあひだにも、眠り薬を用ゐた。眠り薬に酔つて、うつつないありさまで書いた」[31]という言葉を残していた。初出連載を経て、刊行化されたときに付されたこの文章の真意は不明だが、戦前期からすでに不眠に悩まされていた彼は、[32]歴史的過去や近接過去の政治や文化、さらには先行の文学テクストなどによって累積された記憶をもつ京都の物語を書くにあたって、かなりの緊張状態にあったことが想像される。

ここから類推すれば、京都を明瞭に視野に入れた谷崎の『細雪』と京都への憧憬と忌避が二重化された三島の『金閣寺』は、自身が超えるべき先行テクストとして川端のまえに存在したといえるかもしれない。

4　新聞小説から単行本へ

ここで改めて『古都』が百七回という連載数をもつ新聞小説として出発していることに注意を払いたい。森本穫によれば「加筆と修正」は「百数十箇所にも及ぶ」が「全編の主題に影響を及ぼしそうな修正は見られない」[33]という。したがってここでは新聞小説としての形式的および視覚的な変更を糸口にして考察してみたい。新聞連載という形式は少なくとも雑誌形式よりも多くの一般読者によって読まれ、大抵の場合、挿絵つきで毎日それぞれのトピックを持ちながらリレー式に連載される。注目したいのは新聞連載から単行本への形式上の変更の結果、テクストはどのような意味をもつに至ったかという点である。

まず形式面を確認しておく。『朝日新聞』の掲載は全百七回だが、通し番号とは別に章立てが施されている。全九章はそれぞれ「春の花」(十一回)、「尼寺と格子」(十二回)、「きものの町」(十三回)、「北山杉」(十一回)、「祇園祭り」(十三回)、「秋の色」(十二回)、「松のみどり」(十四回)、「秋深い姉妹」(九回)、「冬の花」(十二回)という長さをもつ。「秋深い姉妹」を除いて、十一から十四回という長さで進んでいる。これは初出が雑誌掲載だった『山の音』の章立てと新聞の連載形式を合わせた形である。

新聞小説は日ごとの読者をもつ以上、日ごとの山場を必要とする。あるいは次回への連続性やその逆である意外性などの種々の方法によって、いわば多くの読者を意識しながら物語は進む。ここで新聞小説『古都』の紙面構成をみておくと、『古都』は朝日新聞の東京・名古屋・西部版の朝刊にほぼ休載なく連載されたが、デジタル資料などによって見ると経済情報「東証全銘柄最終値・利回り表」「投資信託基準価格」や、ピアノ・オルガン広告などが満載の「朝日案内」などに挟まれたその紙面は、挿絵がなければあまり目立たない。たとえば夏目漱石の新聞小説が紙面上部だったのと比べると意外な気がする。[34]

だが、いささか冷遇的扱いのこの紙面を救っているのは、小説内容をひとまず置くと号数の大きいタイトル「古都」という題字や、その横に供えられた白抜きの文様などで描き出された小さな栞のようなコマ絵である。だが何と言っても目立つのは小説の中心部に置かれた小磯良平の挿絵であろう。[35] 東京芸術大学の西洋画科を卒業後、フランスに留学して風景画や群像を得意とした彼の画風は、遠近法による銅版画風の端正な線描画である。消失点が明確なその絵は、省略の多い行文にもかかわらず時に絶妙な会話のやり取りで、登場人物たちの心的齟齬や諍いの場面が山場をつくっている川端テクストとはかなり距離がある。西洋画家の描く綿密な挿絵は、いささか明晰すぎるのだろう。川端の証言によれば小磯は本文を読まずに描いたというが、そうは思えないほど場面のポイントを簡潔に描き出しており、それは物語の正確な索引ともなっている。

ではこのような初出『古都』は初刊においてどのように変わったのか。最大の変更点は先にも触れたように「あとがき」が置かれたことである。これは執筆にまつわる作家の身体的不調をあからさまにすることで、テクスト誕生時の机辺状況が前景化され、「執筆の困難」が強化される。もう一つ無視できないのは、新聞紙上で毎日、付されていた小磯良平の挿絵が単行本ではまったく採用されなかったことである。すでに述べたように細い線による遠近の明確な彼の絵は、旧都をかなり「近代風」な都市として描き出していた。いっぽう、東山魁夷による北山杉を図像化した画題「冬の花」は『古都』の物語世界全体を示唆するかのように口絵として巻頭へと置かれる。一冊の書物としての小説本のもつ「形」は無視することはできないだろう。挿絵の小磯良平から口絵の東山魁夷への移行がもつ意味は、決して小さくはない。もちろん、それは発表媒体の差異と言ってしまえばそれまでだが、同時代読者でもない現代の私たちは単行本として『古都』を読むことがほぼ当然となるのである。

だが、模写というよりもいわゆる琳派風のかなり図案化された東山の「冬の花」の画は、おそらく作中にもあるスイス生れのドイツ人画家で一九世紀から二〇世紀前半に活躍したパウル・クレーを意識した抽象画的な技法が施され、「古都」という文字通り「古めかしい」タイトルに一定の意外性を与えている。モノクロの新聞挿絵と異なり、彩色された画面は明るい緑の枝葉をもつ杉のみで構成されているが、よく見ると杉林の上方奥にある高さの異なる遠方の山に植えられた樹木の群れと、それよりも少しずつ大きくなって山の斜面下方に広がる枝打ちされた、同じく細く真白い幹をもつ杉の群れがあたかも女性が身にまとう着物の襟もとのように配置され、一見同じ単調な杉の図柄だけの絵にアクセントを与えている。こうして誕生したのが一冊の本としての『古都』である。

小磯から東山への変更は、あるいは占領の記憶と関係しているといえるかもしれない。すでに戦前期においてモダニズムを西洋画の世界で「手法として」完成し強烈な「赤いチユウリップ」を描いた小磯の画風は、そのようなリアルな西洋花にとまどう太吉郎を描きだした作者には、そぐわなかったのだろう。[36] いっぽう琳派風の日本画を基調とした東山の「冬の花」は、単調でどこかに緩さも併せもっている。この画風は占領期の記憶が消えず、西洋花に生命力を見出す次世代の若者の登場におびえる太吉郎という物語前半の視点人物にはふさわしかったはずである。あるいは埋め立てられた日本庭園を記憶する世代としての太吉郎には、その屈折を千重子という美しい義理の娘の「これから」に何事かを託したということもできる。

おそらくパウル・クレーの抽象的な画風を基にした千重子の帯と、東山魁夷の絵は響き合っている。日本画から出発した彼の絵は、ポスト占領期をめざした『古都』にちょうどふさわしかったのだろう。他国による京都という旧都への直接的な占領期支配が終わったからこそ、今度は内部へと視線が注がれることになったのである。「外国」ではない「内国」としての京都への視線は、これ以降、洛中と洛外などのわずかに差異による優越感や劣等感の交差する感情、そこから遠く距離のある者は羨望と諦めの交差するなど種々の感情を生み出すのである。

だが、それは果たして確かな「離陸」であったのだろうか。それを確かめるために終章では、古都という「地」に相応しい「図」の要素として、二女について述べることにしたい。

5　二女の表象

『古都』が「ふた子の娘」、言い換えると一卵性双生児姉妹の物語とされていることは、すでに引用した川端自身の言葉以来、定説化されている。だが、そもそも『古都』は数奇な運命を生きる二人の女性＝二女をめぐる物語なのだろうか。新潮文庫版の初刊に解説を書いている山本健吉は、「交わりがたい運命」を生きる二女はむしろ「引立て役」で、「京都の風土、風物」が主だったというような趣旨を述べている。[37]「京都」という空間を生きる二女なしには、そもそも『古都』というテクストが成立しない以上、その通りであろう。

だが虚心にテクストに接すると、この二女の「運命」は確かに出発点であるものの、少なくともテクストの現時点で起きているのは、事情のある両親による子の遺棄によって生じた「過去」によって掣肘された「現在」を、そして「これから」をどう生きるかという葛藤が描かれているということではないだろうか。[38]捨てられた児である千重子は中京区室町の由緒ある呉服問屋の一人娘、一方、苗子は捨てられずにいたものの両親の相次ぐ死によって結果的に他家に養われ、北山杉という林業に従事する女性職人になるという、対照的な身分差・職業差という設定はいかにも「テーマが古めかしい」(市川、注(6))。だが、蓮實重彦のいう「テクスト的な現実」[39]に着目すると、織物としてのテクストからは階層差を挺に二人の女性表象の「これから」という主題がせり上がってくる。

もちろん、テクストのなかでもっとも印象に残るのは多くの論者が指摘し、三人の映画監督が揃って描き出した杉木立のなかの夕立の場面であろう。ここには二〇歳をわずかに過ぎたばかりの二人の女性が折り重なって雷鳴や稲妻を避けるモチーフが表出されている。それを「母胎回帰」ということは簡単だが、この場面は二人が一夜だけ束の間の同衾をして触れあう場面と連結することで、同性愛にも通じるセクシュアリティを醸成してもいる。さらに「千重子さんのお床が、あたたまりましたさかい、苗子はお隣りへゆきます」(「冬の花」四三四頁)というくだりでの苗子が取る過剰ともいえる節度は、男性客に対する玄人女性に通じるものさえ感じられる。たとえば『山の音』で鎌倉の富裕な会社役員宅で嫁と小姑の間で交わされた、素人と玄人の女性の間に引かれた境界線の一時的越境は、ここで階層差という要因が加わることで改めて強化されたのだろうか。

だが、このように二女がセクシュアリティを表出しているということは、この小説が『山の音』より後退したということではない。むしろ菊子や絹子たちが修一との関係性において他者化されることで、結果的に身につけた女性としての「強度」が、若い未婚の娘として転移されたのが千重子と苗子ではないだろうか。そういえば、脇役的な千重子の義母のしげさえも「人間は―女もそやけど、なるべくな、とことんまでな、言ふことは変へんとおきやすや」（「尼寺と格子」二六一頁）というような確固とした強さをもっていた。彼女が実子でないことを最初に本人に告げたのは義母であるし、育ての母としての彼女の視線がまっとうでなければ、家の後継者としての千重子が矜持をもつことも、帯の作画三昧で家業を顧みない当主のいる佐田家の運営も怪しかっただろう。さらにそんな家業を継ぐ者として、千重子が龍助の助言を得て番頭相手に経営者然とした強さを発揮する展開もなかったはずである。

この強さは秀男のプロポーズを拒む苗子にも備わっている。秀男が千重子に憧れていることを知っている苗子は、身代わりを受け容れることなどできないのである。ここには『源氏物語』の「宇治十帖」に登場する「形代」（身代り）を拒む誇り高い橋姫たちの記憶が畳み込まれているのかもしれない。[40] さらに、苗子が西陣の織屋の長男に嫁ぐことになれば、それは北山杉の村を捨てることでもあることは見落とせない。仮に苗子が秀男と結ばれるなら、織屋の妻として実の両親の家系もさらにはその家業である北山杉職人の系譜も捨てることになるからである。その意味で帯を届けに来た秀男を清滝川の「小石原」に招くのは、苗子の明確な意思表示であろう。家内でも密室でもなく多少の人目のあるそこは、仮初に二人が出会うには格好の場所であったはずだ。苗子という命名からして北山杉の育つ里の人間である彼女には、秀男を受け容れることは過去・現在・未来においても出来ない相談なのである。

千重子は家業の再建のために「入れ智慧」（「秋深い姉妹」三九八頁）によって彼女をささえる龍助を自らの伴侶として受け容れる。それは捨子であっても、一人娘として佐田家という京呉服の問屋を営む家の跡継ぎである千重子にとって必然の選択である。いっぽう、苗子が双子の一女として北山杉の村に留まることも必然であろう。二人はそれぞれのアイデンティティを守るための身の処し方を選ぶことになる。それは物語において実の両親に死別し、他家で養育された彼女たちの存在証明でもあるからだ。

千重子と苗子の造形に二重人格に通じる分身などの主題を読むことも可能だが、テクストが京都という古都を背景としている限り、『源氏』の橋姫たちの記憶を無視したり、中京区や北山、清滝川などの実在の地名を後景化して主題を立てることは、テクストにとって相応しくない。同時に『古都』は集合的な表象としての山本の言う「京都の風土、風物」には収まりきれない敗戦後の「占領」という負の記憶を色濃くもつ太吉郎の世代から、千重子・苗子という次世代に託された「これから」が織り込まれた物語でもある。だからこそ、多くの読者が何事かを語りたくなるテクストなのである。

＊＊＊

かつて明治期の文学者北村透谷は日本の「詩神」を、遠くから眺めると「女性的」に見えるものの、近くから眺めると意外にも「男性的」な姿を現わす「富嶽」に喩えた（「富嶽の詩神を思ふ」[41]）。占領期というコンテクストからの離陸において、川端は近代の前期において『文学界』を拠点にして文学的営為をおこなったこの明治の男性詩人と同じように、「詩神」の表象として「富嶽」にも似た二女を招喚したのだろうか。遠望するかぎり「女性的」で、近づけば「男性的」というのは結局のところ、この二女も男性作家である川端が「テクスト」の織り手として用いた女性表象に過ぎないかもしれない。

だが忘れてならないのは、たとえ「女神」でなくともこの二女という表象には、本稿で検証してきたように都という「地」を背景に生動する「図」としての強度があることである。したがって種々の記憶をもつ旧都を背景に、このような二人の女性表象を造形したことが、『古都』というテクストが広く認知される機縁になったことだけは間違いない。もちろん、占領期の終了は日米の安保体制による新たな「戦後」史の文脈をもつことになるが、一九六〇年代初頭の川端にとって『古都』は敗戦と占領の記憶から離陸する「これから」の物語でなければならなかったのである。

注

（1）『古都』は『朝日新聞』の東京・名古屋・西部の版は朝刊で一九六一年一〇月八日から翌一九六二年一月二三日まで百七回連載後、一九六二年六月、新潮社より東山魁夷の「北山杉」と題された口絵入りおよび川端の「あとがき」を付して刊行された。なお本稿では『古都』本文と「自作年譜」・「作品年表」からの引用は、それぞれ『川端康成全集』第一八巻（新潮社、一九八〇年三月）、第三三巻（同、一九八二年五月）、第三五巻（同、一九八三年二月）により、適宜、章題・頁等を記す。なお以下、初出紙については朝日新聞社版『聞蔵Ⅱビジュアル』（中央大学図書館蔵）のデジタル資料を参照した。

（2）注（1）の「あとがき」にもあるように、川口松太郎の脚色による新派作品として明治座で一九六二年四月、三幕七場で上演された。最初の映画化は初刊の翌年の一九六三年に松竹が中村登監督、脚色・権藤利英、音楽・武満徹、主演は岩下志麻が双生児姉妹の千重子と苗子二役を演じた。二度目は一九八〇年に市川崑監督による東宝とホリプロとの合作による山口百恵の引退興行映画。脚本・日高真也、音楽・田辺信一。三度目は二〇一六年一二月、京都にて先行上映の後、全国で封切られたYuki Saito監督の作品。この監督は日本の高校卒業後に渡米し、ハリウッドで映画を学んだという。二〇一七年にオデッサ・エンタテインメントから発売されたＤＶＤ『古都』メーキング版によれば、全編オールロケによりリアルな描写を、画面は構図重視により絵画的な効果を意図したとある。

（3）東浩紀は「原作」から離れて、自分の楽しみのためだけに別の物語を作り上げる創作活動」を「二次創作」および「観光客の視線」と称している（「付論二次創作」、『ゲンロン0　観光客の哲学』株式会社ゲンロン、二〇一七年五月、第二刷、四五・五〇頁）。このほか岩田和男他編著『アダプテーションとは何か 文学／映画批評の理論と実践』（世織書房、二〇一七年三月）参照。

（4）有田和臣「川端康成「古都」と〈トポス〉としての京都─千重子〝再生〟の主題と「四神相応」への夢」（『仏教大

学総合研究所紀要』二〇〇八年一二月）の論文末尾にも本稿とは趣旨が異なるが、「再生への夢を表象する物語として「古都」が織り上げられている」との指摘がある。

（5）川端康成は「新聞百回だから、小さく愛すべき恋物語を書くつもりだつたのだが、まつたく意外にも、ふた子の娘の話になつてしまつた。書く前には考へてみもしなかつたことである。われながらふしぎである」（「『古都』を書き終へて」（引用は『川端康成全集』第三三巻、新潮社、一九八二年五月、一八四頁）と述べている。

（6）市川崑・森遊机『市川崑の映画たち』（ワイズ出版、一九九四年一〇月）四一六頁。

（7）『山の音』は『改造文藝』（一九四九年九月）、『群像』（同年一〇月）、『世界春秋』（同年一二月）、『改造』（一九五〇年四月）、『文学界』（一九五一年一〇月）、『群像』（一九五二年三月）、『文藝春秋別冊』（同年六月）の後、成瀬巳喜男監督、水木洋子脚本の東宝映画『山の音』（一九五四年一月）の公開後に最終章が『オール讀物』（一九五四年四月）に掲載され、同年四月、筑摩書房から刊行された。なお『山の音』本文からの引用は『川端康成全集』第一二巻（新潮社、一九八〇年四月、三刷）により、章・頁を付す。

（8）西川祐子『古都の占領 生活史からみる京都 一九四五―一九五二』（平凡社、二〇一七年八月）七〇～七七頁。

（9）同右、七二～七三頁。なお西川によれば小説の発行誌は一九五三年に刊行された「同志社高等学校文芸部」によるものであるという。

（10）「（古都ぶら）府立植物園、左京区、涼を呼ぶ緑園、苦難の蔭」（『朝日新聞』二〇一六年七月三〇日、朝刊）による。

（11）後でも触れるように『朝日新聞』（一九六一年一一月七日）に掲載されている小磯の挿絵のなかでも、チューリップの画はその花弁部分だけが描かれ、活き活きとしているが強烈である。なお、川端は注（1）の「あとがき」で小磯良平の絵に言及している。またこの絵は『小磯良平 画譜古都』（飯塚書店、一九八〇年八月）にも収録されている。

（12）河野仁昭『川端康成―内なる古都』（京都新聞社、一九九五年六月）一〇七～一一三頁。なお河野は本書で「接収が解除され、ドーム型の大温床を設けるなどして再開園されたのは、昭和三十六年四月」（一三一頁）と指摘している。

（13）注（7）にあるように『山の音』は水木の脚本による成瀬監督の映像化の後に完結している。映画では菊子が修一との別れを決意して尾形家を去るのに対し、小説は夕食後の菊子の炊事の場面で終わるなど結末に大きな差異がある

（加藤馨『脚本家水木洋子 大いなる映画遺産とその生涯』映人社、二〇一〇年八月参照）。

（14）拙稿「萩の舎と一葉―明治宮中文化圏からの離陸―」（『女性表象の近代　文学・記憶・視覚像』翰林書房、二〇一一年五月）五八～六三頁を参照されたい。

（15）同右、二四六～二五〇頁を参照されたい。

（16）この講演に収録されている一三～一五世紀の歌人の和歌のうち、三例を挙げると「雲を出でて我にともなふ冬の月風や身にしむ雪や冷たき」（明恵上人）、「心とはいかなるものを言ふならん墨絵に書きし松風の音」（一休禅師）、「真萩散る庭の秋風身にしみて夕日の影ぞ壁に消えゆく」（永福門院）などがある（引用は「美しい日本の私」『川端康成全集』第二八巻、新潮社、一九八二年二月）三四五、三五三、三五七頁。

（17）坂田千鶴子「『山の音』―ズレの交響」（江種満子・漆田和代編著『女が読む日本近代文学　フェミニズム批評の試み』（新曜社、一九九二年三月）一八一～二〇六頁。

（18）田中真澄「成瀬巳喜男・全映画」解説（田中他編著『映画読本成瀬巳喜男』（フィルムアート社、二〇〇六年二月、第六刷）一二七頁。

（19）佐藤秀明「解説」（『対照読解　川端康成〈ことば〉の仕組み』（蒼丘書林、一九九四年二月）二四六頁。

（20）注（17）で坂田は「この一句のもつ衝撃力は、それが他ならぬ菊子によって発せられたところにある」（二〇三頁）と指摘している。

（21）李聖傑「川端康成『山の音』における「魔界」思想の位相―戦争の影、戦後の世相、そして異界の構築―」（『解釈』二〇一二年二月）。

（22）本書、第三章「帝国の長編小説　谷崎潤一郎『細雪』論」を参照されたい。

（23）谷崎潤一郎『刺青』（『新思潮』一九一〇年一一月）の冒頭から引用。

（24）南相旭は「「私」が早くから自分を京都と外部を繋ぐ媒体として自己規定しようとしていた」（「三島由紀夫における「京都」と「戦後」―金閣寺を中心として―」（『立命館言語文化研究』二〇一七年一月）と述べている。

（25）南『三島由紀夫における「アメリカ」』（彩流社、二〇一四年五月）。なお、三島由紀夫『金閣寺』については本書所収の拙稿を参照されたい。

(26) 本書「三島由紀夫の『源氏物語』受容――「葵上」・「源氏供養」における女装の文体（エクリチュール）」を参照されたい。

(27) 「哀愁」（『社会』一九四七年一〇月。引用は『川端康成全集』二七巻、新潮社、一九八二年三月）三九一頁。

(28) 川端「平和を守るために」（『朝日新聞』一九四五年三月一三日）。引用は『川端康成全集』第二七巻（同右）四一五頁。

(29) 同「敗戦のころ」（『新潮』一九五五年八月）。引用は『川端康成全集』第二八巻（新潮社、一九八二年二月）九頁。

(30) 田中貴子『中世幻妖　近代人が憧れた時代』（幻戯書房、二〇一〇年六月）参照。

(31) 注（1）「あとがき」。引用は一九六八年一〇月、第一五刷による。

(32) 川端「不眠」（『文学界』一九三六年五月）。引用は注（27）に同じ。

(33) 森本穫「「古都」成立論」（『哀艶の雅歌　古都・舞姫・天授の子・他』（教育出版センター、一九八〇年一一月）三四頁。

(34) 朝日新聞社版『聞蔵Ⅱビジュアル』参照。

(35) 注（11）『小磯良平 画譜古都』を参照されたい。

(36) 川端は「いい挿絵だから明治座で展観したいと言つたやうな挿絵で、小説の背景の場所の写生にもとづく絵も多かつたから、この本にもその挿絵を入れさせてもらひたい思ひはあつた」（注（1）「あとがき」）と新聞連載を併走した画家への謝辞を記しているが、結局それは用いられなかった。

(37) 山本健吉「あとがき」（『古都』「解説」新潮文庫、一九六八年八月）。引用は二〇一六年一一月、百五刷。

(38) これは注（4）の有田論文にある千重子の「再生という主題」にも重なる。

(39) 蓮實重彥『『ボヴァリー夫人』論』（筑摩書房、二〇一四年六月）二七～二九頁、参照。

(40) 上坂信男「川端康成『古都』」（『源氏物語往還』笠間書院、一九七八年一月、一三一～一三八頁）には苗子の「形代」性について詳しい分析がある。なお、「宇治十帖」の橋姫については拙稿「与謝野晶子『新訳源氏物語』が直面したもの 歌／物語／翻訳」（『女性表象の近代 文学・記憶・視覚像』翰林書房、二〇一一年五月）も参照されたい。

(41) 北村透谷「富嶽の詩神を思ふ」（『文学界』創刊号、一八九三年一月）。

終章に代えて

『明暗』から『続 明暗』へ——連続する性差への問い——

はじめに

水村美苗『続 明暗』[1]が発表されてから三〇年近くが経過した現在、改めて本書の意義を問うてみたいと思う。そもそも漱石の『明暗』[2]は未完であるうえに、その小説世界はそれまでの漱石作品と比べてかなり異質である。おそらく専門的な漱石研究者を除いて、『明暗』に登場する主人公格の津田由雄とその妻お延に、『三四郎』の三四郎と美禰子、『それから』の代助と三千代、『こころ』の先生やKに対して抱いてしまうような、他人事とは思えない共感や関心をもつ読者は少ないのではないだろうか。これは津田やお延に限らない。『明暗』の登場人物たちの多くは駆引きをしたり、時には嘘も吐いたりする。あるいはかつて谷崎潤一郎が評したように「主人公を始めとして総べての男女が悉く議論ばかりして居る」[3]趣さえあり、共感を寄せにくい人物が大勢登場している。

だが水村の『続 明暗』が世に出てからというもの、漱石の『明暗』自体に対する読者の関心の方向は少々変わったように思われる。もちろん水村以前にも『明暗』の「その後」については『それから』の「立去つた女との姦通」の要素と、前半の男性視点人物である津田が「二流のエゴイスト」であること、さらに小説の細部描写などから漱石は「自分のこれまでの作品のすべての要素を網羅しよう、としている」という大岡昇平の批評[4]や、大岡とほぼ同じ時期に『明暗』の小説世界に食い入るかのように読解を試みた小島信夫の長文評論[5]があった。しかしながら続編として水村が初めて小説化したことで、本編としての『明暗』への視線にも見過ごせない変化が生まれたといえる。この点について触れる前に、ひとまず後続作を一瞥してみよう。

たとえば田中文子『夏目漱石『明暗』蛇尾の章』(東方出版、一九九一年五月)では温泉場に近い草庵に住む、津田に風貌が似ている隠者然とした男を津田の「分身」として設定し、津田には出来なかった「内省」を彼に代行させている。いっぽう、永井愛の戯曲『新・明暗』(而立書房、二〇〇二年一二月)では、設定を現代に変えて津田の軽薄さを悲喜劇風なドラマに仕立てている。これに対し、古典文学研究者である粂川光樹『明暗 ある終章』(論創社、二〇〇九年一月)は、名取春仙を現代風にアレンジしたような挿絵つきで、温泉場に清子の夫関を登場させる。清子は夫に連れ戻されたうえ、自宅に幽閉されてしまう。津田はと言えば、取り乱すお延を間の当たりにして、吉川からのロンドン赴任の話を断るだけでなく、辞表さえ提出して重病の床に臥すお延を見守る。やがて病から癒えた彼女は津田の子どもを出産するというものである。

これら『続 明暗』以後に出現した作家・劇作家・近代文学以外の研究者などによる「続編」を読むと、それぞれプロット上の差異はあるものの、どの作品も津田という男性視点人物への解釈がかなり明確になっていることに気づかされる。これまで『明暗』論の多くは前半の視点人物津田の問い、なぜ相思の間柄にあった清子が自分を捨てて他の男と結ばれたのかという主として「女の謎」を問う小説として捉えられていた。だが、これらの後続作によって理解に苦しむような行動を重ねる津田像がかなり明らかにされ、その結果、漱石の残した『明暗』自体が明確な輪郭をもつ小説として立ち現れるようになったのである。

このように多彩な後続作を生んだだけでなく、『明暗』自体への再考を促す契機となった『続 明暗』とは、いったいどのような小説なのだろうか。確かに『続 明暗』はその初刊版に見られるように、表紙デザインから旧漢字使用などの用字・用語まで「文体模倣」が為されているが、物語内容としては単に『明暗』の延長上にある小説ではない。そこには漱石テクストに「連続しつつ」、先行テクストを「差異化する」という営為が見られるのである。

その「連続性」と「差異性」こそが、水村をして「読者」から「作家」に押し上げたというべきだろう。端的に言うと、男性作家である漱石の未完小説の続編を書くことによって、ひとりの女性作家が誕生したこと、そのことこそ重要であろう。

さらにつけ加えるならこの「女性作家」は、通常この言葉がもつ内実とは少々異なっていることである。『続 明暗』以後の水村は『私小説 from left to right』(新潮社、一九九五年九月)や『本格小説』(上下巻、新潮社、二〇〇二年九月)などの作品を書くいっぽう、在米の仏文学研究者であった経歴を生かして幅広い批評活動をおこない、漱石の『行人』・『虞美人草』をはじめ、谷崎の『春琴抄』への評論なども発表し、日本の近代文学研究においても少なくない影響をあたえている。[6] このような作家および批評家としての活動の本格的な出発の第一歩となったのが、『続 明暗』という小説ということになる。

むろん、これは水村ひとりの功績というだけでなく、彼女を支持するにせよ支持しないにせよ、少なくとも『続 明暗』が刊行された一九八〇年代末から一九九〇年代にかけての時期は作家・批評家・研究者の三者が鎬を削ってそれぞれの領域を形成し、二〇一九年の現在では想像もできないような、よい意味での「三つ巴」状況を呈していたことと関わっているはずである。

以下、ここでは『続 明暗』出現の意義を、本書をめぐる批評や研究の言説を焦点化しながら、『明暗』と『続 明暗』という二つの小説を「性差」への問いにおいて連続するテクストとして読むことで明らかにしたい。

1　「通俗小説」評再考

新聞・雑誌などのメディア側のおおむね肯定的な評価のなかで、研究者として最初に『続 明暗』に明快な否定論を試みたのは渡邊澄子[7]である。この否定論の要は『続 明暗』が文体的にもプロット的にも「通俗小説」になってしまったという点にある。確かに渡邊も指摘するように『続 明暗』では「安永」と命名される横浜の生糸商の夫婦（内縁関係らしい）が登場し、彼らとの小宴場面や、物語の終盤で狂乱の体をしたお延が津田のいる温泉宿に駆け付け、やがて彼女を追って小林がお秀と共に温泉に到着する場面などが描かれる。最終場面は、温泉宿で一同会したあと、放心したお延は一人で宿を抜け出し、それを知った津田がようやく自らの非を悟り、痔疾による身体の不調に喘ぎながらも滝壺へ入水に向かうお延を探しに行く。このような続編の小説的展開には筋の一貫性が顕著であり、確かに『明暗』までの漱石小説の結末とは大変異なる印象が強い。冒頭でも触れた谷崎がこの小説に対し「普通の通俗小説と何の択ぶ所もない[8]」と言ったことも思い合わされる。

だが、ここで確認しておきたいのは「通俗小説」の意味するものである。現在一般的に言われる「通俗小説」とは、かつて横光利一が「純粋小説論」（『改造』一九三五年四月）で述べたように「偶然性」と「感傷性」を「二大要素」とする「メロドラマ」とほぼ重なる。これに関連して、たとえば関肇は漱石の最初の新聞小説『虞美人草』を「緻密に構成されたメロドラマ」として捉え、「その後の漱石は、明確な輪郭をもったメロドラマを書くことはなかった」が、「メロドラマは漱石のテクストから消失するわけでない。むしろ「不可欠な前提」となっていく」と指摘している[9]。

では『明暗』のどこに「不可欠な前提」としての「偶然性」や「感傷性」が見られるのだろうか。たとえば小説の開巻近い二章での、痔疾の手術を終えた津田が病院からの帰途、「ポアンカレー」の「偶然」を口にする（『明暗』二、八頁）箇所[10]。ここで彼は結婚するはずだった女性と現に結婚した女性が異なっている事態を改めて「謎」、つまり自分が理解できない事柄、言い換えると自分の知らない何らかの「偶然」が働いた結果として反芻する。つまり「偶然性」とは「通俗小説」では登場人物たちがどのように行動したのかという小説の筋に直接かかわるものだとしたら、ここでの津田は内言として「偶然」を言語化している点がいわゆる「通俗小説」とは異なるようにみえる。だが彼が発する「偶然」とは、「ポアンカレー」の学説によって清子の離反を確率的に処理しようとしているに過ぎない。言い換えると、恋人からの一方的な別れという自己に関わる重大事を、確率的な「偶然」に委ねようとする津田の性向が表出された箇所として読むことができるのである。[11] 案の定、津田はこの内省的な振舞いをすぐに手放すが、いっぽう読者の脳裡には「偶然」というコンセプチュアルな修辞的残像が印象深いものとして刻印され、その結果「偶然」と「偶然性」とはほとんど区別できないもの、いわば両方の要素を含む解くべき「謎」として結実することになる。

ではもう一つの「感傷性」はどうか。小説の主要な登場人物である津田は、表層でこそ事態に対して韜晦することはあっても、そのような自己はもちろん他者に対しても一瞬、憐憫の情が心に浮かぶことはあっても感傷することなどほとんどない人物といえる。これは津田やお延だけでなく、小学校の同級生同士と設定されている津田の甥にあたる藤井真事とお延の庇護者である岡本の息子一（はじめ）との、他愛なくも残酷でもある金銭をめぐる逸話（七十四、二四八頁）にも表れている。土木工事で往来に「深く掘り返された」（同）穴に掛られた杉丸太の上を真事は一との賭事に勝つため懸命に渡ろうとする。この場面は彼らの父たちである藤井と岡本の階層的・経済的な落差を示すものだが、このような少年たちの振舞いの箇所は読者に名状しがたいある種の「感傷」を惹き起こすのに十分であろう。

このように『明暗』には「メロドラマ」や「通俗小説」に共通する「偶然性」も「感傷性」も存在する。だが、同時にそれはあくまでも「不可欠の前提」として存在していることも確かなのである。したがって『明暗』の津田が『続 明暗』で別人のような覚醒を遂げている点も、『明暗』の可能性としての一帰結といえる。さらにもう一人の重要人物で後半の視点人物といえるお延が、この小説の最終章で一旦入水を決意したあと、着物の泥を払い、

「おはしょり」(二百八十八、409)をして、髪を撫で附け、帯板から「薄い鏡」をやおら覗き込む一連の所作には、日常的な女性の仕草ができるまでに回復したお延像が表出されている。だから仮に『続 明暗』の最後のパラグラフで「お延は、一体これから何処へ行くべきだろうかと、自分の行先を問うように、細い眼を上げた」という言葉で終わっていたら、『続 明暗』は『明暗』に対する女性視点からの批評性を持った小説、という評価で終わっていたかもしれない。

だが、作者はここでお延からも距離を置くように「地」や「人」や「世」を俯瞰するごとく「天」にフォーカスする。ここには『明暗』を意識した批評性というよりも、女性に焦点化したならば至極当然なことであるが、お延のうえにも津田とおなじように「天」があることを印象づけようとしているとも読める。もちろん最後の一行を漱石テクストに接近させせつつ女性性(フェミニニティ)を焦点化する、このような終幕への違和も多くの『明暗』研究者から寄せられた。しかしながらそれらの違和感の中身には、「不可欠の前提」としての「偶然性」や「感傷性」とは別次元の問題であるはずの漱石テクストの「未完性」、あるいは結末の「オープン・エンディング」性に価値を置こうとする傾向があるようだ。[12] この立場を取ると『続 明暗』は、未完である漱石の『明暗』を完結させたこと自体が余計な行為、もっと明確に言うと小説の「漱石的結末」への確信を揺るがすもの、という否定的なニュアンスが生じてしまう。

だが改めて考えてみると、漱石の『明暗』は彼の病死によって「未完」となったという事実を忘れるわけにはいかない。たとえば二葉亭四迷『浮雲』(金港堂、一八八七年六月~一八八八年二月、『都の花』一八八九年八月)のように作者が存命でありながら「未完」となった小説とは異なるのである。『浮雲』の未完性は作者二葉亭四迷が存命のまま未完となったものであり、『明暗』は作者の病死によって、いわば「暴力的」に未完性を付与されてしまったテクストである。この「暴力性」に対して、水村において連続性への意思が生じたとしても少しも不思議ではない。あるいはこれは、それまでの漱石小説の系譜から外れる『明暗』自体の問題かもしれないのだが、この点に関しては後で触れることにする。

これに関連して改めて注意を払いたいのは『明暗』に続編という形で小説的結末をつけた水村の営為は、よく言われるような「『明暗』批評」というべきものではないことである。もちろん水村自身が批評の場で言挙げしている自作解説には、「テクスト論の応用」あるいは「作者殺し」というような文学理論的側面が表出されてはいるが、彼女の本領は別のところにあるというべきである[13]。

何よりも『続 明暗』は、水村が書いた小説として私たちの前にあるというシンプルな事実こそ重要といえる。本書が世に出てまもなく金井景子は「『続明暗』を読んだ後、『明暗』を読み返さないひとがいるだろうか」と問い、水村を「七十年後に現れた漱石の共犯者」と捉えた[14]。ここには作者と読者の双方から成り立つ「小説」の基本的な原理がストレートに表明されている。この点を踏まえたうえでつけ加えると、ではそこに「作者と読者」の性差はいかに作用するのか、という問いが浮上する。

2 読者から作家へ

作家に性差があるように読者にも性差があることを踏まえると、「小説を読む」行為における性差とは単に書き手に共振する読み手の性差のあり様を見つければよいというものではないはずである。「性差」と「読むこと」が複合的に作用する地点、金井の言葉を借りれば「小説世界が刻々と生成される現場に、一介の読者がおのれの想像力だけを頼りに、身の程しらずに乗り込む」という作者と読者による「胸躍る共犯関係」あるいは「共振」による何らかの発見の契機があるはずなのである。

それではこの「胸躍る共犯関係」とは、水村においてどのようにして可能となったのか。水村は新潮文庫版「あとがき」で漱石が『明暗』執筆中に書いたとされる手紙[15]にある「文士を押す」のではなく「人間を押す」という言葉に着目して「文士を押すことを目標にしているかぎり『明暗』の続編は書けない」と言い、さらに次のように述べる。

「人間」とは何か。それは私と同様、『明暗』の続きをそのまま読みたいという単純な欲望にかられた読者である。漱石という大作家がどう『明暗』を終えたかよりも、お延はどうなるのか、津田は、そして清子はどうなるのかを『明暗』の世界に浸ったまま読みたい読者—小説の読者としてはもっとも当然の欲望にかられた読者である。小説を読むということは現実が消え去り、自分も作家も消え去り、その小説がどういう言語でいつの時代に書かれたものかも忘れ、ひたすら眼の前の言葉が創り出す世界に生きることである。[16]

ここに出てくる「人間」とは「『明暗』の続きをそのまま読みたいという単純な欲望にかられた読者」を指すのだが、「人間」も「小説の読者」もニュートラルな「人間」や「読者」は存在しない。水村は明言してはいないが、それはおそらく「女性読者」の一人としての水村自身であるはずだが、いまここではその点は問わない。「解説」はこの読者論につづいて作家論ともいうべき「『続明暗』を読むうちに、それが漱石であろうとなかろうとどうでもよくなってしまう—そこまで読者をもって行くこと」を「小説を書くうえにおいての至上命令であった」と語られる。

ここには「読むこと」から、自らが「書くこと」へと至った投企性がいささか率直に披瀝されているが、この点にこそ『続 明暗』の真骨頂があることは間違いないだろう。たとえばそれは、漱石の『明暗』と『続 明暗』を

「正続」というひと続きのものとして読んだ加藤典洋の次の言葉にも端的に表れている。

わたしが『明暗』全編を読んで気づいたことは、『明暗』を正続で読むと、続編の部分が新たに加わるだけではない、実は正編の部分、漱石の書いた『明暗』の部分がこれまでとは全く違うように読め、そのテクストを更新している、という意外な事実だった。[17]

加藤はこの引用の直前の箇所で、作家である漱石のなかにあった「痛みの復元形」としての「幻肢痛」が水村の『続 明暗』のなかにも存在していることを指摘している。[18] この「幻肢痛」とは、おそらく作家が作品を執筆するとき、手探りのなかで醸成されるこれから書かれるべき「痛いような欲望」としての「小説イメージ」とでもいうべきものであろう。加藤は水村が自作解説などでは「テクスト論」の立場を取ってはいるものの実際の小説『続 明暗』でおこなわれていることは、そのような理論では片づかない「痛いような欲望」に基づくものであることを述べているのである。

「脱テクスト論[19]」の観点に立つここでの加藤は、可視化されない「幻視」によって見えてくるものにこだわっている。加藤の言う「痛み」に近いものの一つとして、ここでは性差を挙げたい。加藤の批評では直接言及されていないが、男性作家の最後の未完小説を女性作家が書き継ぐ、いや正確に言うと書き継ぐことで「作家」になる、そのことへの加藤の驚きがおそらく「幻肢痛」という言葉の背後にあるといえるからだ。

水村が先の引用で故意に楽天的な言葉で語っている「お延はどうなるのか、津田は、そして清子はどうなるのか」という「小説の読者としてはもっとも当然の欲望」とは、理論的には「現実の読者」ともう一つ「小説に内包された読者」の二つの要素を兼ね備えた読者を指すはずだが、この二種類の「読者」とは女性性も男性性もない無性的、あるいはこの二つの性を超越した性差と無関係の存在ではない。少なくとも生後に文化的・社会的に構成される性差とは、気づいたときにはすでに血や肉となって個人の思考や性的な志向を形成しているものだからだ。したがって水村が男性作家漱石の未完小説を完結させようとしたことは、単に続編を書くことを意味しない。そこには男性作家の未完小説を完結させることで、作家ではない「女性読者」が「女性作家」になることを意味するはずである。そのときの投企性とは、かなりの「痛み」を引き受ける行為であるはずだ。

『続 明暗』を明確なストーリー展開と結末をもつゆえに否定する論者の多くは、この投企性を見ていないか不問に付している。そして多くの場合、読者としての性差と小説の読解を十分に交差させることなく、漱石の『明暗』には「偶然への問い」を読み、翻って水村の『続 明暗』は「偶然への問い」が解明されたことへの違和を表明することになる。だがそのような『続 明暗』批判は翻って、『明暗』が生産している「女の謎」という津田由雄が自らの手術を目前にして発する第二章の問い、去って行った女性とその代りにやって来た女性、それぞれの別離と邂逅をめぐる男性登場人物の問いのみを引き受けていることにならないか。むしろ求められるのは、この問いを発している津田自身を他者化し、この「男の謎」、言い換えると「二流のエゴイスト」とされる男性性（マスキュリニティ）をもつ津田を解明することが必要なのではないだろうか。

3 藤井の叔母という表象

論者が「女の謎」だけでなく「男の謎」を解くことの必要性に気づく契機となったのが、申賢周[20]や大橋健三郎[21]以外には現在では多くの『明暗』論者が真正面から触れたがらない吉川夫人という登場人物の存在である。一言で言ってその表象は不可思議であり、異常である。これに似ている漱石小説に登場する人物を探すと『吾輩は猫である』の金田夫人や『虞美人草』の藤尾の母などが思い浮かぶが、「吉川夫人」は脇役としての彼女らとは比べものにならないくらい『明暗』では大きな存在である。いや、もしかしたら漱石テクスト全体の登場人物の枠を大きく踏み出しているといえるかもしれない。ここではこの吉川夫人について考察するために、順序としてまず彼女と対照的に描かれている津田の叔母にあたる藤井の妻お朝を取り上げることで、吉川夫人の役割を考察してみよう。

吉川夫人に比べて津田の叔母であるお朝は、あまり取り上げられることのない脇役的人物である。だが津田は、少なくともお延との結婚までは京都在住で存在感の稀薄な彼の両親に比べ、「此叔父に育て上げられたやうなもの」(『明暗』二十・六〇頁)である。だから当然ながら叔母とも近しい関係にあるのだが、なぜか津田はこの叔母に対してほとんど親しみを持っていない。これはお延にとって岡本の叔父が、彼女にとって親密な異性の保護者であることは再三語られているのと大きく異なる。すでに指摘されているように岡本の叔父は、いわば結婚までのお延の「男性像」形成に大きな役割を果たしているのである。[22] むろんお延は自分で津田を選んだことにプライドをもっているが、あくまで彼女の男性像の参照軸はこの叔父なのである。

これと正反対なのは藤井の叔母と津田との関係である。津田はこの叔母に好意を持っていないだけでなく、彼女に対して実によそよそしい。たとえば入院直前の津田が藤井宅を訪れ、偶然そこにいた先客の小林と共に夕餉の食卓を囲む場面は次のように語られている。

彼は自分と叔母との間に取り換はされた言葉の投げ合も思ひ出さずにはゐられなかつた。其投げ合の間、彼は始終自分を抑へ付けて、成るべく心の色を外へ出さないやうにしてゐた。其所に彼の誇りがあると共に、其所に一種の不快も潜んでゐたことは、彼の気分が彼に教へる事実であつた。

(三十二、九八頁)

「自分と叔母との間に取り換はされた言葉の投げ合」とは、引用の前にある藤井家の夕餉の場面で叔母から彼女の結婚観を聞かされる場面を指す。ここで津田は叔母との間でおこなわれた遣り取りを「心の色を外へ出さない」ように自己抑制したことを「誇り」と「不快」感とともに反芻している。これは谷崎の言う学生や官吏が好む「薄ッぺらな屁理屈」[23]に近いものであろう。

そんな彼だからこそ、ほとんど「自分の決心一つ」（三十、九三頁）のみで藤井に嫁いだといえるこの叔母に対して、彼女にも彼女が発した言葉にもその価値を認めていない。叔母の口からは結婚というものがある意味で「投企」に近い営みで、そんな危険な行為に向かうには「決心」しかなかった、という認識が語られているのである。彼女が投企した相手である藤井の叔父は「叔母さんはこれでこの己（おれ）に意があつた」（三十一、九五頁）、「まだ来ないうちから、もう猛烈に自分の覚悟を極めてしまつたんだ」（同）とも言っているので、少なくとも藤井たち夫婦は「恋愛」とは言えないまでも、それに近い男女間における「情合」[24]に近い感情的な交流はあったといえる。

大澤真幸によれば「愛と結婚の一致とは、それゆえ、愛を、何らかの等価関係へと還元すること」[25]であり「その等価関係は、二人の〈内面（の主体性）〉の関係として現れ」るという。とすれば恋愛が結婚に移行するに際して、「内面（の主体性）」の指標として何らかの「決心」が必要なのは至極当然のことになる。いっけん旧世代の女性の典型のようにみえる叔母の「決心」という言葉は、期せずしてこのような近代における「愛と結婚の一致」、ほんらいは不可能性が濃厚な「恋愛」と「結婚」の一致、言い換えると「恋愛結婚」という西洋から到来した新しい理念への投企性や危うさを津田たちの前世代として語っているのである。文筆業といういささか不安定な知的職業に従事する藤井の妻になるにはそれ相応の「決心」や「覚悟」が必要だったとしても不思議ではない。

ところが、彼女の甥である津田は、そのような叔母の存在もその言葉も認めていない。さきほどの引用直後には津田は「半日以上の暇を潰した此久し振の訪問を、単に斯ういふ快不快の立場から眺めた」（三十二、九九頁）とも記されているので、彼は自分の叔父の妻であるお朝に対して強い「不快感」、いや彼女を前にしては自らが自由になれない「抑圧感」に近いものさえ持っている。つまり引用文にあるように「心の色」（心理）と「気分」の二つの面で津田はこの叔母に好意をもっていないのである。おそらく津田の「不快感」とは彼がまったく顧みないもの、たとえば「時と場合によると世間並を超越した自然」（二十五、七六頁）に近いものをこの叔母が所有していること、そのことが彼を不安にしているのであろう。同時にここからは、少なくとも「恋愛」をしたはずの津田が「結婚」へと至るプロセスにおいて、ほとんど「決心」や「覚悟」をもっていなかったことが逆に浮かび上がってくる。

興味深いのは、津田がこのあと「すぐ其対照として活発な吉川夫人と其綺麗な応接間とを記憶の舞台に踊らした」（三十二、九九頁）と書かれていることである。ここからは藤井の叔母と対になることで吉川夫人は彼の「快」の対象であることが見て取れる。お延にとって岡本の叔父が男性像の範型に近い存在であるなら、津田にとって本来なら藤井の叔母こそが「快」の対象として東京での異性としての「範型」ともいうべきはずが、その正反対の「反範型」となっている。お朝が演出した食卓は、吉川夫人のいる「其綺麗な応接間」との対比によって色褪せたものとならざるを得ないのである。

4　吉川夫人という表象

このようにお朝と吉川夫人は対照的な関係に置かれている。お延にとって岡本がそうであったように、津田は両親が京都在住のため藤井家の食客的存在として結婚に至る時期まで世話になっており、彼が藤井夫婦から親戚としての互恵関係による扶養を受けてきた点で、お延における岡本夫婦と同質的な家庭環境だったことは、すでに指摘されている通りである。とすれば、藤井の叔母に対するこのあまりにも露骨な「不快感」とその正反対の吉川夫人に対する「快感」には驚かざるを得ない。

ところで『明暗』は他の漱石テクストに比べ、「金銭」に関係する部分がより多く描かれているのに、それへの言及がほとんど皆無な吉川夫人の造形は特殊でありすぎる。すでに指摘したように『明暗』では津田やお延はもちろん、津田の甥の藤井真事や岡本の息子の一(はじめ)という年少者まで、ほとんどの人物が「金銭」と何らかの関わりをもって描かれている。この金銭の作用は登場人物たち相互の人間関係だけでなく、その「内面」にまで浸食しているので彼らは意識的には「金銭」を軽視しながらも、実のところ金銭に翻弄されて悲喜劇を演じている。

たとえばその典型的人物は小林で、彼はいつも金銭の不足に悩み奔走している。「外套」をめぐるエピソードに表われているように彼は津田と同じ学歴の持ち主らしいにもかかわらず、何らかの事情によって社会主義的な言辞を振りまき、津田のお古の「外套」や日本による併合後の朝鮮への渡航費用などの無心によって、津田との階層的な対立感情が繰り返し記述されている。だが、吉川夫人の場合はほとんど直接的な金銭への言及はなく、実に不可解な存在である。

では彼女に与えられている役割とは何か。確かに彼女は津田が務める会社の上司の妻であるので、間接的には経済的恩恵も受けているといえる。だが、津田は彼女が夫の部下である彼に関心や好意以上のものを持っていることに気づき、それを「心地良い」ものに感じてさえいる。その意味で明確な他者として津田が警戒を怠らない小林と異なり、自己の庇護者としての位置にいる人物といえる。たとえば吉川夫人は『明暗』の開巻近い十・十一章に登場しているが、ここで津田は彼女に「子供扱ひ」されることに「一種の親しみ」(十二、三七頁)「特殊の親しみ」(同)を感じてさえいる。これは終盤になって夫人が津田宅を訪問し、いよいよ彼を清子のいる温泉場に行かせようと画策する場面でも繰り返される。

「要するに何うしたら可いんです」

夫人は此子供らしい質問の前に母らしい得意の色を見せた。（百三十五、四六九頁）

このように、疑似母子的な関係によって追い詰められた津田は、やがて「お延を愛してもゐたし、又そんなに愛してもゐなかつた」（同、四七〇頁）という認識をもつに至り、つづいて「表では如何にも大事にしてゐるやうに、他から思はれよう思はれようと掛つてゐる」（同、四七三頁）と夫人から言われるように彼のお延に対する振舞い（外面）と本心（内面）が異なる原因が、他ならぬ清子にあるという彼女からの示唆を『明暗』の開巻近くにある「何うして彼の女は（以下、略）」（二章、八頁）という問いへの答えとして受け入れざるを得ない事態に至るのである。

まるで心を病む患者をまえにした精神分析医のようなこの二人の遣り取りからは、吉川夫人との間に「疑似恋愛」という性的な役割を超えるかのような役割がこの女性には託されているように思われる。では『明暗』という一九一〇年代の半ばを背景とする小説世界を生きる三十歳を過ぎた既婚男性である津田が、快感原則と経済原則の両面において依存してしまうこの女性表象をいったい何と名づければよいのだろうか。

ここで吉川夫人像を理解するために、『明暗』の挿絵を担当した名取春仙の画像に触れてみたい。新聞小説としての『明暗』の挿絵を考察した中賢周によれば、春仙は一回だけ誤った可視化をおこなって、ふくよかなはずの夫人を「ほっそりとした痩せ型」の女性に描いているという。[26] その通りに違いないかもしれないが、逆の面から見るとこの「誤読」は、春仙が痩身の中年女性として視覚化してしまうほどこの女性はある種の牽引力を発散させているるともいえる。初出紙面上の挿絵画家による夫人の相次ぐ画像化はプロット展開における必要性だけでなく、この女性への「関心」―同時代読者の関心―が表出されているとみてよいだろう。[27] それほど多くの新聞読者にとって彼女の存在感は無視できなかったはずである。

それでは吉川夫人とはなにか。一つはすでに定説化されているように『明暗』という小説世界の「狂言回し」[28]ということである。だが彼女の役割はそれのみに留まらない。かつて『明暗』論の定番となった「則天去私」という評は、おそらく彼女のこの役割を捉えそこなったか、あるいはこの女性の役割を過小評価するために招喚された標語であろう。では夫人とは石原千秋の言う「読者をめぐる実験」上に必要な「舞台回し」[29]なのであろうか。これほど津田に大きな影響を与えつづけている彼女はただの「舞台回し」でも、筋の展開を担う「狂言回し」でもない。物語的展開の表層的な水準とは別に、人物の深層を操作する一つの強い動力となる存在、作中の表現を使えば津田における「女性の暴君」（百三十一、四五一頁）というべき存在なのである。

ではなぜ彼女は「女性の暴君」と言えるのか。それは単に社会的な優位者の妻としての「権力者」という意味ではない。この文章の冒頭でも触れたように、おそらく彼女には『虞美人草』において藤尾が憤死するまで彼女に陰陽の影響を与えた母の面影が揺曳している。藤尾の母の場合は娘の死を代償として、家長である甲野の赦しのなかで余生を生き残ることができたが、『明暗』の吉川夫人は「死」はもちろん「罰」や「死」の予感さえ与えられてはいない。では彼女とはいったい津田にとって何者なのだろうか。「私丈は貴方と特別な関係がある」（百三十六、四七五頁）と嘯く彼女は、おそらく津田の心、いわば自ら意識化が困難な彼の無意識のなかに住んでいる存在なのであろう。とすれば津田がそのことを意識化して心理的・内面的な存在である夫人を「殺す」ことができないかぎり、彼女は津田のなかに存在し続ける。もちろん津田は上司吉川の部下で彼女はその妻である。このような読者に階層性を意識させる現実的な上下関係は、却って事態を見えにくくする安定的な枠として働くことになる。確かにそれは大橋健三郎の言う「この時期に定着しはじめていたと思われる、より体制的な社会機構の影」（強調点、原文通り）の表象としての「体制に乗っかったものの力（権力）」[30]的な存在である。もちろん権力を直接的に構成しているのは夫吉川だが、それが彼の部下である津田の内面にまで行使されるのは夫人によってであり、逆説的ながらこの枠があるからこそ、そのなかで二人は疑似親子にも疑似男女にもなれる融通無碍の可能性を保持することが可能になっているのである。そして夫人がこのように振舞うことができるのは、彼女が津田のなかの無意識の部分に深く関わっているからにほかならない。

最初は清子を、彼女に逃げられた後はお延との結婚の介添役になるばかりか、そのお延の言動が気に入らないとなると、今度はお延の「教育」と称して津田に向かって、すでに関に嫁いだ清子に直接会って真意を確かめに行くよう教唆する吉川夫人。彼女に使嗾される津田も津田だが、かつて関係した男性と温泉宿において、一対一で会わなければならない流産後の女性身体をもつ清子こそ災難というものである。

このように主役たちを、その無意識界おいて翻弄している夫人とは何か。ここで先に触れた申賢周の論文のサブタイトルにある「天探女」に注目したい。夫人とはおそらく申の言う「天探女」かあるいは、ユング心理学でいうところの「グレート・マザー」あるいは、ジュリア・クリステヴァの言う「アブジェクション」ともいうべき「主体と客体との間の不確実な状態」・「あやふやな状態」を表わす「おぞましきもの」なのであろう。[31] このような名状し難い状態を形象化すると、すでに触れた申の論文にある「天探女」に繋がるかもしれない。

この「天探女」語を改めて漱石の用語から探してみると、漱石は小説で二度この語を使用している。[32] それは『吾輩は猫である』と『夢十夜』の「第五夜」で、ここに登場する「天探女」のルビは「アマノジャク」であるが、表意文字としてのこの漢字の意義に焦点化すると、「天邪鬼」というよりも「邪心をもつ女神」を意味する「天探女（アマノサグメ）」に近いことがわかる。遠く『日本書記』に登場するこの神話的な女神としての「天探女」＝「アマノサグメ」こそ、一九一六年に発表された『明暗』という小説の男性登場人物の心的な「主体と客体との間の不確実な状態」が託された表象であるとしても不思議ではない。

但し断っておくが、論者は登場人物としての吉川夫人が秘かに津田に性的関心の捌け口を求めていることなどを否定するつもりはない。ただ「流産後」と「痔疾の手術後」という身体的不調のただなかにいる清子と津田という、それぞれ配偶者のいる二人の男女を出会わせるというかなり悪趣味な設定を仕組んだ張本人が、作中で女性性をもつ吉川夫人であること、その点には大いなる違和感を覚えるのである。

言い換えると、そのような悪趣味さえ彷彿されるような展開をあえて選んでまでも、漱石の『明暗』が示しているのは、おそらく夫人が津田の無意識界に確固として座を占めている、その点こそが重要であるはずだ。したがってそのような展開を受容した水村が『続 明暗』の温泉場のくだりで、「聖なる清子」ではなく津田に対して抑制的ながらも「怒りの清子」像を繰り返し、描き語るのも納得がいく。吉川夫人が仕組んだ津田と清子の再会という漱石の『明暗』自体が選んだプロットに対して、七〇数年後の読者＝作者としての彼女が「怒りの清子」像を表出し、小説化したとしても少しも不思議ではないのである。最後にその点を『続 明暗』によって確認しておきたい。

5 「女の謎」から「男の謎」へ

すでに触れたように、いままで研究者の関心の多くは清子がなぜ津田のもとを去ったのか、それが「女の謎」として問われてきた。この点でも水村は明確な回答を用意する。「何故、突然……僕は嫌われたんでしょう」（二百五十五、269頁）と清子に問う津田に対して彼女は「嫌いになった訳」（同）ではないと言う。さらに「だって、僕のことが厭になったから関君の所に行ったんでしょう」（同）と重ねて問う彼の答えを肯う。ここで清子は津田に「でも厭になるのと嫌いになるのとでは違うわ」（同、270頁）と明言するのである。

「嫌いになった」と「厭になった」の二つは明らかに異なる。清子の「嫌いになる」は津田個人の本来の性向に関わる事柄であるのに対し、「厭になる」とは彼の行為に対してのものであろう。京都でのお延との出会い（『明暗』

七十八、二六四～二六六頁）に見られるように、彼には女性に親切に振舞う側面があった。だから「誰かを嫌いになったら、その人と一所に居るのも厭」（二百五十五、270頁）と言うかつて津田と相思の間だった清子は、性格的に津田を「嫌いに」なったわけではなく、彼の何らかの行動こそが「厭に」なったはずである。言い換えると、彼女は彼の行為、おそらく清子以外の誰かに対する津田の振舞いを「厭に」なったといえよう。

その誰かとは吉川夫人を措いて他にない。この存在への依存こそが、夫人への無自覚な依存を続ける津田を土壇場のところで見限った理由ではないか。かつて夫人の親密圏内にいた清子は、同じ圏内に属していた津田の何らかの行為に対して愛想を尽かし、その結果、津田のもとから立ち去り、少なくともその圏外にいる関のもとへと走ったといえよう。この関という人物に対しては種々推測されているが、関という個人の問題はほとんど関係がないとさえいえる。

いっぽう、お延は少なくとも吉川夫人の直接的な影響圏内の住人ではない。「最初無関心に見えた彼は、段々自分の方に惹き付けられるやうに変わつて来た」（『明暗』七十八、二六六頁）と語られているように、おそらくお延のほうが先に津田に好意を抱き、清子に去られて失意の津田が思わず恋に落ちたことで成就したはずの、夫人の目の届かない二人の固有の出会いゆえにお延は夫人から疎まれていたと想像される。

そんなお延が夫人に翻弄された挙句、単身やってきた温泉場で事態をまえに「敗北を抱きしめる」のも止むを得ない。『続 明暗』の終わり近く、東京からやって来たお延はあとから駆けつけるお秀や小林との遣り取りの末に疲労困憊し、もはや言葉を失った夢遊病者か狂人のように滝壺へと向かう。『明暗』本編では自意識過剰ではあるものの、溌剌としていたお延とは別人のように変わった彼女を前にして、ようやく津田に覚醒の時が訪れるのである。ここに来て初めて彼は自らのハンパな自意識＝自負を手放すことになる。事ここに至って、それまで気づかずにいた津田自身の「無意識」が表出される時が訪れるのである。

「おい」

津田は縁側に足を踏み出したお秀を掠れた声で呼び留めた。お秀は振り向いた。けれども津田はすぐには何も云わなかった。妹からわざと眼をそらして自分の足元の方に視線を遣った。

「何よ、兄さん」

お秀は津田の逡巡（ためらい）を前に催促した。津田はそのまま眼を合わせずに云った。

「今日お嬢さんの見合があるそうだが、吉川夫人の媒介（なかだち）なら廃したが可いって津田が申しておりますって、そう岡本さんに伝えておいて呉れ」

（二百八十五、397頁）


「妹からわざと眼をそらして自分の足元の方に視線を遣った」津田は、しばし躊躇した後に吉川夫人を否定する言葉を発する。お秀はこの兄の言葉を「狂人の戯言（たわごと）」（同）としか受け取らない。それほど津田の言葉は常の彼とは異なっていたのである。津田の内言としてではなく、他者に向かって直接、発話するということこそ「ツマランボウ」・「二流の人物」としての津田に訪れた「則天去私」ならぬ「去私」の時である。それは常々彼が頼りにする「彼の誇り」（三十二、九八頁）というようなアイマイな自意識が消失し、彼自身が気づかなかった「無意識」を支配していた表象としての「吉川夫人」なるものが意識化され同時に棄却される瞬間ではなかったか。このような行為（パフォーマ）遂行性（ティヴィティ）にこそ「無意識」から「意識」へと至る覚醒があったといえる。これこそが津田自身が問うていた「女の謎」なるものの正体であろう。否、これこそが「女の謎」に置き換えられていたものの、実は男性性としての津田自身の「男の謎」なのである。

では、『続 明暗』は津田の「男の謎」を解くためにだけ書かれたのだろうか。未完小説の続編を書くには、単にこのような視点人物である津田自身の「男の謎」を解明すればよいというわけでもない。そこには「続編」としての課題であるプロット上の帰結とともに、小説としての価値なるものが問われなければならないだろう。というのも、津田がこのように吉川夫人を否定するのは、妻であるお延を救うためだけではないはずだからだ。

ここで一つの仮説を立てれば、おそらく彼は初めてお延という存在が自分にとって必要な、他とは交換不可能な存在であることを意識したと言うことができる。結婚の半年後になって初めてこのように自負を捨て、他者としての伴侶に向き合う津田はあるいは無様かもしれない。だが、男性登場人物の「無様さ」こそ『明暗』までの漱石テクストが繰り返し産出しつづけた男性表象の価値ある側面ではなかったか。女性の思いを受け入れるのに遅延した三四郎や代助、さらに受け入れ後に鬱屈してしまう宗助、妻の孤立などに思いを遣ることもなく自らの思いだけに沈潜して狂気に陥る一郎、あるいは異性への欲望以上に同性との関係に悶々とする男性たち等々、彼らは少しも聡明でも一途でもなかったものの、明治から大正へという時代のなかで価値ある男性表象たちだったはずである。

おわりに

いままでお延に対しては「作者に愛されている人物[33]」という評価があるいっぽうで、彼女の主体性への疑問や彼女の観念性が批判されてきた。だが、『続 明暗』によって明瞭になったのは、お延にはすでに指摘した、結婚に際して藤井の妻が持ったような「覚悟」(『明暗』三十一、九五頁)あったことが見受けられることである。それにもかかわらずお延の「主体性」がいっけん借り物のように見えるのは、「恋愛」と「結婚」という本来は背反するものを、一つに結び付けた「恋愛結婚」という幻想に、津田との出会いから小説の現在に至るまで一貫して彼女が賭けつづけているからにほかならない。飯田祐子はお延の言う「愛」は「根拠が失われている」と指摘したが[34]、彼女の愛の「根拠」とはすでに指摘したような「恋愛結婚」の「投企性」に対する「覚悟」なのであり、それは漱石の

『明暗』にも水村の『続 明暗』にも共通しているといえる。

では正続『明暗』に共通する彼女のこのような活力はどこから生じているのだろうか。『続 明暗』において、それはお延が津田のいる温泉場に駆け付ける直前のプロットによく表れている。次に挙げるのは吉川夫人が津田の留守をまもるお延を訪れ、津田の単独での温泉場への逗留が彼の懇願によるものであるという「偽りの決定打」が放たれる直前、お延にひと時の平安が訪れる場面である。

> 手爪先（てづま）の尋常なお延は生来器用な女でもあった。縫針を手にするのは面倒であるより楽しみである。自分の晴着を拵（こしら）えるのだから猶更であった。硝子戸の横の陽だまりの中で反物を拡げると、浸み込んで来る光線で絹が暖味（あたたかみ）を帯び、ただでさえぶ厚い生地が自然（じねん）膨らんで来るように見える。晩秋とも初冬（はつふゆ）ともつかない光の下で其所だけもう春が来たようであった。お延は裁物板（たちものいた）を前に長い物指を手に取った。そうして鋏を入れるのが逡巡（ためら）われるままその長い物を反物に当てて時間を費やしていた。
>
> （百九十九、53頁）

岡本の叔父からの差し金で馴染みの呉服屋がやってきて、お延が和裁をおこなおうとする場面である。「硝子戸の横の陽だまり」のなか、お延は「裁物板」を前にして「鋏を入れるのが逡巡われるまま」しばしの穏やかな「時間を費や」す。現在からは思いも寄らないが、この頃、女性にとって着物は「誂えるもの」ではなくその気になれば自分で「拵えるもの」であった。このスキルは明治期からつづく家政学の一環だったと言ってもいいが、引用からは家の妻の「義務」としてではなく、自分の晴着をつくるために心が華やぎながらも裁物板の前で思案するお延の自在な姿が活写されている。もちろん、この束の間の平安は吉川夫人によって粉微塵に打ち砕かれるのであるが、お延がお延でいられる、つまり彼女が自ら恃む価値観によって自己同一性を保つ最後の場面なのである。

というのも、お延がその和裁のスキルで作った褞袍は津田が旅館に到着したとき、予想外の高級な「糸織の褞袍」を目にして思わず彼によって比較され、その結果、『明暗』の津田が「銘仙と糸織」（百七十七、六四〇〜六四一頁）に思いを致す場面とも接続されている。「銘仙」とはお延が入院する津田のために、自らの着物をリサイクルして拵えた「荒い縦縞の褞袍」（十八、五十五頁）なのである。いっぽう「糸織」は旅館にいる清子に接続され、彼女への津田の傾斜を期せずして語っている。この場面は水村の独創であるとともに、『門』の御米や『道草』の御住など和裁に勤しむ女性たちを踏まえた表象でもあろう。

　これを明治期から大正初期へと至る、消費社会に翻弄されつつある家内に閉塞される妻たちの表象として片づけてしまうには、あまりにも惜しい表象である。少なくともこの場面にかぎって言えば、この束の間、穏やかに流れる自分の固有の時間があるからこそ、その後に彼女が直面する死と隣り合わせの数々の受難が鮮やかに浮かび上がってくるのである。危ういところで裁断を免れた反物は「昨日買った縮緬、新の反物だから好い値が附く」（二百十一、100頁）質草としてお延が津田のいる温泉へと向かう旅費に交換される意義深い表象でもある。ここから浮び上がるのは、お延という女性は自身の欲望と夫との生活への欲望という二つ欲望の所有者であり、そのために駆使されるのが彼女の種々の「技巧」ということになる。

　花輪浩史は論者とおなじ『続 明暗』百九十九章を取り上げ、先の引用文につづく、お延が「平和な心が保てるのを祈った」という箇所を挙げて、「祈り」こそ『続 明暗』を特徴づける「終りの感覚」の漂う「根源の思考」であると指摘した。[35] 花輪の論は正続二つの小説テクストの分析だけでなく、漱石の『文学論』や水村の批評的言説にも言及した周到な考察であるが、ここでは花輪が着目した「平和」や「祈り」という想念が、小説世界の登場人物であるお延にどのように表出されているのか、あくまで小説として描写されるプロセスに着目していることを強調しておきたい。そこにこそ、『続 明暗』の小説的価値があると思うからである。

ところで漱石は『明暗』連載中に読者の大石泰蔵から寄せられた「お延といふ女の技巧的な裏に何かの欠陥が潜んでゐる」という大石の予想が裏切られた不満に答えた返信を次のように記していた。

斯ういふ女の裏面には驚ろくべき魂胆が潜んでゐるに違ないといふのがあなたの予期で、さう云ふ女の裏面には必ずしもあなた方の考へられるやうな魂胆ばかりは潜んでゐない、もつとデリケートな色々な意味からしても矢張り同じ結果が出得るものだといふのが私の主張になります[36]。

中村美子によれば、漱石没後に「夏目漱石との論争」という一文を発表した大石は「津田付きの作者」から「お延付きの作者に早変り」したこと、つまり「視点人物を交替させる」小説の方法が不満だったという[37]。視点人物の交代についてはともかく、少なくとも新聞小説『明暗』連載中のこの返信を読むかぎり、同時代読者としての大石は『明暗』のそれぞれの場面で展開されるお延の「技巧」に過剰な意味を付与し、そこに何らかの「魂胆」を読み取っていたと推測される。すでに述べたように『明暗』において発揮された登場人物としてのお延の「技巧」とは、自ら選んだ結婚を肯定するためのテクニック＝方法に過ぎない。それ以上でもそれ以下でもないことは『明暗』も『続 明暗』も共通しているはずである。

おそらく「魂胆」というような表層と深層という二項対立を連想させる言葉によって小説を解釈しようとする読者に対して「もつとデリケートな色々の意味」がある、と伝えようとしているのがこの書簡であろう。大正期の谷崎潤一郎が「通俗小説」と評した未完小説『明暗』は、途中からお延への視点人物の交代が見られるという意味で、それまでの漱石自身の小説系列からみても異端のテクストであることを、この読者への漱石書簡は明瞭に語っている。そのような漱石の「異端のテクスト」を時を隔てて受容し、水村なりの結末をつけたのが、『続 明暗』と言えるのではないだろうか。

『続 明暗』では、自己意識の鎧をまとって優位を保っていた前半の津田が後半において他者意識をもつに至るが、これに対応するかのようにお延の「暗」から「明」への転位がくっきりと描かれている。葛藤を経たお延は、最後に身仕舞のため自らを鏡に映して「何処へ行くべきだろうか」と「細い眼を上げた」(二百八十八、409頁)。自己の欲望を調整しながら夫との関係性に生きていた女性登場人物のお延が、初めて「彼女自身の行先」を自問するこのような姿にこそ、漱石にも水村にも共通する性差への「デリケートな」問いがあったはずである。

注

(1) 『季刊思潮』(一九八八年六月〜一九九〇年四月初出、筑摩書房、一九九〇年九月、初刊)。『続 明暗』は『明暗』最終章の百八十八を冒頭に入れ、本文は「百八十九」から「二百八十八」まで。なお本稿では一般に入手しやすく、また新仮名遣い・新漢字を用いた『続 明暗』(ちくま文庫、二〇〇九年六月。但し、引用は二〇一四年九月、第二刷)の本文を用い、引用は適宜、章・頁(アラビア数字)を記す。なお、本稿では原則的に『続 明暗』と記すが、その他は各論者による表記を用いている。

(2) 『東京朝日新聞』『大阪朝日新聞』(一九一六年五月二六日〜一二月一四日、初出)。以下、『明暗』からの引用は『漱石全集』第一一巻、岩波書店、一九九四年一一月)により、適宜、章・頁(漢数字)を記す。

(3) 谷崎潤一郎「芸術一家言」(『改造』一九二〇年四月〜一〇月初出、金星堂、一九二四年一〇月初刊)。引用は『谷崎潤一郎全集』第九巻、二〇一七年二月)三七八頁。

(4) 大岡昇平「『明暗』の結末について」(『群像』一九八六年一月、初出、後『小説家夏目漱石』筑摩書房、一九八八年五月所収)。

(5) 小島信夫『海燕』(一九八八年一月〜一九九二年二月、後『漱石を読む 日本文学の未来』福武書店、一九九三年一月所収)。

（6）「見合いか恋愛か『行人』論上下」（『批評空間』一九九一年四月〜七月）。「「男と男」と「男と女」—藤尾の死をめぐって」（『批評空間』一九九二年七月）、「谷崎潤一郎の「転換期」—「春琴抄」をめぐって」（『日本近代文学』六八集、二〇〇三年五月）。

（7）渡邊澄子「『続明暗』について」（『近代文学研究』一九九一年五月、後『男漱石を女が読む』（世界思想社、二〇一三年四月所収）。なお渡邊は「『明暗』には通俗小説になりうる要素」があるが「漱石文学は決して通俗小説にならない」としている。

（8）引用は谷崎、注（3）三八三頁。

（9）関肇『新聞小説の時代　メディア・読者・メロドラマ』（新曜社、二〇〇七年一二月）一六七頁。なお、関の論はピーター・ブルックス『メロドラマ的想像力』（原著、一九七六年、四方田犬彦・木村慧子訳、産業図書、二〇〇二年一月、）および柄谷行人『漱石を読む』（岩波書店、一九九四年七月）にもとづいている。

（10）十川信介「注解」によれば「ポアンカレー」は「フランスの数学・天文・物理学者」で「数論、関数論、天体力学、物理数学」などの科学の分野で啓蒙的著作を著わしたという。引用は注（2）『漱石全集』第一一巻、六九四頁。

（11）谷崎はこの箇所に「物語の伏線」が置かれているとしたが、同時にこのような問いを発する津田を「極めて贅沢な閑つぶしの煩悶家」と見なした（引用は注（3）三七二頁）。

（12）漱石の小説の「オープンエンディグ」性については「〈座談会〉未完小説をめぐって」（『季刊文学』一九九三年秋号）での石原千秋の発言を参照した。なお石原はこれに先立ち「持続する結末—『明暗』と「續明暗」との間」（『東横国文学』一九九二年三月）で漱石の小説は「冒頭に回帰しなければならないといった迷宮のようなテクスト」と述べている。

（13）たとえば『続 明暗』刊行から一年後の「水村美苗氏に聞く『續明暗』から『明暗』へ」（『季刊文学』一九九一年冬号）で質問者である石原千秋に対する水村の自作解説はやや「語り過ぎ」の様相を呈し、結果的に『続 明暗』が批評性を強くもつという評価を招いてしまった。

（14）金井景子「胸躍る『共犯関係』」（筑摩書房『国語通信』一九九〇年一一月）。これは『明暗』と『続 明暗』の創造的連続性を衝いた先駆的な批評である。

(15) これは漱石が千葉県一ノ宮海岸に滞在中の芥川龍之介と久米正雄に宛てた一九一六年八月二四日付書簡（『漱石全集』第二四巻、岩波書店、一九九七年二月、五六一～五六二頁）を指す。

(16) 水村美苗「新潮文庫版あとがき」（『続 明暗』注（1）に所収された一九九三年八月の日付のものによる）。なおこのあとに「ちくま文庫版あとがき」も掲載されている。

(17) 加藤典洋「水村美苗、一九九〇年」（『テクストから遠く離れて』（講談社、二〇〇四年一月）二八一頁。なお、水村についての言及は同書Ⅲ「『仮面の告白』と「実定性としての作者」」のなかでなされている。

(18) 同右、二七八～二八一頁。

(19) 同右「あとがき」三二四頁。

(20) 申賢周「夏目漱石『明暗』論─吉川夫人・天探女─」（『国文学　言語と文芸』一九九四年二月）。

(21) 大橋健三郎（『夏目漱石　近代という迷宮（メーズ）』小沢書店、一九九五年六月）。

(22) 山本亮介は「お延をめぐる語りに繰り返し示される」のが「叔父岡本との疑似父娘関係に生まれた恋愛のごとき感情」（「『明暗』の〈母〉」、『文学』二〇一〇年七─八月）であると述べている。

(23) 谷崎、注（3）三八三頁。

(24) 漱石テクストのなかで「情合・情愛」は一四例で「愛情」の四例（『漱石全集』二八巻「和文索引」岩波書店、一九九九年三月による）よりも三倍以上多い。なお「道草」（『東京朝日新聞』『大阪朝日新聞』一九一五年六月三日～九月一四日）では主人公の健三は養父島田に対して「情合」を、妻御住には「情愛」という語を用いている。

(25) 大澤真幸『性愛と資本主義』（青土社、一九九六年一月）九四頁。

(26) 申、注（20）に同じ。

(27) 申によれば「吉川夫人に対する先行論文の傾向はほとんど総てが否定的」（「漱石の女性観─『明暗』の女性たちを中心として─」（『国文学解釈と鑑賞』一九九七年六月）という。「否定的」であるということは、裏返せば「常人」が抑圧しているものを所有する存在ともいえる。

(28) 岡崎義恵『漱石と則天去私』（岩波書店、一九四三年一一月）。引用は鳥井正晴、藤井淑禎編『漱石作品論集成（第一二巻『明暗』桜楓社、一九九一年一一月）二八頁。
(29) 石原千秋・小森陽一『漱石激読』（河出書房新社、二〇一七年四月）二九四頁での石原の発言。
(30) 大橋、注（21）一四二・一七〇頁。
(31) ジュリア・クリステヴァ／枝川昌雄訳「『恐怖の権力―アブジェクシオン試論』自作解説」（『現代思想』一九八三年五月）。
(32) 岩波書店編集部「和文索引」注（24）に同じ。なお、申論文の「天探女」にはルビは振られていない。
(33) 大岡（注4）四一八頁。
(34) 飯田祐子「『明暗』の愛に関するいくつかの疑問」（『漱石研究』一八号、二〇〇五年一一月）。
(35) 花輪浩史「根源・予言・偶然性―『続明暗』からの『明暗』」（『北海道大学大学院文学研究科）研究論集』二〇〇九年一二月）。
(36) 一九一六年七月一九日付大石泰蔵宛漱石書簡。引用は『漱石全集』第二四巻（岩波書店、一九九七年二月）五四七頁。
(37) 中村美子「『明暗』における作者の視座―〈「私」のない態度〉の実践―」（『夏目漱石絶筆『明暗』における「技巧」をめぐって』和泉書院、二〇〇七年一一月）に引用されている大石泰蔵「夏目漱石との論争」（『文藝懇話会』一九三六年四月）の言葉。なおここには中村による詳しい論述があり、参照した。

付記　水村氏には二〇一三年五月二〇日、中央大学大学院文学研究科によるゲスト・スピーカーとして来校していただいた。「水村美苗氏 小説とセオリー ―『続明暗（ママ）』から『母の遺産』まで―」という企画と当日の司会を担当した私はその後、これに関連する論考をまとめることができなかった。今回、漱石テクストとの格闘を経て六年遅れで何とか形にした次第であることを申し添えておきたい。

あとがき

二〇一一年三月一一日に起きた東日本大震災から遠くない同年四月一日に、中央大学文学部人文社会学科国文学専攻の教員として赴任してから、もうすぐ九年になる。あっという間の年月だったと思ういっぽう、試行錯誤の連続だったというほうが当たっている。

本書に収録した書き下ろし六本を含む一六本の論考はこの新しい、しかし私にとっては最後の職場となる場所で過ごした手探りの日々のなかで生まれたものである。短大で五年、四年制大学の教養部で一二年、経済学部で一〇年を過ごしたのち、多摩丘陵の地に文学部の教員として赴任することになったときは、文字通り天にも昇るような気持ちだったと言っても言い過ぎではない。それまではいずれも非文学部系の短大や四年制大学の教員だったので、なおさらそのような気持ちを抱いてしまったことを率直に記しておきたいと思う。

だが、そのような歓びも束の間だった。かつて学生として過ごした一九六〇年代末から七〇年代初めの頃の文学部と近年の文学部では、学生や教員はもちろん、組織としての大学および文学部もかなり異なっていたからである。それは学生と教員というポジションの違いだけでなく、理念としても組織としても、大学という場所に大きな変化が起きていたことが主な原因だったことは、大学に携わる者なら誰しもが感じる思いであろう。特に人文学をめぐる近年の激しい風当たりに対して、たまたま非文学部系の短大・大学で三〇年近くを過ごした私は、いつの間にか旧き佳き時代の「文学部幻想」を温存してしまっていたのかもしれない。

そのことに心底気づいたときから、私の新たな悪戦苦闘がはじまった。それは、故前田愛先生をはじめ、多くの研究者から学んだ文学理論・文学史・テクスト読解等々を、文学部の学生や文学研究科の院生の皆さんの身になるように伝えるにはどうしたらいいのか、その確かな方法論や具体的なスキルが不足していたことを思い知らされた私の、文学部教員としての最大の課題だったと言っていいだろう。ようやくそのヒントをつかんだと思ったのは、定年まであと二年を残すばかりとなった頃であった。

だから、本書はこんな私の多摩丘陵での日々の試行錯誤の産物であり、至らない点も多々あると思うが、何とかこのような形にすることができた。その意味で中央大学をはじめ文学部および文学研究科の皆さん、特に国文学専攻の同僚の皆さん、また私の拙い講義や演習に参加してくれた多くの学生・院生には大変お世話になった。異星人のようにこの地にやってきた、すでに還暦を過ぎた私を暖かく迎え入れてくれた皆さんのご厚意は決して忘れることはできない。

最後に本書の題名の由来について一言述べておきたい。すでに近代における演劇については古典文学研究者の兵藤裕己氏『演じられた近代〈国民〉の身体とパフォーマンス』(岩波書店、二〇〇五年二月)、近代文学研究者では小平麻衣子氏『女が女を演じる 文学・欲望・消費』(新曜社、二〇〇八年二月)、金子幸代氏『鷗外と近代劇』(大東出版社、二〇一一年三月)、福嶋亮大氏『厄介な遺産 日本近代文学と演劇的想像力』(青土社、二〇一六年八月)があり、これらの著書は本書執筆への起爆剤となった。

なお、本書の刊行は前著につづき今回も翰林書房のお世話になった。快く刊行をお引き受けいただだいた今井ご夫妻にはこの場を借りて、改めて御礼申し上げたい。二〇一八年に体調を崩し、一年近い不調が続く私を根気よく見守っていただいた。ありがとうございました。

二〇一九年五月

関 礼子

付記　この度、版元のご厚意により重版することとなった。初版第一刷は体調が十分でなかったとはいえ、不備等があり、今回それらを極力修正したことをお断りしておきたい。

二〇一九年八月

初出一覧

序　章　「演じられる性差——日本近代文学再読」のための覚書　書き下ろし

第一章

木村荘八『一葉 たけくらべ絵巻』の成立——近代小説をめぐる絵画の応答——
（『論集樋口一葉Ⅴ』おうふう、二〇一七年三月）所収

鏑木清方『にごりえ』（画譜）の世界——一葉小説の絵画的受容——
（『日本近代文学館年誌　資料探索』二〇一七年三月）所収

一葉における〈悪〉という表象——後期小説の転回と『罪と罰』——
（『中央大学文学部紀要』二〇一五年三月）

「たけくらべ」論争と国語教科書　二一世紀の樋口一葉へ　書き下ろし

第二章

泉鏡花「歌行燈」の上演性——交差する文学・演劇・映画——
（『中央大学文学部紀要』二〇一四年三月）

鷗外「青年」における女性表象　一九一〇年前後の〈文学と演劇〉を視座として
（『文学』岩波書店、二〇一四年九・一〇月）

「山椒大夫」・「最後の一句」の女性表象と文体——鷗外・歴史小説の受容空間——
（『中央大学文学部紀要』二〇一六年三月）

漱石「行人」の性差と語り　変容する家族の肖像　書き下ろし

漱石「心」の二つの三角形　係争中の男性一人称が生成するもの　書き下ろし

第三章

帝国の長篇小説――谷崎潤一郎『細雪』論――

一九五五年のシナリオ「三四郎」と「こころ」――漱石テクストの映画化が語るもの――

（『中央大学文学部紀要』二〇一八年二月）

小説『金閣寺』と映画『炎上』――相互テクスト性から見えてくるもの――

（『中央大学文学部紀要』二〇一七年三月）

三島由紀夫の『源氏物語』受容――「葵上」・「源氏供養」における女装の文体（エクリチュール）――

（『文学』岩波書店、二〇一五年九・一〇月）

（『新時代への源氏学』竹林舍、二〇一六年五月）所収

川端康成『古都』を織る手法　女性表象による占領の記憶からの離陸　書き下ろし

終章に代えて　『明暗』から『続 明暗』へ　連続する性差への問い　書き下ろし

※　ここでは初出の題名のまま記してあるが、本書に収録するにあたり、初出の題名や論文に修正を加えた箇所があることをお断りしておく。索引は割愛させていただいた。なお、研究論文や資料については、主に国立国会図書館、東京国立近代美術館フィルムセンター（現・国立映画アーカイブ）、中央大学図書館、中央大学文学部国文学専攻研究室にお世話になった。記して感謝申し上げる。

【著者略歴】
関　礼子（せき・れいこ）
1949年、群馬県に生まれる。立教大学大学院博士課程後期課程満期退学。嘉悦女子短期大学・亜細亜大学教養部・経済学部を経て、中央大学文学部人文社会学科国文学専攻教授。著書に『姉の力 樋口一葉』（筑摩書房、1993年）『語る女たちの時代　樋口一葉と明治女性表現』（新曜社、1997年度、やまなし文学賞研究・評論部門受賞）、『一葉以後の女性表現 文体・メディア・ジェンダー』（翰林書房、2003年）、『樋口一葉』（岩波ジュニア新書、2004年）、『女性表象の近代　文学・記憶・視覚像』（翰林書房、2011年）がある。

演じられる性差
日本近代文学再読

発行日	2019年 5 月20日　初版第一刷 2019年 8 月30日　初版第二刷
著　者	関　礼子
発行人	今井　肇
発行所	翰林書房
	〒151-0071 東京都渋谷区本町1-4-16
	電 話　(03) 6276-0633
	FAX　(03) 6276-0634
	http://www.kanrin.co.jp/
	Eメール●Kanrin@nifty.com
装　釘	須藤康子＋島津デザイン事務所
印刷・製本	メデューム

落丁・乱丁本はお取替えいたします

ISBN978-4-87737-438-9